## 貓頭鷹書房

有些書套著嚴肅的學術外衣，但內容平易近人，非常好讀；有些書討論近乎冷僻的主題，其實意蘊深遠，充滿閱讀的樂趣；還有些書大家時時掛在嘴邊，但我們卻從未看過……

如果沒有人推薦、提醒、出版，這些散發著智慧光芒的傑作，就會在我們的生命中錯失——因此我們有了**貓頭鷹書房**，作為這些書安身立命的家，也作為我們智性活動的主題樂園。

貓頭鷹書房——智者在此垂釣

貓頭鷹書房 35

# 神與科學家的語言

## 拉丁文與其建構的帝國

# Le latin ou l' empire d' un signe

## XVI$^{e}$-XX$^{e}$ siècle

方索娃斯・瓦克◎著

陳綺文◎譯

貓頭鷹

■推薦序

# 一部拉丁文的文化史

台北大學歷史系教授　李若庸

本書可被視為拉丁文文化史的第二部。它採取的時間斷限是十六世紀文藝復興時期以降，到一九六〇年代法國廢止拉丁文在學校與教會中的使用為止。如果將拉丁文在羅馬帝國時代興起，到十六世紀宗教改革時期面臨挑戰，視為拉丁文發展史的第一階段，那麼作者方索娃斯‧瓦克所討論的便是，十六到二十世紀，這個拉丁文發展的第二階段的盛衰興廢。瓦克處理的是這個命題：拉丁文在十七世紀中葉以後，已經是「死亡」的語言；人們不再使用它來溝通，也不透過它來理解古典作品，它只是少數學者的專利。這樣一個不具實用功能的語言，為何仍在西方社會享有的崇高地位？

瓦克的回答是：拉丁文或許不再實用，但它仍具有高度的教育價值；它被認為是博雅教育、人文教育、心智教育、思維教育，乃至於品格教育的基礎。而這些功能，便是拉丁文能在西方的教育與教會系統中，繼續生存的原因。瓦克告訴我們，拉丁文在二十世紀走入歷史，從它最後的據點——學校與教會——撤退下來。不過這不是因為拉丁文喪失了上述的功能，而是因為它與二十世紀的時代潮流相悖逆：拉丁文自始至終便是一種「菁英的語言」，只有少數的菁英階級才能夠使用。它的「菁英特質」，讓它淹沒在二十世紀這個強調民主化與普羅社會的時代潮流之中。

本書的最大貢獻在於告訴讀者，拉丁文於十六世紀以後的命運。方言（文學）的興起，取代了拉丁文原本的獨尊地位。這個西方社會重要的文化變遷，一直得到學界深刻的關注。但在此之後拉丁文的命運如何？人們甚少提及。所謂的「拉丁文問題」，彷彿已在方言（文學）興起之後，獲得「完全的解決」。作者告訴我們，拉丁文並沒有消失，甚至，它一直在西方社會享有一席之地！

此外，瓦克的這本書還證明：語言的存在與傳布與否，並非取決於語言本身的優雅粗俗，而是受制於它所身處的時代。拉丁文的普及，歸功於羅馬帝國的強盛。羅馬帝國衰亡後，拉丁文因為是天主教會的官方語言，而延續其重要性。宗教改革後，基督教世界分裂為數個勢力，拉丁文面臨方言文化的挑戰。不過，拉丁文憑藉其優越的教育功能，持續在西方社會發揮深刻的影響。拉丁文雖然是種古老的語言，但拉丁文的文化史卻與今日的世界息息相關，因為語言從來就不只是溝通工具，它亦是國家實力的展現。一種語言得以成為所謂的「國際語言」，是因為它的使用者擁有不容忽視的國際影響力。拉丁文曾是西方世界最為普及的語言，因為它是羅馬帝國的建立者——羅馬人——的語言，是帝國境內唯一的「普通話」。英語之所以成為今日人人熱中學習的國際語言，因為它是十九世紀創造大英帝國的不列顛民族的語言，也是二十世紀美利堅帝國的官方語言。近年來，中文熱風潮湧現，這也與中國在本世紀的崛起息息相關。語言與時代密不可分。任何一種語言的興衰，都反映著大環境的變遷；國際語言尤其如此。優美的語言，不必然長存，但優勢的語言，必定廣布。這便是語言的特色，也是這本《神與科學家的語言：拉丁文與其建構的帝國》所能提供給我們最大的啟發。

# 神與科學家的語言：拉丁文與其建構的帝國

目次

第四章　熟悉的世界……143
有人用漫畫手法，把拉丁文極為複雜難學的動詞變格描繪成一個外來物，神色驚慌地「攻擊溫和的代名詞」。學童也用自己的方式，象徵性地做了同樣的動作，「俘擄了」學校教的拉丁文，改造它，使它變得比較較不可怕

第二部　能力與表現

引言……172

第五章　書面語……176
英國詞典編纂家約翰遜還記得自己在鞭子和責打的威脅下，學拉丁文動詞變位時的焦慮不安：「眼淚靜悄悄地」流了下來。吉朋在「付出很多淚水和一點點血的代價」後，才熟練拉丁文句法。拉丁文和體罰在孩子的想像中是同一件事

第六章　口語……219
一個鄉下人團體，其中有不列塔尼人、巴斯克人、蘇格蘭人。他們因不認識彼此的語言，而無法互相了解。但如果他們是文人，而且都講自己在宗教生活中使用的文化語言，那麼他們各人就會聽懂彼此的言論。由此看來，文人比勞工強多了！

# 神與科學家的語言

## 拉丁文與其建構的帝國

# Le latin ou l’ empire d’ un signe

## XVI$^{e}$-XX$^{e}$ siècle

# 編輯弁言

本書括號內以楷體字呈現及頁尾*號之內容，皆為譯者注。

書中拉丁文以斜體表示。

導論

# 爲什麼拉丁文能存活如此長的時間？

「今日觀眾對終日講西塞羅式語言的馬拉泰斯塔、成天向耶穌祈禱的阿葛妮絲女修院院長能有什麼理解？他們說的是一種死語言。」法國作家蒙泰朗面對這種不了解，而被迫一點一點刪去劇作《馬拉泰斯塔》首稿中許多拉丁文語錄時，寫下這段話。這些塗塗改改的「槓槓」，充分顯示出當今世界和古典文化之間決裂的程度，其中最明顯的象徵，就是對拉丁文（「一個大多數人不懂的語言」）愈來愈一無所知。面對這個事實，有人可能感到絕望因而擺出「最後的羅馬人」的高姿態，或者陷入懷古幽情，夢想復興拉丁語詩人維吉爾的世界。也有人可能把拉丁文視爲「歷史編纂的題材」，以這種名義研究它：說不定現在研究起來還比較容易，因爲只求實利的障礙已不存在。當各地方言在天主教會盛行，學校中「拉丁文的問題」也因其他許多更迫切的事而閒置時，坊間應有一本既不陷於辯護，也不陷於抨擊的書籍，也就是說，一本堅決基於史實的著作。

本書的起源，和先前已有的著作一樣，是對近代西方國家的「拉丁文面向」的覺醒。當歷史學家普遍強調各地方言的展現，以及透過它們可以區分國家、建立民族時，我個人對文學界的研究卻揭示另一項事實：有一個知識統一的歐洲，直到相當早期的年代，知識都以拉丁文發表。但若和這古老的語言在學校和教會中長期至高無上的統治地位相比，請恕我冒昧地說，這實在沒什麼大不了。在學校和教會，童年的回憶一一湧現，令人想起就在不久前，拉丁文陪伴人們生活的時光。然而，歷史文獻對這一切著墨不多。講白一點，精確且散布各處的史學研究的確很多，但對西方這段漫長的拉丁文往事，卻沒有任何交代。甚至對那最終概括一切疑問的問題，也沒有提供任何答案：為什麼當各地方言得到認可，終於決定了拉丁文的命運時，這個語言依然屹立不搖，甚至有人說是一種專制？現代拉丁文研究提供了數量可觀的參考書目，使這個問題更具正當性。這份書目讓人想起文藝復興後不久到至少十七世紀期間大量充滿生命力的拉丁文作品，並以最高程度顯示這個古代語言的優勢，以及世人如何透過它將各種文風、體裁和形式化為己有。儘管如此，這份書目卻幾乎沒有提供回答上述問題的材料，還讓人隱約看到一個過了十七世紀就逐漸停止以拉丁文創作的世界。再說，誠如思想史再三證實，雖然大家對古代著作依然興趣濃厚，而一些最「現代化」的哲學家和作家，也仍繼續與古代偉大作家的作品有著豐富的交流，西塞羅、李維、呂克里修斯、塞內加和其他「古典作家」的作品，卻日益以各地方言譯本的形式出版。也許是因為除了一小群專家外，還有人在閱讀這些作品：「譯文時代」（套句馬丁形容十七世紀中葉巴黎出版趨勢的話）並非一時流行，而是堅決與市場的供應相符。儘管如此，拉丁文這個世人幾乎不寫，也愈來愈少閱讀的語言依然前程似錦；在往後的三個世紀期間，它賦予西方世界濃厚的色彩，以致「接觸拉丁文」總在人心中激發熱情，與人對這個語言的認識不成比例。這些反應讓人產生一個疑問：現代西方國家的「拉丁文問題」是否純粹是語言學問題，應單就能力與表現來說明即可？它難道不涉及更複雜的範疇（指環繞在當代人賦予該語言的地位周圍的事物）？若是如此，拉丁文的權威和歷久不衰，或許不是得自它說了什麼或能說什麼，而是來自它蘊藏的涵義。

以上是本書的中心論述。因此，本書不是什麼百科全書：它不是無事不談或至少每件事都提一下，好比詳述拉丁文的命運在歐洲各國如何發展，列出拉丁文出版品的活版印刷細節，描述幾世紀以來，用來把拉丁文塞進孩子腦袋裡的教學法是如何千變萬化。我想寫的，是近代拉丁語文化史，其中描述、分析世人如何使用拉丁文，針對這個語言談了些什麼，以及支持這些用法和看法的決心與策略。爲達到這個目標，我蒐集了本身就是一項證明的歷史檔案：拉丁文於近代西方國家的存在證明。這個大量存在源自學校（傑出的「拉丁區」）、天主教會（「拉丁文的堡壘」）和所謂的 *Respublica litteraria*（「文學界」）；想到無處不在的拉丁文，儘管有相異性，終究建立了一個眾人熟悉的世界，我甚至要說那是一種「浸透」。這是本書第一部的宗旨。針對這點，我們不禁要問（幾乎沒有人提出這個問題，或許是怕聽到答案），學童、學者、教會人士對拉丁文究竟有多少認識：他們的能力達到什麼程度？拉丁文說得如何？寫得又如何？對這些表現的研究占了本書第二部，可說是第一部的反證。兩相對照帶領我們在第三階段改變觀點，接受當代人士的見解：不僅把拉丁文當作一種用來說、寫的語言，而且視它爲一個有其他用途的工具，一個被賦予其他意義的符號。如此，我們才算完成完整的研究，因爲拉丁文在近代社會中的大量存在，取決於世人怎麼使用它，而這些用法已賦予西方世界一個拉丁文色彩……直到非常接近我們的時代，社會開始用其他方式說、做同樣的事。屆時，世界就會失去這個色彩，和拉丁文結束關係（至少和我筆下的這個拉丁文結束關係）。

最後，請容我稍加詳述本書如何設定時間和空間的界限。以十六至二十世紀爲年限是必然的：前者的參照點是，古典拉丁文隨著文藝復興被引進學校，以及天特大公會議（簡稱天特會議）決議選定拉丁文做爲禮儀語言*。至於後者，則參考我們這個時代「正式」終止學校和天主教會使用拉丁文而採取的措施。不過，這種畫分仍是折衷辦法：例如，在年表的一端，當義大利人文學者維羅納的學生已非常熟練拉丁文時，北歐國家和他們同屆的同學卻仍是「蠻族」；年表的另一端，同樣在義大利，有人自一九三〇年代起，興起一股名實相副的「泛拉丁語風」（panlatinisme），然而比這更早十年，布爾什維克突然取消俄羅斯教學中的拉丁文課程。無論如何，有一個長約五個世紀的大時代，在拉丁文的影響下似乎有著不容置疑的統一性，而且適用於西方世界（我們探究的區域）的絕大部分地區。這個區域涵蓋甚廣，確切地說，從俄羅斯到美國都包含在內。這種跨國觀點是絕對必要的，因爲我們探討的是一個普世性的語言，而與天主教會（也就是字面上的普世教會）有關的事必定超越國界。但這不表示每一個國家的事我都談（前面說過百科全書的方法不適用於本書），而是我選了既能使整體前後一致，又能代表所提出的問題和因應之道的材料和情況（雖然這麼做沒有比較容易）。要想一覽無遺地看到一個跨越大時代的

※本書中的「禮儀」，並非指一般認定的「禮節的規範與儀式」或「敬神致福的儀式」，而是用於天主教會中的術語。「教會禮儀」包含兩大基本要素，即「上主親臨並介入祂子民中間，施行救恩」和「教會對上主的讚頌與回應」。這兩個基本要素構成天主教常說的「禮儀」，即七件聖事、日課（《聖經》頌讚和代禱）和準聖事。

廣大空間，一定得採取「鳥瞰」的方式。如此我們的目光才不會被突出的地方情勢和特殊事件吸引，而是抓住有意義的整體，並透過它們，領會持續的實踐和論述是如何使拉丁文的問題成爲近代西方的文化問題。

四年來，在寫作本書的過程中，我得到來自四面八方的幫助，很高興在此對所有促成本書的人致謝：熱心接待我的機構——德國沃爾芬比特爾的赫奧古斯都圖書館、德國法史使命館、哥丁根的馬克斯・普朗克歷史研究所、柏林科技學院，以及提醒我注意或幫助我取得一些文獻的同事和朋友。所有樂於討論本書並把觀察所得與我分享的人，使我受惠良多：謹向克莉絲丁、弗朗索瓦、蓋洛、葛利尼、格拉頓、內弗、佩庫、塞內夏、拉農、羅薩、羅須、舒隆邦、塞可、史密斯、絮皮歐、史都佛、泰登及達維斯，致上最深的謝意。特別感謝包特利，他不但指點我，還同意將本書列爲他指導的叢書予以出版。最後，我要把本書的潤飾和編輯全歸功於安德森，他是第一位讀者和評論者：願他完全感受到我在此爲他的耐心、慷慨和眞誠，衷心感謝他。

柏林，一九九八年七月

# 第一部　歐洲的符號

# 第一章　拉丁文的搖籃：學校

要追溯拉丁文在西方文化中的蹤跡，一定得從學校著手。事實上，直到二十世紀六〇年代，學校和拉丁文總離不開關係，當時兩者並未混淆不清。只要想想巴黎的「拉丁區」，指的是長期以來學校林立的左岸就夠了。

基於明顯的便利因素，我們以法國的例子爲出發點，來理解拉丁文漫長的歷史。在引起我們注意的五個世紀當中，有三個階段格外醒目：和舊制度混淆的專屬特權、成爲十九世紀特色的優勢、拉丁文的地位從必修轉爲選修的對照期。針對不同國家（從俄羅斯到美國）教育史的調查研究，證實這個跨大型區域的年代確實有效。

放大視野使存在於共同的歷史進程背後，到處都採用的一些做法顯露出來。這點觀察使我們更奮力強調，在拉丁文的影響下，西方學校界根深柢固的統一是何等牢固且始終如一。

## 一、法國

### 專屬特權

「六年級學什麼？拉丁文。五年級呢？拉丁文。四年級？拉丁文。三年級？拉丁文。二年級？拉丁文……」這段簡潔有力的話，記載在科耶教士於一七七〇年出版的著作《教育計畫》中。這段話雖然充滿了論戰的意味，卻未完整表達出舊制度下教育的現實面。一方面，它寫於拉丁文的專屬特權已經引發爭議，而且有些受損；另一方面，它只留意中學的處境，對於兒童面臨的基礎課程（識字課）卻置若罔聞。

當時，小學生必須學習識讀拉丁文；只有精通這方面的閱讀，才能進一步學法文。首先，他要把心思放在拉丁文識字讀本，目的是學會辨識字母並將它們連成音節。接下來，他要練習識讀。他讀的書種類繁多，但永遠少不了用拉丁文寫的宗教作品（祈禱文、詩篇、日課經中領讀或領唱的經文、彌撒中應答輪唱的頌歌、禮儀日課等）。儘管選擇這些讀本符合學校在舊制度下應完成的宗教教育使命，但根據教師的看法，這是受到另一種迫切需要的指使（這個需要證明了基礎課程採用孩子不懂的語言寫成的書是對的）：培養孩子絕佳的拉丁語發音能力，更確切地說，就是讓孩子的發音和拼寫能力相符。誠如法國教士弗勒里於一六八六年的談話：「一開始我們讓學生識讀拉丁文，因爲我們按拉丁文的拼寫方式發音，比按法文的拼寫方式發音容易得多。」但在同一個年代，也有人（如：奧拉托利會、波爾羅亞爾社團）試圖建立一套從法文讀本開始的基礎閱讀課。法國教士拉薩勒（一六五一至一七一九）曾爲這方面辯護，理由是那些念「教會學校」的孩子接受教育的時間不長，因爲他們出身低微，必須早日賺錢餬口。這些試探性的做法，有些（有人認爲是波爾羅亞爾社團附屬的小學校）突然喊停，辯護詞也遭到多方抵制，因此直到十八世紀初，學校仍維持傳統教學法。之後，「本國語優先」成爲一種巴黎現象，繼而出現在其他都市；但在鄉下學校，採用拉丁文基礎課程的做法仍維持到舊制度末期，這點和當時與格雷古瓦教士通信的人於一七九一年所做的總結相符。

孩子上中學後，便進入一個充滿拉丁文的世界，誠如學校建築物的三角楣和各教室入口上方的刻印文字：*Collegium*（中學）和 *sexta, quinta, quarta*（六年級、五年級、四年級）給他的指示。事實上，拉丁文是以主人的姿態獨占中學的統治地位。它在這裡是口語，是老師授課、評論文章、講解時使用的語言，也是學生在課堂上、課間休息時的語言；此外，還有「間諜」專門負責檢舉任何違規的行爲。怪不得拉丁文也是處罰用語：十八世紀初，對犯錯的學生，老師會說 *porrige manum*，意思是要他伸出手背挨打。拉丁文也是老師用來評分的語言。例如，十八世紀二〇年代，在路易大帝中學，最優秀的拉丁文翻譯習作會得到 *palmas*（榮譽）這個讚美詞，而最爛、蠢話連篇的譯文則理應得到 *non potest legi*（不堪一讀）這個評語。最後，拉丁文也是老師用來評論學生的語言。例如，十八世紀中葉，在屬奧拉托利會的特洛瓦中學，神父偶爾會拿學生的姓名開玩笑（即使用雙關語）：對一個名叫維蘭（Vilain，指搗蛋鬼）的壞學生，用 *Non solum nomine, sed re*（簡直人如其名）來形容；腦袋不靈活的艾棠（Étang，池塘），被說成 *Instar stagni revera dormit*（活像個池塘，他眞的睡著了）；而向來不用功的拉夏思（Lachasse，狩獵），則是 *Dum lepores venatur, scientia evanescit*（他追野兔時，把學問也搞丟了）。

上述種種用法反映出拉丁文當時在學校界的地位。它是主科（希臘文課程自十七世紀下半葉起迅速減少，而當時學校尚未傳授法文），是通往其他知識（如歷史、地理、修辭學或哲學）唯一的途徑。在持續將近十年才完成的課程期間，中學生耗在拉丁文上的時間多得驚人。踏入中學前，他早已透過小學基礎教育或家庭教師做好準備（十八世紀比十七世紀花更多功夫）。因此，他具備了基礎知識、語尾變化、動詞變位和文法規則，而且可以開始進行很多循序漸進的口語和書面語練習：包括分析文章（指耶穌會士的「講章」）、每日背誦文選、學生之間辯論或「討論會」、演講、戲劇表演，以及寫散文、作詩、把拉丁文譯成法文。當然，課本是用拉丁文寫的，無論是文法書或是用來幫助學生寫作的參考書，例如《帕納森拉丁詩韻詞典》用於寫詩，《反蠻夷小詞典》用於寫散文。

這幅景象未經多少修正，直到十八世紀五〇年代仍隨處可見；至於耶穌會士管理的中學，則持續到一七六四年政府禁止該會神父在法國活動爲止。不過，在波爾羅亞爾社團附屬學校，仍有人以法語教書，用法文寫文法書，減少口語拉丁文的分量，讓「拉丁文翻譯練習」（即把拉丁文譯成法文）優先於「法譯拉丁文的練習」（即拉丁文散文創作），最後並降低拉丁詩的重要性。這些「小學校」的實驗維持不久；儘管如此，到了下個世紀，波爾羅亞爾教師的構想再度出現在論及法國教育法的不朽著作，即羅蘭的《純文學教學方法論》（一七二六至一七二八年）中，後來並出現在教改計畫和幾個「現代化」教學的實驗中。

早在十七世紀，政治家李希留催生的皇家學院計畫（一六四〇年），與更具體地在奧拉托利會的教學實務中，就曾對拉丁文的專屬特權提出質疑：自一六四〇年起，瑞伊利中學的康德藍神父提供學生用法文寫成的拉丁文文法書；將本國語應用在教學上，唯從三年級文法課（相當於今日四年級）開始，課堂上才強制說拉丁語。在十七世紀中葉，該校的修辭學課是以拉丁文傳授的，但一個世紀過後卻改成法文，範例大都以法文寫成，古代文選也出自譯本。雖然如此，拉丁文（希臘文也一樣）在瑞伊利中學仍備受崇敬，而且用在典禮上（例如頒獎），直到舊制度結束。不過，在奧拉托利會內部，情況則因學校而異。例如，艾非特中學（創於一七二四年，一七七六年改爲皇家軍校）仍維持拉丁文教育；但應「僅限於協助學生領會所有古典作家的作品」，因爲「過分推廣這種教育是無益的」。索雷茲中學（自一七七一年起改爲另一所皇家軍校）也持同樣的態度。

十七世紀初法國基督教新教中學的教學法，在我們看來，幾乎和耶穌會學校沒什麼兩樣：拉丁文占去大部分的上課時間；異教徒古典作家的作品是「課程」重點；沿用同樣的課本。當然，差別是有的：爲促進宗教教育的吸收，學生學習用法文閱讀；在結合三個教學階段並以培育牧者爲首要目標的學院中，對古代作品的選擇比耶穌會中學的尺度較寬；除拉丁文外，學生還得研習其他兩種《聖經》語言，即希臘文和希伯來文。不過，還是相似點占優勢：兩種體制皆由人文學者的方法主導；在同一世紀期間，隨著希臘文和希伯來文學科在基督教學院中衰微，兩者的差異也愈來愈模糊了。

除某些學校特有的方針外，我們發現，在十八世紀口語拉丁文有普遍衰微的趨勢：「我們中間，比較好的中學內部，無論是世俗學校，還是修會學校」，普魯契教士於一七五三年說道，「終於有人承認，老是說一個別人不懂的語言實在很不方便，於是把這個慣例取消了。」因此，學校日益採用法語傳授修辭學，特別是在十八世紀下半葉；數學課的情況也如此。雖然在十七世紀，有完整訓練的中學以培育能說、寫、讀拉丁文的學生爲宗旨，這個抱負卻隨著時間簡化，直到只要理解書面語言即可。學生的指定作業也反映出這種演變：「拉丁文翻譯」逐漸取代「法譯拉丁文」的首要地位。課本也有同樣的趨勢：不僅文法書和其他入門書逐漸採用法文版本，拉丁文單字和片語彙編也愈來愈少見；與此同時，特別爲中學生練習翻譯而編寫的《選集》則逐漸增多。

因此，在十八世紀下半葉，拉丁文在學校中的專屬特權，隨著教學法語化而受損，它的地位也逐漸縮小到書面語。但這樣的演變並非直線發展，而是受到許多抵制。雖然講拉丁語的硬性規定，於一七五四年在屬奧拉托利會的聖奧麥中學引起學生暴動，但一七六三年在同屬奧拉托利會的阿凡中學，學生還是講拉丁語，甚至遊戲時也講。有時，學校也會採取權宜措施：一七六五年，屬奧拉托利會的康布雷中學決議早上講法語，下午講拉丁語；一七七六年，亞眠中學採用類似的解決辦法，准許一位想用法語教學的哲學老師以法語教實驗物理學，但必須繼續以拉丁語教哲學。拉丁文的命運很可能是在一些中學關閉，並在耶穌會士被禁止活動期間遭到封殺：事實上，有許多教育計畫如雨後春筍隨之湧現，其中很多和最著名的《國民教育論》（拉夏洛泰著，一七六三年）一樣，想要「賦予母語優先地位」。但這些想法並沒有產生任何具體結果；甚至，一七六六年爲招聘教師而舉辦的教師資格會考，還完全以拉丁文試題爲主。最後，連教育機構最嚴厲的批評都沒有把目標放在取消拉丁文，而只求降低它的地位，誠如作家達朗伯在《百科全書》的詞條「中學」所評注：

> 我絕不反對學習荷瑞思和泰西塔斯用來寫作的語言：這種學習絕對有助於認識他們偉大的作品，但我認為應僅限於理解，因為把時間花在拉丁文寫作上是浪費的。這個時間用來學母語更好。

保守、節制、權宜措施：這一切不正說明了承自學校，經年累月在老師的教鞭下孕育出來的「偏見」嗎？「我們每一個人，」譚伯理於一七〇三年寫道：

在童年時期，除了中學傳授的語言的崇高價值不斷在耳邊回響外，什麼都沒有……因此，我們整個少年時代都在不斷讚賞這些語言中度過，從未有人告訴我們有利於母語的話。這是不爭的事實。或許他們還因什麼都沒說而滿足；他們幾乎總是誇讚其他語言來損害母語，而且無限貶低母語，使它不如這些語言。

這種「過度重視」拉丁文，並因而「蔑視」本國語的態度，或許在十八世紀逐漸減弱，但絕不是一夕間從校園中消失，尤其是拉丁文化的堡壘——耶穌會中學（這裡也是大多數法國改革菁英接受教育的地方）。

辯論和改革對大學幾乎沒什麼影響：整個舊制度期間，大學始終保有濃厚的拉丁文色彩，無論授課或考試皆是。皇家學院曾試圖用本國語授課但毫無結果；一六八四年，該校被禁止「用法語口授或講解」，這個禁令持續整個十八世紀，至一七九一年爲止，公告皆以拉丁文印製。只有特殊教育，像是博物學家布豐伯爵在國王的花園上課，或舊制度末期，礦物學暨礦石分析學校、礦務學校或美熱爾工程學校安排的課程，才以法語授課。

在法國大革命前夕，拉丁文雖不再享有專屬特權，卻仍在校園內保有鞏固的地位。它依然是主科：學校已採用法語教學，但尚未傳授法文文法或文學。因此，中學生大部分時間都花在「學拉丁文」。

## 優勢

法國大革命記錄了一個反撲運動：重申並發揮教育改革家的提議，以及革命前「三級會議」陳情書中的建議；改革者爲教學法語化辯護，有時果斷（例如在沙托特里），有時放不開（例如在艾宋，有人想把一天分成兩半：早上歸法語，下午歸「死語言」）。呈交議會的國民教育組織系列方案和「冒險的」教育家擬出的計畫，都認爲應取消繼續用拉丁文教學的做法；儘管大家都同意有必要「抖掉拉丁語風的枷鎖」，但對於新的教學法中法文和拉丁文的相互地位，卻意見分歧。雖然教學法的問題在當時受到強烈關注，一項包含整體國民教育的法案卻得等到國民公會最後幾天才能進行表決。於是，「革命第四年霧月三日」（一七九五年十月二十五日）的組織法，追認中央高等學校的設立，這是「革命第三年風月七日」（一七九五年二月二十五日）的法令所擬定的。在這些有志於納入各種學科，並視文科次於理科的學校中，拉丁文只是眾教材中的一種，而且僅限於第一類組。

之後，執政府藉「革命第十年花月十一日」（一八〇二年五月一日）的法案，廢除中央高等學校，重建中等學校，並創設三十所公立中學（做爲第三級教育）。在這裡，拉丁文收復失土。「革命第十一年霜月十九日」（一八〇二年十二月十日）的決議第一條明示：「我們在公立中學，將以傳授拉丁文和數學爲主。」帝國大學的設立（一八〇六至一八〇八年）加重了革命第十年的

「拉丁語風」：規章和課程使拉丁文在公立中學的地位愈來愈高，以致布諾夫在一八一二年中學優等生會考的頒獎典禮上，用拉丁語大聲說出：「因此，羅馬人的語言復活了。」

學校再度成爲一七八九年前的拉丁區。曾於一八二八至一八三一年就讀凡恩中學的教育部長西蒙，形容該校是「舊制度的學校」，他幾乎引用科耶教士的話來描述學校老師的授課內容：「他們教我們什麼？除了拉丁文，還是拉丁文。五年級時，我們從《羅馬史摘抄》讀到《拉丁史家》；四年級時，從《變形記》讀到《牧歌》，以此類推。二年級時，我們開始發現法文……但拉丁文總會回過頭來成爲主要且幾乎唯一的學科。」整個學校生活全在拉丁文的影響下度過。拉芒帝伯爵在自傳中談到：「從我上中學開始，拉丁文這個語言就伸出所有魔爪撲向我。」雨果也以類似語氣回憶學校課程：

> 當我擺脫中學、法譯拉丁文的習作
> 和拉丁詩……

法國大革命不過是一段插曲，才開始不久就結束了。和舊制度比較起來，唯一不同的是：學校只用法語教學。從此小學生學習識讀的材料，是以本國語寫成的文章：語言學家布魯諾曾提出一八六〇至一八七〇年間，幾個使用拉丁文的例子，但似乎除了天主教女子學校外，很少有學校這麼做。此外，某些老師仍維持在課堂上使用拉丁語的老習慣，像是拉芒帝幼時忍受的這位老師：

（他）佯裝奉上頭指示，只能使用這個語言。連我們的名字都被他拉丁化了：我變成 *Leoncius*（原為 Léonce），我的競爭對手變成 *Petrus*。而整個合唱團都被冠上優雅的外號：*ingenui adolescentes*（穎敏的少年人）。像這樣沒完沒了聽這種晦澀難懂的方言，對耳朵和靈魂是多大的折磨啊！

甚至，有段時間拉丁文曾恢復在教學中的正式地位：一八二一至一八三〇年，學校重新採用拉丁文教哲學課。

教育歷史學家一致同意直到十九世紀八〇年代爲止，拉丁文始終在中等教育占有主導地位。這個「無可爭議的優勢」（套句梅耶爾的話）從課表上明顯可見：確切地說，在一八八〇年，「六年級生」一周共二十四小時的課程中，有十個小時在學拉丁文；而全校（不分年級）用在學古代語言的時間，超過上課總時數的三分之一。隨著一八八四年和一八九〇年的改革，這個比例上升至百分之四十。設於一八〇八年的業士學位考試（即中學畢業會考），更肯定了拉丁文在十九世紀法國中等教育中的優勢：直到一八八二年專業教育業士學位設立前，拉丁文一直是所有考生的必修科目。之後，學生無須修拉丁文，也能成爲業士；儘管如此，「近代」業士還是等到一九〇二年，才取得和「古典」業士平等的合法地位。怪不得號稱「法國教育制度的延伸和最高成就」的高等師範學校，於一八〇八年重組後並整個十九世紀期間，會讓古典人文學科占盡優勢：一八五〇年，古典人文學科占入學考試一半以上的試題（七項中占了四項），其中拉丁文的分量最重，包括把拉丁文譯成法文、拉丁詩創作和演講。這種情況持續到一八八五年拉丁詩被取消爲止；至於拉丁文演講則保留至一九〇四年，才被法譯拉丁文的試題取代；最後，直到一八九六年，理科考生都得接受和文科考生一樣的拉丁文翻譯試題。在高等教育方面：直到一九〇三年，大學始終保留用拉丁文寫第二篇論文的規定。天主教神學院也要求學生必須用拉丁文進行博士論文答辯，直到一八八五年才取消這項規定；此外，天主教神學院還專門以拉丁語授課（至少針對那些被視爲最重要的科目），直到一八三八年爲止。

這一切說明了，和在舊制度下一樣，學生仍必須經年累月耗在各種拉丁文習作中：拉丁文翻譯、法譯拉丁文、詩和散文的創作。這一切也是各類教科書（文法書、詞典和用語彙編、練習本、文選等）過度盛產的原因；拉丁文教科書出版業一整個世紀都極其活躍，平均每十年出版的新書不少於兩百種。因此，法國漫畫家葛威里以「一隻鳥被人用漏斗強餵拉丁譯本」來描繪年幼的中學生，眞是一點也不誇張。和拉丁文有關的「課程」，必定少不了懲罰：在著作中罰包法利「做二十遍動詞 *ridiculus sum*」詞形變化的作家福樓拜，自己在青少年時期也曾被「罰抄一百遍史詩《伊尼德記》的部分章節；他的朋友杜康則從未忘記一八三二年的某一天，「像個罪犯般被關在」路易大帝中學的禁閉室，在隔天可能再被關進來的威脅下，不得不抄寫「一千五百至一千八百行拉丁詩」；雨果在控訴中學和它的「拉丁文推銷商」（老師）時，引證懲罰如雨點般落在年輕的修辭班（舊時法國中學的最高班）學生身上：

星期天留校罰抄五百行荷瑞思的詩！

……外加二十遍普朗卡頌歌和畢松書信。

拉丁文的這股優勢，也因約十五個加強十九世紀教學法的改革而增強。「創新者」爲活語言、特別爲自然科學爭取更大空間的任何嘗試，不但招來強烈反對，還掀起「因襲傳統的人」非常具體的反應。後者自重新掌權後，就急著恢復古典人文學科的優勢，甚至欲抬高其身價到像在一八八四年和一八九〇年一樣。整個十九世紀，科學人文主義始終處於劣勢，而「分科」的失敗（自一八五二至一八六三年，將三年級到修辭班，分成文科和理科兩個平行的組別），也造成嚴重後果。在這項改革期間，「改行」念理科的學生備受同學輕視。「身爲文科學生」，作家法朗士寫道：「我支持班上同學的偏見，並盡己所能嘲笑理科學生既粗俗又笨頭笨腦。」而不含拉丁文課程的中等教育的設置，更增強了拉丁文的「神聖化」。這種爲回應日益增長的需求，並針對未來打算從事農工商的孩子而設計的教育，實際上是一八六三至一八六五年間，隨著教育部長迪律伊創立專業中等教育而開始實施的。然而，這項設置對早已享有盛譽的古典中學來說，與其說是競爭，倒不如說是錦上添花；這種貶値事實上反而增強古典人文學科至高無上的地位。

拉丁文不但是公立中學的「教育基礎」，甚至對本國語教學也影響深遠。事實上，拉丁文教育的目標不在於培育拉丁文修辭學家或詩人，而是別有企圖：讓學生透過模仿拉丁文，熟練一種書面的、文學的法文，即語言學家布雷爾所謂的「一種類似拉丁文」的法文。因此產生以下幾種做法：以精通拉丁文爲目標的習作（如教育部長維勒曼於一八三九年重新提倡背誦古典作品）；

讓學生研讀「夾雜著」古代經典作品的法國文學名著；還有，要求學生用法文，按他們非常熟悉的「古式」主題寫記敘文，讓他們不僅從古典拉丁語風重新找到表達方式，也重溫一些作品。因此，公立中學傳授的法文「不像是一個獨立存在的語言，倒像是一個從拉丁文衍生出來的語言」，而這個模式的力量始終存在，以致「用間接但意思強烈的方式來描述，也就是用拉丁文的模式寫法文」。

## 從必修到選修

整個十九世紀（特別是下半葉），拉丁文還是衰落了：一八七二年，教育部長西蒙取消拉丁詩，下任部長巴比曾企圖恢復這項課程，但未成功；一八八〇年，拉丁文作文和拉丁文演講，分別從中學畢業會考和中學優等生會考中消失，繼而在一九〇二年退出公立中學的課程；法譯拉丁文的練習早已沒落，學生的習作逐漸僅限於拉丁文翻譯。一九〇二年的改革，正式結束了拉丁文在中等教育中「無可爭議的優勢」：在相繼創立的兩個學習階段中（即初中和高中），設有兩個不含拉丁文的組別，B組（從六年級到三年級）和D組（二年級和一年級）；這兩組繼承專業教育的傳統，但現在被完全併入中等教育系統（有人說這是「歧異中的合一」），而且理論上和其他組別地位平等。

然而，實際狀況卻非如此。即使用來標示不同組別的字母，也證實建立在古典人文學科上的階級觀：因此，中學第一階段分成A組（含拉丁文）和B組（不含拉丁文），第二階段分成A組（拉丁文—希臘文）、B組（拉丁文—其他語言）、C組（拉丁文—理科）、D組（理科—其他語言）。對「近代」教育而言，它在這種組織架構表上的地位並非吉兆：事實上，無論從招生或從「酷似」古典教育的外貌來看，它都是次等的。

而這個「先天性的劣勢」始終存在。即使第三、第四共和政體期間，法國教育界歷經多項改革（第四共和政體至少有十四項），也無力迫使近代教育和古典教育處於平等地位，這個失敗的結果反而襯托出拉丁組的優勢。一九二三年，貝哈的改革（取消中學第一階段的近代組），使一九〇二年的編制遭到部分推翻：拉丁文再度成為六年級到三年級的必修科目。這項措施持續不久，一年後近代組又重新設立（一九二四年八月九日的法令）。此外，一項新的改革（一九二五年五月十三日的法令），將中學第二階段從四組改為三組：A組（拉丁文─希臘文）、A'組（拉丁文─理科）和B組（其他語言─理科）；拉丁組被刪掉一組，也就是原有的B組，理由是招生和學習成效都不理想。另外特別加重理科（包括增加理科在這三組中的課程）。不過，當時積極為理科建立的平等地位，還是很快就面臨種種困境：課業負擔過重、學生過度勞累、中等教育完全免費（一九二八至一九三三年）導致學生人數大幅成長。於是，在一九四一年，卡科皮諾恢復相當類似於一九〇二年的編制。若以理科為基礎來統一中等教育的做法失敗了，那麼以法文為統一基礎的做法就更不可能成功。一九二五年，有人設置所謂的「大合班」，將不同組的學生集合起來上共同的法文課：這項措施的目標之一是藉安排獨立的法語教學來提升近代組。「大合班的失敗」，普羅斯特寫道，「確認了近代組有史可稽的劣勢」，同時反映出古典組的優勢。而當時唯一名實相副的近代教育（女子教育）的發展更襯托出後者。一九二四年，當女子教育得以和男子教育平起平坐時，它效法古典教育的模式，也因此有機會接觸拉丁文（容後再述），在當時被視為一項女性的戰利品。

即便在一九四五年後，拉丁文仍是教育編制的爭論焦點，特別當面對中學人數增加、六年級新生的社會地位不平等，有人提議在中學第一和第二階段之間，設立一個爲期一、兩年的過渡期，讓學生在這段期間「接受觀察」，之後再依最適合各人能力的方式給予指導。這個分科前的基礎課階段，是教育部長讓扎自一九三七年起大力推廣的概念，第二次世界大戰後又有人提出來（特別在著名的朗芝萬—瓦隆改革計畫中），可惜並沒有任何具體結果。原因是「又被拉丁文絆住了」。基礎課階段只有在眞正具有共同性時才有意義，而這意味著拉丁文的課程要延後一、兩年才上。然而，針對這點的爭論卻最激烈，直到第五共和政體期間（特別強調校務隨意制，並在執行上給予空前的自由度），才在一九五九年一月六日發布法令，設立一個爲期三個月的基礎課階段：古典組和近代組的區別，只是把拉丁文課程延後到六年級第二學期初。拉丁文還是屹立不搖。評論家蓋埃諾回想拉丁文在當時是教育的「中流砥柱」，就連公立中學的課程怎麼安排，都得取決於這個「台柱」。

儘管如此，仍有不利的徵兆出現。一九五六至一九五七年間，約有一半的六年級新生選擇近代組。此外，古典組的人數隨著年級遞減：六年級的古典組學生比近代組多一點；到了一年級，前者人數只剩一半；而參加中學畢業會考的學生，只有百分之三十是六年級就選擇古典組的小拉丁文學生。如此可觀的下降趨勢顯示古典教育大大衰落了。此外，課程安排雖仍顯得野心勃勃，上課時數卻早已縮減：一年平均不到一百二十五小時，也就是說，整個修業期間總計大約七百五十小時（結業班一個半小時的拉丁文和希臘文課並非硬性規定）；對照之下，一九〇二年教改前的總時數有一千四百小時，改革後還有一千二百六十小時。一九五九年創設的近代文科教師甄試（對象是高中、大學教師），幾乎肯定了這種趨勢。「近代文科」指的是以一種活語言和拉丁文取代希臘文；拉丁文仍維持必修，但降到次等地位。對此，傳授古代語言的教師紛紛發出警告：「危機」、「衰落」、「辯護」等字眼頻頻出現在教育或聯合月刊裡；一九五四年，第戎大學文學院教授聖德尼藉一篇文章標題〈我們要冷眼旁觀拉丁文學科臨終嗎？〉所提出的疑問，更流露出深切的憂慮。

知道後續發展的人，或許會說這是一種預感。一九六八年「五月風暴」後不久，教育部長富爾在中學六年級設立一個眞正的基礎課階段，也就是沒有拉丁文，而以著名的「三種語言」（母語、現代數學和一種活語言）爲共同基礎。爲迅速執行這個決議，他用一個簡單的法令（一九六八年十月九日）規定六年級的作息表和課程內容：其中完全不見拉丁文。這是很不光彩的事，可以說，拉丁文失去了在教育界的威望與核心地位。更糟的是，「這可怕的打擊」是來自一個保守派政府的部長，而且他自相矛盾地引用五月風暴「追求平等」的精神來爲自己的行爲辯護，並宣告古典學科從今以後是「民主化的阻礙」。

這項終結百年傳統的措施引發激烈的抗議。職業協會和學術團體（包括拉丁文研究學會、希臘文研究學會、布德協會、高等教育古代語言教授協會、法語暨古代語言教授學會等）都發表見解，在報上刊登各式各樣的公開信，簽署請願書，召開記者會，遊說權威人士；一個特殊的協會成立了，主旨從名稱一目了然：捍衛拉丁文協會。碑文暨純文學學院和許多知名人士都表態支持這個訴求。一些國會議員在國民議會（一九六八年十月二十九日）和上議院（一九六八年十一月二十九日）設法調解，但都徒勞無功：富爾部長不但追認十月九日公布的措施，還表明有意將拉丁文課延到四年級才上；同時，除「三種語言」外，再加進一項新的基礎教育：工藝；另外除了這些必修科目，也開放一些附加的選修課：學生可選修拉丁文，也可選修第二現代語言。部長唯一勉強讓步的是，學校可以向五年級生「傳授一些人文學科的基礎知識」，換句話說，就是讓他們「沾一點拉丁文」。次年七月九日，政府公布新的決議，將拉丁文課延後到四年級。一九七〇年四月十四、十五日，當國民議會在討論教育問題時，已卸下部長成為眾議員的富爾仍大力維護自己的教改政策，甚至補上一句「或許把古代語言的課程延到三年級再上也不算太糟」，因而引起一陣騷動。

陰鬱的年代來到，學生人數急遽下降：一九七五年，參加中學畢業會考的拉丁組考生，是一九六八年同組考生的三分之一。此外，拉丁文課程雖仍沉重，上課時數卻明顯減少（三、四年級皆少了三分之二），而且常安排在很差的時段。一九九二年，布德協會祕書針對中等教育提出一份再悲觀不過的報告。他指出：「古典學科的處境，實際上不再只是像我們過去幾年來婉轉重申的那樣令人擔憂；從很多方面來看，簡直慘不忍睹。」至於「三、四年級學拉丁文和希臘文的學生人數理論上增加了」的說法，只不過是個圈套：這些學生幾乎全在三年級放棄這兩種學科，原因是古代語言對中學畢業會考來說根本無足輕重，沒有理由繼續學下去。這種疏遠古典學科的結果也波及高等教育，從此，取得古典文學士學位的學生每年不到四百五十名。從拉丁文教科書的出版，也看得出衰落的現象：一九〇〇至一九八七年間，平均每十年有一百一十四種新書出版，但在一九七〇至一九八七年間，卻不及一百三十種；而且產量下跌的速度愈來愈快，一九八〇至一九八七年間，只出版了三十四種新書。衰落和不感興趣相結合。一九九四年，納唐出版社發行《教育與訓練百科詞典》：在這本書中，我們找不到任何拉丁文、古代語言或古典語言的「詞條」；自一九六〇年《法國教育實用百科全書》貢獻一長串詞條給古代語言，裡面記載滿滿的歷史資料和教育觀點以後，時代就完全改變了。此外，拉丁文今日也不再是國立教育研究院（負責研究法國教育的組織）的目標：現行的研究計畫中，沒有一項與古代語言的教育和教學法有關。

然而，隨著貝魯為學校訂定的「新契約」，拉丁文重新被納入學生自五年級起的課程。這項措施（一九九五年開學期間嘗試實施，一九九六年正式推廣）受歡迎的程度遠超過預期：初中和高中的領導階層原本指望有百分之二十的五年級生選修拉丁文，結果人數竟達三分之一。我們必須強調，貝魯的改革政策只承認拉丁文是單純的選修課，所以不應對拉丁文這次捲土重來過於樂觀。

## 二、西方國家

專屬特權、優勢、從必修到選修：這三種狀態點出拉丁文從十六世紀至今，在法國學校界的命運特徵；這些特徵在類似的年表，也出現在西方世界：無論在何處，拉丁文的統治權都根深柢固而持久，不但成功抵制敵對勢力，而且直到近代才瓦解。雖然這普遍的景象必須稍加調整，才能考慮特殊的轉變，這幾處修改卻不會令人對一個統一的歷史產生懷疑。

## 拉丁文學校

「拉丁文學校」（近代某些國家用來指今日所謂的中等教育）這個詞，充分表露出拉丁文在教育界的分量。在十六世紀，拉丁文是無所不在的。在倫敦，它主導聖保羅學校：該校於一五〇九年由人文學者科利特創建，是英國「文法學校」的典範。學生在閱讀文章前，要接受扎實的文法教育，當時很快成爲教學依據的是利里版《文法書》（這本教科書在一五四〇年由亨利八世裁定爲全英國的「通用手冊」或「皇家文法書」）。學童必須同時精通口語拉丁文和書面拉丁文：因此有藉由對話、朗誦、文法辯論等形式進行的會話訓練，也有翻譯、寫散文和寫詩等各種習作。同樣的情形也發生在威尼斯。約六、七歲孩子的基礎課程從文法開始，教學依據往往不是人文學者的教材，而是中世紀的著作，而且以哥德式字體印刷。首先，學生必須「按規則仿說拉丁語」；之後，他們排出簡短的語序。接下來，他們開始接受有助於熟練書面拉丁文的練習，例如：把書信從義大利文譯成拉丁文。閱讀方面，則從具道德範例的文集，也就是老加圖的《二行詩》讀起。到了十二歲左右，當少年準備進入人文主義學校時，他已經有能力讀西塞羅、維吉爾、泰倫斯和荷瑞思的作品。在列日（比利時），共生會附屬學校的教學重點放在口語，因此，孩子從七歲起就有能力用拉丁語表達己意。這是因爲他們把拉丁文當作活語言來學習，而且特別以一些爲他們編寫的「對談」集爲依據：事實上，這些教材是把適合孩子年齡的問題討論搬進書本裡，用簡易、正確的拉丁文寫成，其中並富含拉丁語錄。強調口語拉丁文（包括應用在遊戲中），並不表示不重視扎實的書面語基礎，這裡同樣有散文和韻文習作。在布藍茲維（現爲德國布藍茲維），學校正如一五六九年的法令所規定，是「名副其實的拉丁文學校」。孩子從一開始就沉浸在拉丁文中：他們學習閱讀的識字讀本是用拉丁文寫的，而他們辨讀的第一篇文章是〈天主經〉（又稱〈主禱文〉）。接下來，除了學文法外（約占四分之一課表），學生從三年級起就不准再說「蠻族話」，而且必須努力在短期內學會足夠的詞彙。拉丁文實際上是學校界的媒介，是老師對學生說話的用語；它也是用來區別的符號：一五六二年有項規定要求學生「無論在任何場合都要講拉丁語，這樣他們的談話才能使他們有別於未受教育的人，同時證明他們是學生」。實用的書面語習作和對話形式的口語練習，使一整天充滿了節奏，拉丁文以各種形式呈現百分之六十七到七十七的學校活動。

這幾個例子雖然反映出一個相同的拉丁文世界，卻取自宗教信仰不同的國家。這是因為宗教改革並未像推動教會說當地方言一樣，也推動學校說當地方言；事實正好相反。在德語國家，起先聯合抨擊教會和學校的宗教改革家，後來因路德和梅蘭克松的緣故（尤其後者），而改採具建設性的態度：外號「德國導師」的梅蘭克松領導中小學和大學改革，為新學制訓練大部分教師並出版教科書，其中尤以拉丁文版的拉丁文文法書在信義宗（路德派教徒）國家大受歡迎。這個結果為德國學校界帶來根深柢固的統一，其特色就是宗教和人文主義文化密切聯繫。回到布藍茲維的例子，為使基督徒（特別是未來的牧者）有能力直接閱讀《聖經》的文句，因此古代語言備受重視；不過，希臘文和希伯來文的分量比拉丁文少很多。和所有人文主義學校一樣，那些被中世紀學校摒棄的古典作家大舉回歸校園，其中尤以西塞羅、泰倫斯和維吉爾名列前茅。至於德文，則未被列入教學大綱，甚至懂拉丁文的學生也不准使用這個語言；老師頂多注意學生把拉丁文譯成德文的譯文正確與否，給他們幾個字用德文寫寫文章。「經過宗教改革的」學校賦予宗教教育重要的地位；不過，在講解路德的教理問答時，不但用拉丁語，也用德語。除宗教是例外（其實不完全是），在布藍茲維公國和似乎在整個信義宗德國的學校，基本上與天主教國家的學校仍很相似。到了十七世紀，情況幾乎沒有改變。隨著小奧古斯都公爵的重大法令（一六五一年），學校課程將宗教教育排在首位，而且從此必須以當地方言傳授這門課。這麼做是顧及效率問題（「用德語講解教理問答，可以幫助學生更堅定敬畏神」），和語言純粹主義者的想法：學校力圖反覆灌輸給學生的古典拉丁文，很可能被宗教作品中比較混雜的語言給污染了。不過，有些老師仍繼續用拉丁語講解教理問答。此外，高年級生藉研讀哈特的《神學概要》接觸神學時，也用拉丁文。拉丁文在實際教學中仍居首位，包括占用大部分上課時間；除了低年級，它仍是老師和學生之間溝通的語言。不過，督學史瑞德的多次提醒令人聯想到，口語拉丁文可能在十七世紀下半葉已衰微。在這段期間，本國語的確怯生生地出場了：德國學校採用德語教學，甚至教德語；同樣在這些學校裡，依然有少數學生能結結巴巴地背誦「多納圖」（多納圖斯是羅馬帝國拉丁文文法學家和修辭學家，他的拉丁語法著作為中世紀各學校唯一的教科書，因此他的名字在西歐成為文法書的同義詞）。同樣在信義宗的世界，位於斯特拉斯堡的颶風中學（一五三八年），以古典語言為所有課程的基礎，學生從拉丁文開始接受扎實的文法訓練；在法國大革命前夕，德語雖已用在教學上，拉丁文仍是學校和大部分課本的正式語言。

類似情形在歸正宗（加爾文派教徒）國家也處處可見。在瑞士洛桑，預備學生升入學院，以便將來承擔牧職的中學，按一五四七年的章程以拉丁語授課。在初級班（即第七學級，成員為六、七歲孩子），拼字、閱讀和寫作等基礎課皆採用拉丁語；老師只在翻譯詞彙時才講法語。反之，宗教與道德的基本知識則以當地方言傳授；雖然如此，從四年級開始，教理問答必須以拉丁語講解。一個世紀過後，一六四〇年的章程仍呈現拉丁文的優勢：中學必須訓練學生不但能讀、寫拉丁文，還要能講拉丁語；爲此，大學生聯盟的首要之務是「協助學校訓練學生使用拉丁文」。唯一的例外是以法語進行的講道訓練；不過，用在預備講章的教課書仍以拉丁文寫成。在尼德蘭聯合省，古典語言不但沒有遭到摒棄，反而被賦予極正式的地位，因爲學校就叫做「拉丁文」。一六二五年，荷蘭省下令爲這些學校制定規章，這項章程直到一八一五年仍有效。其中拉丁文（書面語和口語皆是）占盡優勢；因此，每年舉辦附帶考試的典禮時，阿姆斯特丹學校的學生必須在市內一座教堂當眾背誦演講稿。這些講稿無論在內容或形式上，幾乎和天主教界寫的演說詞沒什麼兩樣。

無論是天主教徒還是新教徒，十六、七世紀歐洲各地的學生都學拉丁文。當然和他們同時代的東正教教徒也如此。俄羅斯在彼得大帝統治期間，仿效耶穌會中學創立學校（例如基輔有一所學校提供古典課程）；莫斯科學院於十八世紀初重建時，就是根據這個模式，而羅斯托夫、諾夫哥羅或烏克蘭的車尼哥夫，也都循此模式創辦學校。因此，在一七五〇年，俄羅斯帝國有二十六所中學提供以拉丁文課程爲主的教育。

拉丁文不只在歐洲是中學生的家常便飯，在新大陸也是：美洲移民地制定的學制是仿自英國模式。大西洋彼岸（從歐洲來說，指北美洲，尤指美國）創辦的第一所「中等學校」——波士頓拉丁文學校（一六三五年），就是效法英國的「文法學校」訂定教學計畫：以拉丁文爲首的古代語言是學校教育的主軸。

所有年紀輕輕就開始學拉丁文，甚至偶爾得上初階課（閱讀）的孩子，都得在學習期間「呑下」並生產數量驚人的拉丁文作品。在英國的「文法學校」，學生的課業和在歐洲天主教耶穌會中學一樣繁重：德維爵士聲稱他在十七世紀初受教於聖愛德蒙時，曾創作至少二千八百句拉丁詩和希臘詩；英國占星家萊利回想自己在阿士比求學時，「任何主題都能即興作詩；各類詩體，六音步、五音步、抑揚格、薩福體都難不倒我。」一個世紀後，少年奧菲瑞（義大利悲劇作家）在杜林中學和同學比賽背拉丁詩：他深受奇恥大辱地敗給那位同學，因爲對方「一口氣背完維吉爾《耕作的藝術》中將近六百句詩，而且一個音節也沒弄錯；我卻連四百句都背不完，也沒有他背得好。」其他還有很多諸如此類的例證，但或許都不及小瓦得格拉夫初到伊頓中學時的驚訝反應來得有說服力；在這名七歲孩童的眼中，那裡眞是個「非常奇怪的地方……到處都是男孩子和拉丁文」。

儘管如此，拉丁文在十八世紀仍處處引發爭議，並面臨當地方言的競爭。忠於推理研究原則的波隆納耶穌會中學，在一六七五至一六八〇年間，始終持守「學生必須以拉丁語跟老師交談」的規定：「在學校，當眾回答神父時，我們都要講拉丁語，」阿達米在日記中寫道，「講通俗話的人都拿到壞成績。」但隨著時間推移，這項規定愈來愈無人遵守。在英國，把拉丁文當作口語的基礎課，同樣在整個十八世紀期間逐漸減少，以致這門課的教科書漸漸從「文法學校」中消失。

自然而然，當地方言深入教室。在洛桑中學，有人於十八世紀初引進以法文編寫的拉丁文文法書；而在一七二一年，學校鼓勵老師「用正確的法文字眼和措詞」解釋拉丁語作家的著作。在普魯士和玉登堡，學校課堂上也日益以德語進行講解。但這不表示學校眞的實施了通俗語言教育；事實上，德文的文學價值比法文（更不必說義大利文）還要更晚才得到肯定。在德語國家，就像其他地方一樣，學生是透過拉丁文學習（甚至發現）德文。這正是著名的心理小說《瑞瑟》中，主人翁少年瑞瑟在十八世紀末的眞實體驗。讀二年級時，他意識到自己

> 用拉丁文比用德文更能正確表達己意。因為講拉丁語的時候，他懂得恰如其分使用與格和賓格。但他從未想過在德文，例如：「我」這個字，mich是賓格，而mir是與格；他也沒想過自己應該像使用拉丁文一樣，也在使用母語時做語尾變化和動詞變位。不過，在不自覺間，他卻學到一些日後可以應用在母語中的概念。

然而，拉丁文和當地方言的競爭，仍隨著後者企圖成爲教學題材而愈演愈烈。在義大利，即使在耶穌會中學，義大利文還是得等到十八世紀五〇年代，才以補充教材的名義進入校園。和法國的情形一樣，這裡的耶穌會士遭到驅逐，使得教改計畫有了新的突破，當然也有人提出當地方言優先的要求：例如，戈齊爲威尼斯的學校擬定的教學計畫，就把義大利文排在首位，並將拉丁文課程局限於對書面語的理解。這些改革大部分只是紙上談兵，而在這套保留耶穌會學校主要特色的教學法中，唯一的創新是，特別重視把拉丁文譯成本國語的練習，並且開始有本國語的習作。即使在古典著作正享受「黃金時代」的美洲移民地，也有人對古代語言占主導地位提出質疑。這波從十八世紀五〇年代展開的反對聲浪，在該世紀最後二十五年間達到巔峰，反對者不僅

透過教育書籍，也透過報上文章抒發己見。寫這些文章的作者以「實用知識」爲口號，要求刪掉學校課程中的拉丁文，最起碼也要減少它的分量。他們要求優先考慮英語基礎課程，以及他們認爲一個新興民族必備的學科教育（技術教育或理科）。

我們需要手……更甚於頭腦。對古典著作認識得再深，也搬運不了橡樹；對《耕作的藝術》再怎麼有興趣，也耕不了田。我們有很多年輕人為《伊里亞德》絞盡腦汁，但日後他們卻必須用手清除泥沼，為沼澤排水。其他年輕人全神貫注於構思邏輯的三段論，但日後他們卻得操作犁柄。

有些人力圖融合古典學科和理科，像是尼克森牧師在一七八九年提議，今後都用拉丁文編寫理科書籍：這樣或許能同時滿足因襲傳統的人和革新者。除了激烈的辯護詞和比上述例子更合情合理的計畫外，這個「實用知識」的訴求並未得到任何具體結果；在十八世紀末，傳統課程仍維持不變，古典學科仍在美洲學校占盡優勢。

因此，拉丁文依然穩若磐石，教改失敗反而更增強它的地位。在波蘭，爲了改革日趨衰敗的教育制度而設立的國民教育委員會，於一七七四年的章程中終結拉丁文的專屬特權：把堂區學校的古代語言課程全部刪除，學童今後學習用波蘭語閱讀；其次，把古代語言變成伯爵領地學校的次要「科目」，拉丁文不僅排名在波蘭語之後，也在自然倫理、法律、政治經濟學與自然科學之後；此外，學拉丁文不再是爲了對話，而只是爲了閱讀。這項改革遭到強烈反彈，一些家長讓孩子退學，某些老師繼續以往的教學方式。一七八八年，這個委員會竟開倒車，恢復學校使用口語拉丁文的政策；在高年級，修辭學老師甚至只能講拉丁語。在皮蒙特（位於義大利北部），也有類似拉丁文堅持不退，且反倒因當地方言而增強勢力的例子。雖然法國大革命導致義大利語在皮蒙特取得優勢，拿破崙併吞後卻把法語強加於當地，先是和義大利語平起平坐，之後又讓法語居首位：於是，大都說方言的學童，變成在小學和中學要面對三種語言（法語、義大利語、拉丁語）；結果當然學習效果很差。二流的成績，因斷絕長久以來的習慣而心生懷疑，加上某種政治上的對立，這些全以拉丁文的名義結合：用來縮減古代語言分量的措施照樣失敗，應該全數撤銷。因此，在十九世紀初，和法國舊制度最後幾年一樣，在皮蒙特的鄉下學校，基礎閱讀課仍採用拉丁文作品。

拉丁文雖然在中小學克敵制勝，在大學卻坐享愈發穩固的地位：至少直到十八世紀五〇年代，大學仍保有濃厚的拉丁文色彩。常為人引述的例外（「一六八七年，托馬修在德國哈雷大學以德語授課」），因為一再出現，反而成了拉丁文占有主要且正式地位的象徵。這點在北歐國家和在南歐國家，在天主教界和在新教世界同樣眞實。在十八世紀，西班牙國王頒布的法令總是再三強調拉丁文是大學內唯一的語言；直到一八一三年，卡斯提爾語（純正西班牙語）才被宣告為教學語言。拉丁文同樣有理由在義大利的大學中占優勢：它是伽利略在帕多瓦大學授課時使用的語言；一個世紀後，另一位義大利文捍衛者瓦利內里醫師，也不得已用了拉丁文；即使到了十八世紀六〇年代，在杜林大學教物理學的貝加利亞神父仍用拉丁語傳授他著名的電學課。在瑞典，烏普沙拉大學始終忠於拉丁文，直到十九世紀四〇年代；而在芬蘭，土庫大學於一七四九年提出第一篇非以拉丁文寫成的論文，但這並未對一個前程似錦的傳統造成任何影響。

拉丁文最先從大學中退出的部分是口語。現行措施和提請恢復秩序都阻止不了口語衰退的趨勢。在牛津大學，訓導長勞德大主教於一六三六年制定的章程中，規定學生彼此間甚至用餐時，都必須講拉丁語，這些條例直到一八五四年仍有效；但實際上，十八世紀就再也沒有人在「餐廳」裡講拉丁語了。同樣的「規章」也強制要求學位應試者應神色自若地講拉丁語；一八〇〇年的考試《章程》再次重申這項義務。也因此，老師期望學生用拉丁語向他們討教。然而，一七二五年突然發生在基督城大學學生霍克身上的不幸事件，卻透露出當時口語拉丁文確已衰落：這名學生因無法清楚發出兩個拉丁字，而招來修辭學教授的斥責（當然，用拉丁語）：「給我滾出去好好學拉丁語；我可沒有義務待在這兒聽某某人講不出拉丁語。」

在十八世紀期間，有愈來愈多人試圖將通俗語言引入教學。以下幾點令人關注：當地方言在很多情況下被採用爲新學科或「技術」教育；有人常在拉丁文和當地語言之間猶豫不決；即使對現代語言大師來說，拉丁文仍保有一些權利。一七五四年，在那不勒斯，向來以拉丁語傳授形而上學和倫理學的哲學家傑諾維西，取得傳授貿易學的職位，這在義大利半島是首創的教職：從此他「以純正的義大利語」授課。十八世紀下半葉，瓦倫西亞有人打破一七五三年的皇令（即堅守拉丁文的獨占權），將數學和物理當作實用知識傳授給未來打算從事農工商的學生。在洛桑學院，有人在拉丁文和法文之間舉棋不定。一七二五至一七五〇年間，在該學院傳授哲學的克魯薩，輪流使用這兩種語言授課；他的同事巴貝拉用拉丁語教羅馬法，但用法語教自然法和歷史；一七八八年，一項新條例規定自然法須以法語或拉丁語傳授，物理課和歷史課只能使用法語，哲學課教授可以用法語教數學，但仍得用拉丁語教形而上學和邏輯學。用當地方言教學並不表示完全放棄拉丁文。在格拉斯哥，哲學家哈奇森於一項以英語傳授的課程中，仍採用拉丁語上第一堂課（一七三〇年）；同樣地，第一位正式在帕維亞傳授博物學的教授斯巴蘭札尼，也以一篇拉丁文*Prolusio*（引言）開始他向來用義大利語傳授的課程。這幾個例子使我們得知，拉丁文在十八世紀期間（特別是下半葉），必須和當地方言競爭才能做爲大學的教學語言，但它幾乎獨占像第一堂課這種正式場合；這也是注定要延續的一項傳統：例如，一八六三年，歷史學家蘭克在柏林發表歷史與政治演說時，開場白用的還是拉丁文。

## 十九世紀人文主義的復興

古典學科在十八世紀引發的爭議，或許讓人聯想它們會在下一個世紀退出中等教育。完全沒這回事，反倒是一場全面的人文主義「復興運動」就此展開：古代語言處處受重視，也處處讓菁英學校顯得與眾不同。

在普魯士，古代語言在「古典中學」占盡優勢。雖然該校於一八一〇年創立時，居領導地位的是希臘文，拉丁文的分量卻逐漸增加，到一八三七年已成爲最重要的學科：根據當年提出的課程大綱，學生每周要花八到十小時學拉丁文，幾乎相當於課表的三分之一；希臘文在前四個年級每周只占六小時。至於德文，只能撿剩的時間湊合著用：前四個年級每周兩小時，後兩個年級每周四小時。面對這種情形（到了一八九〇年，學校百分之四十六的時間都用在傳授古典文科），難怪德皇吉翁二世會有如下反應：他要求教學研討會停止培育年輕的希臘人和羅馬人。儘管有這強有力的聲援，近代教育支持者的努力卻幾乎沒有成功：一八九二年，拉丁文在中學課表上仍占六十二小時（先前是七十七小時），而德文只有二十六小時（先前二十一小時）；拉丁文作文仍是Abitur（「中學畢業會考」，升大學必經之路）的必考項目。此外，自一九〇〇年起，先後在普魯士和其他國家，畢業自不含拉丁文課程的學校（即實科中學和文實中學）學生可升入大學，而古典中學可以完全投入對古典語言的愛好，這點特別從拉丁文的上課時數增加顯示出來。

在義大利聯合共和國，拉丁文雖然似乎已從基礎閱讀課消失（別忘了即使在一八三九年，米蘭仍有小朋友學習用義大利文和拉丁文閱讀），它和本國語、希臘文卻仍是高級中學和公立中學的基礎。這種古典文化的模式並非懷舊保守派的特權：首位出身左派的教育部長柯皮諾，曾批准一八六七年的教學大綱，將拉丁詩定爲「中學四年級」期末考的試題。

英國對古典學科的崇拜在十九世紀達到頂點，古代語言終於在某些「公學」中占用一半，甚至四分之三的上課時間。伊頓中學（無疑是這類學校中最守舊的一所）在十九世紀六〇年代，總計三十一位老師中，有二十六位致力於古典語言教學；到了一九〇五年，這類教師仍占全體教師的一半。「較低年級」的課表，首先被拉丁文文法教育或所謂的「研磨動詞課」占據：這個特殊詞彙，同時指出方法（反覆練習）和題材（以最獨特之處——動詞變位聞名的拉丁文文法）。其次是拉丁詩的基礎課程。在伊頓中學，班級名稱本身（「標出格律並檢驗」、「沒意義」、「有意義」），代表學生在熟練拉丁詩的過程中持續進步：從學習格律分析和詩律學的規則到寫詩，歷經無意義但按規則練習的階段。這項課程包含持續不斷地閱讀拉丁詩並死記大量詩句。在十九世紀末，不僅「公學」中的古典教育幾乎沒變，而且由於學校增長，一九〇〇年專研古典學科的男學生比一八〇〇年還多。另外，二十世紀更出現預備孩子升入「公學」的預校；在「研磨者」的嚴格指導下，學生接受更深入的古代語言「訓練」。因此，當巴特勒十二歲離開「老鷹之家」時，單單拉丁文，他就讀過西塞羅的《論友誼》、維吉爾的許多作品、一冊荷瑞思的《頌歌集》和一點李維的著作，還寫過許多散文，而且每星期創作十六首六音部詩。總之，在伊頓中學、文契斯特中學、卡爾特修道院和其他私立菁英學校，由於自然學科設立得晚，加上被視爲「普通語言」的英文不怎麼受歡迎，致使古典教育的優勢愈發強盛。和這些名校相比，「文法學校」相形失色。一八六四年，陶頓委員會的一項調查揭示，有一半以上的「文法學校」不再傳授拉丁文和希臘文；即使學校提供拉丁文教育，也有百分之四十三的學生對於這項教學徒具象徵意義，經常感到很不滿意。例如，倫敦一所學校爲了滿足創辦人的願望，讓高年級生每周花一小時大聲朗讀拉丁文文法書前面幾頁，卻沒有提供任何解釋，學生當然也完全不懂。陶頓委員會的調查結果令人不安，因而引發矯正的行動，因此，同樣在「文法學校」，古典教育的處境在世紀末比世紀初有改善。

有關拉丁文的優勢，最具說服力的例子，或許是沙皇統治下的俄羅斯。在這個國家，直到十九世紀初，中等教育仍處於摸索階段，拉丁文因爲是從國外進口的一種現象，而取得更顯著的地位。俄羅斯的「古典主義」在托爾斯泰伯爵執政期間達到巔峰，他曾經爲了直接探詢德國的教育制度，遠赴普魯士考察。一八六九年，他提出中等教育計畫，一方面規定學校提供實用的訓練課程給日後打算從事地方職務的學生，另一方面規定古典高級中學指導有才能的學生升大學與從事公職。隨著一八七一年的修正，古典學科（事實上尤指拉丁文）占總課程的百分之四十一，對照之下，數學占百分之十四、俄文占百分之十二、其他外語占百分之十。雖然這位部長下台後（一八八二年），拉丁文課的時數減少，俄文、文學和地理的分量加重了，但在十月革命前夕，與「實科中學」相比，古典高級中學仍維持主導地位，而拉丁文依然是它的主科。

在地球的另一端（美國），情況更是形成強烈對比：為「實用知識」請願，轉變成同樣激烈地為應用學科和職業專科教育辯護；推動後者的是美國的新「領導人」，即來自「邊疆」的人或企業界的「白手起家者」。儘管如此，古典教育持續存在，甚至在一九〇〇年，拉丁文在中等學校仍保有值得羨慕的地位：有近半成的學生學這個語言，它是繼代數之後最多人選修的科目。

因此，拉丁文繼續支配中學，並透過學校支配學生的生活。和前一個世紀一樣，西方人仍處在一個有強烈拉丁文色彩的世界裡。因此，瑞典劇作家斯特林堡年少時，初踏進學校的印象，並不只是出於天生的悲觀。「當他看到一長列標著拉丁文名稱的教室，盡頭是*quarta*（「四年級」），想到自己得在這裡熬過幾年，之後再拖著步伐穿越高級中學的另一排教室」，這棟建築物在他心中引發的悲傷愈來愈深。

**痛苦的表面**

然而，這樣的一個世界還是走到盡頭，二十世紀六〇至七〇年代正是一個重大的頓挫標記。在某些情況下，拉丁文的衰落隨著政治事件提前或延後。例如，在前蘇聯，拉丁文衰落得較早也較突然，自一九二〇年布爾什維克實施初步改革起，象徵教學法舊制度的拉丁文就從課程中被刪除。相反地，義大利在法西斯政體統治下，拉丁文的衰落較晚發生。在這裡，對古羅馬文化風俗的讚揚，在學校中興起一股名副其實的「泛拉丁語風」，而且殘存直到法西斯政體結束。

美國是拉丁文最早衰落的地方。從一九一〇至一九二八年間，學拉丁文的「高中」生人數從百分之四十九．〇五降到二十一．九九；一九二八至一九二九年間，就學生人數而言，拉丁文仍超過其他所有語言的總和；接下來二十年間，在讓位給西班牙文之前，拉丁文是最多人學習的語言；接著，一九六一至一九六二年間，在往後幾年身價暴跌之前，拉丁文以第二語言之姿，先是與法文競爭，繼而敗給法文。雖然在一九六二年，仍有七十萬兩千名學生學拉丁文，在一九八四年，人數卻不到十七萬，一九七五年還降至十五萬。不知道一九八四年人數些微上升，是拜學生重拾興趣還是學校人口增長之賜。

在歐洲，自二十世紀六〇年代以來，學生人數減少，也是拉丁文在中等教育的處境特徵；不僅如此，還伴隨上課時數減少。在瑞典，拉丁文的上課時數減少百分之三十。在荷蘭，縮減範圍更是猛烈：一九六八年後，高級中學結業班的學生每周只上五小時拉丁文課，但在以前，希臘文和拉丁文占了課表總時數一半以上（確切地說，就是三十五小時中占了十八小時）。在比利時所謂的「改革」教育中，拉丁文的課堂數被刪掉一半，某些班級甚至更多，像是一年級，每周九小時的課被減到只剩兩小時。

事實上，拉丁文在中等教育依然頗有分量，因此它仍是升入高等教育的必備條件，甚至是某些大學入學考的必考題；這項規定一旦終止，拉丁文就完全沒落了。在美國，一九三一年耶魯大學和其他學校先後決議不再要求「新生」懂拉丁文，這項措施對上述拉丁文學生人數驟減的「高級中學」不無影響；這種衰落必然影響到學院和大學，因此在一九九五年，學拉丁文的學生人數只有兩萬五千八百九十七人，這使得拉丁文在外語排行榜上名列第七，不但遠遠落後西班牙文、德文和法文，也在日文、義大利文和中文之後。此外，對照一九九五年和一九九〇年，前者人數又下降百分之八。相較於美國（牛津和劍橋大學從六〇至七〇年代起，不再以拉丁文爲入學條件），古典學科在英國大大衰退且淪爲選修課的過程較晚發生。相反地，在德國，拉丁文仍是進入許多大學學院的必備條件，因此在中等學校學拉丁文的學生更多也更積極：在一九九〇年，聯邦共和政體的高級中學有百分之三十五的學生學拉丁文，而選修「整套拉丁文課程」的學生要花三到九年的時間上這門課。此外，拉丁文長久以來始終是進入理學院的推薦語言；甚至今日醫學系學生都得上一「學期」的拉丁文，並通過這項學科考試。

## 三、實習的共同體

從文藝復興到二十世紀中葉，從古老的歐洲到新大陸，學校在拉丁文影響下，分享著共同的命運。無論到哪裡，拉丁文的優勢皆深入而持久；無論在何處，它的轉化皆依循一個類似的年表。這段統一西方學校景象的歷史，同時是一個實習的共同體：採用同一套正典（指學校界公認的重要作家和作品），廣泛流傳類似的範例、教科書和教學法。

### 超越教學法的本土特色

不過，最先吸引人注意的仍是差異點。翻開拉丁文文法書，有誰沒發現第一組詞尾變化的範例，並非統一採用法國著名的例詞*rosa*（玫瑰）呢？（附帶一提，與傳統例詞*musa*／仙女相比，*rosa*是新近引用的範例。）雖然在義大利和西班牙，學生也用*rosa*練習詞尾變化，但美國和加拿大卻用*puella*（童女），英國和荷蘭用*mensa*（膳食），德國則用*agricola*（農夫）；此外，在德國，哥丁根醫學系學生的課本提供的範例是*vena*（血管），而蒙斯特常用的例詞是*lingua*（舌頭）。

較少軼事是對照不同國家的教育制度而得到的差異，這點從比較二十世紀六〇年代德國高級中學和法國公立中學的例子就可證明。在萊因河彼岸（德國），拉丁文的分量重多了，甚至占用百分之二十的上課時間；而在法國，拉丁文只占課表的百分之十四・五。爲有利於閱讀、翻譯並評論原著，把本國語譯成拉丁文的習作在德國幾乎完全消失。在前面三項練習中，最受重視的是朗誦、發音和詩的韻律：一位德國少年若坐在法國教室裡，必會深感困惑，因爲他聽到的是不一致的發音混在一起，學生對音節的重音和音量幾乎一無所知。更令他驚訝的，或許是看到這些法國同學不斷在厚厚的字典上亂翻亂找，而他卻常常連一本小詞典也沒有。或許他還會訝異他們花一小時剖析二十來行拉丁文，而他多虧學過大量詞彙且可以自由使用現行譯本，而能在同樣時間內瀏覽好幾頁原文。最後，他或許會爲任何拉丁文摘錄總是引發句法結構和詞彙上的疑問而詫異，因爲他在家鄉習慣聽到的是，老師自然而然提出道德、美學或心理學方面的問題。

一九〇〇年的巴黎萬國博覽會，讓人有機會藉現場展示的學校作業、教科書和其他實物教學，對照常用的古典人文學科教學法。這項對照因德國缺席而有缺憾，因爲當時仍積極推動古典教育的國家（瑞士、奧地利、西班牙、比利時、荷蘭）在這方面沒有什麼展示，而其他國家（北歐國家）的展出又微不足道（他們寧可展出在技術和職業專科教育方面的發展）。根據展出國家（美國、大不列顛、加拿大、匈牙利、義大利、葡萄牙、俄羅斯、瑞典、挪威、法國等）的資料，顯示

「有兩大研究古代著作的方法：其一強調文法和形式，為大不列顛和俄羅斯所提倡；其二強調歷史和考古學，盛行於美國、加拿大、匈牙利和義大利。根據前者，讀拉丁文和希臘文作家的作品是為了學習這兩種語言；而後者，則為了認識希臘史和羅馬史。目前法國大學逐漸傾向採用的方法，是強調道德教育、哲學和文學，並注重思想觀點和感受更甚於形式和事實，這在其他國家很少見。」

至於習作，現場展示的範例顯示匈牙利和法國最具獨創性：在匈牙利，學生致力於「用拉丁文分析老師講解過的文選；根據歷史學家李維或撒路斯烏斯的作品，寫羅馬史的摘要；即興創作（介於把本國語譯成外文的練習和作文之間，嚴格說起來拉丁文作文只有法國實施）」。

十九世紀中葉，英國學校界最知名人士馬修．阿諾德在擔任督學期間，為了幫國內的教育改革蒐集有用的資訊和建議，多次到歐洲大陸考察。他寫給學校諮詢委員會的報告，想必當然和英國的學制比較過。其中某些斷言固然令人困惑（例如：把法國公立中學很有紀律歸因於當地人天生的特質——「軍人般的簡潔作風」和「精確」），但對於學校做法的詳實描述，卻凸顯了不同教育制度的本土特色。在法國，教學重點並未偏重任何一方，尤其學生的散文和詩寫得同樣流暢自

然；儘管如此，令馬修・阿諾德印象深刻的是：學童必須在家裡完成很多作業、學校大量採用文選、極其呆板的基礎文法課。在普魯士，他注意到老師和學生之間使用口語拉丁文（雖然他發現這項練習正在衰退中）；因此，年輕的普魯士人熟諳詞彙且運用自如，令人稱羨，而這也讓他們能夠博覽群書；相反地，他們的作文缺乏英、法國的同儕能夠重現的優美古風，也缺乏「公學」優等生在寫拉丁詩時，懂得表現出來的高度「優雅」和簡練精確。不過，對馬修・阿諾德而言，「德國人最優越之處」在於他們非常精通考古學，而且即使在中等學校，也以歷史和語文學的方法探究古典著作。在瑞士，古典中學雖仿效德國模式，卻藉一項特點來凸顯自己的不同（就連魯格比中學的校友都沒有注意到）：完全沒有詩和散文的習作；學生只須經常練習把本國語譯成拉丁文，而且只是單純的文法練習。

實際上，教學法的本土特色（上述例子提供我們一個粗略的類型學），對西方學校界深奧的同一性影響不大。其中有些確實是次要的，其他則較晚成形，而一些獨有的特色被很多相似點彌平了。尤其面對很早以前（這些特色尚未因某些著作廣泛發行、技巧被仿效、教學法普及化而削弱之前），就為各國採納的選擇和實習方式，這些本土特色更顯得無足輕重。

## 通用正典

閱讀近代西方各地的教育史，令人印象最深的是，課程大綱上總會出現相同的作者，甚至相同的著作，成為歷世歷代學童共同應付的課業。在十六世紀，荷蘭和列日公國的課程大綱中，西塞羅（主要是他的《書信集》）壓倒群雄，其次依重要性遞減，分別是維吉爾、奧維德、泰倫斯、荷瑞思，遠遠落後的有老加圖（《二行詩》）、伊索（譯成拉丁文的寓言）、凱撒、撒路斯烏斯。同一時期在布藍茲維，西塞羅、泰倫斯和維吉爾的著作，占學生二分之一的學習計畫，其中最主要的讀物，同樣是西塞羅的《書信集》。一個世紀後，在一六五一年的法令頒布前，這個「三人組」的優勢仍在增長中：學生的讀物有百分之三十一是西塞羅的作品，百分之二十是泰倫斯，百分之十三．四是維吉爾；單單這三位作者，就占用學生將近三分之二的閱讀活動。在法國，十七至十八世紀初，五、六年級學生最常見的作品，是西塞羅的《給至友的信》，加上奧維德的《輓歌》和老加圖的《二行詩》；在新教中學，則採用柯迪耶的《對話語錄》和伊拉斯謨斯的《討論集》。後來，有人認爲西塞羅的作品過於艱澀，而改採拉丁寓言作家費德魯斯的《寓言集》和尼波斯的《羅馬史》做爲基礎讀本；在耶穌會中學，則增加尤特羅匹斯和聖維多的著作。而三、四年級學生，必讀西塞羅的道德或哲學論著，最常見的是《論責任》、《論友誼》或《論老年》；此外，還要瀏覽奧維德的《輓歌》或《變形記》（皆爲部分節錄）、泰倫斯的一套劇本、維吉爾的《牧歌》或《耕作的藝術》。在十八世紀，有人將古代史學家，如：查斯丁、凱撒、撒路斯烏斯或卡爾提斯等人的著作引進三、四年級。在二年級和修辭班，學生大部分時間都用來研讀西塞羅的演說作品；另外還要研究一位歷史學家：李維是不二人選，其次往往是泰西塔斯；詩的方面，學生總是讀維吉爾（只讀《伊尼德記》）和荷瑞思（最常讀《頌歌集》）的作品。當然也有其他作者的著作，只是很少見。在十八世紀五〇年代，法國里摩中學仍採用同樣的作品（根據城裡一位書商提供的資料）：在一間很適合稱爲「西塞羅作品室」的倉庫中，存放了西塞羅的《給至友的信》或《書信精選集》、道德論著和演說詞，另外還有奧維德的《輓歌》和《渡船書信》，維吉爾的《牧歌》和《伊尼德記》，荷瑞思的《頌歌集》和《詩的藝術》。在大西洋彼岸，十八世紀「文法學校」的學生在修業期間，必須閱讀老加圖的《二行詩》，奧維德的《變形記》和《輓歌》，西塞羅的演說詞、書信和《論責任》，維吉爾的《伊尼德記》，拉丁語歷史學家弗洛魯斯（或是尤特羅匹斯、查斯丁）、詩人泰倫斯與荷瑞思等的著作，這林林總總（除了其他少數留給「學院」用的作品）組成麥迪遜（後來當上美國總統）在一七八五年所描述的「學校古典教育的常見書單」。

這些作者和著作，有很多在二十世紀五〇年代末期，仍常見於法國中等教育的課程中：五年級有費德魯斯（《寓言集》節選）和尼波斯的作品；四年級有凱撒的《高盧戰紀》、西塞羅的一些道德論著、奧維德的《變形記》；三年級有撒路斯烏斯的《卡提利納的陰謀》和《朱古達戰爭》、維吉爾的《伊尼德記》（前三卷）；二年級有西塞羅（特別是《論老年》和《卡提利納》）、李維的作品，維吉爾的《牧歌》和《伊尼德記》（第六至八卷），泰西塔斯的《農夫的生活》；一年級有西塞羅的道德論著，維吉爾的《耕作的藝術》和《伊尼德記》（最終卷），荷瑞思、塞內加的作品，泰西塔斯的《編年史》和《歷史》；結業班有呂克里修斯的作品、泰西塔斯的《演說家對話錄》、西塞羅的修辭學論著和哲學著作。講白一點，學生讀的只是這些作品的節錄；這些經過加工的濃縮版，很可能讓一般學生覺得「拉丁文學是一堆雜七雜八的東西，是一群『拙劣』作家寫的，而其中傲視群雄的兩巨頭就是西塞羅和維吉爾」；或許有人會加上凱撒，雖然他的優勢只有一年，卻幾近專制，以致四年級被稱爲「凱撒班」。沒有多大的變化，這也是同時期盛行於西方各地的課程大綱。

因此，這套教學用正典不僅變化不大，而且學校始終恪守無遺：照朱利亞的說法，在十七至十八世紀期間，至少就法國而言，它變得愈來愈絕對。古代的遺產說明了這套文集濃縮的理由；當然這麼做也是顧慮到教學上的需要（堅持採用最具拉丁語特色的著作，同時避開過於艱澀的文章）和道德上的考量（避免讓孩子接觸過於輕浮的文章）。一小群作家和作品（甚至幾段精采的摘錄），被處處提升爲所謂的「經典作品」：它們是歷世歷代學生的常規，並且經過長年持續不斷的接觸，而超越時空把西方各校結成同盟。

## 一樣的教科書

學生不僅研讀相同的古典著作，在初學拉丁文期間，偶爾也用同樣的課本。這點在十六世紀尤其眞實，因爲當時有很多教科書在國際間發行，奧凡曾將最暢銷的拉丁文教科書版本列表。無可爭議地，最大的贏家是德波泰爾筆下的各種書籍。這些書自一五〇六年初版後，便以原版或改編的形式，在安特衛普、巴塞爾、科倫、魯汶、里昂、巴黎、威尼斯、維也納、威田柏等地再版至少一百次。伊拉斯謨斯也因他的《討論集》和《雄辯術》而廣受歡迎：尤其後者（一五一二年在巴黎初版），曾在二十五個城市再版約一百八十次，其中包括亞卡拉、巴塞爾、布魯日、克拉科夫、德文特、海德堡、倫敦、塞勒斯塔、威尼斯、維也納等。柯迪耶的《演講論叢》（一五六四年在日內瓦初版），曾在阿姆斯特丹、安特衛普、伯恩、劍橋、但澤、雷瓦登、萊比錫、倫敦、里昂、蒙貝利雅、巴黎、羅斯托克等地出現新版本：據說，總計有一百一十七個完整版，五十五個刪節版。薛德的《孩子的教育》（可能於一五一七年在萊比錫初版）也同樣享譽國際，曾在約二十個城市再版六十次以上，其中包括巴黎、里昂、安特衛普、奧格斯堡、克拉科夫、德文特、倫敦、魯汶、什莫科德、蘇黎世等。這些在十六世紀幾乎必出現在讀書計畫中或學生手上的著作，可說是不勝枚舉。

上述例子再次顯示，單從出版地點來看，宗教的界限幾乎沒什麼影響：必要時，稍微修改就可使天主教國家完全接受新教的書籍，反之亦然。但也有教科書雖然廣受歡迎，卻只在教派團體間流傳：例如，梅蘭克松的文法書在一五二六年至十八世紀期間，曾出版二百四十八次，但只限於信義宗地區；同樣地，很多由耶穌會出版的教學著作，就算不只一個國家使用，也僅限於耶穌會設立的中學。

這種國際化現象隨著時間減少，但在十七世紀仍很明顯，因爲此時發行很多上述的再版書籍。此外，著名的《帕納森拉丁詩韻詞典》（所有在學校「製造」詩的人不可或缺的工具），也是在這段期間首度出版（確切時間是一六五九年）。起先，有人說這本教科書是由某位不知名的耶穌會士所作，但後來又傳說是夏帝翁神父。從十八世紀初開始，又有人說作者是德國耶穌會士波阿勒。從目錄學來看，這麼複雜的歷史已足以說明它成就非凡。這點也從十七、八世紀的出版地得到證實：巴黎、科倫、法蘭克福、布拉格、布達、班柏、阿姆斯特丹、米蘭、威尼斯、安特衛普、廬昂、里昂、布瓦杜克、波瓦提、倫敦等。事實上，這部作品在一個半世紀內歷經多次改編和修訂，尤其是譯成各種本地語言：例如，在戴維爾修士編給伊比利亞人的版本中（一七四二年在里昂發行），解釋的部分被譯成西班牙文，第二卷後面則附上某種類似用語彙編的附錄，以西班牙文和拉丁文並排的方式，列出詞典中所有詞彙。大受歡迎也連帶使這本詞典盛行很久：直到十九世紀還有人再版，特別是在愛丁堡、巴黎、亞維儂、里昂、布達。

本地語言在教學中的分量愈來愈大，說明了教科書「國有化」的理由（無論透過自行創作或改編外國書籍，如上述《帕納森拉丁詩韻詞典》一七四二年的版本）。不過，在十八世紀中葉，仍有人原封不動地使用在不同時間爲不同地點撰寫的教科書。例如，在波蘭學校大受歡迎的拉丁文文法書（阿爾瓦雷茨版），以原版形式沿用到一七七三年，才總算有新版本注意到拉丁文和波蘭文之間存在著無法消除的差異，像是動詞的時態和語法範疇。附帶一提，阿爾瓦雷茨版文法書除了廣泛發行外，還盛行很久：一八六八年，當日本學生又有機會學拉丁文時，這本將近三個世紀前，由葡萄牙耶穌會士撰寫的著作再度受到重視。

雖然教科書版本愈來愈國有化，採用進口原版書的做法卻未因此消失。一九八〇年，沃爾芬針對這點提出幾個例子：「荷蘭有部分學校採用劍橋的拉丁文課程」、「德國有些教育機構從荷蘭引進一本很棒的教科書《接受與償還》」、「希臘因過度輕率，從西歐（尤其法國）進口一些教科書」。這種借用他國教材的做法，最有趣的例子是近來引進專門傳授古代語言的資訊化工具，像是《柏修斯》光碟片。這套由美國設計的軟體，不但包含古典作品，也附有地圖和古代遺址、雕刻、器皿、錢幣等的圖像，藉由簡易的搜尋系統，提供令使用者深思的入門、相關資訊和答案。不過，這套一流的工具仍保有原始特徵：從洛比版開始就富含原文，並在旁邊附上英譯；經驗顯示，使用《柏修斯》的法國學童，面對譯文和拉丁文時，比較樂於使用前者。

## 道德教育成分

前述有關道德教育的要求，不但促使學校文選排除所有被視爲兒童不宜的作品，就連預定做爲教材的著作，也因爲含有看似會叫人害臊的內容而遭到刪改。這麼多「經過洗鍊」以適用於中學生的教科書版本中，最具代表性的例子，是一六八九年在法國安傑出版的荷瑞思《頌歌集》：第一冊中，第十一、十三和二十一首被省略，而在原文變更方面，第六首最後一節（原爲荷瑞思強調他寫詩是爲了歌頌愛情和歡愉），則改成頌揚鄉村生活單純的快樂。這種做法持續很久：即使在十九世紀出版的教科書也流行這麼做。一八七四年，當學校引進羅馬喜劇作家普勞圖斯的劇作《金壺》做爲修辭班的新教材時，有位凡爾賽的教師提供一個號稱「教學用」的版本：他刪掉十幾行提到少女遭人強暴並偷偷生下孩子的詩句，以及幾句莫名其妙的粗話，使整篇文章完全合乎道德規範，但卻也造成好幾處變得令人費解。二十世紀上半葉的教科書版本中，也有類似的調整。選集、教師用拉丁文編寫的教材、模仿古典風格的作品，以及其他在拉丁文教學中備受重視的仿作（如法國文法學家洛蒙的《從羅慕路斯到奧古斯都的名人生活》）等，就提倡善良風俗的角度來說，永遠都是無可指責的。

格言集（通常是學童閱讀的第一本書）對老師力圖達到的雙重目標很有幫助：同時傳授拉丁文基礎課程和道德教育。也因此，老加圖的《二行詩》、伊拉斯謨斯的《箴言集》、法蘭德斯人文學者克魯森的《植物園》（較少人知道這部作品）會到處受歡迎。對話集也是如此，這些描述口語情境的教科書，皆以幫助學生熟練口語拉丁文，同時增強他們的心理健康爲目標。因此，像遊戲這種對孩子而言再自然不過的活動，在這類教材中，都變成反覆灌輸拉丁文和行爲準則的最佳途徑。以下這段來自德國教師休泰紐斯和學生的簡短對話，就是最好的寫照：

「呵！你怎麼在玩骰子。」
「關你什麼事？」
「這不是學生該玩的遊戲。」
「那麼該誰玩？」
「無賴、花花公子、江湖騙子。」
「可是我看過很多學生玩。」
「他們並沒有因為玩這個而變得更好。」
「你認為他們有變得更壞嗎？」
「赫拉克里斯可以作證！他們不但變得更壞，而且壞透了。」

除了刪改原著、改寫舊作或精選作品外，教學法本身就具有道德教育的基礎：廣泛採用揚善譴惡的古代作品，或是頌讚模範行爲、指責不道德行爲的歷史故事。老師的評論必定著重在該效法的品德和該避免的勾當。給學生的作文題目也具有雙重目的，一方面訓練他們寫拉丁文散文，一方面反覆灌輸一些道德標準和處事原則：歷世歷代各地的中學生，無論寫詩或寫散文，都要針對順從父母、對他人的責任、忠於祖國、勤奮向學的好處等主題加以闡述。

普遍且長期配合教育的道德內容，引人質疑基督教界賦予異教徒著作重要地位的做法失當，尤其描述古代諸神冒險故事的作品，往往讓孩子暴露在一些不合宜的情境中。英國自一五八二年起，就試圖用奧克蘭寫的現代拉丁詩，取代「文法學校」常用的異教徒作家（如奧維德）的作品：官方也針對這點發布命令，但似乎沒有學校執行。一六五〇年，劍橋龔蓋學院院長戴爾提出類似建議：他主張希臘文和拉丁文的基礎課程應採用基督徒作家的著作，以避免盡是「無稽之談、虛浮、猥褻、淫蕩、偶像崇拜、邪惡」的異教徒作品潛藏的危險。同樣的批評也出現在清教徒居多的美國，這裡視閱讀古典著作會損害道德和宗教信仰。不只充滿荒誕無稽之事和放蕩行徑的希臘羅馬神話會嚴重危害年輕的心靈，以戰爭、背叛和暴力行為為主要內容的歷史故事也會：這正是美國政論家潘恩的觀點，也是一七九〇至一八〇〇年間呂須的看法。在德國，虔信派學校逐漸以基督教作品取代維吉爾和其他古典作家的著作，因為採用前者的拉丁語教學不會使兒童暴露在有害思想的威脅下。法國是在十九世紀中葉，龔神父的著作《近代社會的隱痛》（一八五一年）出版後，異教徒作品帶來的教育問題才引發激烈討論。這位高級教士從「教育應以基督教教義取代異教思想」的原則出發，建議把古代語言教學中的異教徒作品，換成基督徒作家的作品，而且應從教父的著作開始。在這場爭戰中，他得到作家弗約的支持，後者認為古羅馬作家的著作是近代理性主義的根源，而西塞羅是伏爾泰思想的始祖。

這些評論並未產生具體影響，學校繼續以被視為「經典」的異教徒作品為教學依據。一方面，刪改版、重新編寫的作品和文選都是些無害的文章；有人甚至偶爾把*deus*（神）一字的字首改為大寫字母，以符合基督教原則。另一方面，老師也可以在評論作品時，指出古人的惡習，並強調他們和基督徒世界的差別。例如，對十八世紀三〇年代的耶穌會教師而言，西塞羅、荷瑞思和維吉爾應被譴責為「完全不願以自己得到的知識榮耀神，進而得著永遠福樂」的異教徒；至於作品中充斥的寓言，則以下面這段話加以譴責：「你們看看這其中的虛浮，想想這些人何等愚蠢，他們敗壞神聖的歷史，捏造和自己一樣邪惡的諸神：無恥的愛神邱比特、殘酷的戰神馬爾斯、偷竊之神墨丘利，為的就是藉由褻瀆宗教的祭儀，合理化自己最可恥的放蕩行徑。」因此，經過精挑細選與評論的異教徒作品，在課堂上成了基督教智慧和道德觀的來源。這項功能持續很久。直到近代，學校課程才改以西塞羅和塞內加的演說精華為主，內容不外乎人類的善與惡、面對親友死亡的勇氣、友誼的責任或以寬容回應傷害。此外，被視為拉丁文教學主幹的文法（見下文），也有用來在道德課程中說明語法規則的範例，使公民義務教育課發揮雙重效益。

## 文法過度膨脹

古代作品因著上述用法，加上經常出現在課程和學習計畫中，終於獲得純教學法的色彩，而這個色彩也因以拉丁文為主的教學形式而更顯著：文法占大部分，古典作品反倒成了文法習作的輔助工具。至少，這是某些孩子對他們必須研讀的選集所抱持的看法。蘇菲雅（赫爾在著作《羔羊的毛》中描寫的倫敦女學生）壓根兒沒想過要「把印在書上的字和任何實際發生過的事聯繫起來。男人行軍、紮營、冬季宿營地；對蘇菲雅而言，拉丁文和男人、兵營、冬季宿營地、騎兵部隊都不相干。拉丁文存在，是為了提供虛擬式、過去分詞，以及（哎喲，天啊！）動詞變格」。

拉丁文教學往往伴隨大量文法，而學習語法規則通常是接觸古代語言的第一步，正如前文有關舊制度下學校的描述。根據麥多納的回憶（他在十九世紀六〇年代曾就讀愛爾蘭啓肯尼的聖吉蘭中學），情況幾乎沒什麼改變：「學校每天給我們那麼多頁的拉丁文要我們熟記，還有那麼多行拉丁文或希臘文作品要我們翻譯、解析，為的是讓我們能區分名詞和形容詞，列舉所有動詞的詞形變化，並指出每一個『格』*或時態應依循的句法規則。」這股文法趨勢在十九世紀最後十年，因德國語文學的威信而更強化。雖然這股趨勢很容易表現在古典傳統少、甚至沒有的國家（如俄羅斯），但在強調不同研究方向的國家（如：法國注重美學，義大利注重修辭學），卻較難深入（雖然不無影響）。除了在解析原文的領域取得一流成就外，這股趨勢也賦予文法極大的地位（尤其在中等教育），最後並轉變成名副其實的「文法過度膨脹」。怪不得文法成了拉丁文學科沒落的代罪羔羊：「首先應對拉丁文危機負責的人，」庫贊於一九五四年寫道，「就是文法書的作者。」怪不得在因應措施中（指提倡「現代拉丁文」，閱讀古典著作，對古文明甚至古人的日常生活投以較多關注），文法被處處降到即使不是較小，至少也是次等的地位。無論在鼎盛期或在危機期，拉丁文教學法始終保有統一的面貌。

*「格」為語法範疇之一，主要與名詞和代名詞有關，表達句中各詞間的句法關係。在屈折語中，名詞有一些不同的形式，而以詞綴表明其不同的格。

# 第二章　拉丁文的堡壘：教會

雖然布魯諾只將「拉丁文的堡壘」一詞應用在十八世紀（我們在本章借用他的詞），該詞的效力卻更廣泛：直到梵諦岡第二屆大公會議（簡稱梵二大公會議）為止，拉丁文始終是天主教會的禮儀語言，是執行彌撒聖祭和施行聖事的語言。這是歷史情勢的遺產，是經過天特會議認可而傳承下來的古老慣例。在隔開這兩個會議的四個世紀期間，拉丁文無論在信徒或在誹謗它的人眼裡，都是天主教會的特殊要素。此外，任何為本地語言爭一席之地的嘗試，非但沒有成功，反倒提供機會，建立並強化一套將拉丁文奉為神聖語言的論據和護教論。這就是本章的主題，在探討拉丁文冗長的統治史後，我們將檢視梵二大公會議特別在這點上所代表的「轉捩點」。為免於過度偏重天主教會對事情的看法，快速瀏覽新教徒的世界將提醒我們，宗教改革不能只和本地語言的問題混為一談。

## 一、從慣例到準則：天特會議的法典編纂

### 設立拉丁文為禮儀語言

在古代和中世紀，拉丁文並非唯一支配教會生活的語言；世人用好幾種語言撰寫禮書、主持

聖禮。我們無須追溯到耶路撒冷的第一個基督徒團體（可能以亞蘭文舉行禮儀），也知道基督教傳遍羅馬帝國，是藉由當時眾所周知的語言：希臘文。拉丁文是在很後期，當希臘文廢置不用時（也就是三、四世紀左右），才取代後者在羅馬禮拜儀式中的地位。在基督教發展初期，也有別的語言用在禮儀中，像是科普特語、埃塞俄比亞語、亞美尼亞語；但這些語言只具有地方性的、有限的威望。儘管如此，對於羅馬天主教會採用拉丁文做爲禮儀語言，我們仍不能將之詮釋爲對某一種語言的讓步（初代神父把拉丁文和他們棄絕的異教文化等同視之）。首先，這麼做是要藉由使用帝國的共通語言，回應信仰交流的實際需要；此外，誠如科萊帝所強調的，還考慮到「用一個穩定、確實的形式，來確立宗教用語的必要性，以便從語言的觀點，它能與內容和用途的神聖價值相稱」。

禮儀中必備的拉丁文，屬於中等、通俗的語體，和古典語言相差甚遠；然而一開始時，它仍是一種文學語言，和實際口語不同。但差異總是日益加深：經文的語言變成了一種文化語言，被覆上幾分古語的色澤，最後終於隨著時間抽象化，並失去通俗可理解的特色。在禮儀語言特有的演變過程中（指文化語言和普通語言的差異愈來愈大，加上前者強烈傾向於固定不變），拉丁文變成神職人員菁英的特權。關於這點，有好幾個宗教和文化上的因素：教會內部設立教階制度，導致和教友之間產生新的關係；神職人員和信徒的區別日益明顯。隨之而來的是兩種文化（學者和一般民眾）徹底分歧，這點從少數文人教師，和大多數文盲或愚昧無知者之間的對比反映出來。前者通常在教會學校受過正式教育而且懂拉丁文；後者只擁有口頭流傳的教義且不懂其內涵，這使得他們大約從第七世紀以後，被降爲「俗人」。因此，拉丁文成了神職人員的語言，即使這些人並不全是有造詣的拉丁語學家。例如，聖卜尼法斯可能會爲一個「因祖國、女子、聖神之名」（*in nomine patria et filia et sanctus spiritus*，正確應爲 *in nomine Patris et Filii et Spiritus Sancti*，「因父、子、聖神之名」）施洗的儀式甚感憂心。

拉丁文的優勢使當地方言的問題很早就浮現出來，向語言完全不同於拉丁文的居民傳福音，引人審視這個問題並尋求解決之道。西元九世紀，使斯拉夫人改信基督教的西里爾與美多迪烏斯兄弟以傳教爲由，用斯拉夫語進行禮拜儀式。面對這項創舉，羅馬原持猶豫不決的態度，但最終在八八五年譴責這種做法。當時教宗艾蒂安五世以開除教籍爲由，禁止美多迪烏斯用斯拉夫語施行彌撒，只准許他用該語言翻譯並解說使徒書信和福音書以建造信徒。兩個世紀後，斯拉夫人請求允許將禮儀譯成他們的語言，但遭到教宗格列高利七世拒絕，理由是：「全能的上主希望《聖經》在某些地區保持奧祕，自有祂的道理。如果人人都能輕易讀懂《聖經》，很可能造成《聖經》較不受人敬重且更容易被忽略，或是被文化水準較低的人做了錯誤的解釋。」事實上，教會對於在禮儀中使用通俗語言極爲謹慎。後來宗派運動在這方面的請願（像是韋爾多派或羅拉德派），使教會更加遲疑，以致通俗語言和異端顯然有如「同一個二項式中的兩項」。儘管對本地語言始終持審慎的態度，教會的立場卻隨著修道生活的形式而有差別：對所有和禮儀或《聖經》相關的事非常謹慎、甚至封閉；但對與平信徒（相對於神職人員的絕大多數未受神職的一般信徒）有關的祈禱式則較開放。不過教會內部眾主教的態度明顯不同，而且對本地語言的不信任比托缽修會更甚：設於城市中直接接觸信徒的托缽修會，爲了信眾的宗教教育而在講道中恢復使用通俗語言。一五〇〇年左右的情況如下：講道大都採用當地方言，《聖經》和禮儀用的文章譯本到處流傳；但拉丁文仍是聖祭和聖事唯一的語言。因此，沒有任何標準條文以處置這種現況。

隨著發現新大陸而產生的布道團，自然而然也以同樣方式解決語言上的問題，只是他們的問題因爲必須在卡斯提爾語和原住民語言中擇一而變得更複雜。不懂當地語言，身邊又沒有翻譯員的初代傳教士，一開始是採用拉丁文。他們先找小孩子講話（特別是最有權勢的印第安人子女），用拉丁文教他們在胸前畫十字聖號，背誦〈天主經〉、〈萬福馬利亞〉、〈使徒信經〉和〈聖母拯救頌〉；之後，他們關心成人，教他們用拉丁文唸祈禱文。爲了讓初學過程容易些，他們借助歌唱方式和各種記憶法。由於效果太差（印第安人不懂他們在說什麼，也不願放棄原有的宗教儀式，加上傳教士沒有能力糾正他們），只好放棄完全採用拉丁文傳教的方式。不認識原住民的語言，傳教工作顯然不可能有成效；然而在使用至少八十種語言和方言的阿茲特克帝國，傳教士特別選用納瓦特爾語，因爲該語言被指定爲當地法律和貿易的官方語言。學會語言後，傳教士還得把印第安人不知道的新觀念傳遞給他們：爲此，他們把歐洲字詞引進原住民的語言中。這樣至少在原則上，可以避免所有異端或與非基督教思想混淆的危險。結果，一些用原住民語言寫的文章，布滿了拉丁文和西班牙文的字眼，有些符合當地形式，有些則無。雖然傳教士用原住民語言教導、講道，卻仍堅持用拉丁文施行彌撒和聖事：在這裡，他們善用印第安人對排場和裝飾品的愛好，在儀式中加入大量音樂，並帶領原住民背誦拉丁文聖歌和祈禱文。

## 爲通俗語言辯護並抨擊拉丁文

拉丁文這古老語言的優勢，在十六世紀上半葉再度引發爭議，當時由宗教改革家發動的抨擊，很快就導致新教教會「廢黜」拉丁文。雖然在初代宗教改革家的著作中，很少有關於語言問題的詳述，無庸置疑這是因爲禮儀本應以信徒能懂的語言進行。此斷言的神學論據是，基督教儀式可說是以話語爲主的儀式。一個建立在話語上的儀式，若不採用團體理解的語言（也就是用當地語言表達），會眾就無法實際參與其中。採用本地語言伴隨著對拉丁文的批判：它妨礙信徒有意識地參與聖禮。

新教改革家對語言的選擇，以及對拉丁文掌控一切的尖銳抨擊，讓人不得不正視一個事實，就是直到十六世紀四〇年代，即便教會內部也以革新修道生活的名義，提出對本地語言有利的呼籲。一五一三年，兩名威尼斯卡瑪篤修會的修士（吉斯提尼亞尼和奎里尼），曾就這方面向教宗利奧十世提出請願書。他們提議改革神職人員的拉丁文教育，因爲有很多成員無法充分理解彌撒儀式；他們也爲《聖經》的近代語譯本和以本地語言舉行禮儀辯護，目的是讓信徒更清楚自己的信仰，並更實際參與宗教儀式。

一五一六年，伊拉斯謨斯也以同樣的觀點爲論據，呼籲將《聖經》譯成當地方言；他對於純粹表面、機械式的虔誠也感到憤慨：「未受教育的男人和有如學話鸚鵡般的女人，用拉丁文喃喃誦唸讚美詩和主禱文，卻不懂自己在說些什麼。」這是用毫不隱諱的詞句控訴拉丁禮儀。在法國，「福音派人士」藉提供經文譯本，力使信徒熟悉《聖經》。一五二三年，法國神學家戴達波出版《新約全書》法文譯本，而主教布里索內也在教區摩城，讓信徒用當地方言讀經。然而，路德理念的發展加上他被開除教籍，導致教會當局愈來愈不信任譯本。一五二六年，索邦神學院（巴黎大學的前身）宣布禁用譯本，同時重申平信徒在宗教事務上無權無分，以及教會擔任擔保人的絕對必要性。「經授權的」講道是教友接受宗教教育唯一的方式，平信徒只有一個權利：聽的權利。索邦神學院還說，信徒不懂禱詞的字義沒什麼關係，因爲禱詞的意義不在於文本，而在於教會使用它們的方式，教會是儀式的意義及其成效唯一的保證。

義大利直到十六世紀四〇年代，才開始壓制譯本。一五三〇年，佛羅倫斯人文學者布魯西歐利出版《新約全書》義文譯本，並於一五三二年再版《舊約全書》的譯本。後來他在一五四二年發表的〈評注〉中，爲自己所做的事辯解。他認爲，基督教和異教的差別在於前者毫無隱藏：基督希望人人都明白祂的話語；因此，《聖經》應以任何人都能懂的語言呈現。這麼說來，令人憤慨的並非看到「女人或鞋匠誦讀經文，而且讀的同時也明白其中涵義」，而是目睹「女人和大多數男人像學話鸚鵡一樣，用拉丁文或希臘文低聲誦唸讚美詩和祈禱文，卻完全不懂自己在說什麼」。兩年後，卡達林（最嚴峻的正統信仰捍衛者）出面反對這類斷言。他譴責把《聖經》譯成通俗語言，並提出教會團體現有的秩序：「如果有聖師，而且有他們要教導的事，那麼也應該有聆聽和學習的人。」同樣的觀念，西班牙神學家卡斯楚早就提過。他在著作《斥異端》（*Adversus omnes hereses*，一五三四年初版）中抨擊譯本，並根據一項很古老但受到時事強化的傳統，把異端和通俗語言混爲一談：閱讀和闡釋經文本身有其困難度，所以應保留給能勝任的人來執行；再者，即便是博學者都會出錯，甚至偏離原意，更何況是一般信徒？准許在教會中採用當地方言譯本，將破壞已建立的秩序，屆時說不定連女人都成了聖師呢。

二十幾年前，法蘭德斯人文學者克里斯朵夫，以改造神職人員爲出發點，取得一致的見解。他認爲，司鐸基於獻祭之職，而成爲「被分別出來」的人。不同於一般人，他獨自享有信仰的一切豐盛。因司祭職同時帶有牧靈的職責，所以司鐸必須具備智慧和起碼的學識。令克里斯朵夫憤慨的是，把「一些不會讀也不會講拉丁文的無知者和文盲」，提升爲神職人員的等級。此外，和其他人文學者一樣，克里斯朵夫不但呼籲改善司鐸的培訓，強調應對《聖經》和一些教父有更深入的認識，也爲司鐸應對禮儀有正確的理解辯護。事實上，他指出有些司鐸並非總是明白自己宣讀的話或執行的動作意義何在。爲補救這種情況，他在一五一六年出版 *Elucidatorium ecclesiasticum*。這本書的第三部分論及彌撒，在進入正題前，有一則只保留給神職人員閱讀的警告。爲了避免平信徒偷讀這幾頁，克里斯朵夫想盡辦法讓文中有關彌撒儀式和經文的解釋，在外行人眼中顯得晦澀難懂。除了反對以通俗語言舉行彌撒（一五二六年，他在這方面強烈反對路德），他也希望「普通人」不要直接接觸《聖經》：自一五一五年起，宗教改革運動尚未展開前，他就反對把《聖經》譯成本地語言。理由是，這些譯本會產生不準確、模稜兩可和謬誤的情形，而且因爲讀者缺乏應有的訓練，無法明確指出錯誤並給予必要的校正，使得譯本更具危險性。

除了神學家和教會人士，平信徒也表達他們的意見；從前文看來，他們的心聲很少受到正視。一五四六至一五四八年間，佛羅倫斯人澤利以通俗語言（他在「佛羅倫斯學院」致力研究的語言）之名，反抗拉丁文的霸權。這位出身工匠的人文學者，在系列著作《桶匠的奇想》（*Capricci del bottaio*）中，強調通俗語言的尊貴，以及它有權論述各種知識，因而使大多數人都能接觸學問；同時，他也抨擊拉丁文的壟斷。首先，他認爲少數有學問的人爲了捍衛特權而欺騙教友，讓他們以爲不精通學術語言，就什麼都不能學。當地方言很適合用來翻譯日課經和禮儀，因爲這類譯本能提升信徒對聖事的崇敬，進而使他們更虔誠。在這一點上，澤利（他的教義的正統性不容質疑）提出宗教改革家老早用過的論調。有人認爲，他抨擊信徒用拉丁文誦唸讚美詩就像「小嘴烏鴉呱呱叫，或鸚鵡嘰嘰喳喳」的說法，是抄襲伊拉斯謨斯和布魯西歐利。處於新教改革的主流，澤利強調基督徒在教會中不分貴賤：拉丁文（神職人員的特權）不過是司鐸的詭計，爲的是樹立自己的威望，並以少數人掌控廣大信眾。《桶匠的奇想》遭到審查；爲避免最後淪爲禁書，澤利只得做一些修正：他被迫修改的內容，包括要求翻譯《聖經》和禮儀、抨擊拉丁文支持者壟斷等段落。

面對神職人員和信徒的要求，神學家不得不提出種種有利於拉丁文的論點，並對畫分普通人和博學者、平信徒和神職人員的教會學加以說明。宗教改革運動對當時發表的見解不無影響：任何對本地語言有興趣的表達，都自然而然招來不信任，甚至被懷疑是異端。天特會議的決議不可能不受這些情勢影響。

## 天特會議的正典

一五四六年在義大利特倫特召開的天特會議，於各種場合中爭論語言的問題，說得更確切點，尤其是涉及把《聖經》譯成本地語言和彌撒聖禮的問題。參與大公會議的人從會期一開始（特別是一五四六年三月），即探討《聖經》譯本的部分。有兩組人士彼此對立：一方認爲應以天主教譯本抗擊新教譯本，另一方則拒絕任何讓步。與會者的出身所在地和在教會中擔任的職務，或許可用來分析這種畫分。來自異端蔓延之地（即德語地區）的高級教士，贊成用天主教譯本回應信徒的需要，並對抗新教譯本。相反地，住在遠離異端地區的人（大都是西班牙高級教士或教廷成員），則反對任何可能近似向新教觀點讓步，或放棄教會特權的做法。第一組包括不少從事牧職的人，第二組則較多由神學家和修士組成。對《聖經》「通俗化」的爭論，大體上取決於譯本和異端之間的關係：一些人認爲隨便將譯本交給教育程度低的人，肯定有謬誤的危險；另一些人則強調任何人都有權認識《聖經》，並提醒大家，謬誤常由無知而生，尤其異端多半來自有學問的人，而非普通老百姓。在這一連串的爭論中，拉丁文顯然是捍衛教會權柄和教會監督信徒的工具，但卻沒有人（即使是最堅決反對《聖經》「通俗化」的人）提出論據，證明這個語言具有神聖的特性。《聖經》譯本的問題引發正確版本的問題，進而對《拉丁文通俗版聖經》展開語文學和神學上的審查。誠如科萊帝所強調，雖然有人發現聖傑若姆的這個版本有瑕疵，卻只能以《拉丁文通俗版聖經》本來就是翻譯作品做爲解釋：這麼一來，恐怕很難禁止新譯本產生。反之，如果《拉丁文通俗版聖經》被證實毫無瑕疵，世人就有可能將它視爲神聖的作品，其永恆不變的特性與任何譯本都不相容，否則就會使這個版本失去作者的聖潔和傳統權威所賦予它的可靠性。接下來的討論達成一個審慎的解決辦法（即一五四六年四月八日的教令）：在編出更精確版本的期許下，保留原有的《拉丁文通俗版聖經》；閉口不談譯本的問題，並禁止任何未經授權的《聖經》譯本出版。

當與會人士提出彌撒語言的問題時，一五四六年四月八日的教令難免影響大家的討論。語言問題無法單獨處理，總會牽扯到彌撒。一系列的辯論首先於一五五一年十二月至一五五二年一月展開。一開始，他們就和新教在這方面的教義畫清界線；不過，會議中斷使已討論過的彌撒文件無法順利公布。十年後，當天特會議再度召開時，這個問題必須從零開始，因爲情況已經不同：與會人數大增（從七十人增爲一百八十人），而且宗教情勢改變（宗教改革的發展導致與會者採取較明確的立場）。針對彌撒語言的爭論，於七月十九日開戰，九月十七日做出結論。討論集中在聖體聖事的祭獻層面：彌撒不是爲了紀念基督的犧牲而已，無論人有沒有意願參與，彌撒本身都是一種祭獻；唯有司鐸需要理解，唯有他是理解的保證、信仰的持有人，這信仰能借助因傳統而神聖化的語言（也就是拉丁文）完全表達出來。當時參與討論的神學家，一致拒絕採用新教徒要求的通俗語言：會眾沒有必要理解彌撒經文，他們可以在彌撒中融入信仰。儘管承認沒有理由反對使用通俗語言，與會者還是強調教會基於合宜的緣故，應繼續使用拉丁文。就禮儀的神聖性而言，應該採用與它相稱的語言，而拉丁文（最卓越的文學語言）正符合這崇高的要求；換成本地語言，可能會使儀式變得貧乏。此外，由於拉丁文幾世紀以來都被用來表達超自然的眞理，它在這些人眼中似乎具有神聖的性質。另一方面，也有人提出翻譯的困難，以及譯文可能含有謬誤的危險；宗教改革運動和它在語言上的革新，就是最好的例證。而且，採納本地語言等於向異端份子讓步，甚至是一種歸附。這些討論的回響在八月六日呈交大會的提案中處處可見：文中肯定拉丁文最適合用於彌撒（若以通俗語言舉行，恐怕減低對聖體的崇敬），並強調譯文可能產生的最大危害。與這部分的教理報告對應的教規是：「如果有人說彌撒只應以通俗語言舉行，讓他受咒詛。」不過，文中也承認應使參與禮儀的人理解讀經和福音書的部分，並要求在儀式中提供信徒適當的解釋。

這項提案於八月十一至二十七日討論期間，引起參與辯論的十九位雄辯家分成兩派批評。其中一方（出身於羅馬文化的高級教士）希望眾人更大力支持拉丁文；另一方則無法贊同對拉丁文有利的教理報告所提的論點，不是因爲他們反對拉丁文——西方禮拜儀式的語言，而是因爲這些論點涉及一些彼此差異懸殊的情境（他們提到東方教會及其特性），而且其中含有對通俗語言的責難。新的草案於九月五日完成。報告中宣稱彌撒聖事含有珍貴的教義寶庫；在這點上，大公會議反對新教徒的觀點（後者認爲彌撒聖事只是一種教導）。雖然彌撒富含教義，大公會議並不因此認爲應以通俗語言施行；更何況教會從來沒有這種趨勢。與會者一致贊同現有的做法（誠如它已經維持了好幾世紀），並明確指出彌撒中應以通俗語言提供信徒講解。這項新草案於九月七日呈交大會，幾乎沒有引起什麼討論，就在第二十二次會議中（九月十七日）表決通過。草案的第八章〈論彌撒聖祭的教義和教規〉聲明如下：

雖然彌撒對教友具有極大的訓導價值，但參與大公會議的人認為，不宜普遍以通俗語言舉行彌撒。這就是為什麼，在保留這項各教會特有且經過羅馬天主教會（眾教會之母及領袖）認可的傳統儀式同時，為免基督的羊群捱飢受渴卻得不到餵養，本神聖大公會議命令牧者及所有牧靈人員，要常在彌撒聖禮中，由自己或由他人，講解與彌撒有關的經文，並在其他禮儀中，尤其在主日和慶節上，闡釋該聖祭的奧蹟。

在下一章，第九條教規明示：「如果有人說彌撒只應以通俗語言舉行……讓他受咒詛吧。」同樣的原則也適用於聖事：以拉丁文舉行的聖禮，皆應提供本地語言的講解。

不同於先前的討論與草案，九月十七日核准的條文中，並未提及那些爲保留拉丁文而承認它具有某些特質的論點，如：神聖的語言、萬國通用、以穩定和崇高的特性確保信仰的寶庫。天特會議的任務原是定義彌撒的教義價值，即眞實的祭獻；語言問題只因爲被加進彌撒教理中，而納入考慮。彌撒內含的教育價值，似乎不足以做爲改變傳統儀式的正當理由，但與會者一致同意儀式中應提供講解，以免該教育價值遭到忽略。雖然彌撒並沒有絕對和任何一種語言有關，異端和通俗語言之間也毫無關聯，抵制宗教改革運動還是對保留拉丁文有決定性的影響。後來有人提出對拉丁文有利的證據（但未出現在最後的草案中），並揭露通俗語言本身帶有異端的危險性時，這種環境因素就不怎麼重要了。

天特會議的決議明確表露出，教會各階級對於確保信徒宗教教育的關心，以及爲了避免任何偏差或謬誤，而在程序上予以監督。此外，這次會議也極度關切司鐸個人和培育，以便他能完全履行上主和教民之間擔保人的職務，並確實扮演好領導信徒的角色。爲此，大公會議決定開辦神學院；儘管形式上因地而異，強調拉丁文仍是所有神學院的共有特點。這種方式提升神職人員的地位，並相對地承認平信徒居次要地位，這在天主教界確立了穩固不變的群體階級觀，一方是持有知識的人，另一方是被動接受教導的人，各守各的本分。

## 二、正統教義與護教論

直到梵二大公會議爲止，天特會議的決議始終通用於天主教會。任何「革新」都遭到反對，就算獲准，也須有充分正當的理由。隨著時間推移，許多有利於拉丁文的論點逐漸成形，事實上，簡直就是神職人員和信徒共享的一套護教論。

## 拉丁文統治期

關於《聖經》「通俗化」，大公會議決定持保留的態度，這正好符合數百年來對本地語言懷疑的論調。在法國，實施天特會議的教令是具有啓發性的。它強化了索邦神學院的學者和其他權威人士的見解（這些人自十六世紀上半葉就反對使用譯本），難怪他們的優勢會擴大。一五四八年，土魯斯宗教裁判所的法官羅蒂耶，以直截了當的標題發表論文*De non vertanda Scriptura Sacra in vulgarem linguam...*（土魯斯，一五四八）：在神學方面的闡述中，他引用眾所周知的語言學和文學論據，將本地語言的貧乏與變化無常，對照拉丁文的莊嚴與恆常；《聖經》的起源本來就高度神聖（經文是上主所默示），理當有一個與它相稱的語言，而這個語言只能是拉丁文。就連平信徒也爲天特會議的立場辯護，例如：蒙田。別忘了一五五六年當最高法院下令沒收《詩篇》時，他也是其中的一員。「這麼做不是毫無道理的，我認爲，」他在《隨筆集》中寫道，「教會應禁止人把混雜、輕率而不得體的語言，用在聖靈透過大衛王寫下的神聖詩歌上。我們該做的，只是邀請上主參與我們帶著崇敬和充滿敬畏之心進行的活動。」接著，他完全依照大公會議的方式，標示神職人員和平信徒之間的界限。

> 《聖經》不是給每個人研讀的。唯有獻身於它、蒙上主呼召的人才要研讀；惡人、無知的人

> 讀了只會變得更糟：《聖經》不是用來講述的故事，而是要我們尊敬、敬畏和崇拜的歷史。那些自以為把《聖經》譯成通俗語言，就可使人民大眾輕易讀懂《聖經》的人，真是愚蠢可笑啊！……我也相信讓人人都能自由藉各種方言任意使用如此嚴謹而重要的話語，是危險多於益處。

然而，整本《聖經》或單單《新約全書》的譯本，還是在法國天主教徒中流傳，這些譯本是抄自所謂的《魯汶版聖經》。《魯汶版》無論在內容（雖然有人努力修訂，力求符合《拉丁文通俗版聖經》），或在形式上（儘管有人全力修改有點過時且生硬的文體），都不是無可挑剔。一六二〇至一六三〇年間，當似乎有必要讓信徒讀懂《聖經》時（他們雖然不懂拉丁文，還是有極大的屬靈需要），有人提出釋義本，不但供應正統解經，也完全迴避了《聖經》譯本必然挑起的問題和論戰。這些出版品的成功，阻止不了民眾期待有法文版的天主教《聖經》，一本可取代新教版本，並引導異端份子回到正統信仰的《聖經》。法王路易十三在任內末期，授權制定這樣的譯本。這個版本於一六四三年在波瓦提學者的認可下出版（索邦神學院的學者拒絕發表意見）；與此同時，首相李希留委託三位神學家制定另一譯本。李希留和路易十三相繼死亡，導致這些計畫中斷；但往後幾年，《聖經》不同書卷的幾個版本問世，似乎默認一個有利於自由閱讀《聖經》的運動發展。

一六五〇年，樞機主教雷斯（他也是巴黎大主教）發布訓諭，重申傳統的限制規定，並禁止在未經許可的情況下，以通俗語言閱讀《聖經》；次年，勒梅爾（「王的顧問、指導神甫及講道者」）在雷斯的庇護下，出版一部標題意味深長的巨著：《是至聖所拒絕教外人士，亦或「聖經」禁止通俗話》。從序言起，作者就表明自己的主張：「我們必須維護教會最重要的慣例和信仰的主要準則，也就是向不配的人隱藏奧義，使教外人士遠離至聖所」……因此，「絕不能使《聖經》淪爲通用或通俗化，無論基於我們應敬畏上主的話語，或基於我們有義務順從教會權威性的決斷。」說得更具體一點，「聖徒無不在戰慄中打開的這本宗教書」，不應淪爲「工匠的玩具和消遣」。在該書第一部分，勒梅爾證明《聖經》對無知軟弱的人而言，是晦澀難懂且危險的，不是什麼人都應獲准讀《聖經》。接著他提出合乎邏輯的結論：「把屬於司鐸的事留給司鐸」，並暗示打破上主定規的秩序可能招來危險。第二部分（談歷史的本質）指出，「讀《聖經》從來不是共同或通俗的事」。第三部分證實「有人想爲閱讀《聖經》建立的一般許可，違反了教會的目的和所有審慎、有見識的準則」。《聖經》經文的本質、教會數百年來的傳統和教諭，都表明要禁止使用當地方言讀《聖經》。針對這點，勒梅爾提出一個令我們很感興趣的問題：

> 為什麼教會只禁用通俗語言讀經，卻允許使用希臘文和拉丁文，難道人比較有能力聽、說這兩種語言？難道這麼做會讓人信仰更堅定、更了解《聖經》？還是用這兩種語言讀經，對學者和有學問的人、無知者和軟弱者，既沒有損害，也沒有危險，因為他們通常比別人自負，也較不順服？

事實上，很多異端份子都是受過教育的人。學術價值高的語言（包括拉丁文在內）會導致謬誤，或者相反地，可以防止犯錯？顯然後者才是正確的：實際上，「使用這些語言能讓人遠離人群」、訓練判斷力、習慣接受磨練，因而免於常見的錯誤，不會被第一印象牽著走；再者，認識古代語言使人能對照譯本和原文，揭露異端份子在其中散布的謬誤；知識能堅固人對抗錯誤，加爾文之所以陷入異端，絕不是因爲他是學者，而是因爲他有「報復心強且謀求私利」的性格。因此，除了區分司鐸和教外人士的界線之外，勒梅爾還描繪另一條區分學者和無知者、菁英和群眾的界線（本質上非關神學，而是關乎文化與社會）；這第二條界線，還是拉丁文。

天特會議並未絕對禁止翻譯聖書或閱讀這類譯本，而是把這兩件事交由教會當局核准。到了十七世紀末，法國天主教徒已可透過阿梅洛特和薩西的譯本，使用整本《聖經》；此外，初信者也會正式收到法文版《聖經》。雖然有人認爲這是民族語言的一個決定性發展，甚至是一種勝利，而且有些譯本，像是《蒙斯版新約全書》（一六六六年）很暢銷（六個月內賣五千本），但在天主教界，直接接觸《聖經》的人依然有限，尤其和新教的做法相比。

唯獨禮儀本身仍採用拉丁文，任何例外都會引起辯護。建立在數百年歷史論據上的傳統，隨著宗教和文化方面的證據（用來反對提倡本地語言的人）而日益堅固。在這點上，和中國禮儀有關的抗爭具有啓示的作用。支持引用本地語言的人（大部分是耶穌會傳教士和一些爲地方情勢辯護的西方同道）遭到反對人士（羅馬當局、神學家和聖會成員）斷然拒絕，後者強調拉丁文有不受時效約束的權利。衝突持續了三個世紀以上，直到一九四九年才化解。事實上，這種對立的局面老早就僵持不下，圍繞一些後來不斷複述的論點具體呈現出來。我們沒有必要在此詳述這段冗長的爭論史（包括遠東各修會之間的競爭、歐洲出現的反耶穌會運動，以及一些相關問題，例如有關儀式和專有名詞的爭論等，都使這段過程更複雜）；在提及大環境之後，我們將只談主要插曲和重大決議。

被差派到中國的耶穌會傳教士很快就體會到（而且這個信念隨著時間增強），要讓這個國家皈依天主教，除非建立當地的神職人員：「只有靠中國人，才能改變中國的宗教信仰。」巴塞神父繼其他人之後，於一七〇二年如此說道。在中國，很多人對追求外國人的宗教信仰有偏見，而傳教士屢遭迫害而罹難，更強化他們的見解。當時面臨的問題，是如何挑選司鐸候選人。中國的社會文化形勢毫無助益，培訓年輕人顯得困難重重。身分地位高的父母，絕不允許自己的孩子在無利可圖的情況下學拉丁文（一種外語），而荒廢了中國文學的學業（取得高官的唯一途徑）。外國傳教士可以輕易找來出身卑微的孩子，但這些人成爲司鐸後在社會上仍毫無威望，這點對他們的牧職而言是莫大的損傷。守獨身的義務爲招募年輕候選人增添另一項阻礙。在歸信天主教的人中，當然也有許多上了年紀的文人、鰥夫，這些人一旦領受聖職都能有效地傳福音；但有一個無法克服的障礙似乎阻絕他們接近祭台：他們年紀太大，學不了拉丁文。然而，羅馬對最後這點寸步不讓，甚至拒絕准許以中文禮儀做爲權宜之計。

事實上，爭論的焦點不在於認不認識拉丁文，而在於發音。傳教士和被派遣到東方國家的教廷視察員，都很強調地指出中國人無法正確發音；他們在書信、回憶錄和報告中，一再證實這點，得意洋洋地指出中文語音學的特性，即少了好幾個與不同拉丁文字母對應的音。因此，放在字首的母音a、e和子音b、d、r，分別被唸成*ya*、*nge*、*pe*、*te*、*lle*。另一方面，以子音結尾的字（m和n除外），中國人也發不出正確的音：*vos amatis*被唸成*vosi yamasissi*。此外，他們沒有與l和g對應的音：例如，*ego*成了*nheco*。還有，他們無法連續發兩個子音，或是沒有插入中元音的雙重子音：例如，*sanctam*變成*sanketam*，而*ecclesiam*則變成*Ngekekelesiam*，讓人差點認不出來。從一個單字產生的這種荒謬不和諧的音，與整句話的發音相比，根本不算什麼，像是*Ego te baptizo in nomine Patris et Filii et Spiritus Sancti, Te absolvo a peccatis tuis*（我奉父、子、聖神之名爲你施洗，你的罪得赦免），或*Hoc est corpus meum*（這是我的身體），變成了：*Nghe ngho te bapetiso in nomine Patelisu nghe te Filli te Sepilitusu Sanketi, Nghe te yapesolva ya pekiatisu tuisu*，或*Hocu yesutu colpusu meum*。

這種發音讓神父啼笑皆非，爲此，他們在辯護詞中大量引用例證，並強調就連中國會眾聽到這麼難懂的話都會笑。更糟的是：沒人聽得懂；不但普通詞彙荒腔走板，句子也盡失意義，而詞尾變化和動詞變位的規則更是無人遵守。比葛里歐神父在一六七八年提到：「他們（中國人）講拉丁語時，不但像什麼都不懂的鸚鵡在說話，而且有些音鸚鵡發得出來，他們卻不能。」用中文字母拼拉丁文的音也於事無補；這麼做總有缺陷，而且音譯只會讓不信教的文人，在看到一連串毫無條理的中文字時，更加懷疑這是巫術。例如，依照安托西塔神父的說法，按中文發音翻譯出來的祝聖儀式用語，中文字的涵義分別是：「呼吸、年長者、主人、功能、規則、美、休息、各人、道路、逃避、事情、思考、牧場。」

在生動的細節（文獻少不了的部分）背後，存在一個事關重大的問題。前面引述的詞句本是洗禮、堅信禮和聖餐禮儀的聖事用語。然而，面對音譯產生的這堆亂七八糟的文字，或者更廣泛地說，面對中國人無法掌握拉丁文發音，有人擔心他們會遺漏或改變聖事用語中的某些關鍵字，因而使所行的聖事無效；就是這點顧慮，使得傳教士二度爲初信者施洗，因爲他們搞不清楚後者是接受*batino*、*batito*，還是正確的拉丁文唸法*baptizo*。

這些情形造成的不便極度嚴重，使耶穌會士催促羅馬當局核准中文禮儀。講白一點，他們的請願完全視情況而定：其最終目標是要儘速培訓需要量極大的在地神職人員；因此，這純粹是暫時的解決辦法。

起初，這些耶穌會士得到滿意的答覆。一六一五年，教宗保祿五世授予特許權，准許將《聖經》譯成中文，未來的中國司鐸可用中文做彌撒、誦唸日課經並施行聖事。但這只是權宜之計；創辦神學院本來就在計畫中，往後事情應會正常發展。然而，該特許權卻幾乎沒有具體結果：把《聖經》譯成中文碰到可怕的術語問題；至於司鐸的聖職授任禮則延遲舉行，理由是候選人沒幾個，而且傳教士都忙於享有優先順序的傳道工作。一六五八年，有人趁宗座代牧主教被派至遠東任命當地司鐸之際，重新提出中國神職人員的問題。在羅馬，中文禮儀的支持者和反對者互相對立，但後者有感於拉丁文對中國人造成的困難，終於同意讓步（收錄在一六五九年九月九日發布的教宗諭旨〈來自宗座〉中）。教宗亞歷山大七世同意讓被派往東方的宗座代牧主教，有權授予司鐸的職位給會讀拉丁文的中國人（即使他們不懂這個語言）。結果有幾位中國人被任命爲司鐸。後來，傳教士和他們在歐洲的同道，仍繼續爲中文禮儀請願（每次受逼迫都是提出一個新辯護詞的機會），要不就爲貫徹教宗保祿五世授予的特許權辯護，但卻徒勞無功。一些中國青年被送到西歐接受拉丁文訓練；一七三二年，里帕在那不勒斯爲他們創辦一所學校。羅馬的態度（例如，教宗伯努瓦十四世在一七五二年的立場），仍停留在教宗亞歷山大七世的詔書。此外，在這些年間，也有來自中國本地的聲援：李司鐸甚至表明不認同一六五九年的教宗諭旨。他認爲，中國司鐸必須完全精通拉丁文，這樣不但能避免歐洲傳教士的輕視，而且能直接從拉丁文的原始資料，吸收司鐸職務必備的知識。一七八四年，面臨新的迫害，仍有人考慮將中文禮儀視爲儘速任命大量當地司鐸的方法，但此構想沒有下文。其後，勉強有人在中國的神學院，爲年輕的司鐸候選人開班傳授拉丁文；在十九世紀期間，不再有人使用教宗亞歷山大七世的特許權。直到一九四九年，也沒有人再提起中文禮儀。但同年三月八日，教廷聖職部在關心中國的司鐸實習生學習拉丁文，以及文言文用在禮儀中的情況後，做出以下結論：

讓中國神職人員學拉丁文是有必要的，不過，學拉丁文之餘，也應讓這些年輕學生有機會費時、費力學習自己的民族語言。同時，聖職候選人必須對拉丁文有一定程度的認識，至少足以讓他們正確理解教會的正式語言，尤其在禮儀中、和羅馬教廷的交流上……至於主禮彌撒聖祭，我們可以為中華民族編寫彌撒經本，裡面將以文言文印出彌撒的各部分，包括從儀式開始到彌撒正典的開端、從領受共融聖事之後到禮成儀式。關於彌撒正典，除了必須高聲誦唸的部分，如：〈天主經〉、〈主的平安〉、〈羔羊頌〉之外，仍沿用拉丁文。

這份決議（一九四九年三月十日由教宗庇護十二世核准），終於結束數百年來有關中文禮儀的爭議。

事實上，除了教宗保祿五世曾授予特許權外（它本來就是一個權宜措施），羅馬對拉丁文的問題不曾讓步；這點從教宗亞歷山大七世的詔書就看得出來：儘管注意到拉丁文帶給中國人諸多困難，卻仍要求未來的司鐸讀他們不懂的語言。說眞的，這一點也不稀奇，誠如當時拉丁文支持者所強調的，即使在歐洲（接下來將談到），也有司鐸幾乎不懂自己在唸什麼。本地語言的辯護者無論重提過去教會對摩拉維亞修士和其他民族讓步，努力讓人對天主教征服中國、甚至征服整個遠東懷抱希望，或是強調用於禮儀的中文地位也很崇高（「它應該不是老百姓的日常用語，而是文人的語言，就像我們這裡的拉丁文一樣」），都是枉然；這一切終究於事無補。

在整個爭論過程中，影響羅馬態度的主因是，擔心核准中文禮儀會導致教會分裂；就算中國沒有陷入正式的教會分裂，由於不懂拉丁文，要和羅馬共融恐怕也辦不到。因此，任何特許的請求都應拒絕。更何況中國人和其他民族（例如印第安人）不同，誠如一位拉丁文支持者所強調的，他們是「很有天賦、非常勤奮向學的民族（未受教育的人除外）。由此可見，那些蒙召擔任司鐸的年輕人，都能輕易學會拉丁文，就算不是非常精通，至少也有能力讀得很不錯」。〈來自宗座〉的要求也不過如此。也有人引證其他論點：在擬定詔書內文的審議期間，有人重申教會傳統中，唯有拉丁文和希臘文、希伯來文是教會文化的語言；有人強調信仰的合一伴隨著禮儀的統一，以通俗語言施行聖事將使聖體失去尊貴，但拉丁文（死語言）和本地語言不同，它是穩固不變的，所以特別適合用來保存經文；最後還有人提到，優待中國，就沒有理由虧待其他國家。然而，除了原本特意描述拉丁文最適合述說聖事的特質外，眞正占優勢的論點，是對教會分裂的顧慮；有人不忘提醒大家，異端份子用通俗語言舉行宗教儀式，更有人明說這曾是新教徒的請願；針對這點（獨獨這點），有人引天特會議的教令爲證。的確，宗教改革運動的往事在十七世紀中葉想起來仍很鮮活，羅馬當局難免不受影響；與此同時，一個新的等式浮現，並隨著時間逐漸樹立威望：拉丁文等同於正統信仰。

就中國（宣教之地）而言，語言的問題總算解決了：拉丁文獲勝。在古老的歐洲也是如此，但這裡爲本地語言請願是基於截然不同的動機，即對教牧的關心。在法國，天特會議設立的準則受到嚴格遵循；無論舉行宗教儀式或施行聖事，一定採用拉丁文。這點特別激發出文法和文學品質俱佳的拉丁文聖歌創作，其中尤以桑德表現出眾（今日他較爲人熟知的部分是參與著名的碑文論戰）。一六七〇至一六八〇年間，這位詩人應巴黎大主教要求，創作對基督教拉丁聖詩有一等貢獻的作品（他把在教堂裡聽人歌詠的「含混不清的拉丁話」，和舊時日課經中充斥的「庸俗文字」加以發揮）。當時很少人爲拉丁文的專用權感嘆。一六八二年，奧羅倫主教提出使用當地方言的建議，是完全視情況而定的：目的是鼓勵新教徒歸信天主教。至於揚森派（天主教改革運動的一支）所持的立場則完全不同，他們爲信徒沒有權利在教會儀式中加入自己的聲音和禱詞抱屈：這正是法國揚森派神學家凱內爾三項提案的內容；但在一七一三年的教宗詔書〈獨生子〉中遭到譴責。雖然在荷蘭猶翠特的揚森派教會（與羅馬分裂）向來只用通俗語言施行聖事，在法國，這種做法卻是異常舉動，還引起公憤，例如在美次，當揚森派神父布雷爾用法文施行臨時塗聖油禮和臨終聖禮時，傳統天主教徒都感到很不悅。同樣是受揚森派影響的環境（巴黎的聖美達爾和聖艾提恩蒙堂區），有一個地方採用通俗語言（老實說，用得戰戰兢兢）：從一七二六至一七四四年，主日晚禱分別以拉丁文和法文隔周誦唸。以上是在舊制度下，法國天主教會（公開禮儀仍完全採用拉丁文）出現的罕見例外。

同樣的情形也發生在另一個天主教大國：義大利。在這裡，穆拉托里的省思和利契的改革，更襯托出拉丁文的專利。穆拉托里不但是歷史文獻叢書的編訂者，也是一位熱心投入當代生活、積極參與義大利半島上所有辯論的文人。身爲司鐸，他尤其關心平信徒的靈修生活，努力引導他們走向更眞實的敬虔，並奮力對抗阻礙信徒遵守教規的迷信和謬誤的傳說。在著作《論基督徒崇拜儀式的規則》中（一七四七年，收錄作者這方面的省思），他特別爲教會在彌撒進行中普遍存在的光景，即聖祭從大多數不懂拉丁文的信徒那兒「得不到多少崇敬，或至少……一點點注意」深感遺憾；這就是爲什麼他仿效在法國通行的做法，繼續提供禮拜儀式及其流程的解說。他明確指出，這只是爲了提升信徒的虔敬，絲毫不會減損拉丁文儀式的莊嚴。在另一章，他又回到這個主題，記述在提羅爾，司鐸在祭台上恭讀福音後，會來到祭台間的欄杆，用德文再恭讀同樣的經文，引導會眾誦唸〈悔罪經〉，以〈憐恤你們〉免除他們的罪，然後才回到祭台繼續彌撒儀式。他提到在達爾馬提亞，司鐸用拉丁文做彌撒，節日時則以斯拉夫尼亞語誦讀宗徒書信和福音。他並引證在摩拉維亞也有類似做法。他還說，教會有充分理由用拉丁文施行彌撒。之後，他竭力強調司鐸有必要用信徒的語言向他們解釋福音，「誠如神聖的正典所定規」：由此看來，天特會議的教令中所記載的教牧職責，很可能始終不受重視。穆拉托里還提到爲預備講章而查考聖書的司鐸，在證道時用太多拉丁文，導致大多數會眾從講道中吸收不到靈糧。這麼說來，拉丁文在義大利天主教會中的分量，可能已超過羅馬的要求。

即便穆拉托里的某些言行引人懷疑他是狂熱份子，他依然堅守正統信仰；但在普拉托和皮斯托雅，總主教利契的情況卻截然不同，他公然引用揚森派教義。這套教義是啓發他在教區內發動改革的根源，而且這些改革於一七八六年，他在皮斯托雅召開教區會議期間取得認可。首先，在司鐸的專用書和其他出版物上，有關儀式的內容賦予本地語言主要地位。尤有甚者，從第二次開會起，就有人指明這次會議的一項任務，應是檢視「爲使不懂拉丁文的人能領略教會禱詞的本義，而以通俗語言施行聖事」是否有益。在第四次會議（完全用於探討聖事）期間，關於聖體聖事，有人提到禮儀就像是「司鐸和教民的共同行動」，有人爲未能「以通俗語言呈現禮儀並高聲誦唸」甚表遺憾；有人似乎在不得已的情況下，重申天特會議對教牧職責的關切，也有人極力主張提供書籍給信徒，「其中彌撒常規經應以通俗語言寫成，並帶領識字者和司鐸一同誦唸」。地方上的抗議、羅馬對這個教區會議的譴責，加上使多斯加尼動盪不安的政治事件，終於使利契屈服，擊垮他在普拉托和皮斯托雅教區的改革和通俗語言。

發生在多斯加尼的事（別忘了當時大公爵利奧波德是支持利契的），也發生在德國。在「約瑟夫措施」（德皇約瑟夫二世爲建立宗教自由、使教會服從國家而採取的措施）的勢力範圍內，有人試圖革新禮儀，用新的觀點改善它，使它更具團體特性、更明白易懂，且更具教化意味。蘭休特大學教授溫特曾發表這類研究，和有關德文彌撒與儀式的評論。幾年後，在較溫和的啓蒙運動背景下，杜賓根大學教授希爾雪提出類似的建議：他認爲，透過禮儀，可以幫助人民重新發現基督教教義，只要給他們方法「實際參與他們向來只列席的彌撒」；彌撒應是司鐸和信徒的「共同行動」。本著改革的衝動，希爾雪（他竟從兩方面，即公開告解和廢止司鐸守獨身，來思考教會內的共融）鼓吹施行德文彌撒，將這點視爲復興德國天主教生活的必要條件。關於希爾雪陳述這些理念的著作，請參閱索引。

在法國，早在幾年前，眾人就不再滿足於期望和建議：一項有關法文禮儀的草案，在擁護〈神職公民法令〉的分立派教會支持下終於落實。早在法國大革命以前三級會議的陳情書中，繼而在回應格雷古瓦有關方言的調查研究，或在提交制憲會議的請願書中，都有對把當地方言引進宗教儀式有利的建議，但這些請求絕非出自敵對教會，而是基於提升信徒敬虔的關心：如此，信徒才能停止當啞巴「雕像」，或像「鸚鵡」不知所以地複述自己不懂的話。這些建議雖然只占少數，卻在下級神職人員中，得到里歐派人士的贊同，甚至在高級神職人員中，得到布耳瓦主教格雷古瓦的支持（後者認為，法文禮儀也是推廣法語的一種方式）。當時這名主教即將在法國教會（Eglise gallicane）第一屆主教會議（一七九七年）中擔任要職，他是禮儀大會的主席。在已通過的措施中，有教令公告「法國所有天主教會，應以法語誦唸主日講道的禱詞」、「在為法國教會編寫的統一禮儀書中，聖事的施行程序應以法語寫成；聖事用語應以拉丁文呈現」。當時負責翻譯這本禮儀書的凡爾賽代理主教蓬希尼翁，踰越了主教會議的決議：事實上，為了抗議這種充其量只是「半改革」的做法，他在著作《法文．拉丁文聖禮書論文集》（一七九九年）中，把聖事用語也譯成法文。雖有自己教區主教的認可和格雷古瓦的支持，他還是遭到大多數主教的強烈反對：對蓬希尼翁興奮地描述自己多次以法文施洗時，在會眾中產生的種種不可思議的效果，這些人都不為所動；他們看到的是一個危險的「革新」（因為踰越了主教會議的教令），或甚至按照達克斯主教的說法，是「邁向信仰毀滅的第一步，邁向全面破壞文化的第一步」。早在主教會議召開後不久，就曾有某些高級教士公開抗議；雷恩主教指出，採用本地語言會破壞禮儀的整體性，將有各種譯本和隨之而來的謬誤風險產生，捨棄拉丁文將冒教會分裂的危險，誠如歷史教訓所證實。在這些主教的反對聲背後，還存在著一分憂慮：採用本地語言可能拉大宣誓過效忠國家，效忠國王的神職人員和依然效忠羅馬的神職人員之間的裂痕。一八〇〇年召開的外省教務會議，不是閉口不談語言的問題，就是表態支持傳統和拉丁文。在實踐上，眞正嘗試禮儀法語化的例子不多，甚至在這項運動的發源地凡爾賽，原有的熱忱也很快就消退。最後，一八〇一年召開的第二屆全國主教會議，終結了這個問題。儘管第一屆主教會議只是採取權宜措施（誠如蓬希尼翁的感嘆），這個失敗的經驗卻徒增拉丁文的利益；法文禮儀的問題從來就不存在。

因此，天特會議的教令幾乎暢行無阻；事實的教訓也沒有帶來任何程度上的減輕。天特會議著重神職人員的才智培育，並進而強調拉丁文教育；然而，實效卻和這些叮囑相去甚遠。在法國，神職人員的拉丁文程度在十七世紀初特別差：里昂總主教於一六一三至一六一四年巡視期間，發現堂區神父幾乎不會讀拉丁文，也懂很少，而且不知道赦罪和施行其他聖事的用語。例如：哥羅德堂區有位助理司鐸「拉丁文讀得很糟，也完全不懂自己在誦唸什麼，儘管有人一而再、再而三要他重來，他還是無法清楚讀出聖體聖血的聖事用語」。一六六八年，傳道部教師應邀用拉丁文講解課程，並問神學生問題，讓他們講很多拉丁文，「好讓這些不懂這個語言的人，多加練習並有所改進」。至於解釋疑難（課程第二部分），則「採取拉丁文和法文並用的方式，以幫助這些不夠認識拉丁文的人」。到了十八世紀，隨著神學院入學考試的推廣，「程度」應該有所提升。不過，有些地方如：不列塔尼，要求還是很嚴苛：在南特教區，按照一七五三年四月的主教訓諭，將來受過剃髮禮的教士必須已經「開始講拉丁文」，而且要「表現出有在進步的趨勢」；一七七一年，本身精通拉丁文的多爾主教，只要求教士具備一些「拉丁文的原則」。儘管這些條件不高，卻仍與先前很容易滿足，到後來反而形成障礙的習慣做法成對比，誠如埃利（一七一一年任輔祭職，即四品修士）的情況所顯示。一七一五年，他第六次申請副助祭職（五品修士）：「他完全聽不懂拉丁文，對哲學也毫無概念。」主考官做了上述評論後，要他隔一年再來應試，條件是他必須「熟練每一件事」。這個例子雖令人遺憾，卻非絕無僅有。事實上，除了曾在高知識水準的學校受教的菁英外，下級神職人員對拉丁文的認識似乎都很有限。

法國大革命後，情況並沒有改善，甚至可能更糟。拉丁文當然仍是司鐸受訓的語言，只要想想斯湯達爾的小說《紅與黑》中著名的段落。主角索雷爾一踏進神學院，院長就問他：*Loquerisne linguam latinam?*（「你說拉丁文嗎？」）雖然這名年輕人當下給了肯定的回答，之後的談話也大都以拉丁文進行，他很多同學卻可能對此甚感難堪。這令人自然想起阿斯堂區神父的極端例子：儘管非常努力用功，他的在校成績還是很差，尤其是拉丁文，他無法掌握文法，要完成還算簡單的翻譯練習也有困難。在里昂的大修院，根據一位見證人的說法，「他毫無學習成果可言，因為他對拉丁文沒有足夠的認識。」另一位講得更白：「他拉丁文懂很少，講得更糟。」這種情況不是只有他一人：在維里耶的小修院，也有好幾名他的難友，以致修院將這些學生組成一個七人小組，特別以法文授課。維亞內（即上述阿斯堂區神父）最後不是靠學識，而是靠敬虔得到副助祭職。歷史情勢也幫了他。法國大革命後，「過度缺乏司鐸」（從一七八九年約有六萬名堂區神父和堂區助理司鐸，到一八一三年只剩三萬一千八百七十名俗間神職人員），導致放寬對神學生知識才能的要求；此外，直到十九世紀六〇年代，教會的目標是造就聖徒，而不是培養學者。因此，儘管有教士努力提升知識水準，成效無論如何還是時好時壞。也常有人感嘆神學生欠缺拉丁文知識，畢竟這是整個培訓的重點。在坎佩，大修院院長抱怨學生既不懂拉丁文，也不懂法文，「逼得神學教師只能用不列塔尼語授課」。在布爾茲，總主教說神學生是「拉丁語文盲」；三十年後（一八四四年），還有好幾個學生被評爲「拉丁文太差」而面臨被開除的危機；里昂和康布雷也有類似情況。同樣在這些年間，在布爾茲有一位老師在課堂上讓學生聽寫拉丁文，但要強調論據時，他卻改用法文表達；這種表明聽眾對拉丁文認知不足的做法隨處可見。甚至在一八二五至一八五〇年間，當神學生的課業有進步時，仍有人感嘆他們對拉丁文不夠精通。難怪在高層人士中，當一八五六年巴黎和羅馬就神學院的未來交換意見時，教育部長對於在課堂上採用拉丁文持非常保留的態度，他明確指出：「神職人員的文學素養還是太差，所以這項規定不能定得太死。」一位義大利人士的回應更是誇張：「在所有教授中，巴黎這邊連一個能用拉丁文授課的人也沒有。」

支持採用通俗語言培訓司鐸的請願相繼出現，由此看來，其他國家的情況也好不到哪裡。一八九六年，史密斯牧師公開批評美國神學院完全用拉丁文教學的做法：學生吸收得不多，課堂上使用的語言品質也很差；因此，從這些學校畢業的司鐸，對履行聖職幾乎沒有充分準備。再者，他們的英文知識不但沒有進步，反而退步，因爲在這將近十二年的求學期間，他們都在聽、說拙劣的拉丁文。這種用在神學院的語言，等於是「眞正文化和正規訓練的一個嚴重阻礙」。因此，這位高級教士希望把英文放在首位，至於必須持守的拉丁文，居次要地位就好。幾年後，在美奴斯聖帕特里克中學培訓愛爾蘭神職人員的麥多納，也發表類似的看法。他指出未來的司鐸對拉丁文認識不足；另外，他抨擊這個語言限制了學生在各學科（尤其神學）的進步。他並不否認有必要維持一個「合一的紐帶」，但他質疑該紐帶是否仍是拉丁文；目前威脅教會的，不是教會分裂，而是「過度集中化」。事實上，以一個共同語言做爲「合一紐帶」的需要，不再像過去那樣迫切，但由獨獨使用一個死語言而產生的損害卻與日俱增，大大損傷學習品質和神學的生命力。因此，麥多納堅決贊成神學院採用當地方言教學。這兩位高級教士的提議不但後繼無人，還遭到強烈批評。

神職人員表現太差和西方拉丁文教育的衰落，並未動搖羅馬教廷的立場。相反地，教廷採取一些措施來補救這種情況。一八九九年，教宗利奧十三世寄了一封〈給法國總主教、主教和神職人員的通諭〉：面對全國各校縮減拉丁文學科的現況，他力勸小修院不要仿效這些「受到只求實利的成見鼓動的革新」，並要「維護傳統」。一九二二年，教宗庇護十一世在一封教廷書信中，強調拉丁文是天主教會合一的紐帶，並呼籲神學院發展並加強對這個語言的學習；對於司鐸缺乏研究拉丁語文學的興趣，和爲了近代作者及其吸引人但卻具危險性的新書，而忽視教父和教會聖師的著作，他深表遺憾；畢竟，唯有精通拉丁文，才能在開放其他閱讀同時，防備近代作品蘊含的種種謬誤。一九二四年，他對修士重複同樣的勸勉。同一年，他在格列高利大學附近，創設宗座拉丁文高等研究院，目的是藉由兩年課程，特別幫助神職人員完全掌握拉丁文，並且學會西塞羅的文體；他也藉此機會，重申利奧十三世和他本人先前採取的措施，以及他們對神學院加強拉丁文的事工從未停止關心。一九五一年，庇護十二世在向赤腳加爾默羅會的教師發表演說時，仍對拉丁文這項「司鐸的榮耀」今後只有「少數幾個膽怯的實踐者」一事表示遺憾；他同時勉勵聽眾發揚對這個語言的學習。凡是司鐸都應有能力流暢地讀、說拉丁文，他甚至期許該修會培育出優秀的文體學家。讀了羅傑論及「普通司鐸」的著作後，我們不得不說，教宗的叮囑在法國成效不大。關於大修院提供的訓練，這位作者指出，學問的傳授很粗淺，強調的重點不在於才智，而是敬虔。而且，在他看來（這兒我們似乎聽見史密斯和麥多納的心聲），「導致此結果的原因之一，在於使用拉丁文，而且依維持使用的程度而定……因爲它會妨礙思考過程並使思想貧乏，即使修院採用的是一種模仿法文的拉丁文，即使小修院特別努力提升拉丁文學業的水準」。

## 爲拉丁文做爲教會語言辯駁

從十九世紀初開始，就在法國神職人員的拉丁文能力顯然不足之際，一套爲拉丁文辯護的理論逐漸成形，而這套辯護詞又與麥斯特和蓋朗潔兩人密不可分。不過，在他們提出積極論證之前，已有一部文學作品問世：《基督教眞諦》，一八〇二年出版（但就內容而言，這部作品的神學比不上詩意，理智也不及情感）。在這部大受好評的著作中，作者夏多布里昂提到有人責備天主教禮儀「在詩歌和禱詞中採用會眾陌生的語言」。他的回應值得我們整段引述。

> 我們相信一個古老而神祕的語言，一個歷經幾世紀都不再改變的語言，很適合用來敬拜深奧莫測、永不改變的永生神。既然罪惡感迫使我們向萬王之王發出哀聲，我們以人間最優美的方言，以昔日萬國屈膝懇求古羅馬皇帝時所用的語言對祂說話，豈非理所當然？

在提出文史論據（確立拉丁文的崇高地位，和它具有保存神聖傳統的特殊能力）之後，夏多布里昂繼續強調一個因大多數人都不懂而更顯深奧的語言，其所具有的情感力。

此外，值得注意的是，拉丁文禱詞似乎能使會眾的虔誠感加倍。這豈不是我們愛好神祕的自然反應嗎？置身於讓生活不得安寧的思緒和苦難的紛亂中，人相信當他說些不大熟悉、甚至不懂的話時，他正在尋求自己缺乏但卻不知道的事；含糊不清使禱告具有魔力，而不太知道自己想要什麼的不安心靈，喜歡許一些和自己的需要同樣神祕的願望。

同樣的論點也出現在《教宗論》，麥斯特於一八一九年出版的著作。這本書的宗旨是捍衛教宗的絕對權力，駁斥全國教會任何自治的慾望，並與主教會議的任何干涉背道而馳，支持教宗無誤論。作者認爲，與教會獨一無二的這位領袖相呼應的是一個獨一無二的語言。這就是他所謂「關於拉丁語的題外話」之主旨。和夏多布里昂一樣，他也以某些人對羅馬天主教會的批評爲起點，而且特別引用著名的反對者，即新教徒內克所說的「使用一個陌生的語言」；但他的回應更充實。首先，他提到拉丁文的普遍性與普世教會相稱。「從地極的這一端到另一端」，天主教徒在任何地方都不是異鄉人，因爲他無論身處何處都望同樣的彌撒，而且能「使自己的聲音和教友的聲音相結合」；多虧這個共同語言，才能「把一股無限大的力量神祕聯結」；麥斯特對照由此產生的「手足情誼」，和過去每當教宗准許特殊禮儀，隨之而來的不幸後果。做爲合一的紐帶，拉丁文是防禦教會分裂的最佳壁壘。除了是正統信仰的要素和保證之外，拉丁文還提供對自己有利的一流文化論點。在引證拉丁文的完美、莊嚴，以及使它成爲征服者語言（從古羅馬皇帝到今日羅馬傳教士）的輝煌史後，麥斯特寫道：「沒有任何事物能與拉丁文的尊貴相比。」非比尋常的命運，使拉丁文成爲「文化語言」。隨便翻一下世界地圖就能明瞭：「把沒有使用這個萬國語言的地方圈出來：這就是歐洲文化和友好關係的邊界；越過邊界，就只有人類的親族關係，幸好到處還有這層關係存在。」結論不言而喻：「歐洲的符號，就是拉丁文。」針對這點，麥斯特在重申拉丁文特有且促使它無可爭議地成爲教會語言的「卓越天賦」後，又回到一開始的「通俗」異議（即上述「會眾陌生的語言」），他以論戰者和神學家的口氣消除該評論：

> 新教徒老愛提這個異議，卻不想想在儀式中，我們和他們共有的部分，都是用通俗語言進行的。對他們來說，最重要的部分（或者說，禮拜的精髓）是講道，這部分本質上在任何禮儀中都採用通俗語言。對我們而言，祭獻才是真實的禮拜；其餘都是次要的：因此，只須低聲誦唸的聖事用語，無論以法語、德語……或希伯來語說出，對會眾來說又有什麼關係？

這個「陌生語言」的異議，用在禮儀和《聖經》上都站不住腳：拉丁文畢竟不是「中文或梵文」。一個「受過教育」的人，能夠「在幾個月內學會拉丁文」，就算辦不到，也有很多譯本和釋義本可讀；在禮儀中，做好完全準備，爲的是「讓他隨時跟得上司鐸，如果他分心了，這是他的錯。至於一般老百姓，嚴格說來，」麥斯特繼續說道，「如果他們聽不懂字句，那就太好了。因爲對神的崇敬加深，神學知識也絲毫未減。什麼都不懂的人，比理解錯誤的人懂更多。」最後，在強調「一個變化不定的語言」，會爲「永恆不變的信仰」和在全然純正中保存、傳遞的《聖經》

帶來嚴重妨害之後，麥斯特以鄭重的警告做爲結束：「從任何想像得到的方面看來，信仰應該不在人管的範圍內。」這套辯護詞幾乎了無新意：它的價值在於論述的總量，而不在其中許多論點的內在實力或整體結構；而且，它主要以文史題材爲依據，將拉丁文視爲教會語言，把神學論證簡化爲傳統的二項式，即本地語言＝異端，拉丁文＝正統信仰。

本篤會修士蓋朗潔也基於同樣的意圖，反對理性至上，提倡回歸教會傳統。他以禮儀爲關切核心，譴責當代採用的新法國天主教會禮儀，視之爲揚森派和法國教會自主論等謬論的標誌，他並指出由於這些謬見繁多，嚴重損害以羅馬爲中心的教會合一。由此產生他所主導的論戰，而且成功地使法國採用完整的羅馬禮儀。同時，爲補救當代人宗教教育的不足，他構思了很多出版計畫；不過，最後他只勉強完成三冊《禮儀制度》（一八四〇至一八五一年）。有關他對教會語言的看法，記載在第三冊第三章〈論禮儀書的語言〉。採用和通俗語言有所區別的禮儀語言，是很多教會共有的慣例，尤其在基督教教會，這是一個非常古老的習俗，可追溯到基督教初期。並不是所有語言都能用來宣告信仰，只有公認具有十字架稱號的語言才行，即希伯來文、希臘文、拉丁文。過去有很多《聖經》版本是用好幾種東方語言（科普特語、埃塞俄比亞語、亞美尼亞語、波斯語等）寫成的，但這些語言絕不代表所有東方人的語言；在西方也是同樣的道理；而且，羅馬很少贊同這些版本，還總是持懷疑的態度看待之。適用於《聖經》的「神聖語言的特權」，同樣適用於禮儀，因爲禮儀是「以《聖經》大部分章節組成的」。既然《聖經》會引起「私下」閱讀，那麼禮儀就更不可缺，因爲它是「正式、公開的閱讀」：因此，禮儀「應像神諭般嚴肅、神祕；它不應受制於語言的變動，以免變得庸俗。」接著，蓋朗潔提出一大串禮儀的定義，由此引出不用通俗語言的絕對必然性。禮儀是執行彌撒聖祭和施行聖事時，用來陪襯的一套常規，「每一件事都是司鐸特有且不能轉讓的職務」；因此，比起《聖經》，禮儀更應保留給神職人員執行，而且不應採用普通話，這麼做是爲了防止「廣大信眾不得體且有害的詮釋」。禮儀是「傳統的主要工具」：禮儀用語必然是古老、不可侵犯的；不斷在變化的活語言和穩固不變的死語言不同，不適合完整保存禮儀用語。禮儀是「聯結所有基督教教民的紐帶」：這個定義的前提是，禮儀語言只有一種，而且它會增強基督教教民的手足情誼，並維持「單一核心的概念」。「雖然重要的是，」蓋朗潔繼續說道，「禮儀書的語言必須穩定、不可侵犯，而且無須完全是民族語言，但本質上它也必須是深奧的：因此，它不應該是通俗的。」正如《聖經》是「一本充滿奧祕的書」，而且對「平民百姓」而言，就算有譯本，也始終是奧祕，對於「施行唯獨《聖經》宣告之奧義」的禮儀而言，情況也一樣：因此，彌撒正典的禱詞宜以低聲誦唸，禮儀中不宜採用通俗語言。針對這點，蓋朗潔駁斥有關「會眾陌生的語言」之異議：一方面，他認爲：「普通人……即使以通俗語言在他們耳邊說聖事用語，也不見得都懂。」另一方面，他強調《聖經》的話語在敬虔人心中產生的「神奇效果」。「對敬虔人而言，」他補充說道，「禮儀無論以任何語言表達，都是明白易懂的，而他們發自內心說出來的**阿們**，永遠與司鐸在祭台上祝願的禱詞契合。」不過，教會並不希望讓信徒如同天特會議明確表示的那樣欠缺教導。雖然司鐸「當他處於天人之間，這般令人敬畏的時刻」，不被允許在祭台上使用通俗語言，但登上了講道台，他就有義務用通俗語言教導會眾，並進一步啓發他們的信德，「使他們與上主相交。」最後，蓋朗潔用夏多布里昂和麥斯特從情感層面爲神聖語言辯護的內容，反擊理性主義者和新教徒的論點。他指出在歷史進程中，教會如何把神聖語言的原則應用在禮儀中，以及拉丁文如何使人敬服。總之，他強調是「異端份子贊同用當地方言來敬拜上主」，導致天特會議「在這方面宣告一個乍看之下似乎只涉及紀律的教理定義」。閱讀蓋朗潔以「長篇大論」探討禮儀語言和天主教會中拉丁文的問題，讓我們印象深刻的還是論據總量，而不是深具獨創性。不過，結論中有關天特會議教令的詮釋，讓人對他如此直言不諱感到訝異：其實與會人士並未採取懲戒措施，而是提供一個「教理定義」，設立拉丁文爲宗教語言，並根據這個事實排除在彌撒禮儀中採用當地方言。就輿論而言，這點變成了一個絕對眞理。

在義大利作家莫羅尼的著作《教會史學術詞典》中（該書是非常正式的基督教知識概論），我們發現有兩個詞條：〈拉丁姆〉（Lazio）和〈語言〉（Lingua），以更簡練的形式詮釋這套有利於拉丁文的論據。作者先重申傳統論據（使用拉丁文是一個古老、不變且具推理基礎的慣例）。接著，更特別的是，他在第二個詞條中，駁斥新教徒有關「以會眾陌生的語言主禮儀式」之異議；在答辯中，他回顧教會對信徒的關懷，就像在天特會議的教令中所陳述。最後，他提到會眾的眞實「參與」：當「他們用不熟悉的語言，讓自己的聲音融入司鐸的聲音時……他們至少隱約知道正在誦唸的禱詞有什麼涵義，而這就足以滋養他們的信仰和敬虔的心」。他以下面簡短的神學提示總結：「重要的是，在公禱中，是教會本身以會眾的名義向上主獻上敬拜和祈求。因此，即便不懂禱詞，只要出席並與教會的意向聯結，同心合意獻上非凡的禱告就夠了。」莫羅尼的論點肯定經過反覆思索；但根據他的闡述，這些論點似乎是教會幾乎從一開始，爲了建立一個永遠不變的命令而刻意有的計畫。

針對法國的要求（即神學院提供本地語言教學的可能性），羅馬在一八五八年的答覆，對我們眼前的主題有所啓發。年輕教士普遍拉丁文能力不足的事實，是促使法國當局提出請求的原因；羅馬反對的理由是，沒有什麼能證明「把沒有能力理解職務所需之拉丁文的人封爲神學博士」是合理的。另外，還有人說（這麼講不是沒有道理）：「唯有練習，才能熟悉使用語言……因此，省掉練習是不可能進步的。」但這並不是答覆的要點。「教廷堅決反對這項提議」是基於更嚴肅的理由：「神學教育即使暫時以民族語言取代拉丁文，都只會成爲向教會分裂敞開的門，或是在責任感驅使下，成爲往崇拜儀式民族化的致命傾向邁進的第一步。」用在神學教育和神職人員身上的同一套論據，很快就基於更多理由，成爲用在禮儀和會眾身上的論證；一旦同意前者，就很難否絕後者。面對隱約出現的危險，教廷給予否定的回答。傳遞這項答覆的法國大使，還附加以下的評論：「羅馬把這個問題當作教理問題，基於這種意義，教廷認爲使用拉丁文和保存教義息息相關。」

直到梵二大公會議爲止，官方立場始終不變，而且複述同樣的論據。在《天主教神學詞典》（一九二五年）中有相關陳述：一項論及禮儀語言的冗長詞條，探討了「羅馬教會對這個問題的態度和想法」。該詞條的編纂者從蓋朗潔的觀點汲取大量靈感且多次引述，並附上詳盡的報告，說明幾世紀以來支持本地語言的運動，同時分析教會的立場。拉丁文幾乎獨占使用權以及教廷很少讓步，顯示出羅馬的立場可能依據「主觀上覺得很嚴重的理由」；然而，沒有任何官方文獻指出這點。作者還說，在天特會議上，羅馬表明自己的意願後，就三緘其口。因此，作者認爲有必要塡補這段空白。頭一個理由可能是忠於傳統：「像我們祖先一樣禱告，用同樣的禱詞、同樣的儀式、同樣的語言。」這是跨世紀表明同一個信仰，並藉此證明「教會的信德穩固不變」。任何改變都可能帶來極端的結果。事實上，爲使信徒都能理解禮儀，教會不僅應改變語言，還應撰寫合於時下看法的新文章；但與傳統決裂，恐怕會引發「一連串永無止息的變動」。第二個堅持使用拉丁文的理由是，對合一的關心。拉丁文是與天主教會相稱的語言，也就是說，兩者皆具有普世性。拉丁文超越使人彼此分隔的空間，是「治理智慧人的信仰合一的顯著象徵，不僅是象徵，而且就某種意義來說是支持，因爲禱告就是一種教導」。拉丁文也是使散布在世界各地的信徒與他們的中心聯結的紐帶，換言之，就是「使眾教會成爲一個獨一的身體，與元首羅馬聯結的群體合一……的象徵」。因此，引用通俗語言將產生不幸的後果，教會史也證實放棄拉丁文會「導致大多數已取得特許的教會因著一條未知的律，與羅馬完全分離」。作者認爲，這些論據就足以「爲教會的立場辯護，並表明教會不會把傳統的語言棄置不顧：其中涉及的利弊得失太多也太嚴重了」。

此外，在禮儀方面，羅馬的讓步很罕見也很有限，即使這種做法可用來強調羅馬的立場，絕不像反對者所說的那般毫不妥協。例如，一九二〇年，教宗本篤十五世允許今後合併成一國的「捷克－斯洛伐克人」，在特定情況下，可於儀式中使用通俗語言；不過，「宗座公報」上並未公布這件事。

以上由教會人士提出的論據，也有信徒採用並以他們自己的方式陳述。一九四六年秋天，期刊「基督徒的見證」針對禮儀中使用拉丁文或通俗語言進行調查，並蒐集了這方面的例證。讀者受邀表達自己的想法，結果近兩百份回收的問卷呈現「基督教教民處於混雜的分歧中」。大多數的拉丁文支持者認爲，這個語言對於使禮儀充滿不可或缺的神祕氣氛大有貢獻。對很多人來說，拉丁文顯然是必需品，甚至是基本要素，就像是教會合一的表徵。多虧拉丁文，崇拜儀式的統一和隨之而來的信仰合一才得以保存。這類實例不勝枚舉：國際間的宗教表現（來自世界各地的人用同一種語言禱告）；異國旅人的體驗（在拉丁禮儀中找到熟悉的世界）。好幾位受訪者強調拉丁文在歷史上維持的延續性，但他們的說法或許多少扭曲了史實：「拉丁文」，其中一人寫道：「不但幫助我們追溯信仰的起源，而且是使我們在思想上、在使徒和教父的著作中（他們將我們的信仰和禮儀有系統地編成終極文獻）相通……的語言。」有些人強調死語言有利於維護信仰的純正和聖事儀式的完整。至於活語言，他們藉大量歷史實例提醒大家，異端、教會分裂和本地語言總是相輔而行。這些有利於拉丁文的答覆暴露出（有人不忘指出這點）一個再狹隘不過的禮儀文化；對此提出評論的馬蒂莫認爲，其中有些甚至「從神學觀點來看是無法接受的」。然而，這些都是出自有充分理由提起筆來積極表達自己立場的熱心基督徒。我們有理由認爲，大多數信徒並沒有能力這麼清楚地說出自己的看法，更別說達成這種「思辨」，且似乎自發地把教會和拉丁文等量齊觀：顯然這是習慣、習俗和傳統教出來的。

在梵二大公會議前夕，即使多位教宗的勸勉，在在顯示神職人員已出現不滿的情緒，拉丁文依然保有穩固的地位。對本地語言有利的讓步還是極少見，但支持拉丁文做爲禮儀語言的論據，卻早已深植信徒心中。

## 三、梵二大公會議的「轉捩點」

### 牧養工作與本地語言

然而，新的需要已經出現。像二十世紀展開的禮儀運動，就表明了牧者的關懷：重要的是使全體信徒積極參與禮儀，提供他們各種方式取得禮儀的屬靈資源。這當然會引發語言的問題。「這是一定的，」博特修士寫道，「拉丁文的障礙使信徒無法積極參與聖體聖事。」在法國，禮儀教牧中心（創於一九四三年）在這方面扮演的角色尤其活躍，特別是發表一些有關語言問題的研究，例如，在一九四七年，用一整期期刊（「神的家」）探討「禮儀語言與翻譯」。撰寫該期引言的特拉弗斯修士認爲，這個問題很大，同時涉及神學、歷史、語言學、社會學和文化，超越教義問題直達「文明悲劇」的頂點；他呼籲讀者讓「教會超自然的謹慎光芒」引導自己，並信賴「教階制度，（教會）權威的代言者」。不過，任何解決之道都應以提供信徒最起碼的禮儀和《聖經》教育爲優先，如此，失望才不會接踵而至：例如，有些團體「用法文版聖詩在晚禱吟唱後……不久又重拾拉丁禮儀的版本，因爲法文版用起來更枯燥乏味，而且同樣晦澀難懂」。在理論方面，特拉弗斯修士指出，就正當性而言，本來就沒有禮儀語言的問題：「教會按團體所屬的種族和共同語言，宣講並履行上主的話總是合宜的。」然而，實際情況卻非如此，而包括信徒的「文化狀況」在內的各種情況又迴避不了：他們不再是不識字的團體，而是一群「讀過書」且「想要明白」的人。

同一期還有一篇文章，是根據德語國家的經驗來檢視這個問題（在當地，禮儀書的翻譯工作領先法國）。作者梅塞施米指出，話語在禮儀中有各式各樣的用途，所發揮的作用也大不相同。例如，「使徒信經」（正式的信仰告白）包含團體的積極參與，如果不用會眾的母語，這點根本辦不到。至於彌撒正典，聖體禮儀（含有「神聖、有效的用語」）的核心，卻完全是另一回事；這部分應採用不會經常變動的語言宣講，不是非拉丁文不可，但必然是古語；在拉丁禮儀中的拉丁文正符合這個條件。解釋過聖體聖事的奧義（「唯信德能領會的奧義」）之後，作者重申會眾只是透過司鐸間接參與聖事，而且他們的參與「就這個字的本義來說，和完全理解無關」。因此，拉丁文對禮儀的這部分不可或缺：它證實「聖體儀式的核心，和個體的主觀性格、無法理解的本質，甚至動作上多少有些完美的執行方式，完全無關」。在這當中，拉丁文的作用就像是「一種保證，確保彌撒的這個核心部分，在詮釋上免於任何難以察覺的曲解傾向」。

在法國，拉丁文的衰落從出版給信徒用的禮儀書、雙語彌撒經本、二十世紀五〇年代嘗試實施的新禮儀（如以當地方言重複某些讀經內容和禱詞）等，具體呈現出來。這解釋了在梵二大公會議前夕，法國主教在回應高級神職人員會前籌備委員會的諮詢時，代表二十四個教區表達將通俗語言的使用延伸到禮儀中的願望。

然而，對某些人而言，譯本和釋義本似乎才是「簡便的解決辦法」。同樣基於關心信徒的眞實參與，他們提議傳授彌撒拉丁文的基本知識。一九五一年，一位文法教師馬林葛雷以這個名義，發表一套專爲不懂拉丁文，但「很想明白教會禱詞，以便有智慧地參與其中」的信徒設計的初學法。當時的情勢是，基督徒每主日聽人講甚至誦唸（這個語言）。倘若是經驗老到的堂區教友，他會跟著講並誦唸，但對內容卻不怎麼懂。然而，禮儀生活無可否認的進步，還是在很多信徒心中激起想讓自己的禱告具有真誠語氣的渴望，而這只有理解經文才辦得到。

這套初學法成了禮儀拉丁文成人教育班的基礎（由巴黎格列高利研究院授課，每周一次，晚上上課），而專為「七到十一歲基督徒兒童」設計的課程也以此為依據。另一方面，由前述「基督徒的見證」所做的調查顯示，仍有人熱烈擁護拉丁文，而且很多來自雙方陣營的受訪者都贊成採取混合的解決辦法，也就是在禮拜儀式（尤其是彌撒）中，按照各式各樣的組合，合併使用拉丁文和法文。

## 禮儀憲章

禮儀運動尖銳提出的語言問題，正是梵二大公會議期間熱烈探討的主題。當時大會成立了一個禮儀籌備委員會，內部並特別設置一個「語言」小組。由於在教廷看來有反對拉丁文的意味，這個小組在幾個月後便遭到解散，而它原本要討論的主題則分配給其他小組委員會；這點解釋了在禮儀憲章中，有關語言的條文並沒有專屬的一章，而是散布在好幾個章節裡。在討論工作展開之初，意見非常分歧；大家眞正害怕的是，見到禮儀走向現代主義，而任何遠離拉丁文的說法，都被詮釋爲邁向新的教會分裂。支持通俗語言的人被視爲「革新者」。當時捍衛傳統的人提出兩個主要論點：現行的禮儀形式代表信仰合一，也代表信仰的奧義；但這兩點都無法使人信服。東方國家的主教堅稱，教會合一並不是用拉丁文來表達的；馬西摩斯總主教則重申，在東方，「所有語言都是禮儀語言」。對非西方國家的與會人士來說，拉丁文本身就存在著一些特殊的問題。印度克里什納加主教強調：「使用亞洲人無法理解的拉丁文，在他們看來，是出自一種不可思議的心理。」來自日本和非洲的高級教士（在他們的國家，即使受過教育的信徒也連一個拉丁字都不懂）則質疑教會是否爲了外在的合一，而犧牲一群人的靈命成長。這個疑問使大家又回到教牧層面的論點，這也是通俗語言的擁護者辯護的重點：他們反對拉丁文，是因爲很多西方信徒也不懂這個語言，而且在某些人看來，它甚至使人遠離宗教信仰；他們發現通俗語言能把教民和禮儀緊密聯結，使他們積極、有信心地參與禮儀。最後，向萬民傳福音的需要和爲達目標必須使用通俗語言，勝過擔心教會分裂和堅持只用文化語言。不過，當時討論得很激烈，反對派的態度也很強硬，而教宗若望二十三世爲維護拉丁文而介入，也對會議不無影響。

事實上，教宗於一九六二年二月二十二日，在聖彼得的墓碑上簽了教皇法「古老的智慧」；當時整個儀式的排場、進行的地點、此舉本身的性質，全以最具說服力的方式，表達維護傳統的鄭重意旨。古人的智慧是一道曙光，預示基督已把福音的眞理帶到世上，因此，教會有必要敬重這些智慧遺產，尤其是「猶如教會固有智慧的金外套」——希臘文和拉丁文。對於禮儀和《聖經》，教會早就接受其他已在東方國家充分發展，而且有些仍在使用中的「可敬」語言。雖然如此，拉丁文仍是基督教廣傳西方國家的必備條件。「這不是沒有上主的安排，」教宗強調，「這個在好幾世紀期間，於羅馬帝國的權威下，召聚各族組成一個大聯盟的語言，已經成了教廷專用的語言，而且傳至後代時，它已是歐洲基督教教民合一的紐帶。」其實，拉丁文有各種條件成爲教會內的國際交流語言：一方面，它並非任何國家的特權；另一方面，它是文體高尚的標記，和人所要論述的題材極相配。此外，它具備了普遍、穩定、莊嚴等特質，恰與它的宗教功用相稱。教宗還強調（這裡給人的感覺是他怎麼講都對），拉丁文對「青少年幼嫩的心智」具有教育價值。因此，和前幾任教宗一樣，他也鼓吹使用拉丁文；面對禮儀語言引發的爭議，他藉「這份正式公文」重申自己在這方面的心意，並採取一些措施，以確保「拉丁文古老、從未間斷的用途維持不變，並在幾乎棄而不用之地得到重建」。他極力強調拉丁文在司鐸培訓和最重要的神學教育中不可或缺。最後，他考慮創辦一所「拉丁語學院」，致力於以精確、適當的新詞充實拉丁文，即「教會的活語言」。這所學院將督導一些學校，它們要負責「以更完備的拉丁文知識、使用方法、確切而簡潔的書寫體」，培訓未來的神學院教師或教會各部門的官員。

梵二大公會議中，有關禮儀的辯論就占了十五次常會（一九六二年十月二十二至十一月十三日）。在參與調解語言問題的高級教士中，當時的樞機主教蒙蒂尼特別引人注目（他先前是米蘭大主教，後來接替若望二十三世成爲教宗保祿六世）。他宣稱：

> 使用祖先流傳下來的古語，也就是拉丁教會中的拉丁文，在聖事和聖職儀式的部分，必須堅守且不可改變字詞的實際本義。這對於在禱告中維護奧體（指基督教會）的合一，和精確表達《聖經》是絕對必要的。至於教友，所有阻礙理解的難處，都應從聖禮的訓導部分除去，並讓信徒有機會用明白易懂的話語向上主禱告。

在重申聖保羅的教導後（「在教會中禱告的人，都應明白自己嘴唇說出的話」），他把禮儀定義爲「基督徒團體的禱告」；接著又說：

我們若希望這個團體不要離棄教會，希望他們甘心樂意來教會，在這裡培養內在的屬靈生命，並恰如其分地表達自己的信德，就應謹慎但毫不延遲或猶豫地，除去一個難以理解或只有少數人能懂的語言所造成的障礙，因為它不但沒有激勵我們的教民參與禮拜儀式，反倒使他們遠離教會。

爲了支持自己的立場，他引述聖奧古斯丁的話：「被語文學家責備，總比得不到教民理解來得好。」

「禮儀憲章」（*Sacrosanctum Concilium*）在二千一百四十七張贊成票對四張反對票的情況下通過，並於一九六三年十二月四日由教宗頒布。關於語言問題，主要提到的章節（尤其是第三十六和五十四節）大都複述樞機主教蒙蒂尼先前發表的看法，並普遍表露出禮儀改革的牧養方向，希望盡最大努力促進信徒積極參與。第三十六節規定：

（一）在拉丁禮儀中，除非有特殊法律規定，應保存使用拉丁語。（二）然而，在彌撒中或在行聖事時，或在禮儀的其他部分，使用本地語言，多次為民眾很有益處，可准予廣泛使用，尤其在宣讀和勸勉時，在某些祈禱文和歌唱中亦然。

因此，教會只是接受在禮儀中使用本地語言（後來獲得長足的發展），而未放棄拉丁文；任何天主教司鐸還是可以用拉丁文做彌撒，只要他使用新版「彌撒程序」（自一九六九年起，取代聖庇護五世的彌撒版）中的拉丁文。雖然大公會議結束後一、兩年期間，彌撒正典仍維持拉丁文版本，經驗卻顯示一半用拉丁文、一半用當地方言舉行的禮儀令人吃不消；最後，本地語言贏得勝利。但拉丁文仍是新禮儀書標準版的語言（自一九六四年起，在國際委員會的保障下制定完成）；以各種語言寫成的譯本，必須得到主教會議認可和羅馬主管機關核准。因此，無論從啓發或從應用來看，大公會議的決議對教會生活而言，正如我們確切指出的，都是「一個轉捩點（非關神學，而是指實踐層面）」。

## 抵制與衰落

逐漸確立的禮儀改革，天主教界大都能接受：至少在法國是如此。主因是先前的禮儀運動已使法國信徒在心態上有所準備，其次是傳統的順服反應。然而，對某些人來說，這改變是痛苦的；在種種從禮儀消失的成分中，拉丁文或許是引起最多人持保留態度和遺憾的一項，因爲很多信徒認定彌撒和拉丁文是同一件事。再者，當時提供的「替代品」在品質上不見得都是最好的，因此很多成年人（甚至贊成採用法文的人），都認爲「以拉丁文舉行的儀式還是最好、最美」。有些人不只埋怨，更以維護傳統的名義組成團體。一九六四年，「齊聲」（*Una voce*）協會在巴黎成立，宗旨是「維護拉丁文、格列高利聖詠和教會公禱中的複調聖詩」。以該協會爲榜樣的類似協會，也紛紛在好幾個國家成立，終於在一九六六年合併成一個國際協會聯盟。「齊聲」的成員表示，大公會議雖然把通俗語言引進禮儀，卻未因此廢除拉丁文；此外，他們還提出一些來自教宗本身、教廷聖部或教會高層人士，具相同理念的文章。他們據此要求，最起碼各教會平日應和主日一樣，維持誦唸或詠唱一些拉丁文彌撒。拉丁文變成革新者和守舊者常用的論據；對後者來說，它和一個更深的願望不可畫分：使教會永遠維持不變。因此，南特教士以「教會分裂、異端和恥辱」指責保祿六世時，他寫道：

您藉改變語言，破壞教會數百年來的傳統。它從奧祕和神聖，變成了您所期望的可理解和世俗化。您引用聖保羅的話，像平常一樣顛倒是非，藉故意唱反調並譴責教會不變的律，來評論歷代教會的不是。這難道不是製造教會分裂嗎？

只有少數信徒跟著勒菲弗與羅馬決裂；儘管如此，在教會分裂前夕，有高達百分之二十七奉行教規的天主教徒贊成此事（主要基於心理因素）。雖然神學家（如襲格神父）不忘強調從教義的觀點來看，拉丁文不是問題，而且勒菲弗和他的支持者拿來當作理由的「傳統」，其實只是歷史上的一刻（「在天特會議中得到認可的一刻」），但很多神學和禮儀素養極其有限的信徒，都不太懂這個論證。更何況，「難道沒有很多法國人以爲是勒菲弗想用拉丁文做彌撒，而保祿六世不准嗎」？襲格神父說得沒錯，「是沒來由地反對一切革新的巨大協同因素」在推動勒菲弗的支持者；事實上，長期習慣的影響，加上自認爲「誦唸這些以日常語言表達的空洞用語，等於沒有把上主應得的頌讚歸給祂」的人過於簡單化但真摯的信念，都發揮了作用。

在義大利，有些人再三引述禮儀憲章的字眼，來抨擊新憲章的實施。例如，樞機主教巴契（曾任梵諦岡書記，負責拉丁文書信和教皇致王侯的敕書），就強烈抗議「完全且唯獨使用通俗語言」，這麼做「不但與大公會議背道而馳，而且是造成大部分教友靈裡強烈痛苦的原因」。他擔心「拉丁文……終將像一條癩皮狗，從聖事儀式中被人徹底驅除」，因此他希望教會繼續施行某些拉丁彌撒。

在英國（於一九六四年引進當地方言禮儀），主教並未花多大功夫解釋，而是硬性規定。事實上，他們都很清楚即便不把英語看作異端的標誌，天主教徒也會把它和新教畫上等號。此外，把採用當地方言詮釋為一種策略（使彌撒明白易懂，以吸引信徒回到教會），並無多大助益，而英國聖公會以極優美的當地方言施行的禮儀，對大多數英國人也沒什麼吸引力。但大部分天主教徒仍接受了這個改變。即使如此，主教還是得應付少數態度強硬的反對派，即「拉丁彌撒協會」。這個成立於一九六五年的協會，因把本地語言視為對人類軟弱的一種讓步，而堅決支持完全用拉丁文施行的彌撒。和日常瑣事息息相關的當地方言，不適合用來表達崇高的奧義；反之，拉丁文因其莊嚴的特性，特別適合誦唸聖事。再者，它的永恆性和普遍性，使彌撒成為屬靈力量的源泉。除了在天主教界普遍存在的論點外，「拉丁彌撒協會」還提到一個不可忽視的論點，為宗教改革的國家所特有：拉丁文是英國殉道者的語言；摒棄它，等於否定前人的犧牲。

這也是德國梅因斯大學教授伊克曼在同時期捍衛拉丁文的基本論調，他寫道：

> 到目前為止，拉丁語特色對我們而言，至少在情感上，可說是公開表明信仰的某種基本要素。遠超過屬拉丁語系的國家所能想像，對我們歐洲天主教徒來說（雖然語言上不屬拉丁語系，但按宗教儀式說來卻更屬古羅馬語，因此也算屬於拉丁語），拉丁文，我們禮儀的語言，是神聖的語言。光想我們有一天會碰觸的事，就已經像是在褻瀆聖物。我們當然喜歡而且熱愛用德語唱聖歌……但是禮儀，從字面上最精確的意義來說，彌撒的禮儀，以德語進行……不！這是難以想像的。新教改革運動時代的爭論畢竟是不久前的事；我們也不曾忘記過去祖先為了保住拉丁彌撒、維持信仰的「羅馬特色」、防止宗教「日耳曼化」，而全副武裝對抗新教所有大小王公貴族……以拉丁語進行的羅馬彌撒，對我們而言是普世信仰合一最顯著、最具說服力的表現和證明……這就是天主教的教義：全世界都是我們的故鄉。

梵二大公會議後不久，拉丁文的分量急遽減少。儘管如此，它仍是教會的正式語言，是教令和行政上使用的語言；不過，教皇法「好牧人」（一九八八年六月二十八日）和一九九二年二月四日的羅馬教廷總綱規定：「羅馬教廷的中央機構，原則上應以拉丁文撰寫教令，但也可使用今日最普遍的語言，或用在通信聯繫，或視需要用來撰寫公文。」另一方面，教宗保祿六世接續前任教宗的工作，於一九六四年在羅馬宗座塞爾斯大學附近，創設阿提歐里斯拉丁語言學院，目的是培養流暢簡明的拉丁語文體。這種把拉丁文當作活語言使用的做法，締造出用來表達當代時事的新詞，並於一九九二至一九九七年間，出版一本收錄約一萬五千個詞彙的《近代拉丁文用語彙編》。然而，即使在羅馬，拉丁文在格列高利大學的地位，今日似乎已顯著減少。據其中一位教授佛斯特神父的說法，三千名學生中，「大概只有一百名熟識拉丁文」。此外，過去四年來神學院不再以拉丁文授課，而是採用義大利文或英文。既然拉丁文在羅馬堡壘中都會失去地位，今後天主教界有不懂拉丁文的司鐸也就不足稱奇了。

梵二大公會議的禮儀改革，更確切地說，它實際應用的方式，在某些人看來，似乎是一個更大的「陰謀」（以「暗殺古代語言」爲目的）中的一步；在這個「國際陰謀」中，教會和國家互相勾結。很多人不至於這麼口不擇言，他們（如格里馬）看出大公會議的決議，和拉丁文在學校中沒落有關。這位傑出的教授認爲，「拉丁文最沉重的打擊」，是教會放棄了這個語言，他以含蓄、充滿暗示的口吻進一步表示：「基於肯定不是梵諦岡樂於公諸於世的理由。」

## 四、新教的拉丁文

做爲天主教會的語言，拉丁文終於和天主教合爲一體。一六四三年在劍橋大學，一群清教徒鬥士的態度足以說明這點：他們不接受講員必須依照章程規定，在講道中用拉丁文說復活節的「術語」，因爲那是天主教禮儀的語言。反面也同樣眞實：本地語言總令人聯想基督教新教。一七二四年某一天，揚森派神父布雷爾（前文提到他在美次以法語施行臨時塗油聖禮和臨終聖禮）照例在對一位初信者行臨終聖事時，竟被視爲暗地來自日內瓦或阿姆斯特丹的新教牧師。輿論中，拉丁文配天主教，本地語言配新教。但如此過於簡化的觀點，仍免不了細微差別：新教教會並不是一個沒有拉丁文的世界。

宗教改革運動期間，本地語言在新教世界的散布是漸進式的，絕非一夕之間徹底轉變。路德在一五二六年提出的德文彌撒，原本只用在主日，其他時日仍採用拉丁文彌撒；起初，路德打算為受過教育的人和年輕人，在彌撒中維持使用拉丁文，並把它當作一般和暫時的方式，繼續用在禮儀的某些部分，直到禱詞和讚美詩有德文版可用。雖然本地語言很快就占上風，昔日的習慣卻仍存在，甚至在加爾文的所在地日內瓦，有時也有被傳喚到樞機主教會議中的人，為了證明自己的信仰，而用拉丁文誦唸〈天主經〉、〈萬福馬利亞〉和〈使徒信經〉做為回答。

即使宗教改革家本人（同時是牧師和人文學者），在著作中也是兩種語言並用；拉丁文在他們的書信中占了八成，甚至九成。路德在寫作上從未放棄使用拉丁文，他的《桌上談》顯示出，缺乏可用來表達哲學或神學事實的德語詞彙，導致他即使在非正式的對話中，也得由德文轉為拉丁文。加爾文用拉丁文寫《基督教要義》（一五三六年），然後再譯成法文；在這兩種版本相繼完稿前，他有時用法文，有時用拉丁文修訂作品。這本書的定本（增加很多內容）在一五五九年以拉丁文出版，次年法文版問世。加爾文對自己在語言上的選擇，解釋如下：「首先，我用拉丁文闡述，好讓所有知識份子，無論是哪一國人，都能閱讀本書；其次，因為希望把本書可能產生的任何成果傳遞給我們法國人，我把它譯成我們的語言。」加爾文的其他作品（很多神學論文和教理書，尤其是後者），都以這兩種語言出版。他的書信大都是拉丁文，甚至寫給法國教會人士的信也是。瑞士宗教改革家維雷「為使不懂拉丁文的人都能理解」，而在著作中大量採用法文。不過，他本身非常精通拉丁文，在他的課堂上和書信中，拉丁文的比例占了五分之四。在這個令人很容易只聯想到本地語言的新教世界中，拉丁文存在的其他跡象是：《聖經》的拉丁文譯本；一五二一至一五七〇年間，至少有五十八個《聖經》完整版，是新教的書籍出版銷售商發行的。

除神學外，拉丁文在培育牧師的事工上也有極重的分量。在玉登堡，宗教改革運動後不久，預備從事聖職的年輕人在整個受訓期間（從個別學校到杜賓根神學院），都要接受拉丁文教育：拉丁文是課堂上和考試的語言，也是日常會話的用語。同一時期，萊因河沿岸地區的神職人員也接受同樣扎實的拉丁文訓練，因此自一五五六至一五五七年間，任命聖職的標準提高後，就很少有神職人員不懂拉丁文的情況了。法國在整個舊制度期間，負責訓練牧者的學區所提供的教育，都少不了拉丁文——《聖經》的語言。設立於十九世紀的神學院也如此。因此，當時曾在蒙托班大學受訓的大多數牧師必定精通拉丁文：他們必須具備業士學位才能入學，這意味著他們受過拉丁文教育；其次，在五年的學習期間，除其他科目外，他們還要進修拉丁文；至於有志成爲神學教師的人，則必須繼續深造直到取得學位（包括通過兩次論文答辯，其中一次以拉丁語進行）。雖然牧師以本地語言履行職責，卻仍要受訓精通拉丁語，甚至在這方面往往比天主教司鐸優秀。然而，拉丁文在神學院仍面臨其他學科的競爭，以致分量銳減；此外，它在學校各界衰落的情形，難免出現在新教神學院：因此，在二十世紀六〇年代末期，烏普沙拉大學取消拉丁文教育，改以三十小時術語課取代之；這是因爲拉丁文看來像是駭人怪物，可能會嚇跑回應罕見聖召的人。因此，在拉丁文逐漸衰落的氣氛下，天主教界和新教世界可說是終趨一致。

# 第三章 拉丁文的學術成就

「天主教會和基督教國家所有學校的語言」，用《百科全書》中的這段話來概括前兩章的結論，拉丁文顯然是「不可或缺的必需品……無論對哲學、神學，還是對法學、醫學而言；正因如此，」該詞條強調指出，「它是歐洲所有學者的共同語言」。這類斷言在十八世紀五〇年代很流行。半個世紀前，薩維尼在佛羅倫斯阿帕提斯學院發表演說時，就曾說過類似的話：「大學中傳授的各學科，現在和未來將永遠以拉丁文爲它特有、正式且理所當然的語言。」這位只把本地語言保留給文學的作者，在別處還提到各學科只能用拉丁文書寫，基於這個事實，拉丁文成了「學者的共同語言」。除了這些原則上的聲明外，還有類似想法出現在書信中。一七〇九年，古柏力勸友人拉克羅茲用拉丁文撰寫世界史。他明確指出，法文雖然「對一些小書和當代書籍來說，很普遍且値得讚賞……但一部爲學者而寫的著作，依我看，應該用拉丁文發表才是」。佩婁在寫給英國政治哲學家霍布斯的信中（主旨是表達對霍氏所著《論公民》的「疑惑」），不怎麼爭辯：他承認用法文寫，「用非學科的語言與您交談」，讓他甚感「羞愧」。拉丁文是知識界的組成要素。博物學家雷伊曾經譴責對手：「他無知到連寫拉丁文都有語病。」霍夫曼責備博學多聞的同胞用德文寫作：照他的說法，那是不學無術的人才做的事。巴斯卡在寫給費馬的信上談概率論時，幾乎不爲該如何解釋操心，因爲他以下面這段簡練的評論放棄當地方言：「我用拉丁文和您談，因爲法文在這方面毫無用處。」

這幾段引文讓人一下就領會拉丁文過去在文壇中的地位，至少直到十八世紀中葉爲止是如此。它們促使人檢視印刷品，以便更如實描繪這個古代語言在思想界的地位：這關係到確定拉丁文出版物的年表，並找出特別受重視的體裁，甚至特定的版本。這麼多具體的描述要素，將有助於理解拉丁文在寫作上、甚至在知識結構中的功能，同時勾勒出使用這個語言、它的歷久不衰和最後消失的原因。不過，清查拉丁文在知識產物中留下的痕跡，如果除了書面語外，沒有將其他屬於口語的知識表達形式（如：政治辯論、外交談判或法律實務）納入考慮，那麼這份清單是不可能完整的。

## 一、拉丁文出版業

### 書目統計數據

雖然印製成書的著作，是語言在知識產物中所占地位的最佳指標，但一份涵蓋長時期和廣大區域的書目統計數據，所呈現的結果還是很難如原先預期般豐富、精確。此外，即使同一個國家的歷史編纂，拉丁文都遠不及本地語言那麼吸引研究者的關注。因此，我們不得不滿足於少數幾個例子。

在法國，拉丁文在出版界的優勢很短暫。一五〇一至一五二五年左右的壟斷勢力（一五〇一年，巴黎出版八十八本書當中，只有八本是用法文寫的；到了一五二八年，兩百六十九本書當中，法文書也只占三十八本），很快就出現破口：同樣在巴黎，一五四九年的出版品有百分之二十一是當地方言著作，到了一五七五年，比例更攀升到百分之五十五左右。把範圍拉到全法國，雖然直到十六世紀六〇年代，拉丁文書籍占上風，但之後，整個形勢卻逆轉，最後反而有利於法文出版品。十六世紀末（一五九八至一六〇〇年）的抽樣調查，顯示拉丁文書名的比例占不到百分之二十五。之後，比例差不多維持在百分之二十，正如一六四四年一項對法文作品的研究成果，以及一六六〇年另一項針對巴黎出版品的調查結果所顯示。值得注意的是，十七世紀下半葉該指數明顯下降，因此在一六九九年、一七〇〇年和一七〇一年，拉丁文著作分別只占巴黎出版品的百分之五·七、十二·二和八·五。到了十八世紀，下跌幅度增大：一七六四年，古代語言和外語的出版物，只占全法國出版量的百分之四·五。

此時，拉丁文出版業在西方各界已經沒落；不過，演變過程並不完全和法國的情況類似。在義大利，拉丁文出版業衰落的過程比較緩慢。根據國家圖書館唯一的目錄所提供的資料看來，拉丁文在整個十六世紀都維持主導地位，相當於百分之五十一·八的出版品；只有在十六世紀下半葉，指數稍微下降，從一五〇一至一五五〇年間的百分之五十五·四，下降至百分之五十·二。到了下個世紀，「英國圖書館十七世紀義大利圖書目錄」的統計表顯示，本地語言大占優勢：拉丁文書名的比例只占百分之二十九·七三。儘管如此，全義大利各地的情況相差懸殊：雖然在威尼斯，拉丁文作品只占百分之二十一，在羅馬和帕多瓦卻各占百分之五十和五十六（這兩個城市分別以教會和大學著稱）。

在德國，拉丁文的衰落比在法國早發生，但演變過程比較不是直線發展。從一五二〇年起，在路德的影響下，本地語言發展神速，因此在宗教改革期間，出版品尤以德文爲主。後來，拉丁文奪回主導權，並且持續好一段時間：直到十七世紀八〇年代，在法蘭克福書展中交易的德國書籍，大部分是用拉丁文寫的。之後，趨勢逆轉，拉丁文作品的比例在整個十八世紀持續下滑；不過，在一七七〇年，拉丁文的比例還有百分之十四．二五，直到一八〇〇年下降至百分之三．九七時，才變得無足輕重。

在英國，拉丁文出版品在一五三〇至一六四〇年間，約占總出版量的百分之十。做此估算的賓斯強調，該比例本身是很弱，但若考慮英文和拉丁文作品性質上的差異，應可再估高一點：前者似乎很多都是偶然有的出版物，後者則源自「最傑出的才智之士」。

說實在話，這些百分比只是概略的估算；並未按學科分類統計。但馬丁的研究成果有助於我們稍微詳述巴黎的情形。儘管衰落，拉丁文在整個十七、八世紀期間，仍常見於下面這些領域：神學、學術作品和教科書。關於宗教出版品，拉丁文主要用於神學論著和宗教方面的博學作品。這些先後因耶穌會和莫爾會著稱的博學出版品，不僅從十七世紀四〇年代起被列入巴黎出版業的佳作，也是語文學和宗教史最傑出的成就：難怪其中很多（包括教父著作的編訂本）在國外（尤其在威尼斯）再版。馬丁的研究，也涉及仍維持使用拉丁文的學術出版業，不只在狹義的博學著作方面，也在醫學（轉折點約在一六八五年左右）和法學（儘管法文在這方面已有長足的發展）兩方面。不過，拉丁文最堅固耐久的堡壘，始終是教科書出版業：中學和大學生產大量的論文、課本、詞典、文法書，以及其他用來學習語言基礎、練習翻譯、創作散文或詩的著作，這林林總總成了中學生的「家常便飯」。據了解，在外省的城市（指巴黎以外的地方），甚至在選擇現代特色的活版印刷中心（如盧昂），沒有書籍印刷銷售商會忽略這麼一個不受市場風險衝擊的領域。這些著作往往是大量印刷的目標：在盧昂，帕若神父的《新拉丁・高盧・希臘文詞典》於一六五一年、一六五三至一六五四年、一六五五年、一六五八年，分別印出五千兩百、六千、七千及六千七百冊八開本和兩千五百冊四開本；之後，又在同一個城市，至少於一六六二、一六六五和一六六六年再版。十八世紀的教育改革（造成法文的教學地位提高），加上最積極捍衛傳統的耶穌會士離開校園，導致拉丁文大大失勢（雖然在法國大革命這段插曲結束後，公立中學仍是拉丁區）。但十九世紀出版的教科書和其他教材，數量其實很可觀，因為每十年發表的新書不下於兩百種。此外，有些書還再版好幾次：更確切地說，其中有七十六種再版達半個世紀以上，而洛蒙的《拉丁文法基礎知識》（一七八〇年初版），直到十九世紀還再版六十三次。這些再版書都是眞實且令人敬佩的成功標誌；另外，最暢銷的教科書，基什拉的《拉丁法文詞典》，發行量之高無人不曉，在一八三五至一九三四年間，共印了四十四萬五千八百八十六本。

從賓斯對一五三〇至一六四〇年間的出版分析，也能看出拉丁文出版品的「學術」特性：當時這個古代語言被用於所有高等的知識形式，從文學到法學、各學科到神學都有。雖然一六四〇年以後，拉丁文在英國印刷業中衰退是事實，但這古老的語言在十七、八世紀交替之際，仍大量出現在牛津大學的出版品中：一六九〇至一七一〇年間出版的著作，至少有一半是用拉丁文寫的，而標題也多半屬於博學和語文學的領域。直到不久前，拉丁文始終在語文學這個領域保有極大的分量：例如，在國際外交委員會贊助下出版的教皇諭旨，或柏林－勃蘭登堡科學院編印的希臘銘文《全集》，至今仍附有拉丁文評注。

回到拉丁文尚未變成稀世珍品的時代（即十八世紀）。「歐洲學者著作論叢」於一七二八至一七四〇年間發表的彙報，透露出這個古代語言在學者著作中的分量：這份刊物分析的作品，有百分之三十一以拉丁文寫成。再者，按照出版業人士極爲可靠的見解，將近十八世紀末，拉丁文在醫學上仍有不可忽視的地位：一七七九年，書商戈斯在日內瓦指出：「所有與醫學相關的事，用拉丁文表達通常都是好的。西班牙、葡萄牙、義大利甚至法國都不會（因此而）加以拒絕……」

更早以前，學者經常碰到印刷業者或書商拒絕出版、銷售拉丁文著作，這類見解因而更顯眞誠可貴。身兼醫師和「骨董商」的伍德沃德，在一七一一年於倫敦發表的看法頗具代表性：「任何用拉丁文寫的東西，我們這裡的書商都不想管。」雖然拉丁文明顯處於衰落中，拉丁文出版業仍按著這個古代語言在當時歐洲的作用（直到十八世紀初，本地語言尚未完全贏得正式的文學地位，加上學者的讀者人數不多且散布各地），繼續存留在「學術」領域中。在這類專業出版品中，有三項實務特別顯出拉丁文的持久性：編寫拉丁文期刊，翻譯以本地語言寫的原創作品，編訂雙語版本。

## 拉丁文出版品的三種類型

很多學術刊物（包括排名第一的「學報」在內）都是用本地語言寫的；不過，也有以拉丁文著述的刊物。後者在一六六五至一七四七年間，所占比例約爲百分之二十；但在十八世紀下半葉，單單在德語地區（指一般公認的德語地區），一七五一至一七六〇年間還出現十四個新的拉丁文標題，而一七七一至一七八〇年間又增加了十三個。事實上，德語地區以出版拉丁文刊物爲主，因爲本地語言在這裡較慢得到知識界的採納。這些刊物中，有些在全球發行，像是「知識報」（一六八二年首度在萊比錫出版）；「波蘭國與立陶宛侯國文獻」（一七五五年的創刊號同時在華沙和萊比錫出版），或《波希米亞與摩拉維亞文獻》（一七七四年創於布拉格）。不過，它們大部分是專業刊物，探討博學、神學或各學科（尤指醫學）；其中最著名、發行最久的是「醫學、物理學雜記」（於一六七〇至一七九一年間，連續以各種拉丁文標題出刊）。這些期刊當中，很多源自協會或學院：例如，柏林、哥丁根、杜林、聖彼得堡（列寧格勒）的學院，波隆納科學院或曼汀王室協會（以上僅列舉十八世紀幾個著名的例子），都曾發行拉丁文學報和論文集，而且爲期不短；甚至在一七九三年，荷蘭猶翠特的某個「骨董商」協會，仍選擇以拉丁文發行「文獻」。

雖然由拉丁文譯成本地語言，或由某一本地語言（尤指義大利文）譯成另一本地語言的譯本特別引人注意（這是因爲文學和民族語言的發展史較易闡述），原著是本地語言的拉丁文譯本卻幾乎乏人關注。這類譯本其實很多，特別在十七世紀和十八世紀上半葉。這是從格蘭制定、比爾克完成的一份出版目錄得到的初步結論。這份拉丁文譯本清單（先按原始語言依序列舉文學著作，再按學科列出其他作品）顯示出，這項翻譯實務是全球性的：到處都有人把各知識領域的著作譯成拉丁文。這是普遍的跡象，但仍有一些細微差別和細節值得注意。德國、荷蘭和瑞士在此翻譯活動中起重大作用：荷蘭印刷業的活躍、瑞士「書業」的仲介角色（例如：日內瓦有流亡海外的新教徒牧師可支援翻譯工作）、德國和中歐仍有廣大的拉丁文市場，這一切說明了爲什麼這項實務會集中在這個區域。另一個原因是，在十七世紀末，有些活語言（義大利文和法文除外）在原有的使用範圍外，仍普遍不爲人知。

至於這些譯本的文體，格蘭的結論（「節律基本上是西塞羅式的；但句法和詞彙則不拘一格」）並不令人意外；只要參考學術著作譯本偶爾附上的「敬告讀者」就不難理解：意思的精確勝過字詞的優美簡潔。英國哲學家培根面對普萊費爾以「極精練的拉丁語風」，試譯他的著作《學術的進展》時，也給了對方同樣的忠告。他勸這位卓越的拉丁語學家打消這個念頭，因爲他希望這本書以「明白易懂、有男子氣概且適切」的形式呈現。相反的論調很少見，就算有，也是有原因的：將荷蘭博物學家史旺默丹的《昆蟲史》譯成拉丁文的譯者，爲擅自修改原著文體辯解。他提醒大家，都是英年早逝使原作者無法爲自己的作品做必要的潤飾，拉丁文譯本或許也因此遲遲未能誕生。透過「一般語言」（套句培根的說法），這些譯本就能把一些作品散布到更廣泛的地區，而這是本地語言所不能及的。很多這類譯本在卷首就提到廣泛發行的願望（除非標題已透露這個訊息）：笛卡兒的《靈魂的熱情》拉丁文版（阿姆斯特丹，一六五六年），書名頁上寫著「爲外國人而譯」；拉丁文版的《新骨學》（法蘭克福、萊比錫，一六九二年），書名頁寫的是「爲滿足大多數人的使用需求和好奇心」，這本書原是英文版，作者是哈維斯醫師。學術期刊的譯本也有同樣的企圖：譯成拉丁文，更能徹底發揮功能。因此，文學界有兩大期刊發行極簡練的拉丁文譯本：一六六五年創於倫敦的「哲學會刊」，自一六七〇年起，以*Acta philosophica*爲題在荷蘭發行拉丁文版；一六七五年於萊比錫再版的「學報」，早在四年前就曾在當地發行拉丁文版（別忘了，它是在一六六五年創刊）。

譯本偶爾也出自作者之手（德國數學家佛爾夫就是其中一例），或由作者審查：笛卡兒複審《方法論》的拉丁文版，並做了一些修改，他承認內容是他的見解，但不爲文體負責。最常見的做法是，譯本由另一位學者主動完成，或由某一書籍印刷銷售商帶頭做起。由此產生的拉丁文版偶爾會附上注釋或評論，最後並成爲權威著作。例如卡德沃思（劍橋柏拉圖派）的著作《宇宙眞正的知識體系》（對開本，共九百頁）被譯成拉丁文，並由莫舒罕加注，於一七三三年在耶拿出版；四十年後，以莫舒罕版本爲基礎的二版在萊登發行；到了十九世紀，這位傑出神學家的注釋和導論，仍足以引起世人的興趣而譯成英文，於一八四五年引進倫敦出版業。

這個例子提醒我們，拉丁文譯本往往再版。提到醫學出版品，格蘭表示在十七、八世紀，有些本地語言著作只發行一、兩次，但它們的拉丁文譯本卻可能多達八至十次。宗教辯論題材的情況也如此：巴斯卡的《給外省人信札》拉丁文版（尼科爾譯，以薩爾堡神學家溫卓克爲筆名出版），在一六五八年初版至一七〇〇年間再版六次；根據法國文學評論家聖伯夫的說法：「這個譯本確實使這本成功的小冊子在歐洲大受歡迎。」

事實上，一些著作及其作者之所以名揚海外，全靠拉丁文譯本。伽利略的《世界兩大體系對話錄》在義大利半島以外的地方廣傳，主要取決於一六三五年的拉丁文版。玻意耳能在歐洲大陸功成名就，和他著作的譯本迅速在德國、瑞士與荷蘭發行息息相關；此外，他的第一部作品選集（*Opera varia*，一六七七年）和三年後加入新作品的增訂版，都不是在英國，而是在日內瓦由書商圖納斯出版。多虧羅奧的《論物理學》拉丁文譯本，笛卡兒的物理學說才能持續在牛頓的故鄉英國廣傳：該譯本於一六八二至一七三九年間再版六次；但在後來的版本中，譯者克拉克的註釋逐漸採用牛頓的系統。也有作品甚至是靠拉丁文譯本成功的。《太陽之城》在義大利初版時，幾乎乏人問津；事實上，這部論及烏托邦的作品，是從原作者康帕內拉發表拉丁文譯本後才廣傳；

後來這部作品又從拉丁文被譯成法文、英文、德文、甚至義大利文，到十九世紀中葉，原版早已為世人遺忘了。

今日一些虛構作品的拉丁文譯本（如《木偶奇遇記》、《玉樓春劫》或《阿斯得依斯高盧探險記》），都證實原版比譯本成功（現在有誰讀得懂拉丁文譯本？），但在十七、八世紀，情況卻大不相同：多虧這古老的語言，一些著作才有人讀，而某些思想觀點也才能傳遍整個文學界。

拉丁文最後終於和一些書籍印刷銷售商形同結盟，後者認為透過拉丁文能開啓更廣大的市場。因此，他們特別支持以這個古代語言發行的大開本、印刷精美且附有許多插圖的作品，這些出版品既華麗又昂貴，而且基於明顯的經濟因素，需要在全歐洲發行。也因此，書商往往督促作者隨原著附上拉丁文翻譯。本篤會學者蒙富岡在《以法國君主政體的文物為題的著作計畫》（一七二九年）中，明確提到：「書商希望我在每頁底邊附上拉丁文譯文，就像在《圖解古代文物》及其〈補篇〉中一樣。他們聲稱這對於很多不太懂法文的外國人而言是必要的。」因此，特別在十八世紀（更確切地說，是該世紀的上半葉），考古學、植物學、動物學、解剖學、繪畫方面，出版了一些以各種版面編排，將本地語言和拉丁文並列的雙語作品。其中最精美的一本（它的標題絕非虛構），是《塞巴的豪華收藏櫥中主要天然珍品的精確描述》（一七三四年）。這本書甚至有兩種雙語版，拉丁文—法文和拉丁文—荷蘭文。

從以上對印刷界的概略瀏覽可得知，直到十八世紀，拉丁文仍是學者創作的主要語言。這是否解釋了在德語國家（拉丁文存留最久之地），有人會在德語著作的標題中添加幾個拉丁字做為開頭，就好像這個「餌」會自動顯示這些作品具有學術性，或至少不是通俗作品？拉丁文因此標示學者的世界，表明和最高知識領域的從屬關係。這正是著名的心理小說《瑞瑟》中，少年瑞瑟的感受（同樣在德語地區）：當地方中學的校長叫他「瑞瑟魯斯」（*Reiserus*，原爲Reiser）時，他

> 因為自己的名字第一次被冠上「us」，而自豪不已。他常把帶有這個詞尾的名字，和崇高尊貴、大有學問聯想在一塊兒。在想像中，他幾乎聽到有人稱他博學知名的瑞瑟魯斯……；他看到自己變成聲明顯赫的博學家，就像伊拉斯謨斯，和那些他偶爾讀過傳記、在銅版畫上看過肖像的人士一樣。

## 二、學術創作中的拉丁文

儘管本地語言的地位上升，繼而取得優勢，拉丁文在知識界仍屹立不搖。布魯諾在探討法語史的不朽巨著中，不時強調法語在各階段的進展，但他也承認在法王路易十四時代（即法國文學鼎盛時期），法語在各學科中的發展始終很緩慢。整個十八世紀期間，有許多著作繼續以拉丁文問世，諸如（以下例子僅限於重要著作）：瑞士數學家伯努利一世的《猜度術》（一七一三年），瑞士數學家尤拉的《機械論》（一七三六年）和《無量數分析引論》（一七四八年），瑞典植物學家林奈的《自然系統》（一七三五年初版），義大利生理及解剖學家伽瓦尼的《論電在肌肉運動上的影響》（一七九一年）。到了下個世紀，德國數學家高斯用拉丁文發表研究所得，而有「十九世

紀的解剖學之父維塞利亞斯」之稱的義大利醫生卡達尼，也於一八〇一至一八一四年間，用拉丁文出版十冊《人體解剖圖》。雖然此時，各學科普遍以本地語言論述，天主教神學和大學本身的產品（如：論文），仍以拉丁文爲主要語言：這部分在前面論及教會和學校的章節中已詳盡探討，我們無須在此贅述。

## 拉丁文的「現代性」背景

有多項因素使拉丁文維持知識語言的地位，首先是持續到不久前的拉丁語教學；即使是一心擁護本地語言的人（如瓦利內里），也不得不屈從這項義務。在這方面，英國勳爵藍萊在十六世紀末，爲提供外科醫生（尤其是不大精通拉丁文的大學生）良好的訓練，而於牛津大學創設的教職，是再明顯不過的半例外：教授必須在一小時的課程中，用拉丁文授課四十五分鐘，其餘的十五分鐘用英文授課，並應依照章程指示，「將前面用拉丁文講述的內容，用通俗語言對不懂拉丁文的學生再講一遍」。

事實上，在強烈由拉丁文主導的環境中，教學不過是其中一面（或許是最明顯的一面）。用拉丁文在劍橋大學授課並發表大部分作品的牛頓，所擁有的拉丁文藏書比英文書多，而他也用這個古代語言在自己閱讀的拉丁文書籍上做眉批。後面這種做法，對大部分時間都在讀、寫拉丁文的人來說，或許再自然不過了。惠更斯在「知識報」空白處的評注，和斯威夫特（嚴格說來，他不是學者，而是「文藝大師」）在自己收藏的巴羅紐斯《年鑑》中的批語，都是這方面的典範。知識界和這個古代語言的密切關係，在《斯卡利杰談話實錄二》中格外顯著，而且明顯享有特權：這部收錄義大利語言學家和歷史學家小斯卡利杰的談話集，法文和拉丁文緊密交織，甚至一句話用一種語言開始，卻用另一種語言結束；對語言的使用未加以區分，顯然只爲了說者的方便起見。

讀、寫、說拉丁文，而且是用在個人研究的特殊領域，這些學者並不像我們今日想像那般，強烈感到需要把本地語言應用在自己的科學出版物上。即使他們擺脫古典文獻，即使評論課已被實驗教學取代，已建立的習慣、引用專有詞彙的需要和考慮讀者大眾的喜好，在在解釋了何以本地語言無法一下子得到學術界的認可。因此才有巴黎大學訓導長羅蘭在著作《純文學教學方法論》中，爲自己採用法文而非用拉丁文寫作，向讀者致歉的例子；這位傾向「現代」教學法的學者，承認自己「習慣用拉丁文（他大半輩子使用的語言），更勝於法文」。另外，某些以拉丁文出版的著作所發揮的重大影響，當然也是維繫這個古代語言的要素：這些著作傳遞的新概念並不容易翻譯，更何況對於需要用到它們的一小群學者而言，本來就沒有理解上的困難；這點解釋了十八世紀義大利最好的牛頓物理學著作，還是用拉丁文寫的。

因此，經常爲人引述的一流巨著——伽利略的《世界兩大體系對話錄》和笛卡兒的《方法論》，雖然採用近代語言，卻不表示拉丁文已沒落；況且，這兩位作者皆曾用這個古代語言發表其他著作，甚至笛卡兒最重要的作品都是拉丁文版。據笛卡兒的傳記作者貝耶說，笛卡兒「寫哲學和數學題材，用拉丁文比用法文流利多了」。事實上，和許多同時代的人一樣，笛卡兒能輕易從一個語言轉換到另一語言，並使語法符合他要討論的話題。因此，貝耶提到《沉思錄》時，說：「他認爲不適合讓這本書和他的論文集一樣，一開始就用法文出版；在以學者爲主要對象，並採取高雅不落俗套的新風格寫完這部作品後，他更認爲應該講學者的語言，盡可能照他們的方式表達己意。」下一個世代的情況也相仿：十七世紀下半葉，在義大利，伽利略的弟子依著作性質和針對的讀者群，有時用義大利文，有時用拉丁文寫作。托里切利用拉丁文寫《重體運動論》，因爲他表明這本書是爲數學家而非爲砲兵寫的；但他的《學術演講集》卻用義大利文，因爲他是寫給「有文學造詣且受過學術訓練的」讀者看。波雷利用拉丁文寫數學、天文學和醫力學方面的作品，用通俗語言寫有可能付諸實行的著作，如《威尼斯湖沼疏水計畫》。生物學家馬爾辟奇用通俗語言寫過好幾部作品，但給英國皇家學會的著作都是用拉丁文寫的。

這幾個例子特別顯示出，作者預設的讀者在語言選擇中所發揮的作用。不過，只要學術書籍或至少水準較高的著作，其讀者仍然有限，拉丁文就保有鞏固的地位；更何況，本地語言對這類著作的傳布毫無助益。這點對拉丁文的「第一波現代性」格外眞實。一五二五年，德國畫家杜勒在紐倫堡出版《圓規、直尺測量法》。書中，他爲藝術家和手藝工匠蒐集大量的幾何學知識；爲此，他採用德文。然而，這部作品的拉丁文譯本（一五三二年）卻格外受歡迎，而且讀者盡是學者、數學家和博學多聞的人；原因是，即便以德文發表，書中的數學概念對作者起初鎖定的讀者來說，還是太抽象了。法國思想家布丹的《宇宙自然劇場》，是一個情況相反但結局類似的例子。這部作品有三個拉丁文版，無論在法國本土或在國外，如在德國（其中兩個拉丁文版在此發行）、波蘭、義大利、英國都很暢銷；反之，法文譯本（一五九七年）卻乏人問津。原因是，當時有學問的讀者本來就有限，而對拉丁文不熟的讀者，當然也不會對自然哲學感興趣：所以有原版就綽綽有餘了。同樣的結論也來自失敗的例子。十八世紀中葉，有人試圖將聖彼得堡科學研究院的學報譯成俄文，結果白忙一場：當時在沙皇統治下，並沒有群眾受過足夠的教育可以閱讀這類刊物，而會讀的少數幾個人本來就懂拉丁文。

這個例子凸顯出，當時對保留拉丁文有利的一項因素是，缺乏適合用來表達知識的本地語言。雖然在某些國家，近代語言早已取得文學地位，而且被視爲能夠傳遞學者的思想，但在其他國家，由於沒有這種文化語言，拉丁文得以繼續存留到很後期。芬蘭就是其中一例。在十八世紀，這個受瑞典統治的國家，語言情況如下：人民講芬蘭語，貴族、神職人員和都市中產階級講瑞典語；然而，兩者都不被視爲文化語言。在這種情況下，只能用拉丁文表達知識，這種狀況一直持續到十九世紀，仍只有宗教作品和沒什麼知識價值的著作以芬蘭語出版。

書目的統計數據清楚顯示，十七、八世紀之間是決定語言市場的關鍵期；但這演變並不徹底，既不是直線發展，也非堅不可摧。雖然本地語言老早就在通俗作品（中世紀的著作並非千篇一律都是拉丁文！）和實用書籍中占上風，古代語言卻繼續存在於理論作品，誠如前面提到在十七世紀下半葉，伽利略門生的例子所顯示：論文、「基礎」研究探討、給同領域人士閱讀的書籍，仍採用拉丁文。同樣的觀察也適用於一六四〇至一六六〇年間英國的醫學著作：當業餘人士和企圖改革社會的人已經採用英文，特別重視與外國同行做學術交流的大學醫師，仍繼續使用拉丁文。

同樣的評論也適用於法學和政治學。在十七世紀上半葉，一些思想家如：霍布斯、法蘭德斯人文學者利普斯、現代國際法之父格勞秀斯，皆用拉丁文寫作。雖然今日引起我們注意的是他們的名聲，但他們在使用古代語言這件事上卻不孤單：法國學者諾德在《政治著作目錄》（一六三三年出版）中，對政治思想各方面作品的統計顯示，一六〇〇至一六三〇年間，有很多作者使用拉丁文。這還不是最後一批使用者：只要想想著名的德國法學家普芬道夫。此外，這些著作也持續有人閱讀，而且是讀拉丁文版：例如，一所專門培訓法國外交官的學校，在一七二二年制定的課程大綱中，上述每一位作者的名字都榜上有名。拉丁文在法學也同樣占優勢，誠如一項以義大利法學作品爲出發點的統計結果顯示：一七〇〇至一八〇〇年間出版的三千七百部作品中，拉丁文占百分之八十一，義大利文占百分之十九；十九世紀下半葉，通俗語言出版品的比例大幅增長（由百分之七上升至百分之三十二），而且用在法律和章程上（百分之五十二），多於法學和法理（百分之十二）；相反地，拉丁文依舊是條約、民法原始資料的注釋文和最高法院判決書的語言。甚至在十八世紀，拉丁文在法律實務上仍保有不容忽視的地位。在皮蒙特，一七二三年律師仍在使用拉丁文辯論，而法院直到一七八九年也仍以拉丁文宣判。那不勒斯王國於一七五八年下令，神聖議會的「書記」（scrivani）必須懂拉丁文，理由是法院以拉丁文撰寫法令，其次是爲了解在訴訟過程中出示的拉丁文文件。

## 術語與特殊詞彙

拉丁文雖在出版界失去地盤（從書目統計明顯可見），卻未因此從知識界消失：專有名詞帶有它的痕跡，誠如專業書籍的當地方言譯本所呈現。在英國，十六世紀盛行的解決辦法，是先將這些特殊用語英語化，有時是改寫並冠上英語詞尾，有時乾脆直譯；其次，沒有英文同義字的詞彙，則保留拉丁字，同時隨字附上解釋，甚至在書末放置詞彙表。因此，一些「無法翻譯的」拉丁字被納入英語的科學用語。同樣地，上述布丹作品的法文譯本也含有許多從拉丁文借入的詞：面對書中一連串毫無描述、難以辨識的魚鳥拉丁文名稱，譯者幾乎只能直接照抄（例如，*orphus*變成orphin；*sargus*變成sargon；*abramis*變成abrame），然後要讀者參閱以法文寫的博物學書籍，並附以下細節做爲說明：「除非改變這些名詞的希臘文和拉丁文屬性，否則用我們的語言表達將含糊不清。」「我們把這些拉丁文和希臘文名稱，視爲最普遍、最確實的字眼予以保留。」面對缺乏本地語言的同義詞，有時也有學術作品生不出譯文來。這就是德國作家歌德在著述有關色彩理論的作品時，不得不面對的情形；儘管有語文學家沃爾夫的幫忙，他最終還是原封不動地轉載一段泰勒修斯的拉丁文作品（探討顏色用語的詞源學）。「我們是想翻譯，」他寫道，「但我們很快就發現沒辦法用另一種語言來論述一個語言的詞源學；此外，」爲了不要增添其他探討同一主題的著作譯文已造成的混亂，「我們決定維持原始的語言。」

儘管如此，從布丹到歌德之間，仍有許多特殊詞彙被轉化成不同的本地語言。拉丁文通常是這類詞彙的基礎。例如，十八世紀有位法國醫生使用的解剖學術語，「基本上是希臘、拉丁語」。除了非常罕見的詞彙（「外形是法文」）外，布魯諾指出，事實上有「大量勉強法語化的拉丁字」和「其他簡單改譯的拉丁字」。不僅如此，這些術語中有些最後還取代先前使用的通俗法語名稱，例如：以*abdomen*取代susventre（「腹部」），以*radius*取代rayon（「橈骨」），以*sternum*取代bréchet（「胸骨」）。義大利語中的醫學詞彙（特別是解剖學），也帶有受拉丁文影響的類似痕跡，這點從不同年代的層樣中顯示出來。在十五、六世紀，醫學術語的系統重建（以這兩類爲出發點：譯成拉丁文的希臘醫學經典作品，或已被遺忘的拉丁文作家，如塞爾塔斯的作品），就帶來拉丁文詞彙的借入；這個古老的語言也是「打造」新名稱的基礎（這裡的新名稱是用來表示中斷至少一千年後，在重新施行的解剖過程中發現的許多解剖事實）。在十七、八世紀，由於使用顯微鏡，醫學術語顯著增加（尤指解剖學和生物學方面），其中很多是借用古希臘羅馬人的詞彙：這裡並不是泛指專有名詞，而是根據它們表現的涵義挑選出來的詞。本地語言在醫學出版品中的地位雖大有進展，但特殊詞彙仍以古典語爲主。因此，儘管瓦利內里爲各學科應使用義大利文辯護，在他編著的《簡明醫學與博物學歷史詞典》中，還是納入來自拉丁文的外來詞彙。即使在近代，拉丁文在術語中仍保有一席之地，儘管有些字幾乎完全是複合詞。也有人將類似看法應用在具有大量「古典遺產」的醫學英語；即使在二十世紀，仍有新詞建基於拉丁文，甚至從這個古代語言借用。等到醫學這門行業掌握拉丁文的能力（撇開希臘文不談）遠不及過去，難免又有外來的新造詞產生；雖然這些新詞是從拉丁文派生，卻仍表露出造字者對最基本的詞法規則並不了解。迪克斯曾蒐集很多這類例子，其中「格」和「性」錯誤百出，而且充分顯示對詞性的誤解：把形容詞當作名詞，或反過來使用。

單就專業術語而言，近代有一門學科完全建基於拉丁文：植物學。據歷史記載，十六世紀曾有本地語言化的趨勢：當時法國出版的著作中，有三分之一至四分之一採用法文。這門學科的實用性和注重實踐的特性，令人自然而然選擇本地語言，這點更因採用當時歐洲和新大陸都認同的植物當地名稱而增強。儘管如此，本地語言化還是造成一種感覺，就是這門學科被削弱了，因此又恢復使用拉丁文，這在十七世紀特別明顯。瑞士植物學家博欣曾在著作《植物圖鑑》（一六二二年）中，試圖使一切稍微系統化，他爲每一種植物造一個句子加以描述。雖然句子都很長，此做法還是普遍爲人接受，畢竟它回應了整頓的需要。另外，有些植物學家，如土爾納福爾和里維納斯等「權威人士」，彼此間在賦予同樣的植物不同名稱這一點上意見分歧。就是在這種混亂的情況下（每位植物學家都得公布個人的同義詞清單），林奈發起改革。我們不在此探討奠定新命名法的雙名制或採用這套制度的結果，是否和它的實際效用相稱。簡單來說，土爾納福爾用 *Gramen Xerampelinum*、*Miliacea*、*praetenui*、*ramosaque sparsa panicula*、*sive Xerampelino congener*、*arvense*、*aestivum*、*Gramen minutissimo semine*等名稱表示的植物，從此只叫：*Poa bulbosa*。這項改革的成功，也是拉丁文的勝利。林奈毫不留情地除去「不純正的」用語，並流露出對拉丁文名稱的明顯偏好，但他也細心納入源自希臘文的名稱，因爲希臘人對這門學科的創立貢獻極大：儘管如此，這些名稱還是被拉丁化了，就像著名的植物學家使用的名稱，是由同類詞彙變來的。法國植物學家朱西厄根據其他標準（一種「自然法」）而積極從事的植物分類法，也始終忠於拉丁文。近代植物學因此變成一門拉丁文學科，以致博物學家柏根胡在一七八九年寫道：「那些始終不肯學會拉丁文的人，對植物學的研究沒什麼要做的。」這種用於植物學的拉丁文（有人將它定義爲「技術性應用的近代羅曼語族語言」），在很多方面都和古典拉丁文不同；久而久之，只有在描述植物或命名時才有人使用；本質上，這種拉丁文今日依然通用。

林奈的改革，成了竭力賦予化學一套系統命名法的人效法的典範。這門學科的術語也用得亂七八糟：化學家用各種不同的術語表示同樣的物質，在某些名稱的用法上也意見分歧，而爲了避免含糊不清，有人終於使用冗長的描述句（定義比名稱還多）。在十八世紀下半葉，建立系統命名法的需要變得更迫切：當時有人發現新元素，配製了新的化合物，並開啓「氣體」化學的領域。一套標準化的專業詞彙，對這門學科的發展不可或缺。烏普沙拉大學教授褒曼在一七七五至一七八四年間，提出一套完整的系統術語分類法，同時強烈爲拉丁文辯護：拉丁文不但是博學者的傳統語言，而且擁有死語言的優點，因而免於任何變動；基於這個共同基礎完成的譯文，才會有相同的參照點；也因此，化學語言才會處處一致。我們不難理解褒曼的主張：他是大學教授，而且用拉丁文授課；他那套參照標準（源自林奈的分類法）是用拉丁文寫的，而且，他曾是林奈的學生；最後，他的母語瑞典語，當時在瑞典境外無人知曉，甚至在國內也不被視爲文化語言。法國化學家莫爾沃對語言選擇有不同看法：事實上他支持使用本地語言，也就是法文。但在他貢獻的《化學術語分類法》（一七八七年）中，講白一點，在這部新法文術語詞典中，他還是納入了拉丁文同義詞：對學者間的交流而言，古代語言仍是最可靠的媒介。十九世紀當瑞典化學家柏濟留斯運用符號爲化學元素命名時，他以拉丁文名稱爲基礎，同時不忘抨擊法國礦物學家博當企圖使這些符號順應法文名稱的做法，如：E代表Etain（錫），M代表Mercure（汞），O代表Or（金）等；如果其他地方也有人起而效之，柏濟留斯感嘆道，學術交流中所有精確、便利的有利條件恐怕不復存。褒曼也提出，所有金屬的拉丁文名稱都應以*-um*爲詞尾；這項原則得到採納並通用至今。不久前，國際聯合純粹與應用化學學會才將*rutherfordium*（金拉）、*dubnium*（金都）、*seaborgium*（金希）、*bohrium*（金波）、*hassium*（金黑）、*meitnerium*（金麥）的拉丁文名稱（更確切地說，是拉丁化的名稱），確立爲門得列夫週期表中超鈾元素的命名（原子序爲一〇四至一〇九）。

前面列舉的名稱和著作中，很多都推翻了經常「把古代和拉丁文、近代和本地語言畫上等號」

這種過於簡單化的方程式。的確，有些象徵「現代性」的作家曾爲本地語言辯護，甚至把拉丁文和過時的知識混爲一談：例如，對托馬修而言，拉丁文象徵經院思想，或者更廣泛來說，是「今後舊思想模式的累贅」。儘管如此，拉丁文依然存在，甚至出現在歷史文獻評爲最具現代思想的學者筆下。這是因爲這個古代語言扮演了一個長久以來唯有它能勝任的角色。而且（上述這點不是沒有解釋後者），它已經完成了自己的「現代化」：誠如比雅吉針對後伽利略時代的研究所得明確顯示。除了按照著作種類和預定的讀者群，來選擇拉丁文或通俗語言外，這些作者的語言類型事實上是一樣的：他們採用的拉丁文是實用、簡單但簡潔明瞭的語言，比較接近他們用在其他著作中的托斯卡納方言，而非人文學者傳統的拉丁文。

## 三、實用科學中的拉丁文：國政與外交

除了印刷品外，還有不可勝數的歷史檔案證實，近代歐洲國家的治理總少不了拉丁文。改用本地語言的年代不僅依國家而異，也隨行政官員的任期和管理級別而不同。以下我們只探討幾個例子，首先要注意的是，拉丁文在歐洲的中心地帶和有多語轄區集中的政體存留較久；其次，即使在這些地區，地方上的治理還是比較早改用本地語言；最後，在其他地方，有本地語言的官方「公告」，並不表示實際上官方人士已完全放棄使用拉丁文。

我們無須贅述英國宮廷在喬治一世統治期間，在何等偶然的情況下使用拉丁文。起因是首相沃波爾用這個古代語言向王進言：這位前漢諾威選侯（指喬治一世）不懂英文，而他的首相不懂

德文。波蘭的例子就更不稀奇了。這個王國長久以來始終忠於拉丁文，而下層貴族（管理階級的來源）在整個十八世紀期間，仍非常熱中於維持這個語言。波蘭第一次遭到瓜分時（一七七二年），部分西利西亞和波蘭的領土歸普魯士統治。為了治理這些領地，普魯士貴族（例如王侯）就算偏愛法文，也不得不在教育訓練中保留拉丁文。即使在一七九八年，仍有普魯士國王的大臣強調：「拉丁文是不可或缺的，不僅因為在使用羅馬法律時會用到它，也因為在新的波蘭領地上，幾乎整個受過教育的階層都講拉丁文。」

「崇尚君主政體的」匈牙利（當時和奧地利合併為奧匈帝國），為拉丁文在國政中持久存在提供了既複雜又有趣的例子。在十七世紀，匈牙利領土上有五種近代語言同時並用；正如捷克教育改革家庫美紐斯在一六五二年所說的一樣，如果沒有第六種語言（也就是拉丁文）擔任共同語言，那還真是不折不扣的巴別塔。怪不得中央政府使用拉丁文撰寫議會通過的法令（這不表示議會或政府部門常講拉丁文），以及和維也納往來的書信；匈牙利王（即皇帝）也用拉丁文和自己本國的臣民互動，誠如兩個和匈牙利有關的機構——匈牙利領事館和審計會的資料所顯示。相反地，拉丁文在地方治理上就沒有同樣的優勢：管理層級愈低，拉丁文的地位愈被本地語言取代。這種情況一直持續到十八世紀末，神聖羅馬帝國皇帝約瑟夫二世（儘管他懂拉丁文，甚至會講拉丁文）才在實用的考量下，決定將對匈牙利的治理日耳曼化，並以德文取代拉丁文。這項決定遭到強烈抵制，以致他在一七九〇年不得不收回成命，而他的繼承人也只得恢復昔日慣例：「行政語言恢復使用拉丁文，直到有新的命令公布為止。」

同樣在哈布斯堡王朝統治下，繼匈牙利之後，還存在著和克羅埃西亞有關的問題。匈牙利和克羅埃西亞的同盟關係向來不平等（自一〇九七至一九一八年間，歷經各種變遷），卻仍持續運作直到十九世紀初，雙方關係開始惡化爲止。語言問題正是衝突的核心所在：匈牙利人欲把自己的語言強加給克羅埃西亞人，但後者無論在自己的議會中，或在派遣代表出席的匈牙利國會上，都使用拉丁文。一八四〇年馬扎爾語取代拉丁文，成爲匈牙利國會的語言，繼而在三年後成爲法律、政府、行政和教育的官方語言，雙方的衝突（起初規模不大）終於整個爆發開來。克羅埃西亞人（講得更確切點，他們的領導階層）成了一些特殊措施鎖定的目標：匈牙利當局給他們六年的時間學會馬扎爾語；之後，匈牙利自己也施行相同的規定。一八四八年，拉丁文雖仍是地方行政和司法機關的用語，但只有馬扎爾語是經授權可與匈牙利當局交流的語言。拉丁文的最後一個打擊是：有人宣告，克羅埃西亞的代表以這個語言對匈牙利國會發表的演說，都將視同無效。

拉丁文在哈布斯堡王朝中的用途，屬於第三語言，這對於統治語言繁雜的領地來說是不可少的。這點說明了查理五世何以在留給兒子腓力（二世）的「訓言」中（一五四三年），苦口婆心要他努力把拉丁文學好。這個古代語言在外交上的用法也很類似。

雖然國與國之間的平等原則，暗指沒有所謂的外交語言存在，而且各國都有權使用自己的語言，但在中世紀和十六世紀，拉丁文卻因國際間的默契而受到廣泛使用。一六四〇年，國際局勢正如各地政府和法國通信時使用語言的情形：一些國家使用法文，其中有好幾個國家本身就是法語國家；其他國家使用自己的語言，像是西班牙國王、新教徒在瑞士的幾個州、義大利語國家；最後，有些只用拉丁文寫信，包括：神聖羅馬帝國皇帝、薩克森選侯、奧格斯堡特許市、加入漢薩同盟的城市、瑞典國王、丹麥國王、波蘭王。法國本身通常採用法文來撰寫外交信函；但寫給神聖羅馬帝國議會、王侯或帝國領地的集體信件，則用拉丁文寫；和波蘭首相的信件往來也如此。在正式會面或談判時，外交官總是小心翼翼遵守語言慣例，使用自己的語言或雙方約定的第三語言，也就是拉丁文。因此，當法國人在蒙斯特向神聖羅馬帝國的王侯或代表，呈交用法語寫或含有法語的文件時，帝國軍隊才會嚴正抗議：事實上，帝國議會將「限用拉丁文和外國往來」視爲不可侵犯的規定。任何違反既定慣例的行爲，都會被解釋爲例外：在荷蘭猶翠特，皇帝的使者如果在交談中用了法文，他會明確指出這事不應構成傳統，「帝國公使向來只說拉丁文」。直到「承認」法語爲外交語言的「拉斯塔特條約」成立前（一七一四年，神聖羅馬帝國同意簽署以法文寫成的條約），拉丁文在國際外交上始終占有顯著的分量。因此，該條約成立後，國際間並未停止使用拉丁文：還是有很多條約使用這個語言擬定並簽署。法國也不例外（儘管法語在國際上已獲肯定）：在法國和波蘭簽署的「凡爾賽條約」（一七三五年九月十八日）中，有關波蘭王斯坦尼斯勞斯的部分是用拉丁文寫的。然而，外交上對此傳統語言的使用，在十八世紀期間逐漸減少，唯有「獻身給拉丁文的權勢組織」（指羅馬教廷、修會、神聖羅馬帝國）仍忠於此做法；此外，一七二〇年瑞典和英國的同盟條約，一七三七年瑞典和土耳其帝國的通商暨航海條約，還有一七五六年丹麥和土耳其帝國的一項類似協議，也仍採用拉丁文。同樣地，拉丁文在歐洲各國的大使館中仍「受到廣泛使用」：在十八世紀五〇年代，只有法國常用自己的語言寫信給羅馬教皇。相反地，波蘭向來都用拉丁文（它也是維也納帝國大使館中，獲得多數國支持的語言）；甚至在十九世紀末，皇帝還用拉丁文寫信給瑞典國王。

因此，長久以來，精通拉丁文始終是經營外交政策的必備條件。歷史上有些王侯的拉丁文能力好到足以帶領許多政治協商，像是瑞典國王查理十二世在一七〇一至一七〇二年間，不僅用德文，也用拉丁文和波蘭人談判。更不必說，大使館人員、大使和其他外交官必定在這方面有十足的訓練，有些甚至是傑出的拉丁語學者。英國詩人密爾頓因著這方面的才能，在一六四九年成爲「外語高等文官」：在位期間，他必須負責把國會和外國往來的書信，由英文譯成拉丁文（反之亦然），並充當國會和外國使節之間的翻譯員。在爲西發里亞進行和平談判期間，率領法國使團的亞沃伯爵無論說、寫拉丁文都表現得無懈可擊，甚至到了語言純正癖的地步。因此，他塗掉 *Sacra Majestas Christianissima* 這句話（儘管這對法王而言是很體面的表達，法國國王過去曾被尊稱爲 Sa Majesté Très Chrétienne「神聖的法國國王」），理由是：「這不是正確的拉丁文。」怪不得在商訂「拉斯塔特條約」時，對自己的拉丁語風格不大有信心的法國元帥維拉爾，會請斯特拉斯堡耶穌會學校校長跟在身邊；這位元帥在寄給外交官托爾西的急件中（一七一四年二月二十五日）解釋道：「我請他來，是爲了避免任何語法錯誤，並確保不會有任何字句我聽不完整。」問題並不純粹是個人的拉丁語風格，還涉及避免使用到任何在解釋上可能引起嚴重後果的字眼。使用拉丁文讓人提高警覺且加倍謹慎。在「猶翠特條約」商訂期間，法國的全權大使拒絕接受條約初稿，因爲「裡面有些措詞我們無法同意。」即使條約已經簽定，也會有類似的異議產生，例如，一封來自土魯斯柏立公爵的信上（一七一三年四月二十四日），要求英國使節設法取得通商條約第九條款中提到的「訴訟事件」細節：「第九條款的條文，應具備比用拉丁文表達更具體的解釋……」然而，這種模糊是有意的：這四個不在一六六四年海關稅則內的「訴訟事件」，可以有各種不同的詮釋。

這一切說明了爲什麼拉丁文始終是外交官受訓的一部分，甚在像法國這樣的國家（自十六世紀起，政府和法院認證的文件就已採用本地語言，而法語也逐漸成爲公認的外交語言），也不例外。原因有二：一方面，有國家仍採用拉丁文寫文書；另一方面，當引用前例和檢驗昔日條件，在國際事務中具有關鍵作用時，國家指派的外交人員必須有能力閱讀並理解以拉丁文寫的條文。因此，十七世紀末和十八世紀初，專門探討「模範大使」的論著才會有這方面的建議。卡利耶在著作《與帝王談判的方法》中強調，所有外交官都應精通拉丁文，「不懂這個語言的公職人員很可恥」。夏穆對此深表贊同：「拉丁文對他（大使）來說是絕不少的，因爲幾乎到處都有人講拉丁語，而且這個語言說不定還因此補足他在其他語言上的缺乏……」實際上，在一七一二年由托爾西首創的政治學院中，未來的外交官基於實用且明顯的理由，都要接受拉丁文訓練：「將來這些學生，」該校章程明確指出，「至少要懂拉丁文，而且有足夠能力翻譯以這個語言制定的國家法令、教皇的詔書或敕書、其他類似文件，並從拉丁文著作摘錄在各種事務中經常需要用到的古代或近代事實，或用作各種題材的備忘錄，或用來檢驗他國提供的資料。」這所學校在成立七年後便消失了；一七二二年，在復校計畫中，拉丁文仍在「學科」之列；確切的理由是，「徹底熟悉拉丁文是有必要的，「以便需要時，有能力參考原文」。

然而，隨著十八世紀逐漸接近尾聲，拉丁文也爲了成全法文而日益衰落（法文在整個十九世紀期間盛行，之後便輪到它和英文競爭）。儘管如此，在法語的外交和政治詞彙中，仍保留一些拉丁文習語和字眼，它們見證了拉丁文曾在國與國的交流中扮演重要角色。

# 第四章 熟悉的世界

不知道來到羅馬的旅客，在欣賞古蹟和宮殿同時，是否注意到大量從古代存放至法西斯時代的拉丁銘文？他們讀得懂這個「寫了字的城市」嗎？過去曾有人讀懂嗎？在十八世紀，絕大多數是文盲的普洛凡斯人，常在他們置於教堂內的還願物上，寫下拉丁文*ex voto*（源自許願）；這個詞常因拼錯而變成*et voto*，或受地方口音影響而變成*es voto*。雖然這個拉丁詞「對許多不識字的捐贈人而言，是一種描繪還願情景的表意文字」，但這個「表意文字」究竟給看的人留下什麼印象？在很多版畫上，藝術家的名字後頭常附注*delinavit*，*pinxit*（用於創作者）或*sculpsit*（用於雕刻者），或是這幾個字的縮寫*del., pinx., sculps.*。有人理解這些拉丁文的字面意義嗎？還是它們的作用只是類似標誌或符號，用來表明各藝術家的工作？過去常伴隨建築師的名字出現在紀念碑上的拉丁字*fecit*有意義嗎？還是它只是一種「習俗」，而且還根深柢固，甚至連法國大革命都無力根除？在義大利，法律用語拉丁化，對十九世紀的新聞用語產生影響（尤其在政治領域），以致新聞體大量採用固有或派生的拉丁字和習語。這個慣例始終存在：幾年前，在爭論各政黨應有平等機會使用電視媒體時，國會和新聞界都有人用了*par condicio*（「平等條件」）這個詞。同樣地，有人認出這是拉丁文嗎？

我們沒有足夠資料來回答上述一連串的問題，但除了表達形式各有特色外，這些問題其實同屬一個基本疑問：拉丁文的無所不在，沒有讓它變成「隱形物」嗎？說得更確切些，儘管有相異性，難道它始終未被同化嗎？無論如何，學校生活和宗教實踐還是提供了一些基本材料，來回答這個非關語言技巧，而是與象徵性的同化有關的問題。

## 一、信徒面對拉丁文：把聽不懂的話化為己有

無論教會內外，都不乏揭露宗教儀式不合情理的評論：以信徒聽不懂的語言施行禮儀，迫使信徒淪爲「鸚鵡」、「木頭人」、「雕像」，或用比較白話的說法，成爲「旁觀者」。事實上，直到不久前，拉丁文仍在天主教會中，支配那些始終不認識它的信徒。

在上述修飾語暗示的溝通情境中（實際上是沒有溝通的情境），聽不懂的程度，更因信息產生的狀況和接收者的文化處境等相關現象而加深。禮儀用的拉丁文長久以來對信徒而言，是一種聽多於讀的語言（雖然我們不應低估自某一特定時期開始使用的彌撒經本）。然而，在這個以口述爲主的處境中，要準確領受主祭所說的話語絕非易事：彌撒的一部分是由背對著會眾的司鐸低聲誦唸；很多祈禱文（尤其在主日彌撒和大彌撒中使用的禱詞）不是用誦唸的，而是用唱的。此外，在缺乏近代技術支援的情況下，就算會場的結構本身對良好的聽力毫無阻礙，司鐸的聲音（儘管訓練有素）往往傳不到教堂內最偏僻的角落。至於信徒，他們幾乎沒有本領讓自己減少或跨越語言障礙；他們對信仰的認識（說得更確切些，在神學和禮儀方面的知識）少得可憐；再者，直到不久前，大多數很少受過教育的信徒，都還無法從特別爲他們譯成本地語言的著作中得

到很多幫助。即使很多信徒可能跨不過「模糊」認識的階段，教理講授、講道和司鐸必須在彌撒中提供的講解，肯定已使儀式較不那麼難懂；更何況在教會看來，這樣就夠了。

沒有多大學問的平信徒，大都會依自己的分析方式解釋教義（即信仰的奧祕），並譯解成他們熟悉或至少是他們「理解」的描述。有關「民間」信仰的研究（在這領域極富教育意義），對語言的關注往往不若對儀式和禱詞的重視。就算注意到拉丁文，也是從權力系統（權貴之士壓迫貧窮人的標誌）的角度來解析，並附上當代人（例如磨坊主曼諾西歐，或《約婚夫妻》的主人翁蘭佐）對這方面的抨擊。這種詮釋當然會強化拉丁文「是無法理解之物」的負面形象；我們後面再回頭討論這部分。儘管如此，絕大多數的信徒還是把這個無法理解或不大懂的語言化爲己有。禮儀用的拉丁文變成一個熟悉的語言：不僅反覆誦唸產生習慣，與此同時，無法理解也重新成爲可理解的話語，即使本質上毫無意義可言。

## 複誦的力量

直到近代，教會始終支配人類的生活，從出生到死亡。主日彌撒和節慶禮儀的固定周期，加上同樣的字句和聲調不斷重複，都有助信徒習慣一個他們不懂的語言，使他們熟悉一個陌生的事物。

像這樣熟悉拉丁文可以早早開始，誠如法國高級教士波舒哀在他的教理書《給初學者的基督教教義節略本》中，針對小小孩提出的建議：「從他們（孩童）開始牙牙學語，就應該教他們學畫十字聖號；讓他們學講拉丁文也是好的，這樣他們從一出生就能習慣教會的語言。」在舊制度時期，學童的基礎識讀課（前文提過，常採用以拉丁文寫的宗教作品）更助長了這個習慣。最後，主日的教理課也是孩童的一個機會，讓他們學習（通常是熟記）〈天主經〉、〈萬福馬利亞〉、〈使徒信經〉、〈悔罪經〉，以及他們在彌撒中聽到和輪到他們誦唸的祈禱文。

對絕大多數不懂拉丁文的信徒來說，常望彌撒是大量吸收拉丁文的場合。自稱「無知者」的法國女詩人諾埃爾（「我懂的拉丁文，不比母親、祖母和她們的女傭來得多。」）對這種肯定不是她獨有的經歷，有絕妙的描述：「這些重複過無數次的「造物主降臨」、「求主垂憐」、「我心深處」、「聖母頌歌」、「讚美天主曲」及其他種種，早已在我們心中成爲熟悉的財富」。此外，她的著作《內在的音符》，也讓人領會何謂接觸一個既不是用讀的，也不是用講的，而是用唱的語言，一個因而與背景音樂分不開的語言：「住奧沙的小女孩開始……在聆聽聖誕頌歌、令人心碎的獨唱曲「聖母悼歌」之際……意識到這些歌詞的力量。」而這些字句仍在大教堂的中殿迴盪著，殿內華麗的裝飾更加深歌詞給人的印象。

> 當時我剛滿九歲。她（祖母）帶我一起上教堂。對我來說，這是進入一個崇高的世界，在另一個世界之外。在這裡，上主與人交換聞所未聞且在其他國度毫無意義的話語。諸聖瞻禮節那天晚上，六點左右，我倆步入一片漆黑的大教堂。此時在巨大拱頂下，不再有所謂的開始或結束……鐘樓內，喪鐘噹噹響……奧沙大教堂令人讚嘆的喪鐘聲，那悲涼低沉的鐘聲突然嗚咽起來——令人心碎的五、六音，隨即恢復寂靜，經過幾分鐘焦慮不安，鐘聲再度響起，帶著從不知名的苦難井和恐懼井舀出的陰鬱淚水……與此同時，我們和司鐸一同詠唱。

因此，對諾埃爾而言（或許很多與她同時代的法國人也如此），教會的拉丁文既遙遠（因爲沒學過，也不會講），卻又很親近（因爲常接觸、誦唸、詠唱）。雖是陌生的語言，卻也是熟悉的方言。

歷史學家杜菲針對英國在宗教改革前夕，個人的信仰虔誠度所做的研究，結論和我們很相近。這項研究以《入門書》爲依據，這些日課經在當時非常暢銷，因爲在卡克斯頓的原版和一五三〇年新教徒首次發行之間，總計印刷次數約有一百一十四次。這麼暢銷難免有人提出質疑：這些《入門書》是用拉丁文寫的，但買書人（指平信徒）卻不諳或只懂一點這古老的語言。然而，他們之所以使用這些書，是基於書的性質，也就是含有用來誦唸的禱詞。的確，其中很多祈禱文對平信徒來說並不陌生：他們經常在彌撒中聽到，所以在個人靈修時，能認出自己早已學會的經文。在許多不大懂或完全不懂拉丁文的使用者手中，這些《入門書》或許嚴格說來不是用來閱讀，而是被當作「一套提詞，提示他們說出因不斷聆聽和誦唸而熟記的禱詞」。透過複誦，一些用陌生或不太熟悉的語言寫成的經文，不再是完全陌生的文字。

## 譯成可理解的話語

反覆誦唸可使信徒熟悉彌撒的拉丁文禱詞，然而，這舉動卻不見得讓信徒確實理解自己所說和聽到的話。這並不表示不懂拉丁文的「頭腦簡單者」是一群被動的會眾，只會盲目跟著誦唸和吟唱。事實上，無論在誦唸公禱或在回應司鐸時，信徒並非總是在一場無法理解的禮儀過程中當沈默的旁觀者，或像學話鸚鵡，不知所以地複誦聽不懂的字句。相反地，他們用自己的方式，積極「參與」所列席的儀式：他們把聽到的聲音，譯成自己熟悉的話語或對自己有意義的字眼。這裡發揮的是人類爲理解現實事物，而慣常使用的一種過程：化不知道爲知道。以下三個例子有助於理解這種過程如何運作。

第一個例子來自多斯加尼。在這裡，誦唸〈天主經〉孕育出一系列古怪（至少從未出現在教會的正式文書中）的人物。*Santificetur*（尊爲至聖）衍生出*Santo Ficè*（聖菲塞），*da nobis hodie*（今日賜給我們）變成某某*donna Bisodia*（比索迪雅夫人），而*et ne nos inducas*（又不許我們陷於），則在特內諾斯地區被以爲是一種很奇怪的生物，因爲有人想像它被埋在*in du' casse*（兩個棺材裡）。這些空想出來的東西（如果它們確實出自誤解），絕不像有人說的，是起因於信徒「缺乏參與」；相反地，它們呈現出信徒有一種或許既天眞又笨拙，但肯定堅決的願望，就是想要把一個因爲語言障礙而無法理解字面意義，甚至變成只是聲音表現的現實事物，譯成可理解的字眼，好讓自己能參與儀式。

另一個類似的運作過程，是從《聖經》和宗教儀式中衍生出單字和詞句，這點我們可從二十世紀初的盧加方言中找到例證。雖然有些人顯得完全不了解字面意義，但他們同時也表現出爲了掌握一個陌生語言而做的努力：用通俗語言把陌生字眼改編成熟悉的說法。因此，*Homo natus de muliere*（人爲婦人所生，見《聖經．約伯記》十四章一節），變成常見的宿命論：*omo nato deve morire*（人生來總有一死）。另外，有人轉述一位「可憐的婦人」將〈萬福馬利亞〉的最後幾個字，*nunc et in hora mortis nostrae. Amen*（現在和我們臨終時，阿們）說成*la'ncatenò e la morse e* *nostre amme*（把她拴起來，咬她，然後我們……？）。

同樣的同化現象，可見於法國作家艾利亞對故鄉（位於不列塔尼）主日彌撒的描述。在二十世紀二〇年代，只說不列塔尼語的波德勒齊居民，在主日彌撒中必須應付拉丁文這個難以理解的特殊語言。事實上，只有司鐸才說拉丁文，也只有主日和節慶時才聽得到拉丁文。然而，居民對這個難以理解的高級語言絕不陌生。他們賦予它的名稱「主日的不列塔尼語」，正說明了他們努力把一個不知道或不完全知道的現實事物化爲己有，把它轉化成自己的語言；比較明顯的是信徒在崇拜儀式中的態度。「（他們）看起來好像很熟悉這個語言，」艾利亞寫道，

> 因為他們齊聲回應主祭，從不失誤。因此，我們（孩子們）靠著從拉丁音樂中勉強聽到，且近似我們母語的幾個字，努力把這種彌撒專用的不列塔尼語，歸併為日常用的語言。
>
> 這就是為什麼我們對 ***Dies irae, dies illa***（〔天主〕憤怒的日子，這些日子）這句話感同身受。在不列塔尼語，***dièz***的意思是「困難」，我們對此深表贊同：這一切並不容易，我們絕對有理由一再講這個字。唉！其他的我們全忘了。透過教理書和耶穌受難圖，我們得知有一號可悲的人物名叫彼拉多。因此在詠唱〈使徒信經〉時，我們會大聲叫出***Pontio Pilato***（「彼拉多」），以示我們對他的行為很不以為然。大人也會這麼做。***Ponce-Pilate***這個名字怎會永遠聽起來都這麼怪，而耶穌基督的名字卻總是很入耳，就像是不列塔尼語呢？或許是因為我們長期在主日講道、祈禱文和讚美詩中聽到***Kristen***（基督徒）這個字吧。不過，***pilad***在不列塔尼語是「顛覆」之意。這該死的彼拉多，就是那個把基督推倒的傢伙……

可是算一算我們少得可憐的知識，還不知有多少問題待解呢！例如，我們虔誠詠唱彌撒禱文中的起句 *Kirie eleison*（主，矜憐我們！）……卻始終納悶這所有的二輪馬車和彌撒慶典有什麼關係。這是因為我們明明聽到 *Kirri eleiz'so*（有許許多多二輪馬車），卻從未見過其中任何一輛是什麼模樣。教堂內外都沒看見。唉！怎麼搞的！

雖然把彌撒語言「歸併爲」不列塔尼語，難免引發「納悶」，而「轉化」也絕不保證能正確理解禮儀經文的信息，這種做法仍屬於信徒單方面的積極態度，並確實由他們詠唱時表現出來的「虔誠」、「齊聲」回應主祭，且「從不失誤」流露出來。相較之下，同一群會眾在聆聽以本地語言，也就是「日常用的不列塔尼語」宣說的講道時，所呈現的「心不在焉」和「無聊」，反而形成強烈的對比。藉這個例子，我們隱約看見這個問題（指信徒對宗教生活的參與度）的另一面，當然不是從神學家的觀點，而是從「頭腦簡單者」（即大多數天主教教民）的角度來思考。雖然「化不知道爲知道」對大多數信徒來說，有助於熟悉一個用學者的語言表達並實踐的宗教，但有時就算沒有這個譯解的動作，信徒也會把不知道的事化爲己有。

## 「神祕」的魔力

當諾埃爾描述奧沙大教堂舉行彌撒那天，猶如「一個崇高的世界，在另一個世界之外。在這裡，上主與人交換聞所未聞且在其他國度毫無意義的話語」時，她凸顯了教會的拉丁文在許多信徒心中所具有的神祕面。不過，有人認爲拉丁文的這項特徵，對基督教教民的靈修生活有利：神祕、崇敬和宗教情感相輔相成（請參閱第二章引述的夏多布里昂、麥斯特和蓋朗潔的文章）。雖然，反對啟蒙運動強調的理性至上，和營造一個可感知且訴諸情感的信仰，都有利於這項移歸拉丁文的功能充分發展，但這部分早已是公認的事實。不用追溯到中世紀，我們只須回想在天特會議中，有些人特別強調陌生語言能激發敬畏之心，他們斷言當上主的話被人對自己完全不懂的事物所懷有的敬意環繞時，更有功效；而在天特會議決議後，一些反對本地語言《聖經》的作者，也再三強調拉丁文和「對上主的話語應有的崇敬」之間的關係，學者的語言「使『信仰的奧祕』免受那些容易忽略自己熟悉且常見之事的人藐視」。

此外，會眾在禮儀中聽到的拉丁文，也因其背景條件而使人敬重。事實上，拉丁文屬於非凡事物（按字面意義來說）。在鄉下團體，當和日常生活完全分割的崇拜儀式，在一棟無論規模或格局，都比其他大部分建築物突出的大教堂進行時，會眾只從司鐸口中才聽得到拉丁文；即使教師的「另一個我」在第三共和政體統治下，也不說拉丁文。此外，與拉丁文並存的，還有呈現莊嚴的舉動，以及出身低微的人看來確實很華麗的彌撒用品和裝飾品。

這種由拉丁文而生的崇敬（這就是艾利亞筆下，不列塔尼農民的感受），完全符合「充滿神祕的宗教信仰」這個概念，儘管後者從神學觀點來看是謬誤的，卻是許多信徒的想法。一九四六年，拉丁文支持者在回應期刊「基督徒的見證」針對禮儀語言的調查時，對這方面的答覆毫不含糊。「我雖然不懂但我讚賞，這和我們相信三位一體完全一樣。」一位住福巴克的受訪者寫道。另一位談到「這股神祕的氣氛，和我們信仰的奧祕很相配」。還有一位來自亞維儂的讀者，先是強調在他看來使拉丁文優於法文的特徵（「更虔誠的氣氛、更神祕的精神、更神聖的語調」），再從靈修的角度，對照「強調理性至上」的今日和「講求神祕」的昔日：

我們這個時代，文義復興時期的後代，想要闡明一切、了解一切。這是很嚴重的……想以人而不是以上主為禮儀的中心，何等謬誤啊！你們當重新喚起神聖的、無限的感覺，讓當代人體驗一下，這樣他們就不會再埋怨拉丁文了。

我們哪個祖先不是在有龐大石柱的陰暗大廳堂裡禱告的？然而，那才是真正有信仰的時代。

對支持者而言，拉丁文對於使禮儀充滿神祕氣氛貢獻良多；在他們眼中，拉丁文是「奧祕的屏障，是設在人類智慧前的界限，爲的是提升信仰的莊嚴和世人應對信仰致上的崇敬。有人推測這些多少有點笨拙的詞句，是從蓋朗潔的著作抄來的。他們也藉此推斷當時用來搭配禮儀的論據（莊嚴、奧祕和神祕），在信徒心中究竟有多少力量。它們加深了信徒對聖事的崇敬。

怪不得結合了奧祕和神祕的禮儀，在某些人看來像在唸咒；難怪司鐸用眾人不大懂或完全無法理解的語言說出來的話（甚至這語言本身和日常用語完全不同），會讓人覺得好像有一股內在的神奇力量。即使在神學上是謬誤的，這種對基督教禮儀的詮釋卻依然存在，而且引起某些思索文化語言的天主教作家注意：「由不懂拉丁文的人來使用這個語言……」文邱里寫道，「可能引起無意識的動作，而這和我們在魔術界見到的情況很類似。」

關於這點，英國有很值得注意的例子。根據杜菲的研究，在十六、七世紀，《入門書》不僅是用來誦唸的祈禱書，而且具有像聖物一樣的功能。對不懂拉丁文的使用者來說，確實有那種跡象：從封面來看，它們近似祭台上用的書；書裡含有一些聖像，其中有些能使人罪得赦免；書中收錄很多在大彌撒中誦唱的經文。祈禱文甚至是用司鐸在祭台上使用的語言寫成的；這也是《聖經》的語言，即上主的語言。由此可見，拉丁文公認的內在力量，以及透過它，這些《入門書》的禱詞所蘊含的功效：書中以當地方言寫的「禮規」（指出書中確切的字句已顯示特別靈驗，或蒙上主和聖徒喜悅等），更凸顯了這個功效。

因此，《入門書》反映出一種教會概念：對大多數人來說，教會就像一個充滿神奇力量的大寶庫，能爲世俗的需要敞開大門。雖然神學家譴責這種看法，並把魔力和信仰畫清界線，「頭腦簡單的人」還是把神奇面和敬虔的儀式混爲一談；在這裡，使用一個陌生而神祕的語言，不會沒有助長這種同化心理。誠如歷史學家湯姆斯所講的，關於這點，宗教改革同時是一種決裂和一個帶有啓示的特例。基督教新教公開棄絕聖事的神奇面和其他的祝聖方式；爲使信徒和上主建立直接關係，新教努力消滅所有關於信仰具有神奇面的信念，力求消除教會儀式本身具有某種幾乎是無意識效能的想法；再者，爲減少正式禱詞聽起來有唸咒之嫌，新教放棄拉丁文，改採本地語言。雖然這場改革運動並未立即且完全得勝，它還是很快就使信眾對整個含有神奇意味的宗教儀式產生厭倦。然而，這場與熟悉的秩序決裂的運動，畢竟發生在一個對信眾而言，實踐重於相信的時代，成套的禮儀使生活具有一定的結構，而且透過這些儀式，人可以支取源源不絕的超自然援助。信仰或許有所改變，但人必須面對的問題卻依然存在。在這種情況下，具神奇性質的宗教實踐當然不可能朝夕間消失。因此，單就拉丁文而言，使用這個語言來宣讀天主教祈禱文，長期以來始終是給病人的神奇療法中常見的成分；同樣地，被視爲能保護人或動物的魔法、用於收回失去或失竊財物的口訣，也都含有摘自這些禱詞的拉丁文字句，甚至伴隨誦唸這些字句。

對照宗教改革運動，和隔了四個世紀的梵二大公會議（藉改變禮儀，建立「活出天主教教義的新方式」）後不久天主教會的一些反應，並不是沒有道理的。因實施新禮儀而必須斷絕長期學來的習慣，讓一些信徒產生適應困難，並對熟悉的世界消失感到痛惜。「他們喜歡這些自己也不大懂，」羅蓋神父寫道，「但卻很熟悉、能喚起童年回憶、撫慰宗教情感的禮拜儀式。最理想的狀況是，人到教會禱告，而尋得一個遠離生活難處和煩憂的避難所。」龔格神父也注意到，信徒之所以對整個改變表示厭惡，原因還包括「在信仰中尋找安全感的自然需要，而這需要本身也應受尊重」。然而對信徒來說，這安全感存在於「祖先奉行的一種未被理解的禮儀中……在使用一個死語言中，在一連串漸漸失去……所有意義的舉動中」，簡言之，在儀式中更甚於在信仰中。

且以日常用語表達，禮儀還具有權威和能力嗎？

在閱讀「基督徒的見證」一九四六年的調查報告時，有些回答可能令人疑惑。一些受訪者雖然贊成聖事用的祈禱文採用譯本，卻不容許改變所謂的「基本」用語，像是*Ego te baptizo*（我爲你施洗）或*Dominus noster Jesus Christus te absolvat*（我們的主耶穌基督寬恕你）：這些話絕對要保持拉丁文。這種態度使評論這項調查的馬蒂莫憤怒不解：「若有無人敢堅持以拉丁文做爲儀式語言的聖事，那就是婚禮了……對一個基督徒而言，知道自己奉三一神的名受洗，難道不是他一生的明確方向嗎……？」馬蒂莫忽略了有些信徒寧願這些拉丁用語發揮神奇儀式的作用。對他們來說，只要化爲聲音，它們本身就很靈驗。除了聽起來可能較不莊嚴外（這點不無影響），使用本地語言會有相同的效果嗎？難以理解是有意義的。把禮儀譯成日常用語，對一些信徒來說，不僅剝奪了它的權威標誌，也因此使它失去效能。撇開反教權的意味不談，法國作曲家布拉松的歌〈聖水缸裡的風暴〉，表達了天主教徒在梵二大公會議後不久可能有的心聲：

Sans le latin, sans le latin,
Plus de mystère magique.
Le rite qui nous envoûte
S'avère alors anodin.

（沒了拉丁文，沒了拉丁文，
就再也沒有神奇的奧祕。
那令我們著迷的儀式，
從此顯得平淡無奇。）

拉丁文「消失」所代表的涵義，遠勝於斷絕平凡的習慣和單純的機械動作；它擾亂了一個精神世界：在這裡，這個難以理解的語言已被完全化爲己有。對那些按夏多布里昂的分析，傾向於認爲「含糊不清使禱告具有魔力……」的信徒來說，不認識的字具有咒語的價值（這裡，我們應想想用拉丁文畫十字聖號代表什麼意義），有助於實現他們的願望。在本地語言禮儀引發的若干反應中，除了感到有些庸俗乏味外，難道沒有一種領會（或許很模糊），是覺得自己和聖事建立了新的關係，卻反常地比原有的關係還要生疏嗎？既然「生活中的難處和煩憂依然存在」，一些不通曉拉丁文的人，也只能在具有拉丁文傳統的熟悉世界中尋找避難所。

## 二、學童面對拉丁文：俘擄怪物

直到二十世紀六〇年代，大多數接受中等教育的孩子都得應付拉丁文，而且一學就是好幾年。我們無須追溯到舊制度時期（拉丁文和識讀課如膠似漆的時代），只要想想即使在十九世紀末，將近七歲的孩童仍被送去學拉丁文，而且直到中學畢業（也就是十七、八歲左右）才能擺脫它；此外，在這將近十年期間，至少從耗在學習的時間，和學校指派的翻譯作業、拉丁文作文、背誦文章的數量來說，這項學科簡直就是他的家常便飯。即使這古老的語言開始在教學中失去重要性，它依然是學校課程的基本學科；在二十世紀六〇年代，學生通常還得學個六、七年的拉丁文。再者，對於生長在天主教環境中的孩童來說，從教理課學到或在彌撒中聽到的祈禱文，都有助於提早對拉丁文產生熟悉感：上中學後，他們不會發現有一門學科很陌生而因此感到不安，相反地，套句美國小說家麥卡錫的話，他們又見到了「老朋友」。

然而，這個向來伴隨青少年時期的拉丁文，卻沒有一天顯得特別吸引人。拉丁文教學（以高度文法導向為主，基於語言學或道德教育考量選出的教材為輔），普遍都很嚴苛。此嚴厲景象幾乎已經得到證實，稍後我們將從艱難的基礎課程和平庸的學習成績，深入探討這部分。怪不得拉丁文會被想像成奇怪、甚至像怪物一樣的東西，因為它的某些特性使它完全無法和地方母語相提並論。例如，有人用漫畫手法，把拉丁文的動詞變格（相較於英語的用法，前者實在深奧莫測）描繪成一個外來物，神色驚慌地「攻擊溫和的代名詞」，但最後被象徵維多利亞時代的語法學家甘迺迪俘擄。學童也用自己的方式，象徵性地做了同樣的動作：他們「俘擄了」學校教的拉丁文，將它納入自己的世界或按個人需要加以改編。他們使它變得比較可親，就算做不到，至少也比較不可怕。

## 相反的想像

藉這句直接從英國心理學家哈德生的書名擷取的詞語，我將指出小學生對他們領受的拉丁文教育有哪些反應。這裡並不是要評斷他們的表現或程度，而是要說明孩子（通常年紀還很小）如何領會老師或書本的教導，面對這些權威時又有什麼反應。不過，他們絕非消極的接收者或忠實譯者，而是按自己的方式譯解所學，用自以爲有意義的話加以闡明，並吸收成爲自己世界的一部分。這種譯解和同化的過程，不但有助於掌握一個被迫（就這個詞最原始的涵義而言）學習的拉丁文，也有助於忍受那似乎是歷代學童命中注定的恐懼、厭惡和乏味感。

玩遊戲是最早出現的一種反應。瑞典國王查理十二世幼時，曾玩一種假扮建造羅馬城牆的孿生兄弟羅慕路斯與雷穆斯，或是凱撒大帝過萊因河的遊戲。說到假扮凱撒大帝，他的年輕侍從如此描述：「他把一排障礙物放在宮內庭園的小溪上，當他用小馬刀殺我的時候，我沒有主動掉進水裡或泥漿中，他氣得直抗議。」這就是年幼的王子應用所學的方式；這項拉丁文教學多半以閱讀古代作家的著作爲主（尤其是一流歷史學家的作品），其中有關凱撒大帝的文章，讀起來往往給人一種親臨戰場的感覺。

拉丁文的基礎課程通常以文法的分量最重，初學者必須努力熟記繁雜的規則。針對這點，有教師認爲把文法規則「改寫成詩」能有效幫助學生記憶，但這種方法往往引起反效果，在學生心中造成極度混亂，正如法國哲學家盧梭的控訴：「那些怪里怪氣的詩句讓我噁心，也背不起來。」這是因爲這些詩句缺乏便於熟記的音質。不過，也有學童想辦法爲它們譜曲，將自己熟悉的曲調套用在文法規則嚴肅的解說上。由此產生的感受迥然不同，像霍比就始終記得名詞的性別規則：

過去這六十七年來，這些如小珍珠般的英文詩句，仍深深印在我腦海中……

Third Nouns Masculine prefer
endings *o*, *or*, *os* and *er*;
add to which the ending *es*,
if its Cases have increase.
（第三組變化的陽性名詞較喜歡
-o, -or, -os和-er的詞尾；
若「格」增為複數，
則加上-es的詞尾形式。）

或許你不覺得這有什麼特別，不妨聽聽以下幾個特例悅耳的聲調：

many neuters end in *er*,
*siler*, *acer*, *verber*, *ver*
*tuber*, *uber*, and *cadaver*
*piper*, *iter* and *papaver*.

（很多中性名詞以-er結尾，
綿柳樹、楓樹、棍杖、春天
腫瘤、胸部、屍體
胡椒、街道、罌粟花。）

以下是我最喜愛的一段，是用優美詩句寫成的一項文法規則。

Third Nouns Feminine we class
ending *is*, *x*, *aus* and *as*,
*s* to consonant appended,
*es* in flexion unextended.
（第三組變化的陰性名詞分別有

-is, -x, -aus和-as的詞尾形式，
前有子音者以-s結尾，
未引伸的詞尾變化以-es結尾。）

我們習慣……在吃完早餐後，排隊……上廁所的時候，學這些文法規則……我們用讚美詩第五二〇首「聖愛超越世俗之愛」的曲調，吟唱這些規則。

比利時名歌手布雷爾曾把*rosa*的詞尾變化——包括單、複數，主格、所有格、賓格、與格、奪格、呼格等變化形式——應用在歌曲中，而將上述輔助初級拉丁文課程的音樂「基礎」完美襯托出來。對歷代法國學童而言，這個範例就象徵著拉丁文。

C'est le plus vieux tango du monde
Celui que les têtes blondes
Anonnent comme une ronde
En apprenant leur latin.
（這是世上最古老的探戈舞曲
金髮的小學生們
結結巴巴背誦拉丁文

猶如唱一首輪唱曲。）

一首兒童的「輪唱曲」，除去了踏進嚴肅刻苦的拉丁文文法世界的戲劇性；第一組詞尾變化變成簡單的間奏曲，在副歌進行之際，由爲歌手伴唱的兒童合唱團完美呈現：

*Rosa rosa rosam*
*Rosae rosae rosa*
*Rosae rosae rosas*
*Rosarum rosis rosis.*

在這種藉音樂節奏熟記語法變化的練習中，文法規則終於變成只是一堆聲音的集合體；是調性不同產生意義，並（例如，就擅長五行打油詩的桑內里而言）指出詞所要的「格」：奪格用低音，賓格用高音。

有誰年少時，不曾被支配奪格的拉丁介詞之歌所散發的莊嚴氣氛感動？

*A, ab, absque, coram, de*
*Palam, clam, cum, ex et e*

*Tenus, sine, pro et prae.*

在這堆沒有意義的音節中，我們彷彿聽到「震怒之日」如雷鳴般緩緩的轟隆聲，於是我們自然而然地，以召喚賓格的介詞組輕快的步調來反襯它。

正如把文法規則化為己有，孩子也征服拉丁文的世界，使它屈服於他們的用法，拉丁文成了中學生取用名稱和綽號的寶庫。在法國，有很多學校叫公立男子中學校長*peto*（拉丁文的意思是「我要求」），叫學監*Cato*以紀念古羅馬著名的法官加圖（*Marcus Porcius Cato*）；而字典，學拉丁文的年輕學子特有的夥伴，則變成*dico*，這名稱不僅是該字本身的縮寫，也是從動詞借來的詞，其拉丁文的意思是「我說」。在善貝里，考第一名的同學別號叫*mec plus ultra*（狀元）。拉恩中學在法國歷史學家拉維斯就讀期間，校長的綽號是*dico*，而我們這位未來的史學家，由於在翻譯羅馬勇士赫瑞留斯的故事時犯了一個錯，有段時間必須頂著這位古代人物的名銜。

透過拉維斯的例子，我們可以來衡量，翻譯少量文章可使學生對羅馬史中著名的插曲和故事主角熟悉到什麼程度，以及它們如何遭受歪曲。在法國作家瓦萊斯批判傳統教育的著作《童年》中，羅馬捍衛者穆袞斯（*Mucius Scaevola*）的名字遭到「曲解」，甚至被醜化成Cervelas（「一種粗短香腸」）。《卡提利納》第一部的開場白*Quousque tandem*（這段文字肯定是學校界的一個「回憶場景」），曾引發很多滑稽聯想。因此，在法國幽默作家阿萊筆下，我們讀到：

不用追溯到多古早的年代，*tandem**，這個你們拿來當神拜的知名*tandem*，是一種在古羅馬時代常見（說「奔跑」更貼切）的車子。

當時最受歡迎的一種馬車廠牌就是*Quousque tandem*，撇開其他人不談，卡提利納兄弟那夥人都用這一款。

當西塞羅（請參閱《卡提利納》第一部）跟卡提利納等人提到*Quousque tandem*時，他該說的都說了。

而且他（即西塞羅）還補了一句*abutere patientia nostra*（你妄用我們的容忍），意思是：「卡提利納兄弟那夥人要到什麼時候，才不再用他們危險的*Quousque tandem*攪擾我們：…？」

藉這段精采的對白，阿萊（附帶一提，他本身精通拉丁文）對有學問的讀者群，也就是擁有相同文化背景，而且能重溫一段共享往事的人，開了個玩笑。法國作家羅曼在著作《夥伴》中，以滑稽模仿的筆調插入的拉丁文談話，有異曲同工之妙：他嘲諷真正的拉丁文知識，並透過愚弄，譏笑在最優秀的高等師範學校傳統中領受的拉丁文教育。

對某些中學生而言，在學校學的拉丁文，也是他們在小禮拜堂或食堂裡常聽到的拉丁文。這

---

**Quousque tandem*在拉丁文的意思是「終究要到幾時？」；*tandem*一字的拉丁文涵義是「終究」，但在法文舊時指「兩匹馬前後縱列拉的雙輪馬車」，現指「協力車」。

裡免不了又有文字遊戲和其他笑話。在法國作家克勞德・西蒙的著作《歷史》中，當敘事者的同伴蘭伯特在為學監輔彌撒時，

> 他聲嘶力竭地大聲唱，從未錯過以 une Bite y est dans le caleçon（內褲裡有一陽具）取代 *Kyrie Eleïsson*（《垂憐經》），或以 Bonne Biroute à Toto（托托的大陽具）取代 *Et Cum Spiritu Tuo*（也和你的心靈同在），差不多每種應答輪唱的頌歌，他都有一套像這樣的改編版，每一次幾乎都這麼強而有力，像是以 En trou si beau adultère est béni（在私處的幽美姦情有福了）取代 *Introibo ad altare Dei*（我將進到天主的祭壇前）……

這「大量的同音異義詞和字母或音節的戲謔性倒置（似乎透過語言的戲法，能把他從母親傳給他的信仰和教理問答課解放出來）」，也是對教師權威的一種挑戰；只不過，這種造反是以完全被轉化的拉丁文進行。

和這些文章和字句一樣，課本和其他有關基礎拉丁文的書籍，也屬於學童熟悉的這個世界。在法國，絕大多數的中學生，都極度依賴為他們帶來一切希望的加菲歐版《拉丁法文詞典》。在英國，十九世紀末最受「公學」重視的語法書，是甘迺迪的《簡明拉丁文入門書》（*Shorter Latin Primer*），當時學生普遍給這本書取名叫「吃脆餅入門書」（Shortbread Eating Primer）：這麼誇張的措詞，不但說明了學生運用的譯解過程，也象徵他們將拉丁文同化。最後，也有學生把老師教的拉丁文變成一種密碼，用來反擊老師；蒙泰朗在敘述中學的回憶時，提到一位朋友：「我們常

用拉丁文，好讓老師搞不懂我們。」

就連犯錯也不再是羞愧的原因，而是變成令人回想起來幾乎引以爲傲的光榮標誌。「我對課堂上說的、做的都一竅不通，」法朗士在回憶中學時代時寫道，「我忽略最有用的原則、無視最基本的規則，寫出完全不符合精確、優美簡潔和簡明條件的譯文。從我筆下生出的文章充滿了句法錯誤、不純正的語詞、詞義上的誤解和誤譯。」法國詩人魏爾蘭在敘述自己初學拉丁文的一樁軼事時，也表現出類似的自滿。當他學到「及物動詞的第二組動詞變位」時，老師問他：

「魏爾蘭，列舉 *legere*（「閱讀」）的詞形變化。」

「*lego*，我讀；*legis*，你讀；……」

「很好。未完成過去式呢？」

「*legebam*，我讀了；……」

「好極了。過去式呢？」

（當時我呀，才剛學完第一組動詞變位。）

「*legavi*……」

「你說什麼？*legavi*？」

「是*lexi*啦。」一位拉丁文比我「強」的同學，好心好意低聲說道。

於是我信心十足地說：

「老師，是*lexi*。」

「*legavi*！*lexi*！」老師一字不漏地吼出來……於此同時，一串被猛力丟過來的鑰匙打在我抱頭緊縮的左側牆上，緊接著一本由諾埃爾和基什拉編的詞典，滿大一本，被摔爛在我右側的牆上。

因此，爲學校生活留下深刻印象的不純正語詞（barbarisme）和句法錯誤（solécisme）轉變成戰利品，至少成了法國中學生的用語*barbos*和*solos*，多少除去了當時不怎麼嚴重的錯誤的誇張成分。

## 發現性慾

在近代歐洲，兒童所受的教育直到最近仍有強烈的假道學特色。謙恭有禮、合宜的舉止和廉恥心聯合起來，讓人閉口不談解剖學或性方面的事實，或用迂迴的方式來談。然而，有些古代作家往往用很露骨，或至少非常直接的方式表達這類主題。怪不得這些作品會吸引正值青春期的中學生注意，像是在《歷史》中，敘事者和他同學思忖阿普列烏斯（拉丁語諷刺文學作家）的著作《金驢》中最淫穢的段落，而那本書正是敘事者悄悄從舅舅的書房中拿走的。

這些開向一個未知世界的讀物，因爲新發現混合了禁果的香味，而引發更強烈的情感。夏多布里昂曾憶起「一篇未經洗鍊的荷瑞思作品，和《邪惡的告解》中的一段故事」，在他心中留下的深刻印象（「我本人的革命性劇變」）。在那之後，《伊尼德記》中有關狄多的插曲、呂克里修的詩「埃涅阿斯眾子的母親，人與神的快感」，都使這位少年心煩意亂。但讀一篇偷來的提布盧斯（拉丁語詩人）的作品，帶給他的影響更是強烈：「讀到*Quam iuvat immites ventos audire cubantem*（躺在床上聽那狂野的風聲，多享受啊）的時候，種種快感和傷感似乎喚醒了我的本性。」在這裡，作者省略的原文下一句「並溫柔地把情婦摟在懷裡」，才是眞正令他情緒激動的根源。

透過閱讀一篇「未經洗鍊」的荷瑞思作品（等於把「風險」捧在手中），年少的夏多布里昂發現了性慾。這是因爲長久以來，教科書版本刪去了一切被視爲不合宜或有違道德的內容，也就是露骨或猥褻的字眼、解剖學方面的詳盡描述、性生活的情節。也因此，刪節、重新編寫、輕描淡寫的翻譯，成了拉丁語詩人馬提雅爾、泰倫斯、荷瑞思或羅馬諷刺作家尤維納的共同命運。這些做法（後面我們將進一步描述分析），是爲了讓教科書的文章符合世人對古代文化的崇高想法，並完全配合學校教育的道德目標。我們不應刺激孩子幼嫩的心靈，更要避免提供他們有害的思想。然而，這些版本往往造成反效果；它們激發青少年的好奇心，誘使他們讀完整的版本，而且是具有限制級內容的作品。

在二十世紀二〇年代末期，我讀中學的時候，（勒韋丁教授回憶時說道）我們讀阿歇特出版社發行的荷瑞思作品，也就是教科書版本。其中有段故事敘述作者到布林底希旅行途中，等一位女孩等了很久，對方終未出現；因為空等待而惱怒的這位詩人，最後射精並弄髒了床鋪。這一段早就刪掉了；但不知是基於坦率還是誠實，詩句的編號並沒有修改。當被問到脫漏之處講些什麼的時候，拉丁文老師嘟噥了半天，拒絕告訴我們。於是我們想辦法弄到含譯文的完整版，我敢打賭這段被刪掉的段落，是荷瑞思所有作品中，我們大多數同學今日唯一記得的一段。

這類教科書版本中，有些甚至引人落入原本要防備的誘惑，例如：英國詩人拜倫就讀哈洛中學時，學校採用的拉丁語詩選。刪除的段落被移到書末；不用說，少年人當然先讀這部分。一九七九年，有人在一場討論會上提起這個著名的例子時，莫米葛利亞諾教授以招供的口吻叫道：「義大利也是，我們也用過那種版本！」

和這些作品一樣，拉丁文—本地語言詞典也是青少年幻想的夥伴。它不只是翻譯初學者不可或缺的工具，也是查詢「露骨和解剖學上的字眼」時，必定翻閱探究的書籍。這正是《歷史》一書中，敘事者的回憶：

> ……激動直達內心深處直通我的 ***inguinum***（腹股溝、下腹部）最深處／呼吸詞典頁面上落滿灰塵且枯燥的氣味／書角因被舔過的手指翻閱而像絨毛般倒豎，尋找發燙的雙頰（令人上氣不接下氣的句子／現在分詞相繼出現、緊緊挨著、堆在一塊兒，呼吸急促，發熱，***lacinia remota impatientiam mea monstrans***：撩起我衣服的下襬，把衣服往上拉，掀開它，把它露出來，唸空白處 *jam proximante vehementer intentus* 看我如何／驢子的陰莖舉起／痛苦盲目難以忍受 *oppido formoso ne nervus*）手指從上到下在詞典各欄間迅速移動，泛黃的頁面，字裡行間有：

*cubile*（床榻）

*flora*（花神）

*formosus*（長得好、外形豔麗）

*nympha*（仙女）……」

後面寫道：「手指，指甲停在粗體字下方：筋、腱、韌帶、男性生殖器、神經……」

## 甜蜜的回憶

透過童年的稜鏡，拉丁文終於得到理解，並為回憶往事的成年人喚起一段快樂的時光。這正是布雷爾的歌*rosa*給人的印象；儘管這位歌手年少時，學習表現可能其差無比：

那是我考最後一名的時代

……

那是零鴨蛋時代的探戈舞曲

我有那麼多粗的細的零鴨蛋。

因此，幾年來的學校生活，讓人在回憶中聽見一首迥然不同的樂曲：

……那是蒙福時代的探戈舞曲

……那是我們悼念的探戈舞曲。

回想第一組詞尾變化的範例（不只是拉丁語文化的標誌，也是僅存記憶的象徵），使得因回憶的甜蜜而改觀的中學時代重新浮現。美國作家希金森在閣樓的箱子裡再見到拉丁文文法書時，也體驗到類似的感受：「我最親愛的拉丁文老書，有著我年少時期春天的榿木花香。」麥卡錫於自傳中回憶自己在青少年時期酷愛凱撒大帝，進而對拉丁文文法感興趣：「因此，」她寫道，「今日我無法看著獨立奪格句或間接語段，而不噙著幸福的淚水。」

在好些我們所謂「新小說家」的著作中，拉丁文（用來表示「虛構的童年」）常成爲敘事背景。它不斷在成年人的回憶裡、在陳述一個字、閱讀一段銘文、凝視一張相片之際反覆出現；甚至對近代戰事的回憶，也夾雜著對其他更早以前的戰爭（透過學校翻譯習作認識的古代戰役）的模糊記憶。單單這樣呈現（以持續低音的形式），就說明了如何同化一個頻繁接觸好幾年的語言：把不是始終理解，但肯定變得很熟悉的拉丁文同化。

# 第二部　能力與表現

# 引言

從文藝復興到二十世紀中葉，拉丁文始終是西方文化的特徵，是聯結各國文化的要素。儘管各國之間難免有差異，拉丁文在天主教和新教地區，對思想界仍有同樣持久的影響。雖然年表依地理區域和文化領域而異，雖然拉丁文隨著時間失去在學術創作與交流中的獨占權，但它仍繼續保有鞏固的地位，各地學校直到不久前也仍是它的堅固堡壘。雖然，拉丁文也曾遭逢對手，但它長久以來都是得勝者，而它的衰落也不是沒有阻力。拉丁文的這種「浸透」，讓人對一個屬於日常環境，甚至從一開始受教育就接觸的語言，維持一定的熟悉感；單單對各地菁英有價值的事，對天主教國家全體教民同樣有價值。因著這種普遍存在，拉丁文成了名副其實的「歐洲符號」（套句麥斯特巧妙的措詞）。這句話誘使人一探這個印記的眞實性。

肯定是眞的，只要瀏覽伊瑟文製作的圖書目錄就夠了。目錄中有數百個，甚至數千個文人或學者的名字，這些人自人文主義時代以來，就用拉丁文寫作。而且，這些還只是我們今日稱爲作家的人，以及在各知識領域中展現文學才華的學者（即使他們的表現平庸）。在這些名字後面，我們發現大量附有插圖的各類作品；雖然模仿古代風格往往很吃力，即使並非一流原創，仍有一些作品展現非凡的精湛技巧。

伊氏的目錄除了揭露現代拉丁文學的成就外，也記錄了它的極限，首先是在年表方面。十八世紀以後，在本地語言著作的強勢競爭下，這方面的作品顯著減少。雖然伊瑟文在〈前言〉中評道：「現代拉丁文學的重要時代，是由十五世紀持續到十九世紀。」但在針對不同國家的個別探討中，他不得不坦率地一再重提「終結點」，或很倉卒地一筆帶過十七世紀中葉；當時，拉丁文作家已非常罕見，出版品的數量也不多，雖然仍看得到精湛的寫作技巧，名著的時代似已結束。在十九世紀的轉折點，義大利古典詩人帕斯科里儼然是例外：不過，他的拉丁詩只有一小群人欣賞，而這位「官方詩人」的名望其實全靠他的本地語言著作。年表的界限（大概以十八世紀為準）夾雜著社會學上的變化。此後，拉丁文作家主要源自兩種環境：學校和教育界、以耶穌會為首的教會，和聚集兩者的協會團體。這種演變對常用的體裁不無影響：學校戲劇、大學雄辯術和詩（尤其短詩）聚集最多人才。

在這一點上，法國的情形具有象徵性。事情發生在十七世紀下半葉。路易十四執政之初，拉丁文學（尤其是詩）仍在發展，而且的確引人注目：例如，一六六二年，作家夏普蘭把許多現代拉丁文作家，列入接受法王津貼的文人名單上。不過，當時幾乎不再有人採用大型體裁，大多數作品都是諷刺短詩、哀歌、諷刺詩、哀悼文和墓誌銘。約二十年後，哲學家培爾在研究當代作品時指出，拉丁詩已「嚥下最後一口氣」。即使是古代作家的支持者波瓦洛（文學評論家），也表明反對這些「藉重新縫合的碎片來編織詩」的拉丁語詩人，並抨擊這種「寫外語，卻從不與當地人往來的奇怪舉動」。他還說：

我們怎知道在何種情況下，拉丁文的名詞應擺在形容詞前，或形容詞應在名詞前？想像一下，把法文的mon neuf habit（我的九件衣服）說成mon habit neuf（我的新衣服），或把mon blanc bonnet說成mon bonnet blanc（雖然這句諺語講的是同一件事，意指「半斤八兩」），該是多麼荒唐的事。

在這些年間，以桑德爲首（很多令人讚賞的拉丁聖詩都出自他筆下）的一流拉丁語詩人相繼死亡且後繼無人。只有一些耶穌會士仍維持傳統，繼續創作以虔誠和訓示爲主題的詩。一七四七年，就在樞機主教波利尼亞克的《反呂克里修斯》（長約一萬二千行的哲學詩）出版同時，最後的希望也破滅了：眾人期待了三十年的這部傑作，讓人感到徹底失望。從此，寫拉丁詩成了中學的事：直到二十世紀初，中學生產了大量的拉丁詩，其中最好的作品是以純熟的技巧著稱，而非靈感的獨創性。在十九世紀，撇開學校界不談，拉丁詩的愛好者也寫詩，他們對現代拉丁文傳統和學校習作的體裁、訓示或描繪詩、應景詩都很感興趣。這些詩人有機會在國際比賽中一展自己的才華：有些比賽是因應特殊事件而安排的，如：一八一一年拿破崙一世的兒子誕生，一八八二年教宗利奧十三世的加冕禮；有的則是每年舉辦一次，如：一八四三至一九七八年於阿姆斯特丹舉行的*Certamen Hœufftianum*現代拉丁詩比賽。即使在二十世紀上期，仍有兩份學報「羅馬人的海爾梅斯或拉丁人的墨丘利」和「羅馬蜜蜂／文學報」，願意採用他們的作品。

只要稍微調整年表，同樣的評語也適用於其他地方。克羅埃西亞的特例（指在十九世紀中葉仍擁有傑出的拉丁語詩人），拉丁文的官方地位就是最好的解釋。一般而言，現代拉丁文學（甚至單就詩而言），今後只是次要的消遣，即使伊瑟文仍可在他的目錄中列入許多名字。但這些都是評價未明的人，除非基於其他理由：例如，卡羅之所以名垂青史，肯定是以哥倫比亞共和國總統的身分，而非拉丁語詩人。

如果文學作品的產量，根本不符合前述的大量「浸透」和長期存在，甚至一過了某個時期（而且是很早以前），就減小到少得可憐的量，那麼所謂的拉丁文復興（又是什麼情況？即使有個波瓦洛指出：「要是泰倫斯和西塞羅復活，大概會對費納爾、桑納扎和米雷等人的拉丁文作品哈哈大笑。」拉丁文也不可能起死回生嗎？還是我們應在別處尋找答案，在比較平凡的書面語和口語練習的領域，而不是把焦點放在作家或演說家追求的目標上呢？這正是以下兩章的宗旨。

# 第五章 書面語

「啊！我多希望這是用拉丁文寫的！先用拉丁文寫這封信怎麼樣？我想，用拉丁文好多了……之後我再來翻譯。」瓦萊斯的小說《業士》中的主人翁，就是這樣打算回信給雇用他的商行。在這方面，他是中等教育的道地產品（在十九世紀上半葉，法國中學生所受的拉丁文訓練比法文多）。不過，假定他可以達成心願，他眞能像使用母語一樣，寫出一封拉丁文商業書信嗎？雖然，這問題對他而言純屬假設，但當我們考慮到在一般的歐洲活版印刷品，尤其是學術和宗教出版品中，大部分的拉丁文版本時，就會發現這麼問是十分合理的：這些著作的拉丁文屬於哪一類，作者的語言能力又如何？

## 一、學者的拉丁文

我們馬上來談這部分。拉丁文愈贏得知識語言的稱譽，有關這個問題的研究就愈罕見。學者的著作在這方面不受關注（事實上，現代拉丁語專家引用大量作品，證明拉丁文在近代思想界的地位和生命力），實在是很大的矛盾。由於不屬於「文學」範疇，這些著作被排除在調查研究的範圍外：只有少數幾個例外，而且人文主義和文藝復興的光榮時代一過，就更罕見了。另一方面，研究各學科歷史的專家，雖會留意他們分析的著作在拉丁文和本地語言間做了什麼選擇，卻對作者的「拉丁語特色」不怎麼感興趣，至多只給幾句普通評語。因此，要知道學者寫的拉丁文是哪一種類型，如果我們希望撇開幾個個別情況不談，就只能根據現有的著作目錄，提出極其有限的資料。

在這種情況下，賓斯對一五三〇至一六四〇年間，英國拉丁文作品的研究結果顯得極其寶貴。整個十六世紀期間，拉丁文的使用者愈來愈熟練它，在語法、詞彙和文體上也逐漸符合古典形式。雖然有些字仍維持錯誤的拼法，而且有些句法結構始終是英語的仿造句（例如：拉丁文的*quod*直譯是that，放在句中我們會期待它是一個不定式的句型），這時期的拉丁文和中世紀拉丁文已有顯著的差異。然而，英國的書面拉丁文還是不比同時代歐洲大陸（確切地說，義大利和法國）的拉丁文流暢。因此，賓斯以一個恰如其分的評語總結：大體上，我們不能把這種拉丁文誤認爲古典拉丁文。

類似評論也適用於一六一一至一七一六年間，瑞典各大學進行的論文答辯和探討神學、哲學、法學、史學、醫學和科學的論文。當時這些著作面臨抉擇的關頭，一邊是語言實習（屬大學教育的範疇，且源自中世紀），另一邊是受人文學者影響的文體理想（以模仿古代作家爲基礎）。因此產生了「折衷派」拉丁文，但對正確度的關心，還是使這種拉丁文和中世紀的著作有別。詞彙是首要指標，同義語詞典、用語彙編和其他《反蠻夷字典》（用來幫助想要寫出正確拉丁文的人）的作者，對理學的文體普遍採取溫和的態度。要不要接受一個字，取決於公認作者的權威（這個標準本身可能有各種變化），但他們也承認專有名詞和現代化現象證實傳統標準的容忍度較高。儘管如此，他們似乎也不完全贊同有爭議的論點。雖然這些出版物的詞彙往往「具有古典風格」，我們還是發現很多非古典字眼，有些甚至是中世紀的詞彙：例如，常有人把*medium*（中間）一字當作「手段」、「工具」的意思來用；不過，這就是所謂的不純正語詞，即使像塞拉留斯這麼寬容的語法學家都如此認爲，而要求以*subsidium*取代之。新詞在所難免，但有些古字被賦予新的意義來使用，而非古典字眼不只常出現在專業術語中，在普通詞彙裡也常看得到，這與語言純正癖人士的建議相反。文法也有同樣的折衷傾向。我們只略提反覆無常的拼字法：古典和中世紀的拼法並存，有時會發生同樣的字在同一個作者筆下有不同拼法；這沒什麼好訝異的，因爲當時文法課本對這方面著墨不多，而且詞典（包括古典作家的版本）收錄的字形又完全沒有古典特徵。儘管形態學無可挑剔，句法卻含有許多在西塞羅和他同時代人的作品中找不到的結構。文法教學的時數減少、邊閱讀文章邊學句法的基礎課程，或許都有助於解釋非古典結構出現頻率相對提高；而在準備博士論文的人身上，這種句法結構也源自本地語言的影響，有時是模仿過頭了。

如果我們接受「專家」梅納吉（法國語文學家）的評論，就會發現其他智力出眾的作者也有這個缺點。「巴爾札克（一五九七～一六五四）的拉丁文太純正了，」他寫道，

> 不過，我認為他的風格是法語式的。我曾對一位非常優秀的人提起這事，他說他也有同感，而這點常讓他打消閱讀近代散文和詩的念頭。事實上，我告訴他，除了一些當代作家，特別是瓦盧瓦、于埃、柏帝、達西埃，以及作品裡古羅馬式的優美簡潔幾乎稱得上學識淵博的其他幾人之外，大多數作家的著作都充滿法語、條頓語、英語和歐洲其他所有方言特有的表達

方式。外國人當中，也有幾個人理當被視為例外，特別是目前在荷蘭最高議會的庫柏、猶翠特的葛雷維厄、萊比錫的卡佐維厄、羅馬的法布里提、佛羅倫斯的諾里斯神父、斯班罕和其他幾位以著作為文學界爭光的作者。

因此，似乎只有一小群人有能力運用純古典拉丁文。其他人（即使在學者菁英中）寫的或許都是某種語法正確的語言：清楚、精確的表達，勝於過度關心文體。笛卡兒也是其中之一。「如果笛卡兒從未用法文寫作，」傳記作者貝耶說道，「世人或許會讚揚他的拉丁文是身兼哲學家和數學家的人所能發揮的最佳文體……他的措詞不美，用字也不貼切；但他從未忽略任何一方，他保持準確性，甚至想讓他的拉丁語特色免除任何法語風格的痕跡。」同樣的評論也適用於原著是本地語言的拉丁文譯本。在這一點上，具啓發性的例子是法國作家尼科爾以筆名溫卓克，放在《給外省人信札》拉丁文譯本開頭的冗長序言。一開始，他就承認自己無力使許多段落散發出「獨特而具有雅典語風的光彩」，譯文也達不到原作者「優美簡潔」的水準。我們大可求助於較熟練拉丁文的譯者，但風險是對方可能較不精通神學，文體的品質是提升了，內容卻因此受損。由於拒絕犧牲書信中任何一點一滴的內容和其中深奧的眞理，尼科爾預先承認自己無法完全傳達這些文章原始的美。但這並不妨礙他熟練運用泰倫斯式的嘲諷口吻，表現出實在的拉丁語風（雖然，確實仍有少許法語風格）。其他很多譯者也提到處理拉丁文譯本時的困難，至少在轉換慣用語方面就很不易；他們有充分理由說明普遍採用的方法：捨棄文學的優美簡潔，提供清楚、精確的譯文，使原意完整表達出來。

怪不得用母語寫作的命令自十七世紀起增多。歷史編纂也喜歡以民族觀點，或對知識「民主化」的關切來解析同樣的聲明。這些聲明本質上仍爲了追求更簡便的語言使用法，這也是當代人公開肯定的一點。詞彙就是極大的不便，伊佛敦出版的《百科全書》便十分強調這點。作者感嘆拉丁語對「具有現代思想的人」來說很貧乏：

自羅馬人衰落以來，拉丁語就缺乏可用來表達各種新發明和各類新發現的詞彙……不論誰質疑這個解釋的真實性，只要看看那些非常精通拉丁語的人，為了用拉丁文寫當代的政治報所做的嘗試：他們將看到作者飽受折磨且徒勞無功。

問題不只是找出「大砲」、「假髮」或「衣服鈕釦」（借用《百科全書》的例子）的拉丁文同義詞；對作家來說，更重要的是正確而忠實地表達己見，否則就不是精心傑作。伏爾泰嘲諷索邦神學院神學家的一番話（這些人欲寫教諭譴責普拉德教士的論文），指出拉丁文「作家」往往陷入什麼樣的困惑。

當問題出在如何以拉丁文敘述該論文印得太小時，整個神學院都擺脫不了這個困境：每個人都說自己無法用拉丁文表達「一篇印得太小的論文」，於是他們派人去找修辭學教授勒博先生，問他這句話該如何用拉丁文表達。

實際上，我們可以理解何以學者會爲本地語言提供的「簡便的解決辦法」辯護；誠如瓦利內里以比喻方式說的：何必爲一個死語言「絞盡腦汁」呢？穆拉托里在他計畫取名爲「義大利文壇」的學會章程中，聲明自己偏愛義大利文，因爲「比較容易，也方便多了」。斯巴蘭札尼也提出相同見解：「對我們而言，用我們所說的語言清楚、精確而簡潔地表達，比用拉丁語容易多了，簡直無從比較。前者是因爲我們很熟悉，後者則因爲它是死語言，我們無法這麼輕易地掌握它的力道、風格和優美程度。」儘管如此，這兩人都不是拉丁文公開的敵人。而且，他們都是非常優秀的拉丁語學者：斯巴蘭札尼在課堂上展現「流暢、清晰而優美簡潔的拉丁文」；穆拉托里不但出版很多拉丁文作品，還能把他編入《義大利作家紀事》的中世紀編年史，用西塞羅式的拉丁文重現。

雖然從十八世紀開始，學者日益使用民族語言，但仍有博學者繼續用拉丁文寫作，甚至只針對某一領域，如：植物學。不過，這種拉丁文仍與西塞羅的文體相差甚遠。事實上，植物學家的拉丁文是一種人造語言，它的句法不受制於語法上的細微差別，而經過審慎定義的詞彙也不過是術語。

大學著作是拉丁文有理由存留在知識界的最後一種體裁，在法國，一八七〇至一九〇六年間進行的論文答辯（主要是研究教父的教義、著作和生平），成了受矚目的樣本，讓人有機會評估這些博士候選人所寫的拉丁文。嚴格說來，他們不是拉丁語專家，但仍透過這個研究主題經歷一次嚴肅的練習。大致上，這些文章都算正確：「所缺少的，」研究者杜普萊西說道，「其實不是對文法的認識。」不過，它們給人留下一個「不安的印象」，而且往往是「始終沒有做得很好的法譯拉丁文練習」：本應另造拉丁文句子，避開某些詞彙組合和一些在西塞羅作品中找不到的說法和措詞，結果都沒有。面對這樣的評語，我們有理由問，這些博士候選人寫出的拉丁文究竟何貌（他們探討的主題和古代世界相隔甚遠）。庫蒂拉和萊奧提供了答案：「這對任何人都不是祕密，很多博士候選人所完成的論文，是自己翻譯或請人代譯他們用法文寫的文章。因此，大多數文學博士都沒有能力寫出流利的拉丁文。」在以拉丁文寫的第二篇論文日益消失之際，沒有比這更美的悼詞了！

唯獨天主教會直到不久前仍堅持只用拉丁文撰寫教會法。儘管如此，自十九世紀末以來，羅馬教廷不僅多次必須為教會內古典語言的沒落表示遺憾，還得採取一些措施培育優秀的拉丁語作家。因此，在一九六四年，教宗保祿六世接續若望二十三世的工作，於塞爾斯大學附近創設一所拉丁語言學院，目的是讓學生好好操練書面拉丁文，教他們「迅速、正確而簡潔地」寫這個語言。當時，教廷內仍有一流的拉丁語專家，其中排名第一的是樞機主教巴契（負責寫拉丁文書信和教皇敕書給王侯的書記官），他會寫西塞羅式的拉丁文；不過，這些專家也知道，面對他們用符合樞機主教本博（一四七〇～一五四七）的文體，所撰寫的通諭和其他文件，很多教士會大叫：「教皇的書信，啊！上面的拉丁文不知有多難、多複雜。還是等當地方言版本好了。」目前，略讀「宗座公報」，就能證明在梵諦岡的中央機構，優美簡潔的時代已結束；教令採用的拉丁文，是一種做為媒介的簡單語言，文法正確且富含新詞。必要的改變已經發生，賓斯對一五三〇至一六四〇年間英國拉丁文作品的評價，很適合用在這裡：我們不能把這種拉丁文誤認為古典拉丁文。

這些無可避免的短評，並不涵蓋近代拉丁文作品的全貌。直到很後期，我們對官吏和法官用來撰寫公文的拉丁語仍一無所知。我們或許以爲反正和其他情況沒什麼不同，世人賦予拉丁文的媒介功能，會促使使用者優先重視措詞是否清楚、精確，而不考慮文體是否優美簡潔。在十九世紀的轉折點，法國外交官克洛代爾在中國擔任領事期間，因情勢使然而必須用拉丁文通信，他寫道：

*Venum: datus est ager Thien-chotang pretii quinque millia patacarum—Lis composita est—Irruperunt satellites in Petrum catechistam cum fustibus et scolopetis—Comperi cito advenire quandam navem vapoream Gallicam munitam viginiti quatuor tormentis bellicis*

（出售：天濁塘一帶已以一萬五千元賣出——事情都安排好了——有衛兵用棍子和喇叭槍襲擊傳道師皮埃爾——我聽說一艘備有二十四座大砲的法國輪船即將抵達。）

我們不知道像這樣正確但粗糙的拉丁文，是否代表行政上的散文體。但它仍不失爲一個實例，讓我們看到路易大帝中學昔日的高材生所能展現的成果。

## 二、學童的拉丁文

本書先前已提到，過去在西方各地，至少直到十九世紀末，凡接受今日所謂中等教育的學童，都要耗費很多精神學拉丁文。他們很早（七、八歲左右）就展開此修業期，並且持續了十年左右。他們年紀輕輕就讀過許多文章；別忘了除了學校界提供的例子外，還有接受家教的學童，例如：義大利詩人卡杜其（他十歲就譯過好幾篇尼波斯的著作《名人傳記》中的文章和所有費德魯斯的作品）、英國經驗主義哲學家彌爾（他在八到十二歲期間，瀏覽過所有拉丁語古典文學作品）。雖然在二十世紀六〇年代，法國學校的教學大綱確立適度的學習目標，當時變成只是學科之一的拉丁文，卻仍以不容忽視的作息表，讓中學古典組的學生從六年級忙到畢業會考。過去雖有人大量描述拉丁文教學法、分析相關教科書、詳述教學方式，學習成效卻極少受到關注。很少人評估學生學到的拉丁文知識；而帶有統計數字的研究（例如，以老師的評分爲基礎的研究），除了近代的資料外，都不復存。因此，我們不得不大量引用敘事資料、教師評語和昔日學生的回憶，才能回答一個簡單卻十分合理的問題：學童在這段漫長的拉丁文修業期間，到底學到什麼？講白一點，他們的程度究竟如何？

## 卓越技巧與樂趣

有些中學生達到非常令人滿意的成果。根據孔佩爾和普拉朱利亞找到的學生作業，在十八世紀二〇年代，路易大帝中學的學生能夠完整、甚至流暢地譯出老師交給他們的拉丁文作品；有些學生不僅避開詞義上的誤解和誤譯，而且在表達上正如學校對他們的期待，使用很精練的法文。整個十九世紀期間，英國「公學」學生和法國中學生創作的無數拉丁詩作品，至少證明了學生非常熟練某種技巧。一些學生甚至顯得才華洋溢：在哈洛、伊頓、土魯斯柏立等中學，有些男學生能即興創作拉丁詩；據一位文契斯特中學的學生說：「我們當中很多人都能用韻文或散文，每小時寫出三、四十行還算可以的拉丁文。」很多法國作家一開始是以拉丁語詩人的身分「聞名」。繆塞、聖伯夫和波特萊爾因他們的拉丁詩，而名列中學優等生會考的榮譽榜；蘭波多次在杜亞學區的中學生競試中表現出眾；斯湯達爾和瓦萊斯常在他們就讀的學校得獎。以「取消拉丁詩的部長」在法國古典教育史上留名的朱爾・西蒙曾表示，他就讀凡恩中學期間，在這方面應付自如：「我作拉丁詩幾乎和寫散文一樣容易。」他在自傳中回憶道。我們不知道在義大利利佛諾的尼里尼中學學生，是否也以同樣非凡的成就著稱，但他們的教師帕斯科里於一八九四年傳授的韻律學和格律學課程，卻意味著他們對文法、文學和歷史有不容忽視的整體認識；有人認為他們已具備韻律學和格律學的基礎，正如以下這段話所見：「詞尾的音長，你們不是不知道；一些韻律學的基礎規則，母音放在母音前、母音在兩個或好幾個子音前、母音在不發音的字母或流音前、合音……這些你們都聽多了。如何作六音步的詩，至少大致上，你們都知道。」帕斯科里在課堂上用「長短短長格」、「長長短短或短短長長格」、「短長長格」、「短長長短長長格」、「短短格」、「長長長格」等術語，來表示某些字和音步或音步組，但他並未提供任何解釋，彷彿學生早已認識它們。二十世紀初舉辦的文科教師甄試，記錄了優異的成績：審查委員會主席克魯瓦澤認為一九〇三年的競試「表現良好」，他指出整體的考試結果令人滿意，而且比往年好。一九〇五年，克魯瓦澤在總結十八年的主席任期時指出，在這段漫長的歷程中，應試者確實進步了：預定在一九〇七年廢除的拉丁文作文有顯著改善；把拉丁文譯成法文的譯文也是如此。至於口試，也就是希臘語和拉丁語的即興譯講，所得到的「考試成績是歷年來最好的，至少普遍都表現得不錯。錯誤百出的譯講（這項測驗初設立時常有的事），愈來愈少見了」。一項以較中等的程度（即四年級生的程度）和要求較低的時代（確切地說，即一九七六年）爲基準，在巴黎地區進行的調查研究，最後做出「令人滿意的總結」。閱卷者補充說道：「寫得最好的考卷幾近完美；……大體上，考試成績都很理想，甚至太好都有……這些習題顯示學生對這個語言有相當程度的熟悉。」

除了學習成果豐碩外，還有學拉丁文的樂趣：對某些人而言，這是令人愉快的學科，甚至是一種娛樂。這正是伯內斯勳爵對自己七歲初學拉丁文的回憶，當時他的老師介紹拉丁文文法就像「一種藏頭詩（一種詩體，各行第一個字母連續，組成題獻者的名字或表示主題的詞或句子）或文字遊戲」。八歲開始學拉丁文的拉維斯也有同感：「我按性、數、格變化 *rosa*，**這朵玫瑰**的詞尾變化使我高興、逗我開心，就像是一種遊戲，我唯一熟練的遊戲。」西班牙哲學家烏納穆諾年少時，同樣被第一組詞尾變化「吸引」，尤其是複數所有格 *rosarum* 鏗鏘有力的音色。不久前，學校教師仍注意到年幼的六年級生對拉丁文——他們在中學發現的新學科，有著強烈的興趣、「極度的樂趣」、「熱愛」；他們把這種愛好歸因於「圖像和遊記（在孩子身上）喚起愉快的好奇心」，或孩子對「難題和謎語的喜好」。甚至極複雜的習題，也讓某些孩子感到很快樂。夏多布里昂讀多爾中學時，常「以一種焦急的心情等待拉丁文課，彷彿這門課能使我消除數字和幾何學圖形所帶來的疲勞」。曾就讀英國哈洛中學的威廉斯、後來成爲樞機主教的曼寧、教育家巴特勒等，都曾在創作拉丁詩的過程中得到眞實的快樂，其中巴特勒更直言他和同學從閱讀與評論得獎詩選中得到快樂。法國作家拉爾博提到他即將升上三年級前，花在翻譯古羅馬作家小普里尼的一封書信的時間，是「我們在這個暑假中所度過最美好的兩天」；此外，他還幻想自己是造詣很深的語文學家，正在發表拉丁語作家的作品定本。樂趣和成就或許就這樣環繞著拉丁文修業期。

## 程度不及應有的水準

然而，昔日學童的回憶和老師對他們的評語，卻帶給人迥然不同的印象。一個優等生或許一帆風順，甚至表現出色，但「大多數」學生卻可能舉步維艱，付出極大的努力也只達到最普通的程度。

這類對照冗長的修業期和庸常成果的確證多得是，而且早在十七世紀上半葉就有，誠如弗雷、庫美紐斯或密爾頓的著作所記載。幾年後，阿爾諾（法國神學家和哲學家）將巴黎大學章程中規定的每天八小時拉丁文課，和學生的「極端無知」相對照：「經驗顯示，目前大多數中學畢業生都不懂拉丁文。」同樣的看法，也出現在《百科全書》的詞條〈中學〉：「在中學度過十年歲月的年輕人……離校時，對一個死語言一知半解。」法國哲學家愛爾維修進一步說：這麼貧乏的知識「一下課就忘了」。在法國大革命期間，這類抨擊（指針對一個耗時又效果不彰的學科）更是尖銳。因此，蒐集這方面所有指控的瓦倫驚呼：「學了十年的拉丁文規則、把本國語譯成拉丁文、拉丁詩、拉丁文演講、拉丁文辯論、閱讀並翻譯拉丁語作家的著作之後，他們帶著一肚子無法理解的拉丁文回家，同時對其他的學問一無所知。」

赤裸裸的精確數字更增添此評斷的悲劇性。「七、八十名學生中，大概只有二、三名給得出一些東西，」阿爾諾寫道，「其餘的不是等得不耐煩，就是爲交不出像樣的東西而苦惱。」十八世紀的評價也不高。「經過師生雙方不斷地努力，」《百科全書》的詞條「學業」的編纂者強調指出：「才勉強有三分之一的學生終於熟練拉丁文：我指的還是那些完成學業的人，而非無數在學習過程中灰心喪志的其他人。」這點酷似科耶教士的看法，他在審查學校的全部課程後，驚嘆說道：「既然貴校學生已學了那麼多拉丁文，我就隨便抽一百名來測試一下。我打開西塞羅、李維、荷瑞思、尤維納的著作，卻發現在這些學拉丁語的學生當中，懂這些作品的人不到十位。」法國作家梅西耶在著作《巴黎浮世繪》中（第八十一章〈中學及其他〉），也採用這個數字：「他們花了七、八年的時間學拉丁文；結果一百名學生中，有九十名畢業時還不懂這個語言。」在凡恩擔任皇家海軍學校教師的韋拉，就顯得比較樂觀（雖然他也強調極小的百分比）：在中學學了八年拉丁文之後，不到百分之二十的學生「能用拉丁語交談，或譯解任何拉丁語作家的作品」。

同樣的怨言在整個十九世紀期間也聽得到。對大多數學生而言，經年累月的學習得到的只是二流的成績。即使在高等師範學校，也有人感嘆學生的拉丁文能力太差，或許是因爲大家的期望太高（這也是事實）。單就中學而言，拉丁詩（始終不可少的一項練習）就要求學生同時具備文學知識和天分，按法國數學家庫爾諾的看法，這樣的學生，我們只能期待「千人中有一人」。法譯拉丁文練習的成效較高，但還是很有限：「六十名學生中僅六、七名，」據布雷爾說，「從這項練習中得到少許益處。」

二十世紀初，在探討中等教育改革時，眾人的出發點往往是：「大多數學生的程度都不及應有的水準。」這項評論成了教育文獻的老生常談。「我們的中等教育，拉丁文學科很差是無庸置疑的。」一九〇四年一位普伊中學的教師說道。「不算太差，」鮑內克的評價有點不同，但一想到自己主持中學畢業會考口試時考生的表現，他推翻了原先的看法：

除了很罕見的例外（最多三十人中有一人），他們開始朗讀（更確切地說是「結結巴巴地唸」）拿到的文章，直到有人要他們停下來；接著他們重讀句子的第一部分，費力地一字一字讀……然後再讀第二部分，以此類推。他們躊躇滿志，接著朗讀，圓滿地把整篇文章逐字譯成胡言亂語或法國殖民地土著所說的「洋涇濱」簡單法語。

從此大家一面倒向悲觀的看法。「我們的中學生愈來愈不懂拉丁文，」一位里摩中學的教師於一九二七年寫道，接著他補上一句：「關於這點，人人都同意。」另一位坡市的教師則認爲，拉丁文學科的成效「普通」，甚至「很差」，是不爭的事實：「除了少數幾個例外，大概百分之十。」有兩項調查得到類似的結論（分別是一九五四年在法國古典文科教師中、一九五七年於聯合國教科文組織更大的範圍內進行）。一般來說，面對被視爲令人不安的學習成果，受訪老師都覺得「很震驚」，並爲「學生在這方面知識水準太低」深表遺憾。有些老師甚至毫不猶豫地形容中等學校的拉丁文教育「徹底失敗」。這種話梵樂希（法國詩人和評論家）早在一九四三年就說過，他開門見山說：「如果五分之四的學生，都無法流利閱讀、理解西塞羅或維吉爾的作品，教拉丁文根本是白費力氣。」

只要瀏覽學生的習作，就能證實這些教師的悲觀（至少是醒悟）。前文提過，在路易大帝中學，十八世紀二〇年代，有學生能輕輕鬆鬆翻譯拉丁文作品；然而，這些人畢竟是班上菁英。跟在後面的是「程度中等」的學生，他們笨拙含糊的譯文雖然表達得不好，卻讓人相信他們已掌握原文涵義。至於排名最後的學生，讀他們的作業時就甭抱任何幻想啦。以下是少年庫侖比交出的翻譯作業（原文是羅馬史的一段著名插曲，敘述賀拉提烏斯殺死親姊姊的故事）：

賀拉提烏斯的姊姊在為庫里阿提烏斯三兄弟之一死去哀悼他姊姊的弔唁在他的勝利和這麼多民眾的匕首中激發了極大的勇氣所以他用一把出鞘的劍殺了她這在元老院議員和人民看來是一個殘酷的行為於是有人已經押賀拉提烏斯去受刑他爸爸擁抱自己的兒子說你們怎麼看待這個勝利的你們能看著得剩者（**原文用vinqueur，正確應爲vainqueur，得勝者之意，因此刻意把它寫成「得剩者」，以凸顯原文的用意**）受刑嗎執法官敢用鎖鏈捆這雙手嗎不久前它們才得到羅馬人民的軍事統治權對此全體人民都很激動所以演說就結束了。

時態的拼寫方式和缺乏標點符號，使少年庫侖比的譯文更混雜難懂，他按拉丁文句子的順序直譯，內容滿是誤譯和詞義上的誤解，但顯然寫了連篇蠢話並沒有令他感到困擾。我們稍後再回過頭來深入探討這種態度；在這裡要明確指出的是，庫侖比並非班上最差的學生，他有好幾個難友寫出來的作業都是這麼糟。從事這方面研究的孔佩爾和普拉朱利亞所提供的譯本，有助我們理解庫侖比的譯文，並評量他的誤譯：

正當賀拉提烏斯的姊姊哀悼庫里阿提烏斯三兄弟之一死去時，這位殘暴的年輕人因為在自己的勝利和如此歡騰的群眾中，看到她流淚而怒火中燒。因此他拔出劍來，刺殺這年輕的女孩。這在元老院議員和人民看來是一項可怖的罪行。當賀拉提烏斯的父親擁抱他時，他已經被送至刑場，他父親指著從庫里阿提烏斯兄弟那裡得來的戰利品說：「你們才剛見到這個人戰勝，現在要看著他被鏈起來接受酷刑嗎？這雙手不久前才為了把統治權交給羅馬人民而拿著武器，執法官捆得下去嗎？」這番話令民眾非常感動，於是赦免了賀拉提烏斯。

在法國作家克勞德・西蒙的小說《法薩盧斯戰役》的敘事者口中，這些翻譯初學者後繼有人。故事中的學童回想在家寫作業的情景（這份作業是把幾行談到凱撒投入上述戰役的拉丁文譯成法文）。

「我坐在書桌前，把從字典上找到的一串不連貫的字排成一行，」然後「拿著草稿本」去敲父親書房的門，一方面去交作業，一方面去尋求幫助。

我坐下來把翻開的書本放在紙上　我豎起耳朵　清了一下喉嚨

*dextrum cornu ejus rivus quidam impeditis ripis muniebat*　我停了下來

怎麼樣？

*rivus*：一條河

*impeditis ripis*：在岸邊障礙物

「岸邊障礙物」是什麼意思　你解釋一下

我沉默不語

或許你該多下點功夫進一步查考自己在字典裡找到的第一個單字　你花了多少時間準備這篇翻譯呢？

我沉默不語

好　很好　*impeditis ripis*：在峻峭的岸邊　你不認為這樣比較好嗎？

是的

他看著我頓了一下　我低頭直盯草稿本的頁面　最後他說很好　我們繼續

*muniebat*：遮蔽

他笑了起來「遮蔽？」你看過有人躲在溪裡嗎　這裡談的是凱撒還是蠢蛋

我始終低著頭

他從微張的唇間呼出一口煙來

來吧，加油

*dextrum cornu*：右邊的角

角？

我靜靜等著

他再次發出同樣的吐煙聲　接下來呢

*ejus*：他的

還有呢？

我沉默不語

***quidam***呢？

***quidam***？

這個字哪裡去了？

我沉默不語

好吧　如果老師一個字一個字問　你自己想辦法應付吧　你就跟他解釋　某人掉進有峻峭岸邊的河裡　大概是個小馬夫　你認為呢？

我還是盯著草稿本的頁面

來吧　我們結束了　不然我們要九點才吃晚飯　有時候你也該想想你讓你媽有多傷心　寫下來　一條有峻峭岸邊的河掩護軍隊的右翼。

讀這段文字讓人想起很多學校和家庭生活的回憶。此外，我們也發現，文中對於法國中學生的習慣做法有絕妙的描述：刻板而盲目地使用字典，不大在意自己完成的譯文欠缺條理。在這方面，這段文字象徵著教育文獻所揭發的積習，尤其是拘泥於字典上的解釋。此例也是從簡單的拉丁文作品學起，成果卻極其平庸的證明。這裡我們要回到一九七六年巴黎地區的調查研究。正如前述，四年級的拉丁文初學者成績都「很好」，但到了下一個階段（即三年級，尤其是二年級），接觸「拉丁文原著」時，他們都不知所措；有三分之二的學生考不及格，閱卷者並指出：雖然有「幾篇譯得很好」，「其他的卻令人痛心」，而且看起來像是「十足的連篇廢話和錯誤」。

在其他國家，學生的成績似乎也沒有多好。冗長的修業期和不理想的成效之間的差距，同樣隨處可見。對十七世紀上半葉英國語法學家和教育改革家而言，這是一個明顯的事實。幾年後，德國學者莫奧夫指出（他在著作《博學者》中採取一種歐洲觀點），常用的拉丁文基礎教學法帶來令人失望的結果：儘管盡了最大的努力，孩子畢業時，對這個語言的認識既貧乏又不完整。耶穌會士邦迪拉由自己的經驗證實（他在十八世紀中葉曾於義大利半島好幾所中學任教），學生沒有能力理解拉丁文作品，更別說用這個語言寫作。美國初宣布獨立時，反對古典語言的人士高唱的論述是，付出七到十年的時間學習，結果只得到極其膚淺的知識（「只懂得死語言的一點皮毛」）。到了十九世紀，英國的情況並無改善。一項針對中等學校的研究報告於結論中指出：「大多數男孩子從未達到流暢閱讀文學作品的標準，儘管他們學習多年，畢業後不久還想得出來的句子並不多。」英國學者戴凡波希爾注意到，上過一般拉丁文訓練課程的男孩子，「三人中不到二人能流暢閱讀即使是最簡單的古典作品。」就連下很多功夫耕耘的拉丁詩，成效也和苦修不成比例：自有大量學童致力於寫詩以來，「公學」每年只產生「約十二名優秀的作家」；至於其他學童，「在投入大量時間寫詩並修改作品後，他們最終連寫一行平淡無奇、不合韻律，而又不犯兩、三個錯誤的詩句都辦不到。」在美國，古典教育的成功率或許令人徹底氣餒：認爲拉丁文和希臘文在優良教育中「必不可少」的美國前總統亞當斯承認：「在中小學和大學研習這兩種語言的學生，一萬人中不到一人曾有很大的進步。」一九一七年，在普林斯頓大學舉辦的一場研討會上（探討強調精神、腦力訓練，而非技術的博雅教育中「古典學科的價值」），演講人不得不與反對意見交戰（反對者的理由是，這麼片段的知識要付上極大的代價才學到，而且很快就忘記）。

實際上，一九二四年的一份調查研究揭露，一千名從中學開始學拉丁文的孩子，在完成一年的學業後，只有六人有能力閱讀一點點拉丁文。雖然這份報告並未附上數據，在二十世紀五〇年代，一位比利時教師對古典學科的評價，卻透露同樣悲觀的看法。這些學科「不再結出任何我們有理由期待的果實。」他寫道，接著他拋出「危機」、「衰落」、「徹底失敗」等字眼。在義大利（古典中學在法西斯時代結束後不久仍保有首要地位），哲學家卡洛哲羅強烈抨擊在祖國盛行而毫無成效的「泛拉丁語風」：

按照學校課程，義大利年輕人……學拉丁文的時間長達三年、五年、八年、十二年不等，倘若因為拉丁文考試屢屢失敗，而成了文學院的延畢生，修業期往往超過十二年。然而，這類學生就算受過加強訓練，一旦有拉丁文出現眼前（我說的可不是荷瑞思或維吉爾的文章，而是《聖經》經文或在教堂裡看到的某句簡單銘文），他們也極少能讀得出來，更別說以任何優秀的旅館接待生在理解說英、法語的觀光客時，那種恰如其分的速度來理解拉丁文。

一九九五年，另一位羅馬大學教授傷心地指出，初級中學、甚至高級中學的學生，今後連一篇簡單的原文也「懂不了十行」；不過，他承認自己那一代（三十年前念高級中學的人），「也沒有比較熟練拉丁文」。在他看來，要找到能流暢閱讀拉丁文的人，得追溯到二十世紀初。但這樣的人很可能只有少數幾位；事實上，在一八九三年，就有一個官方委員會負責研究初級中學和高級中學「拉丁文教學成效很差」的原因，並設法改善這些弊病。

在思索學生做了多少努力同時，老師難免想到「程度」的問題。這裡我們只談法國的例子（法國自二十世紀初就有很多人提出這方面的問題）。普遍的結論是程度下降。一九〇〇年左右，大家在討論中等教育改革且一致認爲學生的成績很差時，有很多教師認爲「三十年來，古典學科急速衰落」。一九一三年，語言學家馬魯佐以巴黎大學爲主，分析古典學科的危機。他指出，這個危機「幾代以來幾乎不曾停止肆虐」，但自近來中等和高等教育改革以後（分別在一九〇二年和一九〇七年），它變得更「更猖獗了」。一九五一年，國家教育總督學克魯澤承認：「我們年幼的六年級生，程度比不上昔日同年級的學生。」一九五四年，在一份以古典文科教師爲對象的大規模調查研究進行期間，有老師坦承：「我們的學生幾乎不再懂拉丁文了……他們顯然再也沒有能力閱讀拉丁語作家的著作。成績最好的學生也只能勉強在一本厚重字典的輔助下，正確翻譯一篇不太難的文章。」一九六〇年，《法國教育實用百科全書》證實，學生的拉丁文程度在二十世紀上半葉不斷下降。別忘了，一九二五年的訓令就曾指出「拉丁文水準降低」；一九五九年，傳授拉丁文多年的現任教師一致承認，再也不能把三十年前的習題拿出來用。在他們看來，大多數學生中學畢業時，幾乎只有三年級的程度；而其中大多數人都不具備課程大綱要求三年級生應有的語法知識。中學畢業會考的成績進一步肯定這些悲觀的看法。

所有拉丁文譯文的閱卷者證實，唯有抱著極大的寬容，才能讓四分之一以上的考生及格（二十分給十分）。一百二十份考卷中，有二十來份以上應得零分是常有的事。這些考卷不過是連篇無意義的句子，既和原文無關，也和其他任何文章扯不上關係。

像這樣「程度」下降，有可能是始於十九世紀末的一種近代現象嗎？錯！否定此看法的人，早在一九〇〇年探討教育改革期間，就認爲「學生的能力差，不比過去嚴重」；一九五四年，一位指出拉丁文學科的成效「不佳，甚至完全沒有」的中學教師發表同樣的見解，他認爲：「看來情況始終如此。」習作的演變似乎證實了這些評論。前文提過，在十八世紀期間，「把拉丁文譯成法文的練習」逐漸搶走「法譯拉丁文練習」（也就是拉丁文散文寫作）的首要地位。到了十九世紀下期，好幾項古典課程特有的練習也一一遭到廢除：一八七二年，拉丁詩被取消；一八八〇年，拉丁文作文和拉丁文演講，分別從中學畢業會考和中學優等生會考消失，繼而在一九〇二年退出公立中學的課程；法譯拉丁文的練習早已沒落，「把拉丁文譯成法文」變成主要試題，最後並成爲學拉丁語的中學生唯一要面對的測驗。這種演變證實這些練習的成效很差，並朝降低要求的方向走。

學生的「程度」究竟如何？在這點上，我們不可能有肯定的答案。因爲有數據的研究資料不多，而且很多應該列入考慮的因素已隨時間改變：這個問題涉及學習期限、學校人口、老師的要求；此外，大家對程度最好和最差的學生，一定比對一般生認識得多，而且很可能被優等生的成就沖昏頭，又不堪忍受能力差的學生。不過，根據教師的評語和學生表現出來的成績，來評價整體的「程度」或許從來就沒有很高，似乎是合理的。由習作的演變，來判斷這同一個「程度」已隨著時間下降，而且單就拉丁文「做爲必修課程」的最後幾年而言（也就是一九六八年以前），學生懂的拉丁文不比二十世紀初的學生懂得多，這也是合理的。這麼說來，難道和雨果、拉馬丁同時代的人，拉丁文造詣比不上和伏爾泰、狄德羅同時代的人嗎？就我個人而言，我不會如此斷言。

## 孩子背負的十字架

雖然成績普遍不理想，孩子還是受了不少苦和折磨，正如許多提到拉丁文修業期的回憶、自傳和其他敘事資料所呈現：「這是我最難熬的學科，也是我從未有多大進步的科目……我花了很多時間做很多練習，才好不容易能流暢閱讀拉丁語作家的著作，但我從未學會使用這個語言講話或寫作。」盧梭的這番「懺悔」，其他孩子或許也按自己的方式說過；有些孩子可能還附帶提到，他們一離開學校就差不多全忘光了。

拉丁文的基礎課程顯得困難重重，一開始就得熟記一大堆規則，首先是決定名詞的詞尾變化和動詞變位的規則。拉丁文的詞尾變化，甚至考驗那些自己的母語也有詞尾變化的學生。德國抒情詩人海涅因爲記不住音節數目不變的名詞第三組詞尾變化的例外，而歸納出拉丁文極其複雜，並推斷「要是羅馬人得先學好拉丁文，他們大概沒剩多少時間征服世界」。不規則動詞「令人生畏的困難度」，讓他更堅信自己的詮釋。就連後來成了優秀拉丁語學家的歌德，起先也抗拒拉丁文文法，在他看來，那只是「一套反覆無常的法則；我認爲這些規則很荒謬，因爲它們常被無數我必須分開來學的例外推翻；如果沒有《給拉丁文新手—押韻版》（*Latiniste commençant, mis en rimes*）這本書，我可能學得很不順利」。怪不得學基礎知識對某些孩子而言是很艱難的工作，因爲記性不好常使他們筋疲力竭，甚至有危害健康之虞。「這些字在我腦海中沒有留下半點印象，」

法國作家馬蒙泰寫道，

要把它們記在腦子裡，簡直就像在流沙上寫字一樣難。我堅持靠努力用功來彌補大腦的不足；但這項工作超出我這個年齡的承受力，以致我神經緊張。我變得好像得了夢遊症似的：夜裡，在熟睡中，我會突然坐起，半睜著眼睛，大聲背誦學過的課文。「再不讓他脫離這令人不幸的拉丁文，」父親對母親說道，「他會瘋掉的。」於是我中斷了這門課業。

一旦克服最初的障礙，年幼的拉丁語學生又會在這條看似十字架道路的途中，遇到其他更可怕的難關。只要讀一讀烏納穆諾的回憶錄就能理解這點。發現*rosa*時那最初的狂喜，很快就抵不過把不規則動詞「沒完沒了的變位表」熟記在心的「極端痛苦」；但這孩子還是忍下這種痛苦，以及「把這個轉爲被動式」、「把那個變成副動詞」的語法分析，因爲他滿心期待次年就能讀到老師讚爲「精緻優美」的拉丁文古典作品。然而，

拉丁文的二級課程比初級更難、更枯燥乏味。我不知得忍受多少遍「先寫好主詞及其相關字眼，再來寫動詞和副詞」等等。有多少美麗的午後，我都浪費在反覆翻閱這本大得像「鋪路石」一樣的米蓋爾詞典，直到喪失視力。友人馬利歐和我都在這本該死的字典上耗盡心力。對每一個拉丁字，這本厚重的書都提供大量的卡斯提爾用語，有四個、六個、十個或十二個，既未按詞源或合乎邏輯的順序排列，也沒有附上任何解釋。我們把所有單字集中起來，

卻完全看不懂這篇待譯文章……有人告訴我們，應該先構思再翻譯，這種話大致上毫無意義可言……

我們平常翻譯的文章（尼波斯、撒路斯烏斯、凱撒的作品），對孩子來說，簡直枯燥乏味到難以忍受。在所有譯過的內容中，我只記得那頭懂得感恩的獅子。

這一切迫使我對拉丁語作家產生一種怪異的想法。我想像他們寫作不拐彎抹角，採用和我們一樣的語序表達自己的看法，然後再以拆句子自娛，把和諧的複合句分解，並用一種變幻莫測的詞序倒置，把單字分散在這裡、那裡，為的只是要讓我們這些未來世世代代的孩子，感到厭倦，並迫使我們反覆思考……而這一切，我相信，是為了聽人談論自然的語序、合乎邏輯的語序、反向思考的語序和其他文體上的小細節，而不用想像有任何人可能以另一種語序（像我表達想法的方式），來抒發己見。

讀這段文字，讓我們稍稍體會學生（即便有天分的學生）面對拉丁文時，所遭受的困難，並了解爲什麼過去常有人用「酷刑」、「奴役」、「折磨」等字眼形容拉丁文課業。在烏納穆諾幼時的印象中，許多孩子忍受的痛苦，往往因面對一個本身把人難倒的語言時，內心深感困惑而加劇。「不懂」和「牢記」是形容拉丁文學科的慣用語，這就是斯湯達爾暱稱的「傻傻地背起來」。以下幾個例子將說明這種修業期的實況。英國政治家邱吉爾七歲開始學拉丁文；第一天上課，老師沒有做任何解釋，就遞給他一本文法書，要他學「以詩句格式排列的單字」，其實就是第一組詞尾變化，呈現如下：

*Mensa* a table（主格）
*Mensa* o table（呼格）
*Mensam* a table（賓格，即直接受格）
*Mensae* of a table（所有格）
*Mensae* to or for a table（與格，即間接受格）
*Mensa* by, with or from a table（奪格，即副格）

這東西究竟是什麼意思？意義何在？在我看來，這純粹是冗長單調的敘述。不過，有件事我總能做：我可以把它背起來。於是，我就自己所能承受的愁苦極限內，開始默記老師給我的這份狀似藏頭詩的作業。

半小時後，這孩子終於背得出這段文字，並因爲自己表現不錯，而鼓起勇氣要求老師解釋；首先令他困惑的是，*Mensa*爲什麼同時指 a table（一張桌子）和 o table（桌子啊）。詞尾變化和「格」解釋起來很煩瑣；於是，老師爲了簡明扼要，便說：

「當你對著一張桌子講話、祈求一張桌子保佑時，就會用到『桌子啊』這個詞。」看我聽不懂他的話，又說：「你對一張桌子說話時會用到它。」

「可是，我從未做過這種事。」著實訝異的我不禁脫口而出。

「你要這麼不禮貌，當心我處罰你，我可警告你，是重重懲罰你。」這是他最終的回答。

邱吉爾從未把拉丁文學好；他三次投考桑赫斯特軍校，拉丁文都考不及格，而且每下愈況。也有很多孩子規規矩矩地做老師給的習題，卻對內容不大理解，例如：英國歷史學家吉朋九歲時，「很吃力地構思」他必須翻譯，但卻不大領悟箇中涵義的費德魯斯和尼波斯的作品。這種構句練習往往讓翻譯新手用盡全身力氣，代價是犧牲對原文涵義的理解，更不必說對作品產生文學興趣；誠如一位馬波羅市的教師對學生的觀察：「他們千辛萬苦搭設鷹架，卻從未蓋出房子。」還有學生一味查字典，而不花點時間試圖理解：「你在字典的各頁之間尋找出路，」法國小說家比托爾在著作《程度》中寫道，「在你看來，原文毫無連貫性，不過是一串單字，而且個個都要你查到疲憊不堪。」

既然習作猶如又難又不合邏輯的拼圖遊戲和累人的工作，孩子只好運用各式各樣的策略來應付，首先是求助於他人。前述克勞德．西蒙的著作提醒我們，有些孩子會請父親幫忙做功課，偶爾也有父親因爲厭煩或被激怒，索性自己譯完整份作業。斯湯達爾最早的拉丁詩習作，得到祖父的熱情贊助：他「看起來像在幫我，其實是在替我寫詩」。有些劣等生則依賴成績好的學生，必要時還脅迫他們：奧菲瑞曾自述如何同時在被打兩個耳光的威脅和得到兩顆彈珠的承諾下，幫一位比他年長且強壯的同學寫作業。同樣地，在英國「公學」，「一些又懶又粗魯的大男生」強迫資優生幫忙寫拉丁詩，否則就要把他們海扁一頓。

孩子也藉充分運用手邊的教科書來拓展資源。在瓦萊斯的小說《童年》中，主角雅各無論在拉丁詩或拉丁文演講都表現優異；他坦承，這些全是從拉丁語作家的著作和字典抄來的，他從這裡、那裡借來隻字片語和措詞，然後將它們首尾相接拼湊起來：

我在《帕納森拉丁詩韻詞典》中找副詞和形容詞，我只抄襲在《亞歷山卓》找到的文句……我因為備受不應得的稱讚而痛苦萬分，別人以為我能力很強，其實我只是一個平凡的騙子。我到處剽竊，蒐集書本角落的**句首字**（**指在跨行詩句中緊接上行的首字**）。

藉這段引文，我們除了看到學校完全容許學生使用《帕納森拉丁詩韻詞典》和一些工具書之外，還看到一個很不「合法」的行為：仿效和作弊。英國「公學」學生在拉丁詩方面的成就，部分應歸功於某項「傳統」（就這個詞最原始的意思而言），這正是英國小說家休斯在《湯姆・布朗的學生時代》這本兒童文學的經典中，所描述的魯格比公學傳統。由於老師給的寫作題目數量有限，有些孩子會把自己的作品保存在作文本子裡，而這些本子又代代相傳，於是人緣最好的男學生（手上握有好幾本）早就準備好應付一切。唯一危險的是「可能搞混移花接木的順序」，以及不同學生寫出同樣的作品。但只要使用得當，多少能抵銷這個風險。因此，「繼承」了其中兩本的布朗「這裡挑一行詩，那裡挑一個詞尾」，然後把這些「片段」放在一起，接著在《帕納森拉丁詩韻詞典》的輔助下，創作出符合最低標準的八行哀詩，完成前再加兩行從其中一本作文本子完全照抄的道德詩。同樣地，英譯拉丁文的練習也有「解答」（例如馬修阿諾德的《拉丁文作文》

中提供的習題「正解」）；另外，直到近代，還有方便翻譯新手做習題的「譯文小抄」（提供老師常指定爲拉丁文翻譯題的英文解答）。在法國，學童雖然沒有這種「譯文小抄」，他們的做法同樣是抄襲可自由參考的譯文，並小心翼翼在上面點綴幾個錯字。法國作家巴紐曾敘述自己念五年級時，多虧同學拉諾，他才擁有附拉丁文原文（印在頁面底端）的《凱撒紀事》法譯本，這本小書

> 即將帶給我們的好處，就好比樓梯的扶手。
>
> 我必須驕傲地說，我很善於使用它。
>
> 找出本周的拉丁文翻譯題摘自哪個章節後，我重抄這部分的譯文；不過，為避免引起齊奇（拉丁文老師的綽號）病態的猜疑，我藉幾個錯誤提升我們作業的可信度。
>
> 拉諾的譯文加了兩個誤譯、兩個詞義上的誤解、兩個「不恰當的措詞」；至於我，則加了一個詞義上的誤解、一個把與格當成奪格的錯誤、三個「不恰當的措詞」。

雖然這些做法有助於減輕學校生活的艱苦，很多孩子對拉丁文修業期仍未留下最愉快的回憶。如果把烏納穆諾體會到的愁悶，和其他孩子表現出來的負面反應相對照，前者的感受算是很有分寸的。「無聊」，奧菲瑞用這個字形容拉丁文初級課程，以下是他的解釋：

> 我們翻譯尼波斯寫的傳記，但我們當中沒有人，或許包括老師，知道譯文中的這些人物是誰，我們既不知道他們的國家在哪裡，也不知道他們生活在哪個時代、受哪一個政體統治，甚至連政體是什麼也不知道。所有的觀念不是有限，就是有誤或不清不楚；教的人毫無計

畫，學的人毫無興趣。

拉維斯二年級和拉丁詩搏鬥時也有同感，他還記得有位老師「很懶、毫無學識且裝模作樣」；同樣地，丹麥語言學家耶斯佩森也覺得，他當時受的教育只重視「翻譯及正確使用文法和格律學的規則」。

有些孩子萬念俱灰，還流下無數淚水在翻譯習作和拉丁文作文本子上；因此，法國考古學家雷納克把著作定名爲《科內麗雅或沒有眼淚的拉丁文》（一九一四），不是沒有道理的。英國詞典編纂家約翰遜還記得自己在鞭子和責打的威脅下，學動詞變位時的焦慮不安：「眼淚靜悄悄地流了下來。吉朋在「付出很多淚水和一點點血的代價」後，才熟練拉丁文句法。古代語言和體罰終於在孩子的想像中融爲一體。例如，年幼的約翰（斯特林堡的小說《女傭之子》中的主人翁），自七歲起便把「拉丁文」和「藤條」聯想在一起；而「年紀稍長後，他略過書上所有談及學校回憶的段落，並迴避一切探討這個主題的書籍」。如果不是鞭子和棍子導致孩子憎惡古代語言，那麼就是罰抄拉丁文作業。法國作家杜康九歲時，曾被關在路易大帝中學的禁閉室，而且被迫在一天之內抄寫一千五百至一千八百行拉丁詩。他評論說：「老師把這麼累人的懲罰加在孩子身上，卻沒有料到自己是在鼓勵孩子厭惡本應學會讚賞的詩。」有些孩子被學習上的困難搞得灰心喪志，再加上害怕不時出現的懲罰威脅，終於轉而向上天求救。塔利佛（英國小說家艾略特的著作《佛洛斯河上的磨坊》中的主人翁）幾乎對抽象概念沒什麼興趣；因此，學文法的基礎知識也成了一種可怕的考驗。由於記不住第三組動詞變位的動名詞，這個小男孩決定祈求上主幫助，他在晚禱中悄悄加入以下禱告：「主啊！求祢幫助我時時記得我的拉丁文。」

無聊、痛苦、恐懼和失望，孕育出極端反應。有些孩子甚至怪罪「折磨」他們的工具，像是《吉爾．布拉斯傳》（法國小說家勒薩的著作）中的少年史卡賓：

我坐在大路旁的一棵樹下；在那裡，為了消磨時間，我掏出口袋裡的拉丁文入門書，邊開玩笑邊翻閱；後來，我無意中想到它害我被打手心和鞭打，於是我撕了幾頁，生氣地說：「啊！該死的書，你再也不能讓我流淚了！」我把詞尾變化和動詞變位撒得到處都是，以報仇雪恨。

其他孩子的反應是嘲諷，面對拉丁文演講（法國教學法的一項專門知識），《童年》一書的主人翁雅各諷刺地說：

有一天，老師給我們的題目是：雅典將軍特米斯托克洛斯對希臘人發表談話……「我希望這是個好題目，哎！」老師說道……「你們要站在特米斯托克洛斯的角度想。」他們老說要設身處地為這人想、為那人想……永遠都是將軍、國王、皇后！但我才十四歲，我哪知道該讓漢尼拔（迦太基將軍）、卡拉卡拉（羅馬皇帝）或托卡塔斯（羅馬將軍）講什麼話。

約翰（斯特林堡筆下的人物）則是躲進緘默中。這個十歲的孩子認爲學校採用的教學法很

「荒謬」。

我們花半年的時間，解釋尼波斯筆下一位將軍的生平。老師就是有辦法把這件事複雜化，方法是要求學生要能夠指出句子的結構。但老師從未解釋到底該怎麼做。事實上，老師的意思，好像是要我們按照某種順序唸出文中的字眼，但要依哪一種順序呢？從來沒有人唸得出來，這並不符合瑞典文翻譯。在幾次試著了解如何保持句型完整，但未成功之後，這男孩試著保持沉默。

蘭波對古代語言的厭惡更是激烈：「幹嘛學拉丁文？」他大叫說，「又沒有人講這種語言。」接著他把自己的看法推到近乎荒謬：「誰知道拉丁人是否存在？搞不好拉丁文只是虛構的語言。」

在這些偶爾由拉丁文引起的厭惡和憎恨感中，我們最好注意到學生對過去領受的教育還有一個更全面的評價。別忘了這些「反抗者」中，有些人（以蘭波為首）在中學曾是非常優秀的拉丁語學生，而其他人（如：福樓拜、義大利政治家喬大尼、英國小說家特羅洛普）在重拾求學時代所憎惡的拉丁文時，都在其中發現極大的樂趣。儘管如此，拉丁文（更確切地說，學拉丁文的方式和學校規定的習作），似乎還是超出大部分孩子能力可及的範圍。這就是為什麼梵樂希會做出以下結論：「拉丁文、希臘文——要四十歲的人才懂得欣賞。」

## 把拉丁文變簡單

有教學經驗而且曾是學生的老師，都看得出孩子的困難。他們也認爲拉丁文基礎課程很難，沒什麼成效又太常注定失敗。這是自十七世紀起，教育文獻中常見的評論。法國作家迪泰特於一六五〇年寫道：

> 對一個為了最美麗偉大的事物而生的心靈而言，讓它背負重擔，過度負荷一堆亂七八糟、比女預言家傳遞的神諭更晦澀難解的野蠻規則，是何等的苦難和折磨啊！到底需要多少貝烏特的評論、字裡行間的評注，還有反覆講述、應用和解釋，才能發現這難以理解的外國話最基本的涵義啊！它只會讓孩子灰心、厭惡學習、浪費寶貴的青春、回憶中塞滿了可能被視為詛咒和憎惡之物的蹩腳詩句。再說，這些詩句在學科的應用上毫無用處，因為大多數人全忘光了。

痛苦、不懂和厭惡：這些字及其同義詞，從此成了形容拉丁文學科及其成效的慣用語。在一七七五年狄德羅應俄國女皇凱薩琳二世之邀，所擬定的教育計畫中，也有類似的說法；他以法國中學的教學成效爲依據，把拉丁文學科延到最後一年才上：

> 年幼的學生對學校不時傳授的希臘文和拉丁文都不懂……能力最好的學生畢業後就得重學，否則可能終生不懂這些語言；而在解釋維吉爾的作品時所忍受的痛苦、把荷瑞思有趣的諷刺

詩浸到濕透的淚水，都讓他們對這些作家的作品厭惡到一個地步——只要看到它們就發抖。

同樣的談話也出現在十九世紀英國。「浪費了多少年的光陰學拉丁文啊！」戴凡波希爾寫道，「孩子忍受了多少勞累、痛苦和束縛啊！……有多少對文學的厭惡感因此產生啊！……總之，拉丁文教學與研習，過去、現在和將來製造多少不幸啊！」這可悲的預言在下一個世紀得到證實：當時世人以類似的談話描述「拉丁文的危機」。學校課程本應以循序漸進的方式，引導孩子正確認識古典語言和文化，但對大多數人來說，事實卻和這猶如田園詩般的計畫背道而馳：成效不佳（無論就所學到的知識，或更廣泛地，就才智方面的獲益而言），正如中學畢業會考的考卷呈現的結果。「是什麼樣混雜難懂的文章，」帕耶於一九五四年寫道，

什麼樣沒有條理的煉金術，會產生如此笨拙扭曲的句子：句與句之間的串連，不但連最基本的邏輯都沒有，而且是借助字典拼湊而成的，這些句子往往叫閱卷者驚愕而想，一個心智健全的個體怎會毫不遲疑地寫下這樣的句子？事實上，這一切的發生就好比面對拉丁文作品時，思維規律自動消失，彷彿所有的妄想都變得合法……此外，還要加上對拉丁文學和文化一無所知……一旦考試結束，青少年就闔上拉丁文書籍，永不翻開，而且十之八九將永遠不想再閱讀，即使是翻譯作品。

或許直到二十世紀六〇年代末期，都還有人用同樣的說法形容學生的態度和成績。

在教育界的決策階層中，自十八世紀起，就常有人把原因歸咎於讓孩子過早開始學拉丁文，以及某些孩子（甚至大多數孩子）的能力不足。但大家尤其抨擊學究式的教學方式（指長久以來用拉丁文授課，亦即「以未知的事物」解釋「未知的事物」），讓正在與枯燥乏味的作品和超出能力範圍的習作搏鬥的孩子，處境更加艱難。為因應這個評斷，有人提出補救辦法，口號是簡單、迅速：教學法和教科書必須使基礎課程易於學習，並因此確保以較低成本取得較大成效；單就這個口號至今仍一再重複，就知道實效始終不理想。

文法是所有批評的核心。實際上，學文法耗掉孩子絕大部分的時間和精力；這在舊制度期間尤其眞實，並因自十九世紀下期開始，受德國語文學長期影響，而一直持續到不久前。文法和文法規則向來被評爲可怕的障礙：考驗孩子、讓他們失去努力的勇氣、害他們中斷學習、永遠厭惡這門學科。從文藝復興時期至今，教育文獻都發出類似的責難。這裡只談幾個例子。伊拉斯謨斯聲明反對花太長的時間學文法規則，而過度且徒然延遲閱讀古代作家的著作。在英國，早在一五三一年，作家埃利奧特就在著作《治人者》中，抨擊這種基礎課程「削弱初學者的勇氣」，以致當他們開始接觸作品本身時，「熱切渴望學習的火花，早已被文法的重擔撲滅，就好比火很快就被一大堆小樹枝弄熄，因爲它從未延燒到本應長久在悅人的烈火中燃燒的粗大木柴」。庫美紐斯在著作《語言入門》（一六三一年）中，以較白話的說法，爲青少年背負的「第一個十字架」悲嘆：他們「被普遍冗長、錯綜複雜或晦澀難懂，且絕大部分毫無用處的文法規則耽誤，更確切地說是折磨多年」。幾百年後，義大利語文學家法西歐拉堤指責語法學家和他們造成的不幸：

這些人堆砌那麼多的規則、附錄、評注，以致單看這一切就嚇壞年幼的孩子，而它們龐大的分量也讓孩子仍脆弱的心靈不堪負荷。這就是為什麼孩子厭惡學習、裝病、迫不及待想放假，為逃避上課並滿足自己偷懶和對無所事事的熱愛，而花招百出。

狄德羅抨擊文法這項科目，對八、九歲的孩子來說太抽象了。「你如何期待他注意形容詞在性、數、格三方面都要配合名詞？他連想都想不到。所有這些煩瑣的名稱只會嚇壞他、讓他陷入絕望。」拉丁文文法經常被比喻爲「幽暗森林」，而在義大利，有人自然而然把它和「但丁筆下的地獄景象中，那荒涼、崎嶇而茂密的森林」聯想在一起，也有人更進一步以常見的比喻「迷宮」（前面再加上「代達羅斯的」這幾個字，並明確指出「沒有阿莉阿德尼線」）*來描繪。十九世紀義大利教育家托馬塞歐在一篇演說中，猛烈抨擊文法規則是「用來摧毀人的記憶力，而非鍛鍊記憶力的工具；是一大群鸚鵡的教師；是迷宮、地牢、地下礦務工作；是嘴巴被封住的孩子必須套著跑的麻布袋，而且他們若不直直向前跑，就會被狠狠鞭打。」英國也傳出類似的譴責：伊頓中學的三大文法規則（*Propriae quae maribus*、*Quae genus*、*As in praesenti*），被喻爲「比希臘神話中，守冥界大門的惡狗刻耳柏洛斯更兇惡的三頭怪物」，而含有「一長串例外」的教科書，則被指控爲「比暴君尼祿、法國大革命領袖羅伯斯比或人類其他所有敵人，製造更多人間痛苦」。在

*在希臘神話中，代達羅斯是爲克里特國王邁諾斯建造迷宮的建築師；阿莉阿德尼則是邁諾斯的女兒，她用小線團幫助提修斯逃出迷宮，「阿莉阿德尼線」比喻能幫助解決複雜問題的辦法。

二十世紀六〇年代，當教師紛紛抨擊拉丁文教學法的「文法過度膨脹」同時，也爲學生的「文法能力衰退」感嘆；此外，這麼差的成效還伴隨一種雙重感受：「厭倦」（因不斷重複同樣的規則，而對上課厭煩至極）和「隱約的恐懼」（源自害怕「這種狀態永遠沒完沒了」，總有新形式、新規則要學，而且永遠有新的陷阱要躲避）。

這些批評（不過是同樣的怨言在四個世紀中的不同說法）以兩種方式具體呈現：編寫簡化的教科書，提出精簡文法甚至減少其分量的教學法。很早就有人出版意圖簡化拉丁文學科的著作。此願望甚至印在書籍的書名頁上，這還不包括那些綴以神奇字眼，如：「簡單」、「容易」、「迅速」及其同義詞的標題（就好像要保證拉丁文基礎課程易學且成效佳）。著名的波爾羅亞爾語法書《拉丁文快易學的新方法》（一六四四年），在所有直到今日仍保證易學速成的大量教科書中，只是一個傑出的例子。

事實上，用來使拉丁文易於學習的方法變化最多：包括使用本地語言、藉改寫成詩方便熟記文法規則、以表格的形式講解。這一切似乎能有效幫助學生學到一點拉丁文，像是二十世紀五〇年代的「性、數、格變化表」，含有「一套訂在書頁邊供翻閱的標牌、框框、箭頭標誌、括弧、紙上圓盤，把不同顏色的信號顯示出來」，以幫助學生弄清楚詞尾變化和動詞變位。然而，這些方法並非總是如預期般有效。按照波爾羅亞爾社團教師（尤其是尼科爾）的說法，圖表和其他圖解只會增加學習的困難度：「因爲用來連接詞與詞之間的顏色，並非一種自然的連線，既不能減輕記憶的負擔，也不會持久留在腦海中。如果只有兩件事要記，或許這個辦法還有用；但當數量非常龐大時，思想就會變得混亂、迷惑。」

因爲簡單易懂而身價大漲的文法教科書，並非總是履行承諾。梅蘭克松曾希望他的文法書（一五二五年）能成爲一個工具，讓人迅速學會寫一手好拉丁文；這點促使他拒絕採用術語，但隨之而來的結果是，有些規則的意思變得含糊不清，像是以下這樣的陳述方式 *Substantiuum cum* substantiuo genitiuo casu iungitur：對此，後來成爲丹麥里貝主教的澤西努斯坦承，他搞不懂其中的兩個名詞，究竟哪一個應加上所有格。特別以批評德波泰爾的語法書爲出發點的波爾羅亞爾語法書，自許爲一本用淺顯易懂的方式闡述語法規則的「小書」。「在德波泰爾的國家，一切都惹孩子討厭。」法國語法學家蘭斯諾寫這番話，以強調他要「把使人厭煩的黑暗變爲令人愉悅的光芒，讓孩子在先前只見荊棘之處採花」的決心。一個世紀過後，勒謝瓦利埃教士在著作《拉丁文詩律學》（一七七三年）中，嘲弄波爾羅亞爾語法書用詩句表示規則的做法，簡直不清不楚且令人討厭，例如：

> La voyelle longue s’ordonne
> Lorsqu’après suit double consonnes
>
> （後面接雙重子音時
> 要用長母音）

他並以簡單、清楚的散文體與前者相對照：「後面接雙重子音的母音是長母音。」一位土魯斯柏立中學的教師，在回應英國當時盛行的「文法無政府狀態」時指出，語法學家甘迺迪的《公學拉丁文入門書》（一八六六年出版），也是這種意圖聲明與實際成果之間有差距的絕佳範例。這本書雖然很快就暢銷且歷久不衰，卻仍遭到強烈反彈。甘迺迪宣稱自己向來關心「如何使年輕學子輕易學到扎實的拉丁文知識」；為此，他採用特定的專有名詞，「一些把文法當作一門學科而專屬它的術語」。然而，也是這些術語引來最苛刻的批評。trajective、prolative和factive是最常淪為箭靶的三個詞；至於甘迺迪放在書末的術語彙編，則被抨擊為附加的混亂來源。例如，一位哈洛中學的教師指出：

> 第九十八頁寫著：「trajective帶有與格」。翻到術語彙編查詢trajective，我看到這個「明白易懂」的解釋：「*Trajectiva*（*trajicere*，轉置），指帶有與格的動詞和形容詞。純『轉置』動詞（動詞*cui*）只有一個與格；及物『轉置』動詞（動詞*cui-quid*）帶有賓格和與格。」（見第一六二頁）我可以舉出上百個類似的例子，內容不外乎沒必要且含糊不清的規則、什麼都沒有解釋到的解釋、一點也不明確的定義。

接著，回過頭來談書上採用的詞彙（「稀奇古怪的專有名詞」）時，這位教師表示，令他憤慨的是「十二、三歲天真無邪的孩子，必須熟悉使役動詞（factitive，或說動詞*quid-quale*）、及物『轉置』動詞、『補助敘述的關係』、『敘述狀況的關係』、『所有者和接收者的關係』、『間接』補語、『接收者』補語、『次間接』句，以及天知道是什麼的規則。」即使在二十世紀五〇年代，毫無起色的學習成效迫使文法教學非簡單易學不可，貝桑松大學教授庫贊仍抨擊中學通用的文法書「自命不凡」，盡是「塞滿二手僞科學論述的厚重書本，而且還用不適合十六歲以下的孩子閱讀的小字印刷」，其中每項規則的陳述都有發展成論文的趨勢，想要做到鉅細靡遺，時刻煩惱不夠完整，反而導致例外倍增、學生不堪負荷。

讓學生歷經艱苦的修業過程，成效卻不佳的拉丁文，常被教師和其他教育理論家拿來和母語或某個活語言的簡單易學且成效佳相對照。這是自十七世紀下半葉起常見的看法，英國經驗主義哲學家洛克在著作《教育論》（一六九三年）中也曾提及：不需要老師、規則或文法書，單單聽人講，孩子就能學好英文；一個英國少女能在一、兩年內，從和她說法語的法國女老師身上學會法文。同樣的方法也適用於拉丁文，最好的解決辦法是，聘一位能對孩子說拉丁語的老師；沒有的話，不妨從一本有趣的書（如《伊索寓言》）開始：我們可以「寫一行英文的譯文（盡可能直譯），然後在上面另寫一行對應這每一個英文字的拉丁字。把這個拿給孩子每天一讀再讀，直到他完全理解拉丁文，之後再換另一則寓言」。在閱讀同時，孩子也學到在其他地方仍屬次要的文法基礎知識。這篇文章引出一個學習方法（習慣）和一個技術手法（行間書寫），兩者在十八世紀皆大受歡迎。

雖然有些人不贊同這種做法（波爾羅亞爾社團的教師認爲，它讓人同一件事學好幾遍），而其他人（如弗勒里或羅蘭）仍繼續使用文法書，但對規則日益不信任，卻引人鼓吹一種自然而然學會拉丁文的學習法，也就是透過習慣，而不是靠推理的方式學到語言：由此產生法國語法學家杜馬塞的「慣例說」和普魯契的「機械論」。杜馬塞推廣這種教學法和行間書寫的手法（坦白說，後者對當代人而言並不陌生）。他用不同性質和大小的印刷鉛字，把要研讀的作品以四個層次呈現出來。首先是拉丁文原文，其次是按合乎邏輯的句法結構（也就是法文的順序）呈現的拉丁文，再來是直譯，最後是「純正的法文」。實例如下：

*Veneris mater Dione fuit, filius, Cupido...*

*Dione fuit mater Veneris, Cupido fuit filius ejus...*

Dione fut la mère de Vènus, Cupidon fut fils d'elle...

（迪奧內是維納斯的母親，邱比特是她的兒子……）

Vénus était fille de Dione et mére de Cupidon...

（維納斯是迪奧內之女、邱比特之母……）

初學者只使用「句法結構和直譯這兩行」，因爲「他只要會讀就好，沒有必要知道如何做詞尾變化或動詞變位」；在閱讀同時，孩子也學到了詞彙，而在不知不覺開始接觸句法之前，他們已經準備好學習詞尾變化和動詞變位。杜馬塞強調：「這些逐行對照的譯文，主要的目的是用來導向寫在最上方的純原文，但我們不該讓孩子先從第一行讀起，免得他們因對拉丁文的倒裝法感到困惑而氣餒；最好讓他們出於好奇和自負，在不自覺間習慣這種句法。」此方法大受歡迎，而且持續到十九世紀初。一開始，它還是引起反對聲浪，特別是無法接受重組拉丁字的人（如普魯契或熊普雷）。熊普雷甚至抨擊所謂的「構句」其實是「毀壞」，他要求讓這些拉丁字恢復它們原先在正文中的順序；他自己的譯法如下：

*Urbem Romam a principio reges habuere*

La ville de Rome au commencement des rois eurent.

（起初，王擁有羅馬城）

雖然，繼承波爾羅亞爾社團傳統的「《百科全書》編纂者」（例如杜馬塞、博澤）反對普魯契和能普雷的看法，認爲有必要利用分析型的句法結構（即按合理的順序，多少有點是法語的順序來構句），但卻意見分歧。博澤反對杜馬塞賦予「慣例」（也就是憑直覺學拉丁文）的角色和地位，他確信一開始就訴諸「慣例」並無好處，甚至會危害思想訓練；適當的做法是，一開始就賦予語法邏輯優越的地位，因爲它無論對拉丁文教學或對任何語言教學而言，都是不可或缺的合理基礎。

這場「規則」與「習慣」之爭，還有好長的路要走。在二十世紀五〇年代，當自十九世紀傳承下來的文法教學在公立中學盛行之際，很多人抨擊這種教學法成效不彰：有人譴責這是爲了有利於「某種從作品中研習的經驗文法」，而「有系統地預先學習理論文法」；有人鼓吹閱讀古典作家的作品；有人建議課堂上應優先重視即席譯講的練習。「現代拉丁文」運動，強調透過口語練習和閱讀作家的著作學到詞彙；這意味著原本賦予文法的分量減少，不過巴耶的介入（由巴耶領導的委員會，負責設計一本簡易合理的教科書，有人稱之爲《十三頁文法書》），還是讓古典拉丁文的支持者放心不少。事實上，他們當中有些人對於以「全面理解」正文爲由，要求學生在讀過第一遍並嘗試分析之前就翻譯的做法，持非常保留甚至反對的態度；他們譴責這種「憑直覺習得的拉丁文」，理由是成效不佳而且可能危害思想訓練；他們反對過度強調直覺（甚至「預知」）的做法，鼓吹恢復推理、分析……以及文法。這場延續數百年的「規則」與「習慣」之爭，難道沒有在近代教學法中（爲了「挽救」拉丁文，而犧牲語言知識並賦予文化重要地位）找到解決之道嗎？語言的表現不再是重點。

大多數被送去學拉丁文的孩子，從未達到很高的程度。不是他們努力不夠，也不是老師不盡心或缺乏創造性。各種技巧老師都試過，而採用「娛樂的」方法也不比將本國語和拉丁文互譯的傳統練習有效果。難道成功真的是望塵莫及嗎？早在一六八六年，弗勒里就不抱任何幻想：「我們應糾正『世人能完全學會拉丁文或其他任何死語言』這種謬見。」到了下一個世紀，達朗伯以嘲笑的口吻說：「拉丁文是一種幾乎所有微妙之處都被人遺忘的死語言，今日我們視爲拉丁文寫得最好的人，說不定寫得很糟。」這種「著重現實」和嘲諷的態度並不令人訝異，因爲早在人文主義極盛時期，維羅納和勒托的學生就覺得跟不上老師（把老師在課堂上說的話寫錯且錯誤百出）；其中一名學生把*Phanitícum*（菲尼帝坎，尼羅河口）寫成*pannicum*的例子，除了強有力地證明這名學生當時很慌亂之外，不也象徵著拉丁文的學習過程或許從來就不是易事，而且成就似乎始終有限嗎？

# 第六章　口語

十六世紀中葉，法國博物學家貝隆強調指出講拉丁語的好處，他以熟練這個古代語言所創造的條件，對照農夫封閉的世界和學者無邊無際的宇宙。「一個鄉下人團體，」他在著作《鳥、動物、蛇等的畫像》中寫道，「其中有不列塔尼人、巴斯克人、蘇格蘭人。他們因不認識彼此的語言，而無法互相了解。但如果他們是文人，而且都講自己在宗教生活中使用的文化語言，那麼他們各人就會聽懂彼此的言論。由此看來，文人比勞工強多了！」拉丁文勾勒出無知者的巴別塔和學者的一元化社會之間的分野。不過，這些聽懂彼此言論的人（套用貝隆的話），拉丁語究竟講得如何？他們眞的完全理解對方的話嗎？

除了聲明拉丁文具備某種固有的溝通效能外，似乎也有必要檢視世人使用口語拉丁文的情況。有兩個問題引起我們注意：口語的品質如何？理解到什麼程度？本書提供的答案必定不完整（這並不令人意外，畢竟我們是以回顧的方式，研究某一種語言在口語方面被理解的情形）。此外，口語的資料來源也比書面語的部分少很多，探索起來既困難又冒險；有關這個主題的參考書目寥寥可屬，就是最好的證明。

## 一、講拉丁語

如果我們願意回想拉丁文在學校、教會、學術界、政治和外交實務中曾經擁有的地位，就不難發現長久以來，世人有很多機會講這個語言。直到十八世紀（包括該世紀在內），世人仍很需要認識口語拉丁文。然而，同樣眞實的是，自十七世紀起，種種要求師生遵守講拉丁語的規定，顯示出在下一個世紀開始將本地語言引進教學，且口語練習不及書面語練習之前，口語拉丁文在學校界已有衰微的趨勢。基礎教育的這種轉變必然帶來影響，而與此同時，本地語言也逐漸在口語交流中占上風。從此大家愈來愈少講拉丁語。在這方面，印成書的著作自相矛盾地成了最顯著的指標。在十六世紀，活版印刷術爲凸顯拉丁文文獻而引進符號：藉閉口音符（尖音符）、開口音符（鈍音符）、長音符或分音符，來區分同音異義詞和同形異義詞，並因此確定發音。然而，這些用來指出音長和重音位置的區分符號，卻在一七〇一至一七二五年間消失，不但淪爲一套複雜沒有條理的系統遭批判的犧牲品，也在拉丁文無可挽回地朝書面和閱讀語言的地位發展之際，逐漸失去了用處。

儘管如此，口語拉丁文仍憑著「思想交流的語言」這個功能，在啓蒙運動時代中期，甚至在積極提倡本地語言的人士中，找到捍衛者。狄德羅在耶穌會遭解散後不久，提出的一項教育計畫中，對拉丁文基礎教育做了以下建議：

重點是理解拉丁文，不是為了拉丁文本身，而是為了以這個語言寫成的可用資源；其次是講拉丁語，不是為了成為總督或領事，而是為了讓一心想了解我們的外國人聽懂我們的談話：因此，最好是從十到十一歲的學童開始訓練，並強迫他們彼此間、和老師交談時，都要講拉丁語。

另一方面，天主教會直到近代，仍把拉丁文當作她的「活語言」、「和全世界交流的工具」來使用。要證明這點，只要想想兩次梵諦岡大公會議都以拉丁文舉行，以及教宗保祿六世創設的羅馬阿提歐里斯拉丁語言學院的學生直到一九七〇年仍講拉丁語。最後，偶爾會有人因不懂彼此的語言，而用拉丁文開啓一段對話。雖然這方面的軼事不少，我們寧可舉義大利小說家萊維感人的例子。從奧斯威茲集中營獲釋後，萊維待在克拉科夫且生活極其貧困，爲了找給窮人喝湯的施湯站，他向一位神父問路（雖然對方看起來和藹可親，卻不懂法文、德文或義大利文）；於是，「這是我畢業後，第一次也是唯一一次使用學習多年的古典學科，我用拉丁文進行一段最荒謬且雜亂無章的談話」。以下就是他的開場白：*Pater optime, ubi est mensa pauperorum?* 由此可見，情況緊急會促使人求助於古代語言。例如，一八〇七年惠洛克將軍所領導的英國軍隊，在襲擊布宜諾賽利斯期間敗給西班牙人時，就是用拉丁語和戰勝的一方談判降書，因爲兩邊陣營的軍官都不懂敵方的語言。

雖然過去有很長的時間非講拉丁語不可，而且使用這個語言的機會也很多，原始資料卻很少提供口語拉丁文品質如何的詳情細節：例如，十九世紀四〇年代，在匈牙利國會發表演說的人，拉丁語水準如何？一般人都期待大學教授和外交官（至少直到十八世紀中葉）、天主教會的高級教士（直到近代）具有某種程度的語言能力：但他們究竟用什麼樣的拉丁語授課、談判或諮商？有些傳記作者強調他們撰述的主人翁講拉丁語：但講得怎麼樣呢？一些名人提到自己曾使用拉丁文，卻沒有提供進一步的細節：如果可以，我們倒想知道笛卡兒在布列達和貝克曼會面時，是用怎樣的拉丁文和他交談。有時候，的確有一些文件滿足我們的期待。根據威尼斯使節的記載，西班牙國王腓力二世「代表某位王侯，講得一口流利的拉丁語」。較常因德語作家之名而才華備受頌讚的歌德，無論寫拉丁文或「滔滔不絕地說」這個語言，都表現出超乎常人的「流暢」，而在《回憶錄》中回顧斯特拉斯堡大學的時光時，他描述自己當時拉丁語說得「很流利」。這類頌揚的記載很少見，通常原始資料都是引證講拉丁語的人用詞不當、笨拙、荒謬可笑，並描述一些近似溝通、難以溝通甚至無法溝通的情況。有點卓越才能的人都不會把最顯著的印象（即表現很差的部分）重新拿出來討論。

因此，萊維在克拉科夫向神父問路時，所用的口語形式（以*pauperorum*取代*pauperum*）並不怎麼古雅。像這種不大有西塞羅風格的拉丁文，我們不乏更早期的例子。布羅斯主席曾在熱納亞不得不用古代語言和學識淵博的法拉利神父交談。當時他對自己談話內容的品質不抱任何幻想，他寫道：「聽我在這裡講話眞是可笑至極，就像是Merlin Coccaïe，一種用拉丁語和加了拉丁詞尾的義大利語、法語混合而成的胡言亂語。」拜倫在里斯本也有類似經歷：他「跟聽得懂他講話的修道士講一口破拉丁語，因爲彼此半斤八兩」。英國作家華爾波承認，有一、兩次他不得不說的拉丁語，其實是（至少就動詞而言）「加上羅馬語詞尾的義大利語」。檢視教會界和學校界時（我們原以爲這兩個領域一定有很多拉丁語講得頂呱呱的人），上述幾個例子給人的負面印象還會增強。

前文提過，天主教神職人員並不全是拉丁文造詣很高的人；雖然阿斯堂區神父或許是一個極端的例子：「他拉丁文懂很少，講得更糟。」由於神學院中使用的語言幾乎沒有人研究，因此認爲這個圈子的拉丁文普遍爲布雷東神父在回憶錄中提到的「非常拙劣」且「生硬」，並不會不合理。怪不得即使在教會最上層人士中，也有拉丁文能力其差無比的人。一八六九年參加梵諦岡第一屆大公會議（簡稱梵一大公會議）的七百多名高級教士，絕非個個一流的拉丁語演說家：「並非每個人都說得很流利。」近代高級教士德翁寫道（擁有速記員的資質，使他格外注意與會者的語言表現）。即使以非常精通古代語言著稱的義大利和匈牙利高級教士，在這方面也不是完美無缺。例如，伊科尼歐大主教帕撒瓦利在第一場會議開始時，所發表的演說被評爲「令人滿意」；儘管他的「拉丁語風格有點時好時壞」，有些地方還露出「（語言轉換的）接合點」。更嚴重的例子是，三名起初被選來擔任大會主席的義大利樞機主教，沒有一個有能力用拉丁語即席發言。在來自其他國家的高級教士中，法國人的拉丁語顯得相當平庸。「他們並沒有因爲拉丁語表現得優美簡潔或正確而引人注目。」德翁在提到自己的同胞時寫道，接著他又舉兩個例子：「沙凡納傳教士主教韋羅和古坦斯主教布拉瓦，毫無顧忌地光說蠻語。」之後德翁又回過頭來評論這兩位高級教士，他指出前者講的是「蹩腳的拉丁文」，而後者表現出「拙劣的」拉丁文，「充滿不純正的語詞和句法錯誤。」曾積極爲教學中使用古典語言辯護的法國高級教士迪邦路，有人形容他拉丁語講得「馬馬虎虎」，也有人形容「很破」、「激動時，還會脫口說出幾個法語字」。梵二大公會議時，情況似乎沒有改善（從與會者的答辯中，可以感覺到他們的拉丁語並不流暢）；龔格神父承認自己當時在羅馬的一場討論會上很尷尬：「我用拉丁語談普世教會合一運動。在表達細微差別時，拉丁文帶給我很大的不便，它不適合用在這裡，即使那些比我懂拉丁文的人來用也一樣。」在拉丁文即將衰落之際，有人指出教會最上層人士這方面能力不足的事實，在好幾個世紀前已如此：當時雖有傑出的人文學者，但也有拉丁文造詣很差的人，如：斐迪南一世。在成為多斯加尼大公之前，這位王侯曾是羅馬教會的樞機主教。當時他才十三歲，對文科不怎麼感興趣：要他念書，並反覆教導他主教身分必備的拉丁文，簡直比登天還難；學了十年，他的拉丁文知識仍極度貧乏。然而，他的老師已經用盡各種辦法，包括利用四輪馬車旅行，好用拉丁語和他交談。

學校的光景也沒有多好。在十八世紀，有人（例如法國歷史學家多諾）抨擊「學校講半拉丁文的混雜語」；有人（例如科耶教士）非常嚴肅看待中學讓孩子花「十到十二年的時間學講很糟的……拉丁語」；也有人（例如狄德羅）指出，學生講得不好，往往起源於老師講「不純正的拉丁語」。然而，這類評價（或許有人認為這是有意改革教育的人偏頗的說法）並非第一次出現。早在一六五〇年，一位名叫迪泰特的法國教師就強調指出，一些十八到二十歲的青年，從修辭班畢業時，只會「講很差的拉丁語，而且對這個優美的語言毫無健全、由衷的興趣」。這類評論並非法國特有。在英國，「文法學校」自十六世紀起，就以教導孩子講拉丁語為首要目標，結果卻令人失望：英國學者阿謝姆（名著《校長》的作者）指出，即使最好的學校「在用字遣詞上，也不大留意選擇正確的字眼、用詞不當、引起混亂、在年輕的心靈中孕育粗俗，以致他們後來不但失去講拉丁語的興致，判斷力也受損」。在波蘭，十八世紀末教學波蘭語化宣告失敗後，學校恢復口語拉丁文，但對表現出來的品質幾乎不抱希望；教育委員會基於「拉丁文，即使文理欠通，在法律事務中和對法律界人士而言都不可或缺」，允許課堂上講拉丁語，並讓學生「像在使用活語言一樣」，練習講並理解這個語言，即使「用較不純正的方式表達」。

就算不看學校界，而看最上層的知識領域，也會發現自十七世紀起，有些學者並未「如願擁有用拉丁文抒發己見的才能」。爲了證明這點，法國作家帕坦提出義大利古典文學研究者弗拉卡斯特和歷史學家西戈尼歐的名字，「雖然這兩位皆是『博學者』，」他補充說道，

> 很多人都說，法國歷史學家德圖用拉丁文寫了五冊很棒的歷史書，也很有學問。但據說有德國人和英國人在他家聽到他拉丁語講得這麼爛，*quaerebant Thuanum in Thuano*（在德圖裡面尋找德圖），都不敢相信這麼出色的著作出自他的文筆。今日大家也常說里戈和索梅斯……

同樣在十七世紀，索邦神學院裡再也聽不到西塞羅式的拉丁文：「古典文學研究者卡佐邦曾出席一場論文答辯……過程中他聽到很激烈的爭辯，但卻是用很不純正、讓人聽不大懂的語言表達。因此他離開會場時忍不住說：我從來沒有聽了這麼多拉丁語，卻一句也沒聽懂。」同一時期，據一位外國觀察家說，帕多瓦大學也不再是人文主義的堡壘：「除費拉里外，幾乎每位教授講的拉丁語都有句法錯誤。」馬謝蒂甚至在用拉丁語講課時摻入義大利文。在蒙特佩利爾，醫學院的拉丁文表達能力也好不到哪裡去。洛克在一六七六年二月二十六日參加一場辯論後，在日記中寫下：「很多法語，艱澀的拉丁語，沒什麼邏輯和論證。」一個世紀後，情況依舊。「拉丁語

國家」，據梅西耶看來，「充滿了蠢話和句法錯誤」。舉了幾個例子後，他繼續說道：「的確，我們的大學教授懂的拉丁文，不會比對自己母語認識得多。」即使到了十九世紀，巴黎大學每當有拉丁文論文答辯時，校內仍充滿極其拙劣難懂的話。試圖在教授甄試中保留拉丁文口試的法學院，因爲「聽眾的嘲笑」，不得不放棄這項規定。以拉丁文進行口試的哲學教師甄試，製造了許多生動的景象，誠如一八二七年一位教授在考核時寫下的評語：「以拉丁語開始的句子，不止一句突然以法語結束。」他舉一位把兩種語言混在一起的應試者爲例，後者宣稱：「*in hac urbe où* **je professe**（我『在這個城市』任教）。」

這麼差的口語表現，引來各界反應。在十八世紀期間，德語地區的大學界人士對口語拉丁文的貧乏（不夠流暢且錯誤百出）甚感擔憂。爲補救這種情況，有兩個拉丁文協會分別設立於耶拿（一七三四年）和哈勒（一七三六年）；會員（大多數是大學教授）不但要講拉丁語，而且要用純正的拉丁語，甚至在耶拿，協會嚴格規定只能用西塞羅式的拉丁文。

其他早在十七世紀就提出的解決方案，更是野心勃勃：創設拉丁城。這些計畫的發起人都有共同的雙重體認：一方面，經過冗長艱困的學習，對拉丁文的認識還是很少；另一方面，置身於陌生環境中的孩子，很快就學會講當地語言。一六二一年，賴伐爾建議法王「爲王太子、所有王公貴族和其他名門子弟創設一個拉丁語殖民地」：只說拉丁語加上採用「有趣的」教學法，將保證完全、迅速掌握口語拉丁文。弗雷提出的計畫較適中但源自相同的靈感，他提議創立一所讓孩子兩歲就入學的拉丁文中學；在這裡，孩子和老師、佣人只能用拉丁語交談和玩耍；因此，到五歲時，他們將比在學校度過十年痛苦歲月的孩子，講「更多拉丁語，而且更具典雅語風」。莫奧夫認爲，要設立一個連工匠都會講拉丁語的拉丁城，大概二十年就能實現：一開始，只須挑選六、七名精通拉丁文的人，請他們教窮人家的子女拉丁文就夠了；以後這些受教者將學習一技之長；屆時就輪到他們用拉丁語培養學徒，像這樣，一個拉丁語社會將逐漸成形。在十八世紀中葉，法國天文學家莫佩圖威堅決主張要有拉丁文大學，但他也強調在口語實踐中，拉丁文會特別出現「死語言」的特性：「我們肯定能講得好，」他指出，「只要我們全用古代作家的句子；一偏離這些，我們就建構一種成分不同的混雜語，只有無知才讓人感受不到它的滑稽可笑。」不過，他認爲要讓這個語言重生應該不難：

只須把全國講拉丁語的人都集中在一個城市，下令只能用拉丁語講道和進行訴訟。我深信他們在這裡講的拉丁語，程度不會好到像奧古斯都的宮廷所用的語言，但也不會糟到像波蘭人講的拉丁語。而從歐洲各國來到這個城市的青年，一年內在這裡學到的拉丁文，將比他們花五、六年在中學學到的還要多。

同一時期，法國博物學家拉孔達明在批評中學的教育制度之後，提出一個透過活用來學習拉丁文的基礎教學法，和近代外語基礎教育類似。他還說：「我如果提議創設一個只能講拉丁語，而且很快就有來自歐洲各民族的人居住其中的城市，有些人大概會覺得這個計畫荒誕可笑；或許這是我能提出來支持新教學法的最佳理由。」甚至在十九世紀維也納會議後不久，還有一位被派至土魯斯的西班牙神父奧莫，建議重獲和平的歐洲執政者，共同建立一個拉丁城，並取名叫

*Roma Tullia*。住在城中的居民（來自各國，起初至少有十位）都要講拉丁語，而且各人要照自己的能力和情況，竭力使拉丁文重新成爲國際交流的工具。雖然這些計畫（還有其他類似的計畫）看來都沒有實現，而且近乎烏托邦，它們仍然（而且從很早期開始）表達了傳統教學徹底失敗的看法：絕大多數的學童經過多年艱苦的努力，仍無法流暢說出正確的拉丁語。

## 二、理解

一六七八年，二十歲的方丹進入波爾多基恩中學讀哲學班。他的回憶錄記載了當時的慌亂：「那裡只講拉丁語……例如在邏輯學課，每一章都互有關聯，但無論是課程內容或講解，我完全聽不懂，而且只能勉強講出三個拉丁字。我在班上就像是半聾的啞巴。」藉這段引文，我們可以來衡量存在於拉丁文口語實踐問題的另一面：理解。如果要流暢正確地講拉丁語都很困難，那麼要理解似乎也不會比較容易。

這點說明了蘇格蘭改革家梅爾維爾年少時，爲什麼會痛苦萬分（他一到格拉斯哥大學就想打道回府）：「沒有非常扎實的文法基礎，又還沒達到自己判斷和推理的年齡，我陷入悲傷和絕望中，因爲不懂（老師的）語言，在他的課堂上我只能悲嘆落淚。」這點證明了長年學習絕非一種保證。在耶穌會杜林中學就讀期間，拉丁文程度好到可以幫同學寫作業的奧菲瑞，進了大學才發現自己毫無實力。對於「本身很乏味且籠罩在拉丁文中」的哲學，他一竅不通。次年的物理課對他而言，也沒有比較明白易懂，以致他必須與纏繞他的這個語言搏鬥。

因此，我們可以理解爲什麼在強制以拉丁文授課的時代，老師仍不得不提供本地語言講解。十七世紀末，在那不勒斯，著名的法學教授奧立西歐先用拉丁文在講台上授課，然後再步下講台，在學生當中走來走去，用那不勒斯方言進一步說明並回答問題。同一時期在比薩大學也有類似做法：教授以拉丁文「口述」之後，會走出大廳並進到庭院，靠在一根圓柱上（因此有「靠著圓柱反覆講述」的說法），用多斯加尼方言「講解」。事實上，一個世紀後，若想灌輸學生一些知識，這種做法絕對免不了。戈齊提到在帕多瓦大學，教授一致認爲幾乎不到一成的學生（大概三百人中有三十人），「勉強懂拉丁文」。這麼說來，學生如何跟得上用他們聽不懂的語言講授的課呢？「這是眞的，」戈齊答道，「上完課，學生就會到私立學校聽講解。」

怪不得在十八世紀末，大學改革者強烈抨擊以拉丁文授課的慣例。法國評論家拉阿普在一七九一年的一項研究計畫中，提到哲學課，他砲聲連連地說：「再也不要有這種用不純正的拉丁文寫的邏輯學、形而上學和倫理學練習本：這種錯誤應用的拙劣拉丁文，把學校中說而不被理解的有害習慣永遠傳下去。」同樣不足爲奇的是，在與會人士不只是學生的正式典禮上，也有人（即使在舊制度統治下）改用本地語言發言：一七〇六年，當洛桑學院教授克魯薩在入學典禮中致詞時，他放棄用拉丁文而改採法文。理由是，爲城裡的高尙爵爺著想，講得更明確些，因爲「絕大多數的與會者完全聽不懂拉丁文」。

## 三、發音

### 多種發音的隱患

雖然聽不懂拉丁文，往往源自對這個古代語言一知半解，但也可能是不同發音增加混淆，導致話語本身難以理解。關於這點，我們很適合從一篇明確點出問題所在的文選開始談起（附帶一提，這段文字很有名）。這是摘自伊拉斯謨斯的著作《論正統拉丁希臘語發音》（初版：一五二八年）；誠如書名所示，這部作品主要探討拉丁語應有的正確發音（這裡我們撇開希臘語不談）。既是「正確」發音，想必也是獨一無二的，作者意在藉它駁斥當時盛行的多種發音和隨之而來的混亂。爲了證明自己這麼做有充分理由（如果需要的話），這位荷蘭人文學者透過書中主角萊奧的見證，呈現一幕發生在神聖羅馬帝國皇帝馬克西米連一世宮中的滑稽景象。

萊奧：我告訴你。不久前，我偶然目睹四位雄辯家參見皇帝馬克西米連一世，這種事有時是出於傳統，而不是發自內心。其中一位雄辯家是法國人，生於勒曼……他發表一篇演說，我想是義大利人寫的；內容並非以很糟的拉丁語寫成，但演說者帶著很重的法語腔，以致在場的幾位義大利學者相信他講的是法語而非拉丁語……他一講完（不是沒有困難，因為致詞到一半時他思路中斷，我猜是被聽眾的笑聲給打亂），大家開始尋找另一位雄辯家按照慣例給予即席回應。結果推出一位宮廷學者來完成這項任務……他的開場白如下：*Caesarea Maghestas pene caudet fidere fos, et horationem festram lipenter audifit, etc.*（原注：應該是

*Caesarea Majestas bene gaudet videre vos, et orationem vestram libenter audiuit*〔皇上，很高興見到您，聽您演説很愉快。〕」），他那種呼吸聲和德語腔，就算任何人用通俗語言講話，都不可能有比他還重的德語口音。大家對他報以更大的笑聲。下一位演説家講起話來好像蘇格蘭人（特別令人想到這個民族的發音），但其實他來自丹麥；回應他的是一位吉蘭人（荷蘭）。很可能有人發誓，這兩人講的都不是拉丁語。

然而，這種把皇帝逗得很樂的滑稽景象並非絕無僅有，在整個近代史上，有很多類似的例子。奇怪的拉丁語發音常令英格蘭人、愛爾蘭人和蘇格蘭人惹人注目，因爲這使他們變得難以理解或滑稽可笑；帕坦指出：

這些愛爾蘭人，這些有邏輯頭腦的人，他們發拉丁語的方式常令我發笑。我從未一次聽懂他們在説什麼，他們的*-ous*發音總讓我產生各式各樣的想像。當小斯卡利杰（他肯定比我機靈）聽人講這種拉丁語時，同樣感到很困窘。某日他專心聽完一位愛爾蘭人用拉丁語稱讚他之後，他相信對方是用愛爾蘭語對他説話；這就是為什麼他答説他完全聽不懂，因為他不懂愛爾蘭話。

同樣在十七世紀中葉，索比耶在他的英國紀行中，感嘆自己無法從英國學者的談話中獲益：「因爲（他們）過著非常隱居的生活，又很少與陌生人交談；除了不願講法語外（雖然講得很流利），他們還用拉丁文表達己見，而且是帶著某種腔調，以及使他們講的拉丁語和自己的語言一樣難懂的發音。」同樣地，我們不知道十七世紀末在萊登大學求學的大學生，究竟能從來自蘇格蘭的醫學教授皮凱恩身上學到什麼：他講拉丁語時，那種口音幾乎沒人聽得懂。相對地，外國人在英國也沒有比較容易得到理解。法國學者博夏特於一六二一年旅居牛津時，曾有這種體驗：當時他用拉丁語邀請一位大學講師參加博士學位典禮，結果對方聽不懂他的話，又見他衣著不像本地人，還以爲他是居無定所的神職人員來要盤纏和食糧。約一百三十年後，情況依舊，誠如科爾西尼王族的旅遊日誌所記載：「應該講拉丁語，但在英國，發音方式的不同造成當地人很少得到理解，也很少聽懂別人的話。」英國人很清楚自己的拉丁語發音與眾不同。一六六一年，日記作者伊夫林譴責威斯敏斯特學校傳授的拉丁語「發音很奇怪」，因爲「除英國外，沒有一個民族聽得懂或受得了」。這種評價在十八世紀末並十九世紀初的「紳士雜誌」中重現；一八六六年九月十三日，「泰晤士報」刊登的一篇文章也提出同樣看法，該文是威爾金森敘述這方面的親身經歷。一八三七年他以劍橋大學「遊學生」的身分，到匈牙利和希臘旅行。在第一個國家，他發現自己常置身於「大家都講拉丁語」的環境中，但「只因爲奇怪的發音，要聽懂別人的話並得到理解，簡直難如登天」。在希臘也一樣：有天晚上他和十位來自九個不同國家的學者共處，當下他只能選擇「大家多少懂一點」的拉丁文做爲共同語言；「從各種不同的發音方式看來，這完全是個失敗；我必須說，」他強調指出，「我們英國的發音最奇怪：和其他國家完全不同，讓人完全聽不懂。」

雖然英國人因爲獨特的拉丁語發音惹人注目，其他民族也免不了賦予這個古典語言一個「民族」腔的色彩。根據文法學家西歐皮尤斯的著作《論拉丁字母正確發音》，這是全世界的通病：例如，中國人沒有R這個音，所以發L音來取代；日本人則反其道而行。有很多例子可供參考，但都大同小異。這裡我們只談一則趣聞，主角是常被拿來和法國散文做聯想的知名人士：聖西門公爵。一七二二年他到西班牙旅行時，因身分特殊而在托雷多受到大主教和他的外甥殷勤接待。「我們以拉丁語交談，」聖西門在《回憶錄》中寫道，「最年長的那位（外甥），儘管位居宗教裁判所的法官，卻以爲我講的是另一種他聽不懂的語言，還特別請我用拉丁語和他談話。」聖西門評論道：「這是因爲我們外人（法國人）的拉丁語發音，完全不同於西班牙人、義大利人和德國人。」

在仍盛行大量方言的近代歐洲，地方口音也是影響拉丁語發音的因素。法國人文學者托里在著作《花田記事——字母眞實比例的藝術與學問》中，按每一個字母指出在法國各地可感受到的發音差異。例如，就字母R來說，他注意到

> 有三個地區R字發音很差：勒曼人、布列敦人和洛林人。勒曼人在R後面加S，因為當他們想說 ***Pater noster*** 或 ***Tu es magister*** 時，他們會唸成 ***Paters nosters***、***Tu es magisters***。有兩個R時，布列敦人只發一個R的音；反之，只有一個R時，洛林人會發兩個R的音。

如果卡塞留的話屬實，在德語地區，混亂的情形似乎一樣糟：根據這位教師，單單字母A就

有至少三種不同的發音方式。英國學者該猶也指出，在英國北部和蘇格蘭有一種拉丁語發音，他稱之爲「北方腔」或「蘇格蘭腔」。他並進一步指出：

> 本來應發*sibi*、*tibi*、*vita*和*ita*的音，這些人都唸成*saibai*、*taibai*、*vaita*和*aita*。雖然英國南部人普遍詆毀這種發音……使用者卻堅決不改，倒不是基於理性，而是基於固執和怪脾氣。這種說話方式是未受教育，或沒有學過發音規則的民眾的特徵。

最後這項評論，引導我們思考另一個影響拉丁語發音的因素：不懂或至少對這個語言認識不足。這點從世人吟誦拉丁文歌曲的情形得到證實（一般教育程度對這部分不無影響）。「教士或學生團體愈是才疏學淺」，拉農提到十七世紀時指出：「就愈沒有人發子音，也愈多人擅自加字母，好讓拉丁字看似與它對應的法文字。」參加巴黎耶穌會聖路易教堂大型禮儀慶典的歌劇「演員」，情況也一樣。「拉丁文並非他們熟悉的語言，他們並不太熟悉教會語言。」勒塞德拉維於十八世紀初寫道。接著他又感嘆道：「這些人發音糟透了，他們用一種滑稽可笑的方式斷字、讀錯字、扭曲字，聽到他們製造的怪異錯字和可笑的混雜話，要忍住不笑實在很難。」

雖然無知者糟蹋了拉丁語發音，有些學者卻是因個人的矯揉造作導致發音走樣，這種情況當然較不嚴重，但仍會妨礙別人輕易理解談話；尤其他們當中有些人憑著個人權威自創學派，更是造成令人遺憾的後果。例如，小斯卡利杰提到「荷蘭的法蘭德斯人」時指出，「他們把*sed*說成*zed*，也就是利普斯的讀法；人人都想模仿利普斯的惡習。」同樣地，在十六世紀初，法國人那種沒有抑揚頓挫的拉丁語發音，也成了追求時尚的外國人模仿的目標。在英國，對身分和區別的高度關注，導致學校採用並維持特殊的發音法，而且一直持續到二十世紀初：「你會發現有些學校……至少有二到大概六種不同的發音。」一九〇五年古典協會就這個主題進行討論時，一位與會者說道：「男學生到了中等學校，必須忘掉在先修班學過的發音……無論在牛津或劍橋，或者單單在一所中學內部，都沒有一個統一的發音系統占優勢，甚至沒有一個在邏輯上有誤。」

無論起因是什麼，這麼多種發音終究是混淆和無法理解的根源。極端的例子是，說者雙方毫無察覺彼此用的是同一種語言。較常見的情況是，同一個字母發不同音而搞亂了溝通。托里在《花田記事》中舉了好幾個這方面的例子。他指出：

> 布干尼和福雷茲地區的拉丁語發音，以字母L發音最差，當地人常把L發成R的音。例如，我在巴黎大學授課的學院中，常看到或聽到很多來自上述地區的年輕學子如此發音：他們不說*mel*、*fel*、*animal*、*aldus*或*albus*、和其他很多類似的發音，而說*mer*、*fer*、*animer*、*ardus*或*arbus*。這是濫用應有的正確發音，不但常造成意思混淆，也往往把意思弄反了。

## 漫長艱辛的統一過程

怪不得老早就有人致力於發音改革；關於這點，我們最好回過頭來談伊拉斯謨斯和他的著作《論正統拉丁希臘語發音》。義大利人文學者曾竭力終止由中世紀流傳下來的拉丁文拼寫法亂七八糟的現象：他們引進一種改革過的拼寫法（以銘文、古代貨幣和古代語法學家的教導爲基礎）。

從西班牙人內布里加、魯汶教授德波泰爾、或在土賓根大學任教的倍貝爾等人的著作看來，並不是只有義大利人關心這個問題。內布里加和倍貝爾甚至在著作中，呼籲改革發音以配合新的拼寫法。伊拉斯謨斯的著作就是在這股潮流影響下誕生，只是他的聲望和成功使前人相形失色。

爲應付語言的這種混亂局面（在馬克西米連一世宮中的那段情節，只是一個生動的例子），以及拉丁語發音普遍不純正的情形，伊拉斯謨斯努力找回已隨著時間走樣的原始發音。在他看來（從大規模旅行的親身經歷得到的結論），發音走樣的情形以羅馬最輕微，法國最嚴重，德國和英國則介於兩極之間。這種看法在當時極爲普遍，從十六世紀初，阿梅巴赫給在巴黎求學的兒子布魯諾和巴西爾的提醒就可得知：

> 我絕不許你們學法國人的發音，也不准你們習慣這種發音，因為他們很不會發重音，不但粗俗地延長短母音，還把長母音縮短……無論在德國或在人文薈萃的義大利，這種發音都被視為拙劣、荒誕、可笑，凡用這種方式講拉丁語的人，都成了當地人眼中的傻子。

不過，伊拉斯謨斯並不認爲義大利的發音方式就是正統發音；只不過它走樣的程度比較小而已。至於他提出的正確（「正統」）發音，是依據和前人一樣的來源，即賦予著名的拉丁語雄辯家昆帝連極大的地位。由於伊氏這部作品的背景不屬於語文學，我們無須逐一檢閱他的拉丁語發音改革，因爲這部分的成就和希臘語發音改革的境遇不同，與普遍預期的結果相差甚遠：英、法兩國爲了引進這套發音法而做的嘗試，已充分顯示這點。

在法國（自十三世紀起，拉丁文無論在詞彙或在句法上皆已衰落），拉丁語發音和法語發音很像：因此，*u*發ü的音，而放在詞尾的*um*則發on的音；有時，酷似法語字也會導致讀音相同：例如，*dictum*的發音和dicton一樣。正如阿梅巴赫給兒子的提醒，長、短母音不是沒人理會，就是被混淆，而重音是法國式的，也就是說，落在最後一個有發音的音節上。在十六世紀，人文學者竭力恢復古代發音法（配合拼寫法和句法的改革），他們首先向義大利取經；托里在《花田記事》中闡述的就是義大利式發音，而當時傳授的也是這種發音法。後來，大家把目標轉向伊拉斯謨斯，他的《論正統拉丁希臘語發音》在巴黎再版同時，也在巴塞爾出版；這本書激發出另一部標題幾乎類似的著作（或許有人覺得有點多餘）：《論正統拉丁語發音》（埃蒂安納著，一五三八年出版）。因此，早在拉穆斯（人稱法國改革運動始祖）之前，就有人開始矯正發音了。然而，根深柢固的習慣，加上人文學者很難對古代人的發音方式有共識，導致改革受挫。唯一成功的革新是，所有子音（包括雙重子音）、子音群中最先出現的子音、放在字尾的子音（以前這部分和法語一樣不發音）都要發音；但各子音的個別發音維持不變。至於母音，仍沿用法語式發音。重音依然落在最後一個音節上，因爲沒有人能邊發音邊修正母音的音長。因此，文藝復興的改革運動，只帶來一個介於先前的發音和古典發音之間的折衷物，實際上這純粹是因循守舊的發音法，來源有三：回歸古代文化、義大利的影響和源自法語的積習。

在英國（根據伊氏的說法，這裡的拉丁語發音比法國好），改革過的發音法約在一五四〇年，由兩位年輕的劍橋教師史密斯和契克引進。但在一五四二年，大學訓導長卻以一項行政命令禁用新的發音法；有段時間，改革者在爭論中獲勝；但在一五五四年，新的行政命令重申禁令。

之後，拉丁語發音背離伊氏的改革，隨著英國語音學變化，而且愈跟愈緊。雖然密爾頓於一六四四年還在著作《教育論》中，推薦「義大利式」發音法（即母音特別清楚），幾年後他卻在自己發表的一本拉丁文文法書中，公開承認先前的建議徒勞無益：「因爲很少人會被說服採用英語以外的方式說拉丁語。」

發音的多樣性和統一失敗，引人提出折衷辦法。一些和教師卡塞留、題材多變的作家西歐皮尤斯或大學訓導長羅蘭一樣與眾不同的作家，發表一些簡單的規則，希望一方面能避免非常明顯的錯誤，另一方面能促進交流。然而，實際上似乎毫無改變。在天主教會規定用義大利式發音、大學指定用所謂的古典或復古式發音之前（執行上不是沒有困難），拉丁文根本就沒有共同的發音標準。

從上述參考的著作看來，基本原因之一在於種族特性。密爾頓請同胞清楚發拉丁語的音，特別是母音系統時，他用極富想像力的詞彙解釋，還說：「因爲我們英國人身處遙遠的北方，我們不會在寒冷的空氣中，把嘴巴張大到足以接受南方的語言；但其他民族都認爲我們用一種極度閉音和不清楚的方式講話；以致用英國人的嘴含糊不清地說拉丁語，就像用法語講法律一樣讓人聽不懂。」

更嚴重的是，學者對拉丁語發音很難有共識。在十六世紀，字母 *u* 在法國是兩組人士爭論的起源（一組確信羅馬人發 ü 的音，另一組堅持發 ou 的音）。人文學者佩爾蒂埃認爲，應該還有一個音介於 ü 和 ou 之間；然而在後來的發展中，這位作者似乎和許多同胞一樣，認爲拉丁語的 *u* 應該發法語 ü 的音。伊拉斯謨斯本人傾向發 ü 的音，但他也承認，除了必須發 ou 音的長音字母 *u* 之外，還有一個音長較短的*u*近似法語的ü。這些爭論和猶豫源自沒有人知道古代人究竟如何發音。雖然語文學家梅納吉在爭論「*KisKis*和*Kankan*」時，斷然自命爲羅馬人的權威，認定西塞羅和他同時代的人「都說*ki*、*kae*、*kod*，而非*qui*、*quae*、*quod*」，實際情況卻很不確定。從法國作家佩羅的著作《關於藝術科學的古今看法對照》，就可看出這種不確定性和幾分混亂。書中，有位對話者斷言：「可以肯定的是，我們根本不知道拉丁語該如何發音……」之後他提出各種例子，說明近代發音根本不同於羅馬人的發音！至於西歐皮尤斯，他非常清楚原因何在：拉丁文是死語言；它從一千多年前就開始衰落，而且和各式各樣的當地方言混合，以致「我們甚至無法猜想哪一種才是它的正確發音」。他還提到，如果西塞羅重返人世，他的談話不會比假設他講阿拉伯語更得到理解，而他也會完全聽不懂別人的拉丁語，就算與他交談的是當代拉丁語泰斗西昂波利。西歐皮尤斯和他的同胞卡塞留都認爲，我們能改革並統一近代的發音方式，但無法完整重現古代的發音。

這樣的統一工作更因每個民族都確信自己的發音最好，至少是最正確的，而加倍困難。西歐皮尤斯就是基於這種看法，而著手寫《論拉丁字母正確發音》，他也提到沒有任何理由或權威能動搖此信念。從一七七六年伊佛敦出版的《百科全書》中，德費利思提到拉丁文的類似談話，可見上述評論的正當性：「每個民族都按自己的方言和清楚讀出每個字母的方式講拉丁語，每個民族都自認他們的發音最標準。」因此，沒有人肯向別人屈服。

除了確信自己擁有眞正的（至少是最好的）發音方式外，還有慣例、習得的技巧和根深柢固的習慣。因此，最後讓密爾頓屈服的其實是同胞的習慣。但面對任何改革和統一發音的企圖時，習慣也有可能提升爲名副其實的防衛系統；這點從該猶的著作《論希臘拉丁語發音手冊》強烈反對伊拉斯謨斯的改革，可見一斑。雖然從伊氏的改革起源於回歸古代原始資料（指文學和具紀念價值的資料）來看，它有激勵人堅決仿古的作用，該猶卻抨擊它是有害的新產品，因爲它打亂了既定的秩序，即「民族的習俗」。該猶就是以傳統的名義（這裡的「傳統」是指現行慣例的成果），加上大量借助古典著作語錄，來反對前人將「新式」發音引進劍橋。這種發音法除英國外，在其他任何地方都沒有人使用，更何況只在一個城市。因此，若遷就這個新模式，而放棄英國各地固有的習慣，將招來雙重危險：同時得不到自己的同胞和外國人理解。最好還是維持「舊的發音方式，因爲它絲毫不妨礙我們正確說話並在世界各地得到理解」。此外，該猶提出的習慣，也反映某種社會規範：厭惡所有可能引起反感之事。在他看來，新式發音違反諧音原則，給人留下不舒服的印象。「因爲這種說話方式既粗俗又難看，不夠文雅，不大高尚，要笨拙地透過某種矯揉造作才學得會，不適合用學者的嘴來表達，大大傷害了有教養人士的耳，顯然不大吸引人，而且除了那些熱中於新事的人外，到處都惹人厭。」就觸犯禮節而言，這種新式發音也應受譴責：它使非常體面的字眼，如：*ascitum*（被錄取的人）和 *asciscunt*（錄取）變得不堪入耳。該猶繼續說道：「因爲按照新式發音，把前者的c發成ch的音，而後者的c發成k的音，這些字聽起來會帶著某種猥褻的意味，要我解釋這點，我實在難以啓齒。」因此，伊氏的發音法和伴隨它的人文學識，最後落得損害禮節文化的罪名。就這樣，各種發音仍繼續存在，無論該猶怎麼說，它們都有損完美的溝通。同樣是英國人，但在年代上和該猶相隔甚遠的約翰遜非常清楚這點，他在社交禮節所創造的條件下，提出一個同時保留民族特性和達到理解談話的折衷辦法：「旅行的人如果說拉丁語，應能很快學會當地人賦予這個語言的發音方式，而無須做行前準備；如果外國人來訪，就輪到他們有義務適應我們的發音法，正如他們期待我們在他們國家這麼做一樣。」

因此，在整個舊制度期間、甚至到了十九世紀，拉丁語發音離統一還遠得很，因爲它仍帶有民族口音（甚至地方口音）、矯揉造作和時尚等標誌。對古代發音的不確定，成了各民族有權利隨己意發音的依據。當時最具影響力的是習慣。勒塞德拉維指出，義大利人把*fluvius*（河）唸成*flouvious*是理所當然的，因爲「這才是活語言的發音法（在活語言中，我們說*virtou*，而非*virtu*）……如果唸成*fluvius*，那些習慣活語言發音的人聽了會很刺耳。」同理，這樣的發音可能「在法國人聽來很刺耳」，因爲在法國的「自然語言」中，u的發音和寫法一樣：法國人說*vertu*而不說*vertou*，所以在法國說*fluvius*最合適。結論不言而喻：「我們應盡可能遵循最普遍的發音方式，它是對的，除非我們發錯了音。」這個事實具有法律效力。因此，在十七、八世紀，拉丁語發音既不是古拉丁語的發音（原因很明顯），也不是當時的法語發音，而是「一種介於已死的拉丁語發音，和過時的法語發音之間的奇妙折衷物」。

無論在法國或在其他地方，如果十九世紀語言學的出現，加上語文學家和語法學家的努力，沒有促使拉丁語古典發音（指西元前一世紀羅馬有學問階層的發音方式）重建的話，事情可能維持原狀。自十九世紀七〇年代起，除了在理論上辯論這個主題外，也有人具體提出如何在教學中採用這套新系統。但進度緩慢，而且遇到各式各樣的阻力。

在法國，自十九世紀最後十年起，將「復古式」發音引進公立中學的嘗試，不但遭到慣例阻撓，甚至在改革陣營中都成了意見分歧的主因。當時彼此對立的意見包括：有人想要普遍推廣這種發音法，有人希望僅限於公立中學的高年級使用，有人同意讓現任教師繼續使用他們自己的發音方式，有人想要以理服人，而有人卻要訴諸公權力。有人不只爭論這種「復古式」發音的方式，也爭論它的內容，更確切地說，就是重音（或者應該說是不同重音）的主要問題。古典拉丁語有兩種重音（抑揚頓挫和大小聲），這對講法語的人而言（他們習慣把重音放在最後一個有發音的音節上），困難度很高：不用說，那些一開始就提議放棄的人、堅持只強調大小聲的人、希望兩者兼顧的人之間，又少不了一番爭辯。羅曼語專家也說出他們的見解。他們指出，所謂的古典發音不可能應用在中世紀拉丁文，而不犯時代上的錯誤，因此他們建議只用傳統發音就好；此外，不知是基於對學術的關心，還是想要挫敗改革，他們（如法拉爾）極力主張必須標明重音。有一事件使局勢變得更複雜：在二十世紀一〇到三〇年代，絕大多數的法國神職人員都放棄拉丁語的法式發音，改採羅曼語式發音。後果有兩方面：舊式發音的殘渣猶存；一些抵制行動出現。一九二九年，「法式拉丁語發音之友」協會在外交部支持下，於巴黎成立；外交部甚至發表一項正式聲明，大意是「在全法國境內，拉丁語常用發音的問題，是民族和政治面的問題，直接涉及公權力」；誠如反對義大利式發音的馬瑟（他也是最積極擁護「復古式」發音的人）更直接的說法，我們沒有必要「採用義大利語」。因此，支持「以科學方式重建發音」的人（分爲「溫和派」和「激進派」），有兩組反對者，而這兩組人士又彼此對立：一組支持在教會中常聽到的義大利式發音，另一組支持根本不可能從教室裡消失的法式發音。怪不得改革雖有明顯進展，卻總是拖拖拉拉，而出自法國學童口中的拉丁語發音往往很嚇人（因爲混合了三種「風格」）。事實上，在二十世紀五〇年代末期，六年級生的文法課本上寫著：「在法國，拉丁語有三種發音方式：一、傳統發音，有強烈的法語風格；二、教會採用的發音，具義大利語風格；三、復古式發音，可能最接近古代的發音方式。」建議特別將第三種發音法用於拉丁詩。一九六〇年，一份政府公告規定學校採用「復古式」發音，但拉丁文學科的衰落限制了它的功效。

在英國，古典發音於一八七〇年左右引進大學，過程中並未遇到太多阻力；雖然免不了下列情況：學術上的爭論、有人同時使用兩種發音系統、在二十世紀二〇年代還有英語式發音的支持者。因有上文提過的本位主義和傳統，改革很慢才深入學校。爭論持續了半個世紀（從一八七〇至一九二〇年左右），而且充滿了美學和道德方面的考量。一開始，拉丁文v的新發音w就引起激烈的爭論。有些人認爲這種發音很可笑，甚至「令人反感」，其他人則辯稱，w音絕非「粗俗、完全不合規範的音」，相反地，它是英文詩最愛用的音；論戰一直持續到二十世紀五〇年代初期，當時有些人堅稱 *vigeat* 一字用新式發音 *wigeat* 表達，會失去說服力和雄渾的氣勢。在「改革過的發音法」取得優勢前，學校考慮了很多折衷辦法：兩種發音都教；教學生用傳統發音讀散文作品，用新式發音讀詩；最後，最受歡迎也最多人採用的解決辦法是，把新式發音留給「六年級」（即最高年級），其他年級繼續使用英語式發音。據劍橋大學比較語文學教授艾倫說，在二十世紀六〇年代，新的發音系統到處占優勢；儘管如此，還是有很多人（包括「大多數學者」）犯了發音上的錯誤。對外來音的「民族恐懼症」導致他們把拉丁語字母和音節，化爲相等的英語字母和音節：例如，在 *agger*（斜坡）一字的習慣發音中，沒有任何成分接近最基本的修訂版發音：a被錯唸成〔œ〕，雙重子音未被明顯讀出，e被錯唸成〔a〕，而r的音則完全省略。此外，在二十世紀三〇年代，當義大利式發音傳入英國天主教會時，也遇到類似出現在法國的阻力：雖然反對聲浪較小，但同樣都爲傳統發音在歷史上的合法地位辯護，並強烈抨擊所謂的羅馬發音普世論。

在義大利，拉丁語發音長期維持義大利式的發音（學校和教會皆是），直到二十世紀六〇年代，才眞正有人爭論古典發音（即上述「復古式」、「合乎科學」或「改革過的」發音法）。在實際應用上，只有少數人支持古典發音，大多數人仍贊成義大利學校（尤其「中學」）保留傳統發音。有人提出古典發音的幾個不確定因素，以及有關音長和重音的問題；但特別的是，有人強調某些字的新式發音完全脫離現在的發音習慣，以致聽起來很可笑，例如：*Cicero*（「西塞羅」）一字，不唸*Chichero*而唸*Kikero*，這種發音令人想到鳥叫聲（Kikiriki），而不是羅馬演說家崇高的名字；也有人堅決主張義大利式發音的正當性，理由是從佩特拉克到帕斯科里，講拉丁語的人都延續這個傳統；這裡同樣有人指出，採用改革過的發音，會導致學生兩種發音都得學並應用：古典發音用於古代作品，義大利式發音用於人文學者的文獻。當時大家普遍贊同以下的折衷辦法：在大學傳授古典發音，但「中學」僅限於傳統發音。不過，隨著拉丁文學科面臨危機，這個問題很快就失去急迫性，自二十世紀七〇年代起，可以說再也沒有人爭論這個問題了。

雖說是活語言，這種「經過修復的」拉丁語並沒有唯一的標準發音，或許也不可能有。即使像天主教會這麼具有一致性的團體，也達不到這個目標。因此，當梵一大公會議於一八六九年召開時，想到與會高級教士的人數和出身（將近七百人，其中約一百二十人說英語），就可預知發音的多樣性勢必造成問題。爲此，大會在一位來自杜林的神父馬爾凱斯（前義大利參議院速記員）監督下，召集了二十三名來自不同民族的神學生，組成一個習慣各種拉丁語發音的祕書團，以藉此確保辯論的內容抄寫無誤。雖然當時這個速記系統「相當複雜」，而且「效果平庸」，它還是回應了現實的需要，誠如其中一位抄寫員德翁所強調：「發音中有許多細微差別，最初幾天我們常看到義大利主教或樞機主教嚴肅的臉上露出一抹微笑，尤其當他們聽到有人用他們聽不大習慣的音調變化講西塞羅的語言……」他並具體指出：「英國人的發音最令人受不了。」但不是只有英國人才這樣。盧加大主教亞力哥尼對尼古西亞主教的演說評論如下：「大家完全聽不懂，因為他似乎在講自己的語言，而不是拉丁語。」另一位義大利高級教士蒂札尼概括指出，「發音多樣化」有損對話語的理解，他並以呂宋主教和亞爾比大主教的情形為例。雖然，誠如德翁所說：「沒關係，大家還是可以彼此理解。」而馬爾凱斯也強調，絕大多數的演講人在格列高利大學致詞時，「不只說古羅馬式的拉丁語，有時也說門塔納廣場上的羅馬式方言。」但在一八七〇年一月二日，還是有人以拉丁文寫了一封信給教宗，要求在全體會議前，應先召開依「民族」分組（把語言相同的高級教士聚在一起）的特殊會議：因為「發音多樣化」產生的困難，會導致某些人更難用拉丁文探討既棘手又專門的問題。因此，就連原本應盛行統一發音的場合，都充滿了各種不同的口音，完全推翻了萬國通用拉丁語的說法。

在更接近我們的時代，「現代拉丁文」運動為使這個古代語言恢復普世媒介語言的作用，而採用復古式發音。儘管如此，義大利式發音的支持者仍堅持己見，而捍衛「復古式」發音的人也仍在不知不覺間，賦予自己的拉丁語發音強烈的民族口音：因此，想要在現代拉丁文協會籌備的討論會上，聽懂某些與會人士的發言，往往得先認識英、美語音學。

事實上，只有當拉丁文失去用途時，才非要有一個通用發音不可，而且也不見得沒有地方上的爭論或發音上的調整。今後，重點不再是和同時代的人說拉丁語；只要會讀昔日作家的著作就好了。這就是一個無法起死回生的死語言最終的命運，而且它的口語表現在近代幾乎不曾超越平庸的程度。

# 第三部　拉丁文的寓意

# 引言

從文藝復興時期到二十世紀中葉，西方文化史可說是在拉丁文的影響下寫成的。這個語言曾在學校中占主導地位，在教會裡（至少在天主教國家）不絕於耳，而且直到十八世紀仍以各種博學形式，擔任傳遞知識的主要工具。即使逐漸失去重要性（例如，二十世紀五〇年代在學校界），拉丁文在各地依然是重點。這是本書第一部的教導。

雖然在這五個世紀期間，西方人長時間大量學拉丁文，但在說、寫兩方面卻不如原先預期般流利順暢。雖然有些人的拉丁文造詣臻於完美（特別在接近十七世紀的時期），但在文學界鼎盛期或在天主教會中，能力始終不如歷史文獻留給人的印象。至於學生整體的表現，則完全不符合老師的教導，雖然期待成效能達到「課程目標」未免太過天真，但理想和現實之間的差距始終很大。這是本書第二部得到的結論。

不僅成果大體上顯得很不理想，還有人斷言，拉丁文對大多數學這個語言的人而言毫無用處。這是自一七三〇年起廣泛流傳的看法，源自德國語法學家諾泰紐斯的觀點（他反對學拉丁文，並強調指出有些人雖不懂拉丁文，也曾擢升到極其顯要的職位）。下一代的看法雷同。拉夏洛泰在著作《國民教育論》（一七六三年）中，一開始就指出：「一百名大學生中，不到五十人非學拉丁文不可。」接著又說：「幾乎不到四、五人，說、寫拉丁文後來對他們可能有益。」狄

德羅在一七七五年為凱薩琳二世擬定的「大學計畫」中，也持相同的看法：那些花六、七年學拉丁文的人，

後來成了商人、軍人……或從事法官、律師等職業，也就是說，二十人中有十九人一輩子沒有讀過一部拉丁文作家的作品，也忘了曾經苦學的一切……此外，我很好奇這些古代語言究竟對誰有絕對的益處。我幾乎敢說，一個人也沒有；除了詩人、演說家、博學者和其他專搞文學的人，換句話說，就是社會最不需要的行業。

有人認為上述二人對拉丁文不友善，但其實他們只是道出實情：在十八世紀中葉，各地幾乎都少不了本地語言，從此拉丁文只對少數人（指將來打算投入修道生活和幾個職業的人）有用。義大利人戈齊和美國當時許多爭論教育問題的人，也都持同樣觀點。呂須更進一步表示：「目前在美國，」他在一七八九年寫道，「除了方便記憶某些不必懂拉丁文和希臘文也能記住的專有名詞外，我看不出認識這些語言對法學家、醫生或神學家有什麼益處。」

另一方面，古典作品自十六世紀起出現大量譯本，套句狄德羅的話就是：「譯了又譯，不下上百次。」這點不僅對歐洲而言是事實，對拉丁美洲和北美也是（在北美，曾有當代人士稱十八世紀是「翻譯時代」）。既然這樣，今後何必耗費多年學習已逐漸失去諸多用途的拉丁文呢？愛爾維修認為，「在翻譯作品的輔助下」，我們可以「在兩、三個月內」學到同樣的知識。沒有人會放棄這種好事。十八世紀的美國人視古代史為「經驗之燈」，但他們當中大多數人都是從英譯本

學到這門寶貴的學問。到了下個世紀，聲明贊成古典教育並拒絕「法語中學」的巴黎資產階級，他們的書房只有拉丁語作品的法文版。

隨著拉丁文知識失去實際用途，而譯本也讓人不再非學拉丁文不可，說、讀、寫拉丁文逐漸不再是學習重點。一九五九年，蓋埃諾斷言：「今後我們學拉丁文，不是為了認識這個語言。有人會明明白白告訴你，學拉丁文不是為了認識這個語言，而是因為這是絕佳的智能訓練；這是當然的，可以預先承認的是，你學不會，也不可能學會。」在當時，這種評論並非首創。早在一八八六年，法朗士在反駁那些認為「為了懂這麼一點點拉丁文，而學這個語言眞是徒勞無益」的人時，就曾說過，在中學學拉丁文不是為了認識這個語言，而是為了學習如何思考。因此，學拉丁文不再是為了獲得語言能力；至少，這點不輸法朗士和蓋埃諾讓人隱約看見的其他目標。有關這點的證明是，當時很少人認為自己學拉丁文，只是為了學到一個能使他們接觸某種文學和文化的語言。舉一個例子就夠了。一九六九年，「古典學報」公布一份調查結果，內容是美國名人（以尼克森總統為首）如何看待拉丁文的實用與文化價值。政治家洛克菲勒的回答（他提到拉丁文令他想起「文化的樂趣……用原文閱讀世上最偉大的詩和散文作品」），在某些人看來是可預期且平庸的；但事實上，這個答案是特例。

到目前為止，我們只把拉丁文視為用來說、讀、寫的語言，也就是和當時歐洲盛行的活語言類似的語言。然而，由前面幾章的評論可得知，學拉丁文不但沒有讓所有人都產生語言能力（這能力已隨著時間失去實際用途），甚至這點不一定是首要目標。一個明顯的問題成形：學拉丁文，做什麼用呢？如果精通拉丁文不再是唯一目標，又何必繼續長時間學這個語言？世人對這件事有什麼期待，如何爲它辯解？除了拉丁文教學造成的影響外，這個古代語言在近代社會中被賦予什麼角色？簡言之，在功用和存在的理由之間、實踐和空談之間、現實和描述之間，拉丁文今後的合法性何在？「拉丁文的問題」，你我都知道，並不是爭論教學法就解決得了。在這一點上，我們若想完全領會拉丁文在西方世界中的寓意，最好是改變觀點。

# 第七章　培育全人

我們不得不回到歷史的起點，重新置身於拉丁文重獲新生的那個時代，也就是義大利的十五世紀。義大利人文學者以被視爲一切教育源頭的古代大作家爲文化核心：因此，用歷史批判法直接閱讀古代著作，不僅是訓練（指學習古典拉丁文和希臘文，並獲取「科學」知識）的基礎，也是教育（就這個詞完整的意義而言）的基礎。誠如加林所強調，維羅納和他的競爭對手除了志在「使學生精通某種技巧外，還要幫助他們對人生有所準備，不是爲從事這個或那個職務（即使很高的職務）做準備，而是單單爲某一項職務，一個獨一無二的行業——也就是『做人』，打好根基。」古典拉丁文學科也以同樣的原則（即閱讀古代著作的原則）爲依據，並遵守同樣的要求。沒有語言，就無法理解社會、人類和人類史，想要深入了解人的內心、著作和時代的內情，以便從中獲取道德、人文方面的好處，就一定得嚴謹、確實地學語言。因此，這絕不是一種形式上、賣弄學問式的語言學習。「你說我讀了那麼多西塞羅的作品，也無法像他一樣表達己見，」義大利人文學者波利天答覆一位質問他的人，「但我，我不是西塞羅；多虧了西塞羅，我才學會做自己。」雖然對義大利人文學者而言，研究拉丁文和古典世界，具有和原始的血統關係密切聯繫的特殊價值（針對這點，瓦拉曾經洋洋灑灑寫了好幾頁），但對其他任何民族而言，這點同樣具有根本的重要性。它使人「在文化的共同起源中、與神父交談中，意識到一個共同的文化……」，同時「認識自己是一個獨一無二的城市的居民」。一個具有雙重霸權的文化模式因而建立起來：一方面，它包含全人培育（以訓練和教育爲目標）；另一方面，由於建立在與大師（眾所公認的人類典型）對話的基礎上，它一開始就具有普世永恆的價值。

正如我們從人文學者的著作中所見，該模式是一種理想，但現實是另一回事。就像格拉頓和賈汀所說，在維羅納的學校，大多數學生的拉丁文能力早就達到肯定使現代教師滿意的程度；但這種成果卻賠上了全人培育。每日的學校生活盡是寫筆記、默背、反覆練習和仿效；雖然老師偶爾會講些道德上的評語，但這類評論「對講究推理的倫理哲學而言，絕非嚴密的貢獻」。把研究延伸到十六世紀和義大利以外的地區後，這兩位作者強調指出，人文主義主要表現在產生古代語言方面的人才（在這點上，拉丁文多於希臘文）；至於被理論作品視爲教學重心的目標（「爲人生做準備」），就實際結果而言或許很不明顯。由拉穆斯孕育出的「實用人文主義」，可以說早就注意到這種情勢：爲有利於整體實際考量（指幫助人爲未來的職務、從事公職和法官職務做好準備），只好捨棄教育的道德內容。雖然人文主義淪爲人文學科，人文主義教育的理想（即相信這種教育能培育出人文主義者的精神和道德）幾乎仍存留至今；這種持久性讓格拉頓和賈汀不得不斷定，有一個「博雅教育的騙局」遍布整個西方世界。

在確定這點以前，我們最好先看看這個文化模式在長達五世紀的歷史期間有什麼功用，並回顧世人對它的詮釋、它所經歷的轉變，以及世人使用它的方式。簡言之，就是理解一個傳統如何形成且歷久不衰（在此傳統中，拉丁文始終占領中心地位，即使對這個語言的實際認識，不再如同過去在人文主義學校中一樣，是最重要的結果）。

## 一、西方教育中的常數

既然拉丁文是從事某些職業的必備條件（更確切地說，既然不精通拉丁文，就無法從事這些職業），有關拉丁文在教學上的安排，自然不成問題，除非涉及如何讓學生以較少的代價和最大的成就獲得語言能力。但當拉丁文不再被視爲日常生活中的必需品，換句話說，當日常生活中應具備的知識，再也不需要以認識古代語言爲前提時，情況就改變了。於是大家開始問，學拉丁文的意義何在，這種質疑反而引出一些正當理由。有意思的是，這種現象不是發生在十八世紀以前；更有意思的是，表現得最明顯之處，是過去幾乎沒什麼影響力的地方，也就是新大陸。

在美洲殖民地創辦的中小學和大學，大都模仿英國的教育模式，賦予「古典教育」極大的分量。儘管如此，古代語言的優勢（實際上往往單指拉丁文），在特別容易於美洲殖民地發展的各種思潮（從培根的功利主義到貴格會的教義）影響下，很快就遭到質疑。渴望社會平等與關心國家建設，導致在絕大多數人眼中強調菁英主義且毫無用處的傳統學校課程，被實際且立即有用的知識比下去。

捍衛現行制度的人和支持引進「現代」題材的人之間的爭論，在十八世紀下期變得格外激烈；雙方非但不限於專家之間單純的唇槍舌戰，還間接利用報上文章，發動更大規模的輿論。反對拉丁文的人士列出大量特別令人印象深刻的論據。除了批評學生的語言表現平庸之外，他們更常抨擊一般認爲拉丁文會帶給學習者的有利影響。他們認爲，拉丁文既未提供訓練，也未給人教育；它什麼都沒教，因爲一切都有譯本可讀；它對熟練母語沒有幫助，反而製造一種矯揉造作的風格，抑制文學創作；它根本沒有塑造出極其文明的君子，反而製造學究和自命不凡的人；它不教人推理，反倒阻礙思考、扼殺一切天賦才能；它對年輕人的基督教教育和道德教育沒有貢獻，反倒在他們心中散播不純潔、不敬虔的思想；最後，它鼓動一些和新興國家必備的合理情操（即民主精神、愛國心和擁護共和政體）背道而馳的思想。這種種不滿在呂須筆下處處可見，他堅決反對古典學科，甚至認爲希臘文、拉丁文「和黑奴制、酒精一樣，是妨礙美國道德、知識和宗教進步的不利因素；雖然」，他明確指出，「（古典語言）程度較小」。儘管承認古代語言或許是某些職業的必備條件，他仍強調它們對近代世界的需要毫無用處。因此，他有一個極端的願望：「如果所有拉丁文和希臘文書籍（《新約聖經》除外）都在一場大火中燒毀，這個世界就會變得更有智慧、更美好。」他還說：「毀滅，羅馬的語言必須毀滅，應是世界各地發自理性、自由和人道的呼聲。」

古典教育的支持者也以同樣堅決的態度反擊，並證明學習古代語言（更確切地說，學拉丁文）的益處和必要性：它是從事某些職業的基本條件，而且有助於了解工藝美術的專有名詞。它對學習以英語爲首的近代語言很有幫助，能使人在語言的使用上養成力求精確的習慣，並銘記萬用的文法規則。它訓練頭腦、鍛鍊記憶力、發展思考力和判斷力。它培養興趣，提供各種體裁的文學範例。它藉作品中的箴言和典範，建立一套崇高的道德教育課程。它透過提供愛國的典範和領導國家的準則，來教育人民和政治家。雖然最後這項「好處」也可以藉閱讀譯本得到，但其餘種種卻需要直接接觸原著才能得著。

在古老的歐洲，論戰完全沒有這種規模。前文說過，當十八世紀下半葉，批評拉丁文的聲浪格外激烈時，最多也只是要求降低古代語言在學校課程中的地位，以利母語發展。的確，有些批評不以此爲限，而是質疑拉丁文學科的教育成效。早在一七二六年，羅蘭（他並不反對拉丁文，還曾爲適度使用這個語言辯護）就承認，這種做法「使年輕人處於無法自由表達己見的困境和束縛中，幾乎是窄化他們的思想」。愛爾維修的態度顯得激進多了：一七五五年，當提到「國民教育」中必不可少的「改造」時，他強烈反對耗費「八到十年的時間學一個畢業後隨即忘掉的死語言，因爲它在我們人生過程中幾乎毫無用處」。對此，他不得不提出論點來駁斥支持現行制度的人。

沒有用的，他們會告訴你，把年輕人留在中學這麼長的時間，不是為了教他們拉丁文，而是要讓他們在這裡養成努力用功的習慣。然而，要孩子養成這種習慣，難道就不能選一個成效較佳、較不令人討厭的科目嗎？難道沒有人擔心孩子裡面那天生的好奇心，那在少年時期使我們燃起學習慾望的好奇心，會消失或減弱嗎？如果在人還不會為強烈的情感分心的年齡，就有物理、歷史、數學、倫理學、詩等學科，取代乏味的文字學習，他的學習慾望怎麼可能不增強呢？或許他們會反駁你，學習死語言在某種程度上就能達到這個目標：它使年輕學子服從翻譯和解釋古代著作的需要；因此，它以古代最好的作品中所含有的一切思想觀點，充實他們的頭腦。但我的回答是，耗費數年來記住幾個透過譯本就能在兩、三個月內牢記的事實或觀念，還有什麼比這更滑稽可笑？

一七七五年，狄德羅（他在爲俄羅斯一所大學擬定的教育計畫中，把拉丁文基礎課程延至最後一年才上）聲明反對「歷代各國約定俗成的教學順序」，也就是把希臘文和拉丁文學科放在「一切教育的首位」。在他看來，依傳統提出的理由（這是鍛鍊記憶力的學科，是唯一適合青少年培養這種能力的方式）幾乎無法令人信服；記憶力可以用別種更愉快、更有成效的方式訓練，孩子能勝任訴諸理性的學習。此外，狄德羅也抨擊某些古代作家和著作，讓青少年面臨道德危險：所謂危險，是指「在純眞無邪的眼前」呈現普勞圖斯或泰倫斯劇本中的某些情節、卡圖盧斯或奧維德的某些詩作。一七八五年，戈斯蘭於著作中提到，過去他所受的拉丁文教育完全偏離目標（在監獄般的中學裡，做一些荒謬的習作，並接受「無賴」或「和自己要照顧的學生一樣懂得不多的學究」指導）：

> 這就是所謂的傳授人文學科啊！好奇怪的人文學科！這跟把孩子送到野蠻人那裡，好叫他們知書達禮沒什麼兩樣。然而，有人會告訴你，他們（孩子）可以和古代所有偉人往來，永久和這些人交流。事實是，學校讓學生捧著他們根本看不懂的名著，等到中學畢業，他們對這些著作早已深惡痛絕，以致餘生再也不屑看它們一眼。

誠如前面提到的論點所證實，敵對陣營也爲自己的立場辯護。在改革家爲採用法語的教學法據理力爭之際，有人反駁慣用的教學法已被法語取代，甚至有助於法語學習。因此，一七七七年，勒魯瓦教士指出（他是巴黎拉馬什中學的名譽教授，曾指責本篤會修士在索雷茲寄宿學校實施近代教育），老師可以在課堂上不斷比較這兩種語言，更何況不學古代語言，就不可能知道「母語的根基。因爲我們若不知道拉丁文、甚至希臘文的結構本質以資比較，又怎能自信完全懂得法文及其結構本質呢」？擔任神職人員大會發言人的普魯雅教士，在著作《論國民教育》（一七八五年）中，駁斥那些刪除拉丁文課程，或大量縮減其分量的「新教育投機份子」：「他們大概不曉得，學生從閱讀拉丁語作品中學講法語。」一七九一年，拉阿普強調：「不可將拉丁文學科和博雅教育分割，而且理當如此。」直接接觸古代著作（附帶一提，有人抨擊譯本「大都很不完整，而且一概比不上」原著），不但使人向廣大的知識敞開，而且有助於實現一個更高的目標：「以各種方式、在各方面塑造年輕學生的心思、理性和興趣。」

因此，還不到十八世紀末，就有很多支持或反對拉丁文的論據產生，但這些論據都不是針對學拉丁文可能得到的語言能力，而是圍繞著拉丁文（至少拉丁文學科）可能在智力和道德方面具備的固有效能。最早出現的這些論據幾乎不曾改變：即使在二十世紀中期，到處都有人用同樣的理由爲學拉丁文辯護。

一九二四年，美國古典聯盟在對拉丁文教師和學生進行大規模調查後，訂下拉丁文學科應達到的目標；到了一九四三年，這些目標仍維持不變。內容如下：

（一）增加對從拉丁語派生的英語基本知識的理解；（二）增強用英語說、讀、寫的能力，以及使用母語作為思想工具的效能；（三）增強學習其他外語的能力；（四）培養正確的心理習慣；（五）培養文史知識；（六）培養面對社會形勢的正確態度；（七）培養文學鑑賞力；（八）對語言結構的通則和基礎原則有基本認識；九、改善學生書面英語的文學品質。

在二十世紀八〇年代初期，該聯盟根據「當代的挑戰」，重新制定上述目標，說明如下：

（一）增強使用母語的能力；（二）建立學習近代外語（特別是羅曼語族語言）的穩固基礎；（三）增進對文明和希臘羅馬文化的理解，做為了解自己的入門；（四）把拉丁文當作語言如何發揮作用的範例，有系統地熟悉拉丁語的功用，並培養精通這個語言的能力。

法國也盛行過類似的目標。我剛上六年級時，拉丁文文法書有篇引言，標題是：〈爲什麼學拉丁文？〉，答案是：

學拉丁文，是為了……追溯好幾種近代語言（尤其是我國語言）的起源；為了讓我們的詞彙和文體鍛鍊得更扎實；為了使我們能更理解國內許多深具拉丁特色的作家。從更廣泛的角度來說（或許從更實用的角度來說），學拉丁文，是為了在持續的衝突中（指不斷比較兩個相似但性質如此相異的語言），迫使我們的智能接受鍛鍊，而培養出觀察和敏銳的特質，進而培養科學精神和文學精神。最後，學拉丁文能使人同時得到道德和知識上的好處。學拉丁文，是為了學習認識人類的一種典範。這典範詮釋了有教養人士的基本特性：守法、渴望受教的活力、敏感於同胞的苦難。

同時期在義大利（二十世紀六〇年代），面對有人正式討論降低拉丁文在教學中的地位，羅曼語研究學院發表了一篇聲明，爲古代語言辯護。該文鄭重重申：

（一）拉丁文學科的重要性（做為一種方法，使新世代直接接觸古典世界和羅馬文化永恆、無可取代的基本價值）；（二）拉丁文教育的價值（做為絕佳的訓練和工具，使學生自幼便加強、發展推理能力和智力，並更確實認識基本的概念綱要和表達方法）；（三）無私的人文教育機會（做為教育和人格發展的方法，沒有任何時代比朝向技術專業化和……追求物質福祉的今日，更需要這部分）。

一九八〇年，科倫大學教授沃爾芬概述德國、中歐和南歐人士（尤其德國），所提出爲學拉丁文辯護的論據。這些論點分屬三類主旨：「起源的主旨」，指的是「身爲歐洲社會的成員，我們理應知道自己從何而來」；「文化遺產的主旨」，指的是「古代藝術和文學作品，過去、現在都存在於從古流傳至今的作品中。因此，認識這些原著必使人獲益匪淺」；「實用的主旨」，這部分「包括八項論證」：拉丁文有助於學習羅曼語族語言；它有助於了解外文詞彙和專有名詞；它是取得某些才能的條件；它有助於學習母語（藉由對照兩種語言）；它是絕佳的心智訓練；它是西方文化的柱石；在追求物質享受和技術的時代，它象徵一個受保護的小島；它是公民教育的途徑。沃爾芬還提到，有些人「承認以上列舉的優點，沒有一項本身是充足的，他們也強調沒有任何學科能同時具備這麼多優點」；這就是拉丁文具有「多重價值」或「多重用途」的原因。最後，面對這麼多提出來使拉丁文學科合法化的論據，沃爾芬總結：我們幾乎可以說「在拉丁文教育中，除拉丁文本身以外，一切都很重要」。

從十八世紀至今，對學拉丁文有利的理由幾乎不曾改變；很早就有大量已建立的論據供人自由取用。儘管如此，隨著時間和在論戰過程中的用法，這些論據吸收了額外的深度，並在歷史上的不同時刻，得到創新的色彩；但它們總是直接或間接地，聯結十五、六世紀成形的人文主義模式（當時就有人在古代語言的基礎教學中，看到「博雅」教育特有的方法）。在大量重複提出的論據中，我們將只談幾個似乎具有代表性的例子。

## 二、論據寶庫

### 學拉丁文……也是學法文

誠如前文所述，很早就有人以「習得的知識不止於認識古代語言」的名義，爲拉丁文學科的正當性辯解（雖然這一切皆屬語言範疇）。拉丁文提供羅曼語族語言的詞源，以及「被引進」撒克遜語言的基本要素，無論在任何地方，它都有助於理解大部分的專有名詞和科學用語。這類詞彙學上的論證總是頗受歡迎，或許在輿論中比在教師當中更甚。原本這類論證是特別針對「科學家」（尤指醫生）提出的；反之，醫生也製造了大量這方面的論證。

不過，在語言學方面，與十八世紀起公認拉丁文在學習母語（無論是否羅曼語族語言）中的根本角色相比，這個詞源學的功能幾乎無足輕重。這裡我們只談法文的例子。這是對古代語言有利的重要論點，而且沿用至今。在六年級取消拉丁文課程後不久，有人發出以下的警語：「不懂拉丁文而講法語的人，在語言學上是『撿來的孩子』。單靠法語教育學習法文是有危險的。」一九七六年，面對壓制古代語言的新威脅，有巴黎大學的人士強調拉丁文在法語學習中的作用，並提醒大家勿忘「唯有借助拉丁文，才能正確理解法文」。就在不久前，「世界報」（一九九八年二月十五、六日）刊載一篇文章，標題爲「精通中學法文：正確的選擇」。該文出自文學研究保護協會，開頭如下：「五年級生踴躍選修拉丁文（顯然自九七年開學期間起），顯示很多家長和學生已了解到，這是保證精通法文、使智力充分發展的最佳途徑。」

怪不得有人把「法語危機」和拉丁文課程縮水聯想在一起，也有人把拉丁文當作法語程度下降的補救辦法。今日的情況（文學研究保護協會的資料很具說服力），和一九〇二年改革（縮減古代語言在中等教育中的分量）後不久並無二致。當時有些人譴責這項措施加速了「法語危機」，並堅決主張拉丁文是精通法文的先決條件。一九一一年，法語文化協會成立，並遞交一份請願書給當時的教育部長，內文如下：

有感於一些傑出的才智之士不久前才明確揭示，一般文化有愈來愈差的趨勢，並和他們一樣確信，學習古代語言與法語特徵的持久密切相關，我們很榮幸提醒您，一九〇二年制定的中等教育課程有必要修正，因為它們幾乎廢除公立中學的拉丁文學科，同時可悲地削弱了法語學科。

為了支持這點，有心人士往往提出歷史因素（指法語源自拉丁文），並藉此強調拉丁文學科的好處（使人更理解、熟練法文的詞彙和文法）。偶爾也有人搞不清楚，法文文法和拉丁文文法究竟是誰在幫誰。在一本很有趣的拉丁文入門書中，作者克魯澤和貝爾特如此告訴初學者（見第三頁）：「你確定自己的法文文法有小學修業證書或七年級的程度嗎？……這是最重要的。沒有法文文法，你的拉丁文不可能有任何進步；有了它，你已經會一點拉丁文了。」但在第二十一頁，作者又解釋：「……拉丁文文法的第一個好處，就是教你認識法文文法……」接著又特別為肯定有點困惑的孩子補上一句「至少讓你不得不牢記法文文法」。用來支持學法文必須具備拉丁文能力的三種理由（詞源學、文法和文學），已被提出無數次，而且用來佐證的例子都極富創意。然而，這類論證最早的說服力，難道不是來自今日已遺忘，但在十九世紀中葉仍通行的教學法嗎？（根據當時的做法，學校並未直接傳授書面法語，而是間接透過把拉丁文譯成法文的練習和模仿古代作家的模式寫作。）

## 全面的心智教育

除了語言方面的收穫，拉丁文學科還被視為對孩子的智能、記憶力和理性的發展極其有益。這點解釋了為什麼語言教學側重文法，並且賦予把外文譯成本國語的練習重要地位（誠如有人常用稱讚的字眼重申，這項練習同時應用到分析與綜合的能力）。學校作業最終往往簡化為機械式地學習拉丁文規則和耐心辨讀短篇文章。這些熟記和譯解的艱辛過程，並不能促使人速讀拉丁文文選。這實在不令人意外，因爲重點不在於教導流利閱讀拉丁文的技巧，而是要藉由仔細分析、甚至剖析幾行拉丁文，使學生得到腦力訓練。此外，這種「心智鍛鍊」（套句慣用語）的效果，因著所謂「訓練的轉移」，對其他學科也有益處。因此，拉丁文《聖經》在十九世紀期間極受重視，而各地也都公認拉丁文具有教育價值。

法國在法蘭西第一帝國時期，文學委員會（負責教學大綱，並實施因一八〇二年教育改組而產生的措施）爲駁斥貶低死語言的人，而以下面這段話強調翻譯拉丁文的效能：「翻譯時，我們不斷比較，而每個比較都是判斷；這項工作（我們有偉人的例子爲證）似乎最適合在青少年時期，將力量、積極性和規則灌注給所有的心智能力。」這是整個十九世紀，在教學法的演說中固定出現的詞句。隨著一八九〇年教改而產生的「訓令」，對希臘文和拉丁文教育有更明確的說明：「重點不在於培育專職的拉丁語或古希臘語學者，我們只要求希臘文和拉丁文對全面的心智教育有所貢獻。」從這個觀點來看，「優美簡潔的法譯拉丁文」不比「精確的法譯拉丁文」重要（後者不但「強迫學生詳細察考詞彙和思想觀點」，而且成了「要求清楚、精確的老師」）；加上把拉丁文譯成法文的練習，這兩種練習形成一道「要學生明確思考的命令」。一八八七年，西卡爾教士以強有力的辯護詞，總結一部探討法國大革命前古典學科的著作：尤其翻譯外文是促進孩子智力發展的一流訓練方式，能賦予他盡力而爲的觀念，養成有條理、精確和清楚的習慣；總之，以「眞正循序漸進的邏輯課程」來描述拉丁文教育更爲準確。雖然這被視爲拉丁文屬性的心智訓練作用，正如林格所說，成了十九世紀八〇年代的主要論點（在法國比在德國明顯），但早在十九世紀初，它的價值便已展露，並於第三共和政體統治期間，持續在中等教育的重大改革中被引用。

在英國，高知名度的「中小學校長」都十分強調拉丁文的教育價值。魯格比學校校長阿諾德如此解釋這種現象：「語言學科，」他說道，「在我看來，可以說本來就是用來訓練青少年的智力；希臘語和拉丁語……似乎就是使這個明確的目標得以實現的工具。」著名的《拉丁文入門書》作者甘迺迪強調，自然科學「無法爲教育提供任何基礎」，因爲它們「不夠綜合，不足以成爲基礎教育」；這種綜合能力，只有古典語言在對學生反覆進行「心智訓練」時才能提供。拉丁文在訓練智能同時，也有助於培養彈性思考。這種益處在維多利亞時代的「公學」備受重視：當時學校的目標主要是培育公僕，有助於靈活思考的拉丁文學科，顯然是最佳的準備工作，能賦予孩子在他們未來的職務上不可少的「適應力」。

其他地方的論證都大同小異。一八六六年，洛桑大學的拉丁文教授博尼在「就職演說」中，強調拉丁文的培育功能。他明確指出：

重點不在於學到古代知識，而是得到學習的技巧……也就是說，培養善於思考、有系統地研究、解決科學問題的頭腦……有什麼比學習一個和他們（年輕人）習慣學的語言不同，但又和它有關，而且以各種方式互相啓發的語言，更能實現這個目標呢。

拉丁文就這樣被視爲一個無與倫比的心智鍛鍊工具，以致一八八五年有位布魯塞爾的教授聲明：「我懷疑世人從未發現（甚至在遙遠的未來也不會）一個更有益健康、更振奮人心的精神糧食，提到拉丁文，我敢說，如果它不存在，我們就必須創造它。」

這幾段引文使我們多少了解到，當時對拉丁文具有教育價值的信念是何等根深柢固。這點解釋了二十世紀二〇年代來自美國的種種批評，即使很強烈，也無力根除這個信念。起源於新教育哲學（以杜威主導的實用主義爲依據）的這些評論，反對一切建基於訓練和記憶力的教學。拉丁文及其鍛鍊智力的價值受到質疑，其中最大的抨擊來自美國教育家弗萊斯納（他後來成爲普林斯頓高等研究院首席院長）。一九一六年，他出版一部題爲《現代學校》的著作。書中，他根據新的教育學和心理學理論，提出既沒有希臘文也沒有拉丁文的學校；他推翻所有常用來支持拉丁文的論證，尤其是「有關訓練的論點」：他認爲，這點毫無價值，因爲

心智訓練稱不上是一個真正的目標；再者，它是構成很多人反對，而非贊成學習拉丁文的因素。在解決拉丁文作文的困難時，學生得到的不是有系統的練習，而是猜測、摸索、私下接受幫助，或盲目吸收老師的囑咐和文法。因此，這類學生從古典學科得到的唯一訓練，是不按牌理出牌。

辯方的反擊和攻方旗鼓相當，我們後面再回過頭來談這一點。

同時期在另一處，拉丁文以同樣的名義（指具有心智訓練的價值），遭到更徹底的反對，因爲當地（也就是前蘇聯）取消了拉丁文學科。布爾什維克不但從此視拉丁文爲「無用」，還抨擊它的教育功能，認爲它反而「阻塞孩子的腦袋」；此外，還有人解釋：「那是用來哄騙完全不需

要文法，將來可能忘了拉丁文，以及必須乖乖服從、聆聽並讀取命令的人。」總之，拉丁文並未啓發智力，而是培養了資產階層的奴隸。這種推論並不純粹是偶然的。俄羅斯在沙皇統治期間，拉丁文教育有時呈現強迫順從的樣貌，特別是一八六〇年以後，爲了反制在都市青少年當中發展的虛無主義運動，以及被視爲前者後果的科學觀念吸收不足（這點至少在「領導人」身上看得到）。當時，教育部長托爾斯泰伯爵加強古典教育，彷彿它對於防止年輕人的思想普遍錯誤失當特別有效。因此，對一八七一年的新中學法令（賦予古典學科極重的分量，且幾乎完全除去自然學科），他的解釋是：「在學古代語言的過程中，以及偶爾在學數學的過程中，所有傳授給學生的知識，都受到持續的監控且不會有任何差錯，這可以制止任何獨立的言論形成。」附帶一提，俄羅斯的古典教育自一八四八年以後，變得非常以文法主導：當時發生在西歐的革命運動，已使人聯想到古代著作潛藏著擁護共和政體的危險。

布爾什維克的措施，反而增強歐洲其他國家對拉丁文的熱愛，而大西洋彼岸的新教育學理論，也幾乎動搖不了深信古代語言具有訓練價值的信念。即使在美國本地，一九二四年的「古典研究」，也把「培養正確的心理習慣」列爲學拉丁文的目標。到處都見得到這套論證的各種版本：一九三七年，德國有人描述拉丁文就像是「正確思考和心智訓練的工具」；同時期在義大利，拉丁文被視爲「理性的語言」，而且「特別適合用來培養青少年的判斷力」；二十世紀五〇年代，拉丁文學科在比利時具有「思想學校」的價值，能同時促進直覺、分析和綜合的能力，確實建立「一套思考的藝術」和一種「簡潔的學派」；一九六二年，在西班牙，人文主義教育和伴隨它的拉丁文，被視爲能在「功利主義」時代，帶給人「敏捷」、「速度」和「深思熟慮的偉大精神」；另外在昔日的法屬殖民地，如桑戈爾總統領導的塞內加爾，有人提出拉丁文賦予人「穩重」、「條理」、「邏輯活力」，總而言之，也就是「心理秩序」。

鍛鍊智力向來是對拉丁文有利的論證常數，怪不得在法國，當學校取消六年級的拉丁文課程後不久，這項論證會被大量採用，有人指出：「這門學科本質上對培養嚴密精確的思想而言，就是一個寶貴的訓練。」迪科在國民議會中聲明，拉丁文「不是用來給專家研究的，它是裝備其他人的一門學科」。事實上，教育部長富爾的措施之所以遭到堅決反對，也是基於拉丁文這項公認的教育價值。唯有提早學習，拉丁文才能發揮這種作用；延後拉丁文的基礎課程，很可能失去如此有益的效果。「要拉丁文學科結出所有的果實，」曾任教於亨利四世中學的拉克魯瓦解釋道，

> 就不應容許初級課程延緩，以致削弱它的作用。十一至十三歲之間，是本國語和外文互譯的練習，最能有效訓練邏輯頭腦的時期。這個年齡層的孩子接受力特別強……如果把初級課程延後到四年級才上，也就是學生面臨青春期之際，他們的理解力和精神都會變差。

現今，雖然拉丁文在各地急遽衰落，有關拉丁文學科具有訓練能力的論證仍保有整個氣勢。常有人引用這類論證，至於發表哪一種版本並不重要：法國強調古代語言訓練推理能力，德國則強調它們有助於「培養」（Bildung）分析與綜合的思考能力。這類論證也說明了爲什麼有些教師反對翻譯作品。雖然「學拉丁文和希臘文，不只是爲了理解原著的意思」，但如果學生都讀譯本，他們很可能失去從語言學習中得到鍛鍊的好處。

## 塑造性格

除了被視爲能發展孩子的智能，引導他精準、正確地思考外，拉丁文學科還被賦予一個額外的功效：讓孩子從艱困的學習過程中，產生智慧和剛強的性格。事實上，在與拉丁文作品「搏鬥」的過程中（一種具有男子氣概的看法），孩子變得更堅強，也爲日後迎戰成人生活中可能遇到的困難做好準備。因此，減少拉丁文的分量（如十九世紀下半葉某些人的提議），按照迪邦路教士的警告，將直接導致「普遍懶散」、「有組織的怠惰」和「性格衰弱」。

同樣的看法在英國也很流行。史密斯曾對古代語言可能具備的這種效能，提出無懈可擊的論證。「古代語言使孩子耐得住思想上的艱難，」他寫道，「並使年輕學生的生活成爲應有的樣式，即非常勤勉的生活。」雖然他承認，並不是只有拉丁文和希臘文才有這種功效，卻仍補充說道：「就算別的一事無成，至少它們讓孩子在生命中的某一個階段（這階段實際上對其他任何階段都有影響），過著非常努力學習的生活。」從更廣泛的角度來說，在英國「公學」（自維多利亞時代到近代），始終有人堅決主張拉丁文及其艱困的課業，作用猶如塑造性格的工具。在這點上，清教徒倫理學也有它的影響；曾有人指出，在當時的教育學文獻中，『性格』一字與拉丁文一起出現的頻率，幾乎和它與宗教一起出現的頻率一樣高。」儘管如此，誠如天主教國家（如法國）的類似論述所強調，拉丁文還是有它本身的功效。即便有心理學理論家提出見解（孩子應在快樂中學習，並強調困難和恐懼的負面效果），拉丁文這方面的功效依然存在；甚至在二十世紀五〇至六〇年代，英、法兩國都有教師形容這個難學的語言，是「培養剛強性格、勇氣和耐力的方法」。

如果說，拉丁文能發展智力、磨練性格，那麼它當然也能造就心靈；這個作用隨著學校課程引進自然科學而增強。在十九世紀，法國「古典人文主義」和「科學人文主義」兩邊的支持者從未停止爭論。一八三七年，天文學家暨數學家亞拉戈和作家拉馬丁於眾議院交鋒爭論時，曾明確提出這些事情。在討論一項中等教育法案時，亞拉戈主張市鎮中學沒有必要傳授古代語言，只要高等學校教就好了；他駁斥所謂只有古代語言才能賦予「眞正的思想和心靈文化」這種論證：「我並不是說，」他清楚指出，「拉丁文和希臘文不能培養興趣……我要說的只是，它們並非必不可少。」至於古代語言的空缺，亞拉戈提議引進法語、另一個活語言和自然科學等教育；關於最後這項學科，他不得不駁斥薩得的論點。後者曾在眾議院的論壇上宣稱：「過早且過度深入研習自然科學，會扭曲人的思想，使人心胸狹窄」、「使心腸變得冷酷無情」且「想像力變差」；爲反駁這種斷言，亞拉戈除了強調個人信念外，還大力推舉笛卡兒和巴斯卡的例子。翌日（三月二十四日），拉馬丁加入爭論。他贊同亞拉戈提議的科學教育（包括在市鎮中學實施），條件是要先施行「道德與文學」教育。如果要他選擇，他寧可犧牲前者，因爲「人若錯過所有的數學原理，工業界、物質世界或許會遭受極大的損失、巨大的傷害；但人若單單錯過一項由文科傳遞的道德眞理，滅亡的將會是人本身、甚至全人類」。他也抨擊所謂「只傳授專業、科學、數學的教育」，在他看來，這是「把十八世紀的唯物論用在教育上」。

具「人文主義」功能的拉丁文，和可能使人變得冷酷無情的自然科學之間的對立，在幾近現代且利害關係截然不同的爭論中再現。這次爭論的焦點是，報考巴黎綜合工科學校的考生，是否一定要通過中學畢業會考。直到一八四〇年，絕大多數的考生都寧可專攻在考試中占優勢的數學，而在三年級放棄拉丁文，因爲後者雖賦予他們足夠的基礎知識應付拉丁文翻譯考題，卻會因此擋住他們取得業士學位的路。一八四一年，國民教育部（常以業士文憑做爲安頓、整治社會的方法）表明反對這種做法，提議報考巴黎綜合工科學校的考生必須具備業士學位。有人指出，未通過高等院校入學考試的年輕人找不到工作，因爲他們缺乏必不可少的竅門；這正是令他們的家人悲痛的原因，但有許許多多心懷不滿的年輕人，更是整個社會的危難。還有人提到，即使對那些通過入學考試的人而言，損失也很大。大量的「定理、解法和公式」對心理造成嚴重損害：使有才智的人變得冷漠、不切實際，無法理解不屬於數學定律的事物，因而對社會上政治、宗教和家庭的現實事物充滿偏見。一八四二年，國防部部長強制規定自一八四四年起，報考高等院校的考生必須具備業士學位。在這段插曲後，有關未來工程師是否有必要以「一般學養和不可或缺的心靈補充教育」之名學拉丁文的爭論，仍持續整個十九世紀。類似的推論也出現在十九世紀末的德國。在這裡，有人描述放棄拉丁文和希臘文是國難，有人舉「思想狹隘且有勇無謀的人」爲例，「在這些人身上，過早培養的自然科學知識損壞了智力，甚至部分扼殺了道德官能」。

當自然科學終於在二十世紀的改革中，於教學上取得一個與其在社會中的角色相稱的地位時，仍有人不遺餘力提出對拉丁文有利的論證（指拉丁文或許能補救科學教育的某些負面影響）。隨著拉丁文喪失昔日霸權，甚至分量被縮減到極少的地步（從當時的口令「少一個精通拉丁文的人，就多一個工程師」來看，拉丁文至少遭受激烈的競爭），很多支持者公開爲調和這古老的語言與數學（被認定從此位居優勢的老對手）辯護。拉丁文學科不但能發展某些智能，進而使數學更容易學習，還能補足學生在精神上的缺乏，這在新的教育制度中更不可少。於是，有人描述拉丁文是「人文主義和技術之間的調和劑」。法國在教育部廢除六年級的拉丁文課程後，專業期刊和國民議會的論壇上都有人重申這點：拉丁文和數學並非仇敵；相反地，「它們的結合」，能產生「組織完全的頭腦，使每一位業士為迎接他的高等學科做好萬全準備」。

拉丁文不只是自然科學（更確切地說，自然科學的流毒）的解毒劑；它更廣泛保護學生免於近代世界和某些意識形態的危害。早在一八三七年，拉馬丁就提到他擔心萬一教育捨棄人文學科，十七世紀的唯物論會捲土重來。一八五二年，當標示拉丁文衰退的「分科」制度設立時，面對這種「物質利益勢必且即將打敗道德利益的趨勢」，一些人紛紛發出警告。這類論證大受歡迎，而且以無數版本被反覆提出直到如今。

過去也曾有人抨擊古典學科（尤其是拉丁文）缺乏道德價值，而且充滿唯物論思想。這是自由經濟學家的論點，這些在十九世紀五〇年代，主張現代教育（以自然科學、近代語言和經濟學為中心）的人，當然反對傳統教育。其中一位代表人物巴師夏，曾在著作《業士學位與社會主義》（一八五〇年）中指出，拉丁文不但毫無用處（現在它不再是知識的入門），更是有害。拉丁文學科導致孩子「過分吸收、充滿且沉浸在一大群盜賊和奴隸（也就是羅馬人）的感想和見解中」；所以，它毫無價值和道德功效。更糟的是，它促進純粹的物質利益發展，因為它提供「一個憎惡、藐視工作的民族做為典範。這個民族以連續掠奪所有鄰近的民族和蓄奴，做為自己一切生活來源的基礎」。由此產生一個對古典教育的決斷性批評：古典教育的果實沒有別的，只有「人稱之為社會主義或共產主義的顛覆性學說」，也就是引發一八四八年運動的學說。

可以預料的是，這種論述是個例外；相反地，拉丁文更常被描述爲抵禦唯物論思想的保證。當義大利在法西斯政體統治下興起泛拉丁語風運動時，拉丁文特別顯得像是抵禦馬克思主義的巨大壁壘。「拉丁文是反馬克思主義的，」教師帕德拉羅於一九三九年寫道，

> 一個接受過荷瑞思《頌歌集》預防接種的人，很難淪為馬克思主義流行病的受害者……；為了精通古典著作的某一段落，而辛苦得來的心智鍛鍊，能賦予人高尚的理性尊嚴，使他不至於陷入群眾非理性且往往殘暴的情感中。馬克思主義怎麼可能不反對拉丁文——人類無限傳統的繼承者、人類最崇高作品的促進者和保護者？普及化的馬克思主義神祕論，怎麼可能不敵對一個匯集科學、文化、思想的一般概念，以探索其表達形式的語言？

根據哲學家卡洛哲羅的說法，這個移歸拉丁文的作用，並未隨著法西斯政體衰落而終止：二十世紀五〇年代，在談論學校改革時，仍有拉丁語學者將這個古代語言視爲抵禦共產主義的壁壘，而爲它辯護。在法國，隨著六年級拉丁文課程取消而引發的抗議聲中（一九六八至一九六九年），也有類似的反應。一些化名爲「有識之士」（Epistémon）的高等教育老師，認爲這項措施是向「馬克思主義文化革命」敞開大門。他們解釋：「對象愈是缺乏扎實的智力訓練和價值觀的年輕人、教養差且欠缺智慧遺產的孤兒、無產階級者，馬克思主義的洗腦效果愈好。」一位文科教師更進一步認爲，捨棄拉丁文無非是「沒有文化者和野蠻人所策畫的陰謀，因爲他們了解古代語言是抵禦來自東方死亡學說的終極堡壘。事實上，他們不希望有人保有正確、公正的判斷力，因

爲他們要的是世上只剩下一種人，即不會思考、省思或討論的人」。

也有來自西方國家的危害，第二次世界大戰後，無論在義大利或在法國，都有人認爲拉丁文能預防「美國化」、「美國的假文化」或「粗淺的美國化」，以及隨之而來的「科技狂」、「功利主義」、「科技社會」的疏離，甚至「具毀滅性的現代思想」。對這另一種物質主義而言，拉丁文的功能同樣像是解毒劑，而且率先在一個失去精神基準的世界中，提供「心靈補給品」。

在這種情況下，任何廢除拉丁文的措施，都會對整個社會產生致命的影響。巴黎大學教授格里馬認爲，富爾採取的措施（減少拉丁文學生的人數），可能助長

兩種心境和思想。其中一種（占大多數）變得只擅長我們所謂的技術，把一切事物都簡化為算術，缺乏任何真正的心靈要素，沉迷於最庸俗的聲色之娛或專為這種生活設計的邪惡場所，或者如前文多次提到的，心中壓抑對某一更高理想的渴望與遺憾，活得不耐煩，不斷想為自己（更糟的是，為國家）尋求改變。另一種類型受教於傳統文化，懂得如何區別真偽，擁有過去人類的經驗，能根據真理判斷人類的事。第一種類型的人無法不受制於事物；第二種類型的人擁有真正的自由，不受命運束縛，平易近人，討人喜歡，拒絕任何改變的空想，不過度依戀自己的財富，相信外在事物有時雖有益處，卻絕非人類幸福所不可或缺。

因此，這個「惡毒的」措施，可能產生彼此無法理解的「兩種人類」，甚至最後引起「紛爭」；這對於不再由「已認識到自由眞諦的人」統治，以致暴露在極端險境的國家而言，眞是巨

大的威脅。

## 生活在古代最偉大優美的文化產物中

在這極端的表述底下，還是一個公認爲拉丁文精神價値的普遍信念。這個信念也源自孩子透過這古老的語言接觸古代名著。一八○三年的法國文學委員會（前文提過，該委員會強調拉丁文學科使人得到智力訓練）補充說道：「……看看生活在古代最偉大、優美的文化產物中，想像力會變得多豐富啊！」英國至少到十九世紀最後十年爲止，都有人使用這類美學論證，來做爲學拉丁文的正當理由，而且有人提出證據。例如，魯格比「公學」校長傑布拉克認爲，獲得教育界古典學科最高學位的人身上，都有「一種思想上的完善、簡潔和優美……是我所遇見任何其他類型的人沒有的……」

在法國，同樣的論證似乎流行更久，而且具有獨特的色彩：拉丁文培養審美觀，而審美觀是法國獨有的財產。一八五三年，在「分科」制度設立後不久成立的委員會中出現一些聲音，強調古典語言和文學在審美觀（「我們文化的裝飾品，製造業的巨大資本」）養成過程中的重要性。有人再三請求：「讓我們爲祖國保存這個特有且適用於一切的敏銳的審美本能，讓我們細心保存這項本能，因爲它相當於英國的煤、美國或俄羅斯的重要自然資源。」古典學科（尤指拉丁文）和審美觀終於形成一個二項式，成爲法國獨有的特徵。一九二三年，哲學家柏格森在一篇大獲好評的評論中（該文論及貝哈再度把拉丁文引進中學各年級的改革措施），重申古典學科有助於發展次序、比例、估量、準確度和靈活度等品質；這一切在法國都有卓越的表現，而且在各方面塑造法國的聲譽，包括在經濟領域。事實上，法國在要求品味和雅緻的奢侈品工業上出類拔萃。總的來說，柏格森繼續說道，我們的產品以製作精密完善聞名。他承認，我們的工人是沒有學過拉丁文，但他們卻在一個受過希臘羅馬文化洗禮的社會中工作。拉丁文（講得更遠些，古典主義）和審美觀組成的這個二項式，在第一次世界大戰期間，甚至戰前，是法國和德國無論在文化上或政治上形成對比的一點。因此，塔爾德和馬西斯才以筆名阿加頓（雅典悲劇詩人），抨擊朗松將巴黎大學「德國化」：引進德國淵博的「科學」方法，後果將是杜絕一切與「重要名著充滿生命力的資源」接觸的機會（所謂重要名著，是指以朗松和布魯諾堅決反對的拉丁文作品為首的著作）。這對法國文化是嚴重的危害，因此有篇題為〈朗松先生反對人文學科〉的文章，藉以下這個嚴正的警告總結：「捍衛拉丁文，也就是在外國人面前，為自己國家的利益效力。」

這套有利於拉丁文的美學暨精神論證，遠遠比不上一個更廣泛、以認識古代文化為主的文化論證。不過，這種藉閱讀古典作品得到心靈教育的信念，我們偶爾還是聽得到。例如，法國歷史學家羅米莉認為：「這些昔日的詩句仍帶有最初的感動……您有勇氣想，」她以直接詢問學生家長的口氣寫道，「您的孩子無法感受他們先前諸多世代的人明顯感受到的事嗎？」避開隨著時間產生改變的異議，她繼續說道：「這並不妨礙世世代代從接觸這些作品中吸收多一點理解，不僅理解著作，也理解人和人生，或許還理解一點這些偉大的典範本身所具有，而我們如此缺乏的高尚德行。」

同樣出自上述羅米莉的著作，作者在前面幾頁還寫道：「學希臘文和拉丁文，時刻都對熟練法文有幫助；閱讀拉丁文和希臘文（這段修業期的成果），則有助於造就人。」事實上，這正是拉丁文的基本重點，智力和道德功效之所以常與拉丁文學科聯結，也是基於這個啓發。

透過這個信念，羅米莉加入一個存在已久的思想傳統（早在十九世紀初就根深柢固的傳統）。一八四〇年，法國哲學家庫辛在短暫擔任教育部長期間，曾發出一系列通告（內容是藉由設置連續教學，解決人文學科和自然學科的棘手問題）：首先應傳授古典學科，「這類學科之所以如此適合稱作人文學科，」他解釋道，「是因爲它們造就人，因爲它們同時培養記憶力、想像力、智力和心性。」一八七三年，當教育部長朱爾・西蒙的措施遭到反對時，有一個委員會（高級教士迪邦路占其中一席）表示贊成繼續將古代語言視爲「一切博雅教育的基礎」，該決議的理由如下：「希臘羅馬文化是最完美的人類心智發展形式，而且……我們不能放棄用它們本身的語言來研習它們，也不能放棄直接從這麼多無與倫比的教師身上，接受最高等的藝術、倫理和邏輯課程。」在俄羅斯，托爾斯泰伯爵（前文提過，他用拉丁文是爲了政治教育）也相信古代語言具有高度教育價值：「古典教育系統本質上不培育公務員或官吏；它培育人，這就是爲什麼這個系統被稱爲人文主義系統。」在這裡，這位部長的推論顯然受到西方模式的影響：普魯士的「古典中學」、法國的公立中學或英國的「公學」，都把培訓人視爲古典學科（尤指拉丁文）的功能。二十世紀的教育文獻在爲古代語言辯護時，也大量採用這個論證。

拉丁文既有培育人的作用，被列入非「職業導向的」中等教育也是必然的。它不是爲培養拉丁語學者或訓練專家而設：前面提出的好幾段引文已表明這點。拉丁文屬於「無利害關係的教育」，它提供「一般學養」，這點從大家把它和自然科學並活語言加以區分清楚可見。

在整個十九世紀期間，提議讓自然學科在學校課程中占更多分量的「現代派人士」，始終遭到古典學科捍衛者反對。後者除了寸步不讓之外（在這裡，我們不得不說，拉丁文教師在對手面前死硬到底），背後還有一個與古代語言有關的「高傲」想法在推動；他們認為，自然學科提供次等教育（因為它只求實利）。這點解釋了在英國「公學」（提供公開的「非職業」教育），古典學科被視為抵禦庸俗功利主義的壁壘；除了純理論學科（尤指數學、代數和幾何學）外，自然學科在這類學校中幾乎不受重視。法國的情況也一樣。十九世紀末，捍衛公立中學內「一般學養」的人士，批評自然學科提供實用且次等的知識，看重「資訊的量」更甚於「思想的質」，且導致「某種智力的畸形」；反之，純理論學科基於非只求實利的特性，而逃過這種咒罵。

這個非職業導向的中等教育概念，也說明了為什麼在同一時期，拉丁文比活語言得到更多優惠待遇。有些贊成語言學習能帶給學生「心智鍛鍊」的人，極力主張以活語言取代拉丁文，他們強調這麼做有雙重好處：鍛鍊心智並認識一種近代方言。這就是「取得文科和活語言教師資格」的迪埃茲，於一八八六年重新提出的理念。考慮到社會的新需要，他為近代中等教育（指由活語言扮演昔日移歸古代語言的教育角色）辯護，並把被描述為「一種現代拉丁文」的英文放首位。他對於耗費十年學一個死語言深感遺憾；儘管知道「最重要的或許是鍛鍊本身，即外文翻譯的鍛鍊」，他仍駁斥這麼做代價太高，「要鍛鍊身體、增強體力，根本不需要用到豪華單槓……無論材質是白木還是紫檀木，效用都一樣」。這在當時是很大膽的要求，因為活語言教學在公立中學尚未有什麼發展，而且成效很差。此外，以德文為例，課堂上的講解仍以拉丁文和希臘文為主。

不用說，迪埃茲並未打贏這場論戰。在捍衛拉丁文的人看來，近代語言不配扮演同樣的教育角色。「以不斷隨著習慣改變的活語言取代死語言妥當嗎？」西卡爾教士寫道，他並強調自己認爲導致主要的近代語言不適用的弱點：「英文沒有文法；德文的句法結構很怪且錯綜複雜；南歐的語言可能使我們的文體變得枯燥乏味且軟弱無力。」怪不得當時是相反的信念（拉丁文有助於學習活語言）占優勢且持續很久；甚至一九八三年還有人說：「優秀的拉丁語學家必能成爲優秀的德語專家。」一九六八年後，面對活語言（尤其是德文）的公開競爭，拉丁文捍衛者在有關心智訓練的論據中，再補上一個新論點：「就算它（指德語）有同樣的教育價值……它絕對沒有同樣的文化和開化的價值……雖然德語的語言和文化遺產，看起來和羅馬的語言和文化遺產一樣豐富，但前者至少有一點比不上後者：普世性。」

在法國，依然有人以同樣「博雅」教育的名義，強烈批評德國人文主義及其語文學方法，反對聲浪在一八七〇至一九一四年德法戰爭期間特別強。一八七一年法國戰敗，使一些和勒南、巴斯德一樣傑出的學者相信，德國在戰場上的優勢，是在中等學校和大學鍛鍊出來的；因此，應藉改革法國教育制度並採用德國的做法來尋求復興。巴黎大學大大盛行萊因地（德國萊因河西岸地區）的「科學」方法，而學校界則有人賦予拉丁文教學法強烈的文法導向。不過，這種熱情並不普遍。有人抨擊那是一種枯燥乏味的科技學識：只培養「專家」而不培養「君子」；漠視一切道德教育；不培養興趣，反倒使人變得貧乏；不但完全沒有鍛鍊心智以孕育宏觀，反而使人變得心胸狹隘、滿腹雞毛蒜皮的學究氣。

教育、一般學養、造就人、拉丁文，這一切終於合爲一體。從這個觀點來看，「近代人文學科」簡直無意義，也是萬不得已的選擇。有鑑於此，有人設計一種專爲沒選修古代語言的孩子預備的教學法，即特別借助譯本，傳授「古典信息的精髓」給這些學生。這種教學法雖然效果不錯（近代組學生往往比「古典組」同學更認識古代文化），卻仍逃不掉由這種教育形式而來的不信任。

## 不朽的人

以古典學科爲支柱且沒有利害關係的教育，也從陪襯它的普世、永恆的價值中汲取力量。學古代語言使人和古代、和已臻高度卓越且爲歐洲起源的文化完美結合，這套遺產理論自十九世紀至今受到廣泛引用，也曾有人帶著極大的偏見使用它；例如，在第一次世界大戰期間，法國巴黎大學利用這個論點（指共同的拉丁文過去、具有高度道德與公民價值的寶庫），動員「拉丁」民族反抗德國。更廣泛來說，各地都有人強調不僅要認識、保存這寶貴的遺產，還要使它帶出成效。取消拉丁文，將會是同時與傳統決裂，並棄絕一個豐富的源泉：這是在十九世紀期間，每當拉丁文受威脅時，反覆出現的警告。或許這一切永遠比不上富爾的措施引發的聲明：我們透過拉丁文的教育作用，隸屬一個既溯及經典的古代文化，又使整個歐洲圍繞一個人類典範（「不朽的人」）結合在一起的傳統。「古典學科最大的益處，」一群化名爲「有識之士」的大學教授指出，

> 就是一些智慧、一些相對性的觀念、一些參照系統。它比學校教育更好，它是心思意念的教

育，能幫助我們探索過去——我們的過去、遺產、文化、共有資產，而不是什麼與印度、中國或印加王國一樣年代久遠的奇怪古物……廢除六年級的拉丁文課程和四年級的希臘文課程，就是終止古典教育、終止人文學科、終止一個文化——我們的文化，希臘、羅馬文化。

因此，結論是：「棄絕拉丁文，就是棄絕全歐洲人共有的整個文化經歷。」「野蠻」正在窺伺我們。

雖然古典學科已大大衰退，而可怕的新競爭對手（社會科學）也已出現，始終有人拿古代遺產的論點（歐洲統一的起因），來支持孩子的一般教育和正在建造中的歐洲。一個非常具體的例子是，一九九三年由南德的拉丁文教師獨創，標題爲「拉丁文　二〇〇〇年」的海報：從歐洲的古典神話得到啓示的這張海報，強調結合拉丁文和歐洲的傳統聯繫，並重申無論過去或未來，拉丁文都如同標語和圖像清楚表明的，是「歐洲文化的關鍵」。因此，無論以勁頭十足的方式，或以懷舊的方式，這套論據在近幾年支持人文學科的著作中，已成了陳詞濫調。

## 三、從堅信到使人信服

因此，從十八世紀末至今，用來支持拉丁文學科的論點，除了勉強迫於形勢而遭到少許修改外，幾乎沒什麼改變。的確，要用這個或那個論點，需視情況而定，而拉丁文捍衛者也有自己偏愛的論述。儘管如此，相同的論證幾乎無形中彼此串連，形成近乎完整的一套說法，也是很常見的事；即使論述的順序近似本書闡述的方向，事實上也不是不可變動：大體上，都是從「功利主義」（學另一種語言的益處）出發，談到「沒有利害關係」的層面（培育人）。

這套論據似乎不大受事情的眞相影響。因此，在探索古代世界的文化動機和拉丁文教育（如法國中學提供的教學方式）之間，有一道鴻溝。「老師介紹任何作家給我們的時候，從未提到他的時代背景、天空的顏色、生前和哪些人交談，」拉維斯在《回憶錄》中說道，「他們就像影子在無聲無色的環境中滑動……古希臘和古羅馬在我們這些無知的人面前糾結在一起。我們幾乎不知道希臘人和羅馬人誰先存在，而且我們絕對有理由相信伯里克利斯（雅典將軍）和西塞羅是同時代的人。」有些公立中學的老師認爲，即使在二十世紀五〇年代（此時拉丁文課程常簡化爲譯解幾行原文和解釋文法規則），同樣的判斷依然有效。儘管如此，始終有人頌揚拉丁文學科的文化價值。

這套論據也不會因爲拉丁文捍衛者本身在表達上偶爾有所保留，而比較站不住腳。偶爾也有人爲了替自己看重的理由做更好的辯解，而表達「嚴肅的質問」，甚至說出他們的懷疑。例如，科倫大學教授沃爾芬指出，一般提出來支持拉丁文的各種論證，沒有一個具有「必然性」。但他並不就此斷定應該廢除拉丁文學科：一方面，他注意到「和其他學科對照，應該不是對我們如此不利」；另一方面，在推翻所有批評（往往也是拉丁文反對者的評論）之後，他用一個對他而言是主要且「不可或缺」的論證總結：大量接觸古代文化是「向全人類敞開」。

最後，許多根本無人證明的論據，並非總是可論證。一九六九年，現代拉丁文協會請一位心理學家針對「拉丁文是特有的心智鍛鍊，能加速兒童的智力發展、使他更有能力贏得其他挑戰」

的說法提供意見。其中一個常用來支持此論點的證據是，精通拉丁語的學生進入科學高等學校的成功率很高。但這位專家不接受這個近乎詭辯的論證；原因是，沒有理由能阻擋他人持相反的論證：也就是，因爲這些學生有數學頭腦，才會在拉丁文方面表現優異。這個問題只有一種科學研究能解決，就是對照智力相當且學習條件類似（確切地說，拉丁文除外）的兩組學生。然而，撇開實驗設計不談（拉丁文究竟利用、發展了哪些天賦？是推理還是直覺？），主導這個實驗的條件在技術上就使這個研究辦不到，至少很難實現；更何況，這類研究從未在法國或其他國家實施過。深知自己的結論肯定不符合眾人期待，這位專家特別強調他的結論不應成爲「阻礙教師嘗試與堅持」的理由。這點，拉丁文老師都很清楚。

或許論證或實驗證明事實上對這些教師都不怎麼重要，他們提出來支持拉丁文及其教育的論據，是建基於一個更強大的原動力，也就是內在的信念。此外，誠如其中一位老師所承認，這些論據難道不常是「爲了支持我們確信的理由……但基於較不容易表達的緣故，就由果溯因的合理化結果嗎」？由此看來，這套有利於拉丁文的論據，根本沒有推理和論證的依據，而是先源自信念，並因形成一套前後一致的論述（以人和培育人爲主旨），而充分發揮作用。由於不斷重述，這套論述成了一個未經討論就接受的信條。這點從二十世紀初，聖彼得堡大學教授吉林斯基的談話中清晰可見：

> 古代文化有什麼教育價值？我完全不知道。但古典教育制度存在已久，也早就擴展到所有屬於歐洲文化的民族，而且這些民族只透過它成為有教養的人，這些都是事實……即使在現

代，一個民族愈嚴肅看待古典教育，它的開化能力也愈大，而那些少了古典教育的民族，無論它們在數量上有多大的威勢、過去有多偉大的光榮事蹟，在思想界都起不了任何作用。

因此我們可以理解，儘管現實往往與這些論據不符，仍有人繼續接受並複述它們。我們也要指出，這些論據不僅是信念的產物，而且也產生影響；換句話說，我們還要描述這些論證如何說服人。拉丁文支持者的論述有三方面：辯護（對該學科遭到抨擊予以辯解）、建議（邀請人學拉丁文）、讚頌（強調它高尚的特質）。「辯護詞」和其他形式的「抗辯」在書面作品中占主要地位，怪不得這些作品常在緊張的氣氛中（很多提到「威脅」、「挑釁」、「陰謀」等字眼）構思而成；不過，寫給家長的話、讚美拉丁文「高尚」或具備「諸多效能」的頌詞也不少。這些論述的推論基礎是，對一些公認為拉丁文及其學科的價值深信不疑；它們往往採取斷言的形式（「拉丁文，是……」），不提供論證做為支持，而是提出保證並運用權威人士的推薦。我們只舉幾個例子。

引用大人物的見解，是最多人使用的技巧，做法是請一些名人提供他們對拉丁文的看法（必須是有利的看法）。這種策略第一次用於美國，是在教育家弗萊斯納嚴厲批判古典學科後不久，當時抗辯與抨擊不相上下。一九一七年六月，佛萊明威（普林斯頓大學拉丁文教授暨「研究所」所長）舉辦一場研討會，探討「博雅教育中的古典學科」。在開幕詞中，他嚴正抨擊弗萊斯納提出的「現代學校」，並指出面對當前局勢（美國加入世界大戰），古典學科極具重要性的原因：在我們比任何時候都更需要「人類心靈的優越力量」之際，拉丁文能培養必要的「勇氣」、「智慧」

和「對自由的信念」。這次會議的紀錄於同年出版，內容除了有研討會上提出的學術報告外，還收錄近三百個對古典學科有利的見證（由「內行的觀察家描述現代生活的重要利益，並列出許多美國最傑出人士的姓名」）。排名首位的是，當時在位的美國總統威爾遜和三位前總統（塔夫脫、羅斯福和克利夫蘭）。隨後是政治、工商、教育、教會、法律、醫學、科學等各界名人。他們全都表態支持古典教育；此外，過去沒有「特權」接受這種教育的人，也分享他們的遺憾和因此遭受的「損失」。約五十年後，「古典學報」刊登美國名人對拉丁文的文化和實用價值的看法，這份名單匯集許多政界菁英人士的姓名，從名列第一的尼克森總統到參議員甘迺迪，中間有美國聯邦調查局局長胡佛、前阿拉巴馬州州長華萊士、紐約市長林塞，其他還有好幾位前任部長、參議員、眾議員和高級官員。羅米莉在著作《給父母的信》中，也應用同樣但規模較小的策略，她在不同章節間穿插「名人」的見證：他們分屬「傑出的科學家」、「大型企業的業主」、「一些在實際生活中享盛名，並從中獲得不容置疑的經歷的人」。

這些「見證人」大都不是專業的拉丁語學家；此外，在普林斯頓大學於一九一七年出版的手冊中，那些意見偏頗、很可能削弱辯護論點的「古典學者」，姓名都被斷然從名單中除去。事實上，這些見證的價值，來自伴隨名人的姓名和社會上重要職務而來的權威，更何況其中有些職務在一般人眼中，並未將拉丁文視爲必備條件。美國早在一九○七至一九○九年間，除了每年舉辦「古典研討會」外，也曾在安亞伯召開三場會議，分別探討人文主義教育（尤其是古典教育）對於學法律、神學和商業究竟有何效益。一些與會的法學家、教會人士和企業主表示自己欠拉丁文一分情，講得更白些，即敘述拉丁文和他們由這門學科所得到的成就，爲他們的職業生涯帶來哪些益處。基於相同的目標，有人找來科學家見證，懇請他們支持，並引述他們有利於拉丁文的談話。從這所有的聲明可得知，拉丁文學科始終透過特殊的智力和人文訓練，爲各行各業（包括位分最高的職業）做好萬全準備。一些知名人士不但如此表示，也藉卓越的成就做爲證明。

另一種類似的保證，是從古羅馬文化借用語錄；爲此，受到廣泛使用的是泰倫斯的一句詩（摘自《自虐狂》，I, 1, v.77）：「我是人，凡關乎人道者，與我無不相宜。」（*Homo sum, humani nihil a me alienum puto*）自二十世紀五〇年代起，這句諺語的使用率愈來愈高：當時「人類」（humain）、「人文主義」（humanisme）或「人性」（*humanitas*）幾個字常引人聯想這句話，因此有人用它來證明拉丁文具有高尙的人文特質。前文提到的拉丁文文法書中，那篇題爲〈爲什麼學拉丁文？〉的引言，結論如下：

> 清楚的頭腦、正直的良心、寬宏大量的心，這是羅馬所有偉大的文學天才所呈現出來的三重典範；無論他們名叫西塞羅、維吉爾、荷瑞思或泰西塔斯，他們全都出現在泰倫斯筆下一名人物的宣言中：「我是人，凡關乎人道者，與我無不相宜。」

由此可見拉丁文被賦予的教育作用。布央塞曾在一次題爲〈拉丁文——基礎學科〉（標題本身就極具說服力）的談話中強調，在以「技術需要」爲主的現代社會中，人類應比任何時候更提早接受「足以與之抗衡的文化」。不過，他繼續說道：「就我們人類的覺醒而言（即使是在一九五二年），任何學科無論有多好，都做不到古典學科所能做到的。」爲了證明拉丁文化和文學具有「歡迎並贊同任何形式的人類文化」這個特色，他重申：「『凡關乎人道者，與我無不相宜』是拉丁人說的。講得再明確些，講這句話的是拉丁人。」因此，這句在十八世紀就被詮釋爲表達四海一家和人類休戚相關的詩，成了古典教育的工具。拉丁文捍衛者把它當作口號，大量使用它，因爲對他們的辯論太有利了。就算被賦予現代意義，這句話還是可以從年代久遠的特性和原作者的拉丁文出身吸取效力；因此，它就像一個有權威的論據，在泰倫斯肯定不曾想過的論戰中發揮作用。

拉丁文支持者對群眾說的這些論述的確有說服力，事實上，聽到的人不但重述之，而且在內化的過程中加以簡化。因此，美國有兩份調查所得到的答覆，大都是機械式地複述對拉丁文有利的「古典」論據：除了獨特的個人經驗談外，它們事實上全是完全內化的信條。我們只談四個從一九六九年的調查報告中選出的例子。尼克森總統在回憶拉丁文是他「高中」四年期間最愛的學科後，這麼說：「在我看來，這些課程對發展邏輯思考極其有用，而且使我對英文的文法結構有更好的理解。」拉丁文並非紐約市長林塞求學期間最愛的科目，但他也承認拉丁文具備同樣有益的功效：「現在回想起來，我覺得拉丁文提供寶貴的機會，讓學生熟悉英語的派生結構。此外，拉丁文課程是絕佳的心智訓鍊，而且能培養學校紀律。」參議員甘迺迪在強調過去學拉丁文的「特權」後，明確指出拉丁文學科的「永久」價值：

> 我們自己的英文有很多源自拉丁文，因此我們可以說，拉丁文其實是活語言。學拉丁文使我們熟悉一個重要且迷人的歷史時期，一個我們應將大部分文化遺產歸功於它的時期。

前文提過，很少人像洛克菲勒認爲學拉丁文讓他有機會接觸偉大的文學，並從中得到樂趣。不僅如此，他還補充其他有利於這古老語言的理由：

如果你好好學拉丁文，它會提高你的智力程度……拉丁文是所有語言中最清楚、最簡潔的。對照同一段文字的拉丁文版和英文版，你會發現用拉丁文就能簡單扼要敘述的句子，我們卻要用更多字才能表達。此外，懂拉丁文的人較能掌握英文，因為我們的語言大都源自拉丁文。

同樣的論據總是不斷出現在各地：在法國，一九五六年針對巴黎公立中學學生家長進行的調查，以及羅米莉視爲對古典學科有利而納入「辯護詞」的見證，都曾出現這些論點。難怪一九六九年在亞耳沙斯各校進行的一項問卷調查，會以下面這些話詢問五年級的拉丁語學生：

你覺得自己曾經從拉丁文學科中獲益嗎？如果有，是以下哪一個？

——這門學科使我學會思考

——這門學科使我學會推理

——這門學科使我更理解法文

——這門學科使我更認識羅馬人

比他們年長的四年級生也被問到同樣的問題，只是答案選項不同：

——使我在推理、演繹方面有進步

——充實我的一般學養

——以更有條理、更嚴格的方式訓練我

——鍛鍊我的記憶力

在這裡，我們看到結合古典論據，發揮複述並永久延續一套論述的機制。在堅信與使人信服之間，這個對拉丁文有利的論述，自成一個最終被視爲「神聖的」傳統。由此導出極其悲觀的預言（指關於任何偏差、更別說任何決裂可能引起的後果）：母語危機、怠惰至上的時期到來、失去道德方向、個體漂泊無根、社會瓦解等等。此外，一切移歸拉丁文的功能、一切公認它所具備的價值，都讓人很難預料這個語言會有不得不被取代的一天。「要用具有等效的教導順序，安排新學科或新的系列學科恐怕不容易，」義大利學者葛蘭西於著作《獄中筆記》中，在重申古代語言所發揮的教育功能後寫道，

我們不是為了學拉丁文而學拉丁文；長久以來，按照文化與學校的傳統……拉丁文是被當作一個理想的學校課程要素，也就是概括並滿足所有教育學和心理學一連串要求的要素來學習的。

在詳述拉丁文發揮的功能後，他繼續說道：「這並不表示（若這麼想就太蠢了），拉丁文和希臘文本身在教育領域中，具有魔術本質。這完全是文化傳統（這點在學校外也一樣特別存在），在既定環境中產生這樣的結果。」接下來我們不得不檢視，賦予拉丁文「魔術本質」的這個「文化傳統」和「既定環境」。

# 第八章　階級畫分

一九六八年，富爾在取消六年級的拉丁文課程時，用以下這段話爲這個措施辯解：古典教育

愈來愈不符合社會的需要。一方面……這種由固定知識（指由數世紀的傳統提升為知識的傳統）構成的教育，顯得不大能革新。另一方面，所有社會學調查研究都顯示，只有文化繼承人（即承襲某種出身背景的人）才比較有機會接觸這種教育。因此，古典教育阻礙民主化是無庸置疑的……

這番話引發強烈的抗議，拉丁文支持者在國會和專業期刊中提出反駁，強調這項教改才是「反民主」。既然「關心平等」，就應保留六年級的拉丁文課程；古典教育並非「階級教育」：有人舉例證明家庭背景「極其卑微」的孩子，也接受古典教育，並在這方面「成就非凡」；還有人提出拉丁文發揮的「社會作用」：讓出身低微或來自外國的孩子「有更靈活豐富的表達能力，以便與社會文化背景不同的同學相比時，可以及早（自四年級或三年級起）脫離不利的地位」。拉丁文完全沒有「資產階級」的性質，它是「民主化和學習機會均等的實際要素」；然而（有人補充說道），富爾這項有害的措施卻可能導致階級觀產生，把學拉丁文的特權，留給有錢念私立學

校或接受個別輔導的富家子弟。早在幾年前，拉丁文遭到多方批評時，巴黎大學教授布央塞就曾駁斥「資產階級的偏見」（對某些人而言，這是拉丁文的附屬品）：雖然他承認，過去「資產階層確實很看重藉拉丁文化來凸顯自己」，但他堅信該時代已經結束，現在既沒有「資產階級的拉丁文」，也沒有「資產階級的物理或數學」。布央塞這麼說絕對有理，無論如何，他還是承認拉丁文曾與資產階層爲伍。一九六八年當捍衛拉丁文的人士，抨擊富爾的措施是「假平等主義」時，他們的談話中也暗含這層意思：古典學科有**重新成爲**階級教育的危險。

這些在危機中發表的論證，都與一個公認爲拉丁文特有的價值有關：無論是富爾使用的措詞（文化繼承人），或是反對者提出的辯護詞（平等主義），都毫不含糊地指出當時拉丁文的問題不在於教育，而在於社會。因此，我們要提出一個歷史性的問題：拉丁文究竟如何發揮這種「區別」作用，如何在輿論中被視爲名副其實的「資產階級的保障」？要回答這個問題，得站在社會學的立場，並透過當代人士的觀點和做法，重建拉丁文這個符號在近代社會中的功用：世人如何理解、使用甚至操縱拉丁文？有什麼目的，要達到哪些效果？在這裡，上述這段法國教改的插曲，只是充當更廣泛討論的引言。

## 一、體面的學問

起初（在十五世紀文藝復興期間），並沒有人主張拉丁文可用來「畫分階級」。的確，人文主義學校是給預備將來從事高級職務的兒童菁英念的。它提供的純「文學」教育所培養出來的才能，在當時具有公認的實用價值（使人成爲使節或在行政部門擔任祕書、從事律師職業或在教會中任職）。然而，這種教育具有其教學法本身固有的危險：對古代著作的評論很可能淪爲對詳情細節的技術批評，而作品（文本）則隱沒在大量的學識中。事實上，這種情況不但發生在老師身上，也發生在學生身上：炫耀無根據的學問，自鳴得意地指出荷馬和維吉爾犯的錯，彼此間在細枝末節上激烈爭論。一旦結合這種行爲，拉丁文可能反倒讓人「降低身分」。

同樣在義大利，當宮廷文化開始出現時，我們看到同一群菁英份子提出另一套倫理——教育學典型，也就是被視爲歐洲財產的朝臣典型。義大利作家卡斯蒂利奧內的著作《侍臣論》（一五二八年），是一部卓絕的宮廷禮儀手冊，探討在宮中生活並任職的人必備的「技術」教育。這部作品教導朝臣應處處表現出sprezzatura（字面意義爲「輕鄙且超然」），這字不容易解釋，或許勉強可用法國人在十七世紀使用的naturel（「自然、不做作」）一字表達。誠如卡斯蒂利奧內所寫的，「『輕鄙且超然』，就是隱藏所有人爲做作，表現出言行舉止毫無刻意且幾乎未經思考。」反之，賣弄技藝「使人信譽盡失，以致不大受人敬重」。

從十六世紀初起在義大利，繼而在其他地方，有人開始抨擊某種賣弄技藝的人物：學究。這號人物在很多喜劇中淪爲笑柄，例如：義大利作家貝羅的《學究》（一五二九年）、哲學家布魯諾的《製燭商》（一五八二年）；英國作家哈維的*Pedantius*（一五八一年）；法國作家西哈諾的《假學究》（一六五四年）、莫里哀的《女學究》（一六七三年）。這類諷刺作品不忘挖苦的一項特徵，就是學究特別喜歡濫用拉丁文：像是在本地語言談話中引用拉丁文詞彙、措詞和句子，表現出偏愛罕見或從非古典語言借用的詞語，使用拉丁文的句法結構（如獨立奪格句）。這種癖好結合了強烈想要賣弄學問的念頭；後者特別由濫用引文（當然，以拉丁語錄爲主）表現出來。舞台上嘲諷的事，詞典裡面也免不了一番抨擊。在詞典中，學究的定義是「因希臘文和拉丁文而敗壞」、樂於「不停引述某些希臘文或拉丁文作家的著作」、「毫無判斷地堆砌希臘文和拉丁文」。學究和拉丁文最後終於混爲一談，誠如莫里哀爲了稱呼某些學究（如特里索丹）而造的詞「拉丁文人士」所顯示。不過，眞正受嘲弄的並非拉丁文，而是變質的人文主義學科：犧牲以閱讀古代著作爲基礎的眞正全人智力與道德教育，淪爲熟記與抄襲。

這正是蒙田特別在〈論學究氣〉中（《隨筆集》上卷第二十四章）的分析，在他看來，這種令人遺憾的現象，「原因」在於錯誤的觀念，也就是認爲人生而平等。然而，並不是人人都適合心智鍛鍊，「雜種和庸人……與哲學不相稱」。同時，他繼續說道，社會就是這樣形成的：「通常只有出身低微且以做學問爲謀生手段的人，才會完全致力於學問。而這些人的靈魂素質最差（一方面因其本質，另一方面因他們在這種環境領受教育的過程中所吸收的典範），他們顯然只能以矯揉造作的方式，帶給我們知識的成果。」在重述這種「貴族式」評論同時，我們或許注意到，學究不但普遍被描述爲愚蠢加三級（如莫里哀筆下的特里索丹），而且猶如「土裡土氣又沒教養的」傢伙；他常被安排在次等職務上，並且缺乏中學或小學教師（附帶一提，他的名稱源於此）應有的風采。在這裡，我們只引用法國詼諧小說作家索萊爾的著作《法朗西榮滑稽史》中的一段。書中提到故事主人翁在「學校冒險」期間，受到一位教師，一個「賣弄學問的蠢蛋」，嚴格管教。後者不但熱中於拉丁文詞源學，還用「無數世上最學究式的冗長廢話」把學生弄得疲憊不堪。索萊爾還以社會分析的字眼寫道：「教師就是那些幾乎直接從耕地走上講台的人……再說，他們只知道各種社交禮節和手段。」

然而，隨著這種社交禮節應用在法文的機會愈來愈多，這些中學的迂夫子和伴隨他們的拉丁文，儼然和上流社會人士、宮廷貴婦、貴族成對比。但拉丁文並未因此被逐出社交界，只要瀏覽「風雅信使」就夠了。這份期刊主要以貴族、巴黎和外省的資產階層爲對象，也就是說，它的讀者並非專業的拉丁語學家，甚至某些讀者（例如女性）從未接受拉丁文訓練。儘管如此，這份暢銷期刊從不忘給拉丁文和古羅馬文化留篇幅：刊登拉丁詩、用拉丁文寫的紀念章和銘文；把拉丁文神話應用在愛情故事和謎語上；闡述有關古代語言的語文學和古文物研究工作等等。

針對這點，我們很適合引證法國在路易十四統治期間發生的雙重演變：上流社會人士變得較有文學修養，而博學者「變得較有教養」。後者除了發表許多著作談論「好學者」應有的表現，抨擊學究和江湖騙子壞了學術界的名聲外，還努力修正所有粗暴的言行舉止，表現出極其正直的德行。他們似乎獲得成效：許多在十七世紀下半葉旅居巴黎的外國人，在學者身上看到他們體現了文學界奉爲圭臬的典範：結合最高深的知識品質和高度謙恭有禮、文雅高尚的舉止。一位前來深造的旅人孔蒂，說他在這裡還領悟到「學者也可以是上流社會人士」。因此，學問和伴隨它的拉丁文，脫去幾分粗俗的形象，也不再像過去那麼令上流社會人士嫌惡。

但上流社會人士並未因此成爲學者，而是逐漸修正自己對知識和正規教育（當時主要建基於拉丁文）慣有的嫌惡態度。雖然貴族不若行政官員那麼重視人文學科，他們仍認爲有必要接受這方面的訓練，最起碼是爲了擔任某些職務或參與宮廷生活：應培養未來文藝事業贊助者的鑑賞力和判斷力，也應訓練觀眾有能力譯解宮廷芭蕾舞劇中有關希臘羅馬神話的參考資料，並閱讀慶典中的拉丁文獻詞。但重點不在於培養年輕貴族成爲專職文人。因此，有人鄙視需要長年學習的博學方式，有人支持以翻譯（法文和拉丁文的使用率一樣高）爲基礎的學習，有人讓孩子研讀最適合他身分的政治、歷史或兵法的著作。起初，這種教育在家中進行，因爲貴族家庭對學校極不信任，他們怕自己的孩子和下層階級的孩子混在一起會染上惡習；但隨著明顯有菁英主義特色的耶穌會中學創立，情況有所改變：貴族把兒子送進這些學校，按照爲他們設想的職業（軍隊或教會）決定學習期限，並請人補充其他課業。因此，這些孩子多少都在這種專爲上流社會人士設立的學校中受過拉丁文教育。給王侯的教育也透露出同樣的想法。在十七世紀初簽訂的許多條約中，從拉丁文的使用程度就可看出它的地位：它是歐洲各族彼此交流的語言；此外，它能幫助王侯「深入理解是非善惡」，最重要的是，它教導他古代人作戰的方法（指出這點的是法王路易十三的醫生埃羅亞德）；儘管如此，他還是得避免陷入鑽牛角尖，而且要以「一般學問」爲滿足。因此，貴族、甚至王侯的教育根本沒有捨棄拉丁文，而是將它納入其中，只是去除了所有可能培養出學究的要素。雖然十八世紀下半葉，仍有貴族認爲「貴人沒有必要博學多聞」，但還是把自己的後代送去念中學。

既然被完全納入社會菁英教育，拉丁文轉而成爲一門「高貴的」學科。從此中學教育是否陷於細枝末節都無關緊要了。拉丁文成了博雅教育的標誌，而用處日益減少（它對學生未來的職業生涯愈來愈沒有助益），使這個象徵性的角色愈發確定。這裡再次呼應了卡斯蒂利奧內的觀點，賣弄技藝實爲不宜。所有我們聽過有關古典教育不在於培養拉丁語學家的聲明，都源於此。這也是爲什麼在法國（或許英國更甚），有人鄙視把學生轉變爲拉丁語專家的德國語文學方法。

此外，儘管社會菁英必須學拉丁文，卻沒人指望他們懂這個語言。這點從艾略特的小說《佛洛斯河上的磨坊》中，兩位主人翁——少年塔利佛和比他傑出且早熟的同學菲力的對話完全顯露出來。

「我不懂為什麼要學拉丁文，」塔利佛說道，「根本毫無用處。」

「這是紳士教育的一部分，」菲力說道，「所有紳士都學同樣的事。」

「什麼！你相信克雷克先生，那群獵犬的主人懂拉丁文？」常想自己將來要像克雷克先生一樣的塔利佛說道。

「他小時候當然學過，」菲力說道，「不過，我深信他早就忘了。」

由此看來，懂拉丁文不算什麼，學過拉丁文才重要。誠如弗拉禮在一八八五年所寫的：「在眞正的資產階層中，你必須懂拉丁文，更確切地說，你必須曾在有傳授拉丁文的學校中度過幾年。」他還說（沒有比這更清楚的了）：一旦拿到業士學位，一旦通過富含拉丁文的中等教育考試，「就可以忘了所有這些已經過檢驗的高尚知識」。幾年後，法國哲學家戈布洛的名著《障礙與階級》（一九二五年）中，也出現同樣的觀點。這本書指出拉丁文產生的區別，實際上使不懂拉丁文的人和學過但不懂這個語言的人形成對比。

因此，拉丁文拋棄了那在上流社會中，很可能爲它帶來毀滅的博學和賣弄學問的傾向。在這過程中，它的地位改變了：它不再是一些不怎麼顯著的職業必備的「純粹有用」甚至實用的學問。對於把孩子送去學大量拉丁文的社會菁英而言，它是「一門純粹體面的學問」（不用說，這種學問毫無用處，也沒有人會用它來成就任何事）。甚至在這點上，它「畫分階級」：它塑造來自優越家庭的英國紳士和法國資產家，也就是說，它不加掩飾地表示屬於某一個階級：在其中，人可以「浪費」金錢、時間和精力，去學一門就職業而言毫無用處的學問。透過這些評注（很多借自美國社會學家韋勃倫對富閒階級中，古典學科的分析），我們現在必須檢視這個圍繞著拉丁文運作的「階級畫分」，是如何演進，究竟有哪些形式。

## 二、特殊階級人士

人文主義學校是一種菁英現象，即使化為拉丁文教育也仍是如此。或許這只是因為這種教育很耗時，所以預先排除大多數孩子：他們（尤其鄉村地區）基於明顯的經濟理由，在學校的時間往往不超過最基本的識字階段。此外，有人指出那些提供最高等教育的學校（如：有完整訓練的法國中學），隨著時間逐漸菁英化：他們為有利於小學校，而免去閱讀和寫作的基本課程，以致小學和拉丁文教育之間的學習斷層日益明顯。大型中學的社會概況逐漸明確：擺脫下層階級，在市郊吸收社會精選的階層（在這點上，寄宿費用有一定的作用），開放很多名額給社會菁英（學生人數過多，在十八世紀就占了三分之二到五分之四）；至於同樣住在都市的學生，修業期則取決於在社會上屬於哪個階級：就一群六年級新生而言，工匠兒子的人數在三年級只剩一半，而達官貴人的兒子則大都繼續讀到修辭班。換句話說，「中等」教育和伴隨它的拉丁文高等課程，主要是一種菁英現象。即使在十九世紀的公立中學，拉丁文仍保有這個特性；「近代」教育的產生，甚至可能強化這個特性。我們後面再回過頭來談這一點。

在英國，「公學」（拉丁文最重要的堡壘）有一種至少取決於寄宿費用的「貴族」招生措施。在這類學校中占主導地位的拉丁文，偶爾會被用來強調學校的菁英主義。事實上，其中有些學校基於創校宗旨，必須招收附近一帶的孩子免費就學或只收一點點學費。爲了迴避社會上這種「令人不悅的」規定，有學校取消低年級，因此，孩子必須私下請家庭教師或上自費的先修班，習得足夠的拉丁文知識後，才能進入這些特別的學校就讀。

即使到了二十世紀中葉，拉丁文仍然反映出社會差異。法國在一九五六年，單單自由業人士——建築師、律師、醫師等用腦力工作的人——的孩子，就占了古典組學生人數的百分之十二．六，相較之下，他們在近代組只占百分之四．一；農工子弟中（人數將近學生人口的兩倍），只有百分之十三．二選古典組，而選近代組的人卻有百分之二十六．一之多。在大學文科（「社會背景的影響最顯見之處」），法國社會學家布爾迪厄與帕瑟隆注意到，一九六一至一九六二年間，「曾在中等學校學過拉丁文的大學生比例，從百分之四十一（農工子弟）到百分之八十三（高級幹部和自由業人士的子弟）不等」；他們並強調指出：「這點（指文學院的學生）更足以說明，社會背景和古典學科之間的關係。」同年在貝桑松學區進行的一項調查研究顯示，拉丁語學生的比例因城市的重要性和人口組成而異。雖然就這個學區而言，學拉丁文的六年級生平均值爲百分之五〇到五十五，甚至在雨果中學和巴斯德中學分別高達百分之六十三和百分之七十二，在朋塔雷的中學卻下降至百分之二十七。另一方面，女學生和男學生的人數也始終不均等：例如，在比福，於公立男中選修拉丁文的學生達百分之七十三，公立女中卻只有百分之四十四。而在女學生當中，也有來自社會背景的明顯差異：分別是，工人的女兒占百分之二十七，職員的女兒占百分之二十八，而幹部或自由業人士的女兒占百分之四十六；在貝桑松的公立女中（這裡的拉丁文學生人數比例最高），這方面的差距依同樣順序分別是百分之四十八、五十三、七十一。

鑑於這幾個數字（加上法國人口中各種社會—職業類別的比例，或許更具說服力），我們不得不指出，富爾以「文化繼承人」形容接受古典教育的孩子，並不全然是錯的。只是這些數字和部長引用的社會學調查研究一樣，雖然說明了拉丁語學生在學校界的眞實分量，卻解釋不了那使拉丁文成爲一項遺產（對某些人而言）的繼承邏輯。

起初，借用美國政治家富蘭克林的解析，或許只是「對古代習俗和習慣的偏愛」（這裡是指失去實際用處後，仍繼續存在的古代習俗和習慣）。例如，曾有一段時間，知識被完全封鎖在拉丁文書本裡，唯有受過教育的人（即懂拉丁文的人）才能得到知識。那段時間結束後，仍有人繼續教育孩子拉丁文，只是這時候的拉丁文已失去用途，而是像一個符號（從此代表歸屬社會菁英的符號）永遠存留下去。爲使自己的言論更具體、更有說服力，富蘭克林以當時在社會上最顯著的外在符號爲例：帽子。他提到，鬈曲且撒了香粉的假髮和女式小洋傘，使戴帽子（在十七世紀很實用）從此變得不可行且徒勞無益。儘管如此，他繼續說道：「把帽子視爲服飾之一的想法還是很普遍，甚至一位入時的男士，如果沒有把帽子戴著或隨身攜帶（指夾在腋下），別人會認爲他衣冠不整。因此，在歐洲各國的宮廷和首都中，許多有教養的人士除了帶**夾腋帽子**外，從未眞正戴過帽子（他們的祖先也是）；即使我們完全看不出以這種方式帶帽子的用處何在，即使這種習慣不僅伴隨一些開銷，也帶來一些沒完沒了的不便。」同樣的論述也適用於拉丁文：學起來很費力，對實際生活也毫無用處，但卻是菁英必不可少的；富蘭克林形容希臘文和拉丁文是「近代知識的**夾腋帽子**」。傳統和社會符號或許因此結合在一起。到了下個世紀，弗拉禮也用衣著方面的比喻，來說明附屬於拉丁文的社會功能：「其實，學拉丁文是為了成為上流社會人士，為了踏入高雅的上流社會。上流社會有它的要求。像是必須穿著黑色服裝（即使炎炎夏日也一樣）、要攜帶一頂一年到頭都不方便的帽子、必須懂拉丁文……」

拉丁文和歸屬社會統治階級，終於形成唯一且相同的一件事，按照波蘭小說家顯克維奇藉扎格洛巴（《三部曲》的主人翁），發出的強而有力說法就是：「我是上流人士，*loquor latine*（我講拉丁文）。」在這裡，作者只不過把波蘭貴族階級的現實面以外的事實表露出來，更何況，他們對拉丁文的強烈依戀是衡量得出來的。

在英國，十七、八世紀雖有人指出「紳士不懂拉丁文，也可以很有教養」，相反的見解卻比較占優勢。針對這點，洛克的立場很明顯，關於拉丁文他寫道：「我認為拉丁文是紳士絕不可少的。」一個世紀後，長期輕視古典學科的英國權貴階級，終於接受了相反的觀點：教育造就紳士，所謂教育，按照沃波爾的說法，就是「每一位紳士都得懂希臘文和拉丁文」。不含拉丁文的教育變得令人費解，誠如切斯特菲爾德伯爵給兒子的解釋：「古典知識對每個人來說都絕不可少，因為人人都同意思考、講述這門學問。」當然，「每個人」並不表示所有人。古典學科是菁英的特權和標記：直到二十世紀六〇年代，仍有人提出並反覆講述這點。這裡我們只須引述兩段話：一八六六年，英國教育家羅威在「泰晤士報」的一篇文章中，重申拉丁文學科是「紳士教育必不可少的一部分。」一九三八年，麥尼埃斯提起過去在馬波羅「公學」所受的教育時，以「學一個無可爭議是死語言……的特權」，對照「受貴族教育的……紳士」和「接受近代教育的男孩子」。

法國自大革命以後，再也沒有人提起貴族，十九世紀期間，包括在資產階層中都有人提出要求，希望教育能更符合「近代」社會的需要；然而，同樣的這個資產階層（特別是最有錢的人士），卻繼續讓孩子接受那能賦予他們「社會印記」（按照馬修阿諾德的說法）的古典教育。拉丁文和菁英總是並存，在這裡，當代人的話帶給我們一些啓示：作家迪律伊寫過「拉丁文，這個貴族」；曾任教育部長的貝特洛抨擊「這個流行的看法——沒有讀過人文學科的年輕人，不屬於他那一代的菁英」；而在議會上，迪邦路說出著名的斷言：「領導階級永遠是領導階級……因爲他們懂拉丁文。」

因此，拉丁文代表歸屬居支配地位的團體。「你曾與眞正的資產階層子弟一起度過青少年時期嗎？」弗拉禮寫道，「你曾與大多數你自以爲和他們平等的人一樣，經歷同樣的訓練、同樣的考驗嗎？如果是，機會的大門永遠向你敞開。」反之，缺乏這種「能力」，就足以受人排擠。「聽到荷馬或維吉爾的語錄，而不帶著智者的神態微笑的人，是一個遭判決的人，」法國小說家左拉寫道，「這個人不是我們自己人，他不曾花十年的時間上一所中學；他不懂希臘文，也不懂拉丁文，單憑這點就足以將他歸入可憐蟲之類……」左拉的話蘊含一個絕妙的社會學分析，我們可借助梵樂希的一篇同樣簡明扼要的文章，使它更完整。關於一九四五年的法國教育，他在著作《筆記》中寫道：「……我們只培養如何（按照慣例）區別階級、如何進到一個狹隘的圈子並在其中耍手段——就像**通關密語**一樣，因爲希臘文和拉丁文不過是**通關密語**。問題不在於懂不懂它們。」

「階級」、「歸類」、「我們自己人」、「圈子」、「通關密語」，我們可以清楚看到，這麼多概念在一種（而且往往是唯一的一種）習慣做法中運作，以證明一個人學過古典語言：用拉丁語錄襯托自己的談話。約翰遜認爲，古典語錄是「全世界有教養人士的用語」。這種「用語」在十九世紀英國具有更大的效力，當時拉丁語發音（就像純正的英語發音一樣），等於公開聲明發言者的社會地位。恰如其分地引用拉丁文，是一種識別記號，是表明屬於有教養人士的明顯標誌。因此，舉例來說，韓德勒（有段時間常出入拉丁文學校的紐倫堡裁縫師）才會在自傳中引用古典語錄，並神氣十足地附上一句「像我們有教養的人都說……」相反地，引文中有錯字是很要命的，而聽不懂（誠如左拉所說）則肯定遭人排斥。這一切促成某些著作問世，像是《給上流人士的拉丁文備忘錄》（一八六一年出版，且在一九一四年以前至少再版六次）：在法文散文充滿拉丁語錄之際，這本書對於不曾「吸收西塞羅語言的奧祕」或已忘掉的人而言，猶如「一本方便且嚴謹的翻譯手冊」，讓他們能隨時查閱而無須擔心出錯，尤其是，不會因此丟臉。上述這點說明了爲什麼在一八四六年，阿莫思會建議未來打算從商的男孩子補修古典教育。它保證讓他們擁有紳士的自在和體面，最重要的是，它使他們免於可能發生在他們身上的尷尬（指在社交界，因著一段語錄，而被人看穿他們不懂拉丁文）。

隨著拉丁文和社會菁英混爲一談，一些同屬這個菁英階級但身分受到威脅的團體，也公開表明對古典學科的喜愛，以維護自己的地位。在維多利亞時代的英國，身無分文的「仕紳階級」就是很好的例子。十九世紀六〇年代，當整個大環境在思考「中等」教育時，大家開始問是否應按照孩子的社會地位教育他們。「上層階級」（即權貴階層、富有或貧窮的「仕紳」、自由業人士和神職人員）的父母，對於教育改革以及學校多少重視自然科學和近代語言的做法並未表示反對，只要不動到他們的孩子就好。對他們而言，他們希望自己的孩子繼續接受「古典教育」。這種守舊態度在窮困的「仕紳階級」成員中格外明顯，原因是（沒有比學校諮詢委員會以下的說明更清楚的了）：

或許，在很多情況下，獲得某種東西比學到古典文學和數學更令他們高興。但他們卻高度重視這些學科，也許更多是為了這些學科賦予他們在英國社會中的價值。除了期望教育能使自己的兒子維持崇高的社會地位外，他們毫無指望。他們可不想要擁有可以比較容易換取金錢的東西；如果在某種意義上，這會導致他們的孩子降低社會等級。

社會上對古代語言的強烈偏愛也出自同樣的邏輯：在法國，直到近代，古代語言總促使菁英自然而然把孩子送去念古典學科，並把轉念沒有拉丁文的組別理解爲「地位下降」。在這裡，「下降到近代」（形容古典學科成績平庸的孩子轉念近代組一事）這句話，強而有力地說明了放棄拉丁文象徵著「失去地位」。

做爲區別身分的工具本身，拉丁文自然而然被公開信奉它的人當作一面旗幟揮舞；在教師界，它是「權貴階級」的象徵。在十九世紀下半葉，伊頓中學三十一位教師中就有二十六位教古典學科，這種人數優勢和優越的社會與專業地位總是並存。不久後，在昂德爾中學（一所以自然科學教育逐漸聞名的英國學校），「古典教師」仍享有優勢地位：「他教古典學科，但他傳授的遠比古典學科還多，男學生都是從他獲得啓發和理想。」怪不得在二十世紀七〇年代，拉丁文在英國中等教育中衰落，會讓拉丁文教師感到自己的社會地位遭受質疑。根據在斯溫西市進行的一項調查，這些教師大都來自工人階級和小資產階層，他們的教師身分，意味著某種建基於拉丁文能力的社會地位提升；因此，拉丁文的地位從重要學科改爲普通的選修科目，當然會導致他們有些沮喪。在法國，一九六八年的教改措施，不僅對拉丁文學科是打擊，對該科教師也是。這點解釋了爲什麼在一片反對聲浪中，有人要求恢復拉丁文教師「首席教師」的地位；還有人提到：「唯有他們能勝任法語教師；沒有他們，現代語言教師毫無教學效率可言。」在瑞士，一九五四年於洛桑爆發的「拉丁文事件」，顯示出拉丁文教師占有首要地位，而且極力想要維護此「尊嚴」。當時有人提議在中等學校設立一個不含拉丁文的兩年基礎課階段。來自各方的異議湧現，其中包括有教師認爲在這兩年期間教書將有失地位。這是因爲一項古老的傳統（「很可能始於宗教改革」）發揮了作用：

當時在一流的中等學校，首席（教師）傳授精選的高年級生拉丁文和高尚的學科；次等教師負責程度中等的中年級生；三等教師負責未經挑選的低年級生，教他們基礎知識和被視為較不高尚的學科。

在幾個世紀期間，一些教師環繞著拉丁文——一個享有盛名且專給學生菁英（或許有人認爲是社會菁英，也是學識上的菁英）研讀的學科，建造了他們專屬的尊嚴：我們不難理解，爲什麼他們會反對這項改革——除了教學內容改變外，對他們而言，很可能還意味著「失去社會地位」。

## 三、被排拒的人

雖然拉丁文和拉丁文教育成了菁英現象，但這也是因爲有人拒絕讓不屬於統治階層的人有機會接觸，理由源自社會的一個保守看法：各人有按自己的社會地位要扮演的角色。因此，傳授拉丁文給那些依出身背景來看根本用不上它，而且歸根究柢也沒有這個權利的人是毫無意義的；如果不拒絕他們，就是質疑傳統體制，所冒的風險也很大：毀滅一個寶貴的平衡，破壞已建立的秩序，或至少擾亂事情的和諧運作。

在十八世紀的歐洲，各地對這些理由都有清楚的說明。各人應「按自己的社會地位接受教育，而且受教內容應和他必須在社會上擔任的職務有關」，誠如樞機主教貝尼斯在他的《回憶錄》中所寫的，拉丁文對農夫或工匠的兒子毫無用處，因爲他注定要耕田或在工作坊中度過一生；而對商人的兒子來說，算術要比拉丁詩有用多了。學習古代語言對中下階層的孩子毫無益處，而且很可能不僅爲他們個人，也爲整個社會帶來損失。拉丁文可能帶給這些孩子高於他們的社會地位、無法實現的志向：這是很大的風險，因爲成年後，這些從此沒有地位的人在幻滅和挫折的影響下，將心存偏激的看法，甚至陷於造反。這是當時盛傳的見解；同樣地，一致同意提供基礎教育給人民的執政者、改革家和教育家，也都對長時間的教育（當時想必以拉丁文爲基礎）持保留態度。

西班牙改革家認爲，拉丁文對大多數人民而言是危險的，因爲它鼓勵人對達不到的職業有不切實際的憧憬。最終，它可能導致整個民族普遍衰弱，甚至引起暴動；從眼前來看，它是造成國家經濟困窘的原因，因爲它使一些人離開原本應自然而然投入的農業和工藝。因此，一七四七年，斐迪南六世追認腓力四世的一項法令，正式限制拉丁文學校的數量。這是因爲在前一個世紀，提議引進新稅制的政治空想家就認爲拉丁文應對西班牙的衰微負責：它使年輕人爲了教會和行政上的職業（就經濟而言爲無生產力的職業），離開農業、手工業和商業。整個社會平衡因此受到影響，民族的生存也面臨威脅。納瓦雷特（一六二一年）認爲，數量過多的拉丁文學校（四千所），確實應爲國力衰退負部分責任：一個未受教育的士兵會奮不顧身投入混戰，而一個略懂一點拉丁文的士兵，則會深思熟慮而錯過勝利。因此，軍人戰敗使我們明白，我們不可能更改各人注定在社會中扮演的角色而不遭惡果。

在普魯士，政治經濟學家主張教育必須合乎身分，也就是說，必須與人民在生產組織中的角色，以及天生注定的職業一致。對小農夫而言，學基礎的閱讀和寫字就夠了；超過這個範圍就會刺激孩子往城市去，導致不切實的平民無產階級擴大（這些人從此沒有能力從事任何體力勞動，又缺乏資金加入公職和自由業）。爲此，執政者採取一些措施因應這方面的問題。在奧地利，神聖羅馬帝國皇帝查理六世和瑪麗亞・德蕾莎女皇，先後想盡辦法限制農工子弟進入「古典中學」

和大學就讀；一七六六年，女皇頒布一條敕令：「拉丁文學校不應招收所有孩子，唯有才能特殊且父母有錢供應的孩子才能入學。」在西利西亞，腓特烈大帝時期的官員也如此推論。小農夫的教育必須符合農活在經濟上的迫切需要，和（同樣急迫的）對社會紀律的關心。在這種雙重觀點下，拉丁文課程遭禁。此外，有人提到，「只有（在孩子身上）激發成爲神父的慾望，才會摧毀他們繼承父業的天生傾向。」因此，在一七六三年，西利西亞的鄉村學校禁止傳授拉丁文。這項措施也受到一個信念驅使：拉丁文會使農夫狂妄自大、不順服；主管西利西亞的大臣很清楚這點：好幾個「監察官」明確告訴他，「在他們轄區，大部分一無是處的人和最頑固的農夫肯定學過拉丁文」。布勒斯勞大主教的見解：「學過拉丁文的農夫……在各方面都最不順服」，更堅定這位大臣的看法。

同樣的觀點，在法國也很盛行。當然要教育人民，但應僅限於基礎教育，比如閱讀、寫字和算術，再加上道德教育。關於這個信念，法國作家布勒東在他的著作《尼古拉先生》中，描述自己早年受教的篇章，就是很好的例子。當時他有兩個同學「不應該學拉丁文：他們的父母接受有錢的揚森派人士贊助，後者讓這兩個孩子接受教育，但不希望他們脫離工匠的身分」。這就是爲什麼，有人感嘆「地位卑微的人」有促使孩子學拉丁文的「癖好」。在梅西耶的《巴黎浮世繪》中，他自認有義務譴責「不識字的小資產者」欲使兒子成爲「拉丁語專家」的雄心壯志。因爲多年的中學生活，使這個孩子變成「一個鄙視所有體力勞動的懶人」；後來，由於得不到辦事員或神職人員的職位，他最終留在家裡由父親供養，而且終生如此。梅西耶繼續說道：「這位拉丁語專家再也不知道如何使用雙手，要他選擇一個職業爲時已晚，更何況，這位懂得四句西塞羅語錄的學者，也會覺得這麼做有失身分。」因此，有人鄭重呼籲政府關閉導致「遊手好閒者和懶漢氾濫」的中學（特別是有完整訓練的中學）；有一個名實相副的「壞疽」在腐蝕小資產階層，事實上這對全社會而言更是一場「災禍」。本篤會修士古爾東的觀點更深入；在一份標題明確的手稿中（《論體育與道德教育：關於兒童在社會秩序中所占有和應占有的地位》，一八七〇年），他寫道：

> 慘痛的經驗足以證明，單單為了成為神父而接受拉丁文教育的一般老百姓，如果因為缺乏才能或努力不夠而未達目標，日後肯定變成國家的一個惱人且往往危險的重擔。

義大利在這方面的想法也相差無幾，莫德納學區於一七七二年、一七七四年舉辦的競試中（主題是給社會最低階層的教育），參賽者一致同意應提供下層階級的孩子符合他們社會地位的教育；基於這點，他們堅決反對農工子弟接受拉丁文教育，因爲它根本無助於爲職業做準備，反而只會使這些孩子淪爲不幸的人，對自己、對社會都毫無益處。最具體的做法是，藉財政措施抑制某些人可能懷有的抱負。在倫巴底（更確切地說，在其中的某些省），有人設立專門預備學生升入高等學校的小學：因此，學校會教一點拉丁文。這類學校幾乎沒有平民子弟就讀；因爲它們雖然理論上是免費的，拉丁文教師卻可以要求每個學生按月支付二十至二十五蘇（相當於一至一．二五法郎）。同樣在皮蒙特，舊制度終止時，中學是免費的，但並非所有小學都免費，而且第七年級（settima）要付費：因此，拉丁文課斷然發揮猶如篩子般的作用，把那些被視爲不適合接觸高等教育的孩子排除在外。

到了下一個世紀，情況幾乎沒變。下層階級的孩子應接受教育，但必須與他們的社會地位和未來職務相稱。因此，拉丁文對他們毫無用處，有關單位也竭力限制他們接觸這個語言。皮蒙特第一次復興時，加納皮提議減少拉丁文教師的數量，並且不再由社區支付他們學費：他認爲，這才是「最有效的權宜之計，能防止那些注定從事工藝和農業的學生，純粹因家長的虛榮心而深入探究各學科」。

在法國，帝國時期教育制度的改組，建立了兩大教育等級，與今後組成社會的兩個階級（資產階層和人民）相對應，「隔離」的依據是拉丁文和繳納特別稅。一八一〇年八月十三日的訓令明確指出：「凡被有拉丁文課程的學校錄取的學生，皆須按章繳稅。」誠如謝韋對這項措施的評論：「拉丁文就這樣被用來維護社會秩序。」這種情況持續很久，十九世紀有關教育問題的爭論就是明證。例如，在七月王朝時期（一八三〇至一八四八年），雖然大家幾乎都贊成資產者的兒子小學畢業後不能馬上中斷學業，卻對於中等教育是否統一的問題意見分歧。很多人強調現行制度（古典制）對中等與小資產階層並非毫無損害，它傳授無用的知識給這個階層的人，或許更嚴重的是，它培養一些失去社會地位的人。當庫辛提議在中小學之間設立中間教育時，他很清楚這點。孩子應接受「適當的教育」；然而，中學對某些孩子而言卻有「兩個嚴重的損害」。「一般說來，」他寫道，「不覺得自己注定從事高尚職業的年輕人大都荒廢學業。」而這薄弱且後來完全用不上的學習成果，往往很快就被遺忘。另一方面，通常也是這些年輕人在中學建立了一些友誼、養成一些興趣，致使他們很難或甚至不可能回到父親卑微的職業環境：由此產生一種焦躁不安的人，對現況、對別人和自己都感到不滿，厭惡令他們感覺不到自己地位身分所在的社會秩序，隨時準備以不多的學識、多少有一點的才能和狂妄的抱負，投入各式各樣奴顏媚骨與造反的行為。

一八三三年，基佐在議會中爲設立「較高等的初級教育」辯護時，也分享了同樣的觀點：

有為數眾多的人民（這些人並不是很富裕，但也沒有淪落到極其拮据的地步），完全缺乏適合他們身分地位的學識和道德修養……我們應使這麼一大群同胞能夠達到某種程度的智力發展，而不是強迫他們非得求助於中等教育……它花費這麼高，又如此危險。事實上，雖然（這種）教育……有效地使幾個幸運的天才脫離原來的社會地位，但不知有多少平庸的人，從中養成一些與他們終究得重陷的低微身分毫不相容的興趣呢。

部長對「失去社會地位」的這番談話，猶如瓦萊斯兩部小說《童年》和《業士》中的寓言。對主角雅各所屬的小資產階層家庭而言，拉丁文具有提升社會地位的功能；然而，少年雅各並未通過業士學位考試，於是他動身前往巴黎，在那裡他體會到原來讓自己付出這麼多代價的學習，終究不可能使他脫離貧困；因此，《業士》一書才會有充滿憤恨的獻詞：「謹將本書獻給飽讀希臘文和拉丁文，卻死於飢餓的人。」在十九世紀結束前，同樣有人向制定教改計畫的里博委員會，強調拉丁文教育有製造失去社會地位者的危險。保守派代表（例如哲學家富耶）指出，提供古典教育給出身低微的孩子將造成損害：完全沒有幫助他們為日後注定從事的職業做好準備，反而使他們無法勝任這些職務；這點終將導致極深的「沮喪」。即使在民主背景下，二十世紀五〇年代仍有人抨擊同樣的反效果：有人感嘆傳統學校冗長的修業期（因為是義務教育），可能為那些在當中沒事做的「鄉下孩子」帶來嚴重損害。「這些可憐的受害者消極地忍受西塞羅、哲學、代數，要不就因感到完全無法勝任學校的要求而沮喪。是誰告訴我們，自卑情結有可能因此產生的？」

同樣是人民階層，十六世紀在墨西哥的小印第安人，也基於同樣保守的理由，而不得接受比簡單的閱讀、寫字更深入的教育；他們也有擺脫下級地位的危險。雖然一開始，在新西班牙（相當於現在的墨西哥全境）的多明我會傳教團反對創辦中學和教原住民拉丁文，奧古斯丁修道會的修士卻完全不贊同這種態度，他們在一五三七年於墨西哥城創辦一所中學，開放給西班牙人和印第安人就讀，並有教師以拉丁文授課。這麼做的目的是要培訓本土菁英，如此或許能從中召募當地的神職人員。這所享有王室青睞的中學起初頗為成功，大家對這些小印第安人會說「和西塞羅一樣優美簡潔的拉丁文」都驚嘆不已。但不久這所學校便陷入險境，尤其淪為許多反對者的犧牲品：一五四五年，「公證人」洛裴茲出言不遜地指控印第安人再也不肯被當成奴隸對待，他把這種叛逆的態度歸咎於拉丁文教育。

談到拉丁文這個話題，女性所受的待遇，與平民階級、印第安人沒什麼兩樣。對於女性，有時會引用道德方面的理由。十八世紀初就有句諺語如此警告：「女人講拉丁語，準沒好下場。」

有人解釋，這是因爲古代語言含有大家不敢用現代語言說出口的淫詞穢語；不懂拉丁文不但能使女性保有純眞，還能保護她們免於淫穢思想和該受責備的放蕩行爲。然而，這個論點幾乎站不住腳：有人指出，到處都有「不道德的」拉丁語作家著作的譯本和雙語版本，而且現代語言也生產許多有同樣危險的黃色書籍。再說，這套邏輯繼續發展下去，幾乎得禁止女人識字。有人則反過來凸顯以拉丁文學識出眾的女性才德兼備，也有人強調古羅馬貴婦怎樣展現令人讚賞的智慧典範。

事實上，女性一直到很後期，才有機會接受拉丁文教育，主要是因爲她們的社會地位和不得不在其中履行的職務。一七三四年，羅蘭在名著《純文學教學方法論》〈補篇〉中，對這點有完整的解釋。他一開始就排除女孩子沒有能力做學問（講白一點，就是學拉丁文）的爭論：以達西埃夫人爲首的一些例子，清楚說明了「才智，無關性別」。問題不在這裡，羅蘭指出：「世界並非盲目受人統治……有一位上帝在掌管一切並賦予各人職務。」男人注定從事一些需要學希臘文和拉丁文（「一切學識之鑰」）的職務，但女人不同。她們的「天職」不一樣。「上帝並未預定她們教育人民、管理國家、打仗、審判、辯護案件、行醫，她們的職責是關在家裡，只擔任一些較不費體力但一樣有用的職務。」的確，有些女性在軍職、國家管理或學問研究方面表現出眾；但這只是通則之外的少數特例：「男女之間的職務分配，愈是建基於天性（因爲在任何時代、任何國家都一樣）」，這項準則也愈絕對。結論必然是：「一般說來，女性不適合學拉丁文。」羅蘭只允許兩種例外，這些女性基於她們的「社會地位」，不再屬於家庭領域。她們分別是，必須用拉丁文詠唱或誦唸日課經的「人間天使」修女，以及「住在這世界，但心思意念與它分離，完全放棄世上危險之聲色娛樂的基督教處女和寡婦」：無論是前者或後者，學拉丁文（事實上，只懂一點點皮毛）是可允許的，甚至有人建議理當如此，因爲這麼做有助於她們理解自己誦唸的詩篇，並「以更多專注力和熱情」行聖事。因此，基於上帝決定且經天性確認的職務分配，同時被「關」在家裡和使用通俗話的女性，不得接受專屬男性的拉丁文教育。再者，拉丁文及其相關學問，可能使女性產生前所未聞的抱負，而脫離自己的職責，爲家庭、最終爲整個社會帶來嚴重損害。不過，首先喪失的恐怕是女人的天性；這正是英國散文家夏博恩夫人在著作《改善心志：給年輕小姐的信》（一七七三年）中解釋的：基於「賣弄學問的危險，以及想像的天賦可能被學者嚴肅、力求精確的態度取代」，女人應避開拉丁文和其他「深奧的學問」。就連支持女子教育改革的英國雜誌「淑女雜誌」，也在同年直言不諱地說：「我們絕不希望社會上充滿了穿著襯裙，用拉丁文和希臘文對著我們大說特說的女學者。」當然也有作者把這種情勢轉爲對女性有利。由於「免除」冗長的希臘文和拉丁文修業期，女性有很多時間用各種方式精進母語，閱讀詩和小說，並跟在母親身邊練習社交界的談話技巧：在這點上，《爲女性辯護》（一六九七年）一書的作者總結，男孩子十七、八歲才學到的事，女孩子九、十歲就學會了。

或許這種「安慰」有助於支持一個注定維持很久的情勢。在整個舊制度期間，女孩子在學校中接受的教育，總圍繞著「三件老掉牙的事：略帶道德規範意味的宗教教育、『閱讀、寫字、計算』的基礎知識和針線活」。當時女孩子接受眞正的拉丁文教育是特例，而聖烏爾蘇拉會修女常上的拉丁語作品閱讀課，也算不上是前衛。情況改變得很緩慢。在整個十九世紀，女子教育大都維持不傳授拉丁文，課程內容也以幫助女孩子對未來的家庭職務做好準備爲主。在重視女子「基礎」教育且文盲比例很低的德國，絕大多數的女性人口是不可能接觸高等知識的：面對提供兩性同等教育的提議，有人大驚小怪說，這等於挑戰「天生差異的根據，而從這個不可剝奪的事實來看，男女本來就不平等」。在這種情況下，誠如學者阿比塞提明確提到的，對女孩子而言，根本沒有所謂學不學拉丁文的問題；還有人指出，透過學拉丁文培養出來的邏輯能力「並非眞正女性特有」，「德文文法更能鍛鍊」女孩子的心智，法文能在女孩子身上，完成拉丁文在男孩子身上完成的某些訓練。這種沒有拉丁文的女子課程，在英國的男女合校尤其明顯：一八五一年在漢普斯特的艦隊街高中，男孩子每周用來學拉丁文的兩小時又十五分鐘，女孩子用在歷史和英文文法上。

儘管如此，在十九世紀期間，不論在菁英學校，或在致力於提供補充教育而非爲職業做準備的學校中，女子教育仍戰戰兢兢以選修方式逐漸引進拉丁文。但在拉丁文可以像傳授給男孩子一樣，普遍傳授給女孩子之前，有許多反對聲浪湧現。反對者並非質疑女孩子沒有能力學拉丁文，而是和過去一樣，提出與羅蘭相同的論據，也就是社會的職務畫分。

在法國，創於一八八〇年的女子中等教育，對大多數表決通過塞卡米耶法案（塞卡米耶爲女子公立中學的催生者）的人而言，目的絕不是爲了「女性的充分發展，而是爲了家庭的穩定和諧」；應當防止受過教育的男人和未受教育的妻子之間產生「精神上的離婚」。所以，重點不在於提供年輕女孩教育，以便幫助她們爲職業做準備，更不是培養她們成爲學者。因此，當時設立的是「一個基本但特別比初級智識高等的教育」；拉丁文教育在這裡是不合適的。後來，女子教育引進一些拉丁文基礎知識，同樣地，其目的不在於提升女性的智力，而是預備她們未來實現做母親的傳統職責。一八八二年，馬里翁就是基於這個理由，向國民教育高等會議提議，在公立中學課程的最後兩年，設立每周一小時非強制性的拉丁文課：「我認爲，」他在報告中明確指出，「未來的母親以後可能會很高興地發現，自己能夠督導兒子的基礎學業。」這種論點並不是全新的，早在一八三八年就有一位拉丁文教師使用過，他曾構思一套「特別由女性」傳授這個語言的方法。在證明女性擁有「完整教育」的益處、甚至必要性之後，他強調懂拉丁文可能帶給她們、她們的孩子和全社會的好處：依目前的形勢，年輕男孩寫家庭作業時，無法從母親身上得到任何幫助；他反而必須到外面去尋找這種珍貴的支援，儘管這麼做會有各種不利的後果。這位教師在讓人隱約看見一個悲慘、可怕的情勢後，繼續說道：「在現代，懂拉丁文對女性而言，不會只是奢華的裝飾、虛浮的精神食糧；相反地，它是……使母親的角色更完整的補給品。」雖然如此，因著發生在美國的事件所帶來的啓發，學校仍不得不謹愼引進拉丁文。一八九五年，波瓦提學區區長在尼歐爾中學頒獎典禮的演說中，重申公立中學的目標是幫助女性爲未來的家庭職務做好該有的準備；之後，他要年輕女孩提防莫爾和韋爾斯利塑造的美國典範：過多的學識（特別是拉丁文和希臘文），使女性永遠脫離「家庭生活」和「對家務的普遍關切」；更糟的是，造成社會的基本角色倒置。關於這點，這位區長以嫌惡的語氣引述一件「芝麻小事」以資證明：這些女人「在一家人（外出）散步時，讓丈夫用胳膊抱著孩子」。因此，本應使女性完全實現母親職務的拉丁文，最後反而讓她們失去本性、破壞社會的自然平衡。一八九七年，非強制性的拉丁文基礎課程遭到廢除，直到一九二四年，拉丁文才又加入女子公立中學，課程和男孩子的一樣多，總算開花結果。

不到三十年後，布央塞提到拉丁文學科在「女子教育」中有「極大的擴展」，這點在巴黎大學由「女學生多於男學生」呈現出來。他並以當時前所未聞的話說道：「在法國，女性透過學到拉丁文的象徵形式，達到文化上的平等。」布央塞的同事弗拉利耶從高等教育的拉丁文課堂上女性聽眾占大多數（二、三名女學生對一名男學生），得到截然不同的結論。他不從女性地位提升的角度來詮釋這件事，而是將它視爲該學科的地位下降：拉丁文只會導致教授一職得到很差的待遇；所以這門學科無法成爲「一家之主」的出路，只夠「讓已婚婦女拿來當作貼補家用的零錢，或做爲一位單身婦女的收入」。因此，在女性化的過程中，拉丁文失去了它的威望。最後，拉丁文雖仍是一種識別工具，卻不再是區別身分的符號：在拉丁文的旗幟下，舊有的社會畫分依然存在；但這個「高尚的職務」從此歸屬於那些不懂拉丁文的人，說得更確切些，即那些不會以它爲業的人。

根據上述種種資料，我們可以推測「就社會階級關係而言，拉丁文並不中立」；我們也理解到，拉丁文可以發揮「障礙」的作用（引用戈布洛的名著《障礙與階級》標題的一部分）。從教室中的座位分配，就能具體看出這點，例如十八世紀初法國教士拉薩勒的安排：學寫字的學生坐教室兩側的大桌子，只學識字而不寫字的學生坐教室另一角落的普通長凳，至於擺在「最體面之處的書桌……則留給學拉丁文或打算學拉丁文的學生」。此外，有錢人和窮人也應分開坐，「達官貴人對於學校把他們的孩子和窮人家的孩子放在一起很不高興，因爲後者經常長滿蝨子，衣服髒髒的，且滿口髒話」。想到出身低微的孩子，很少繼續基礎知識（甚至單單識字）以外的學習，我們可以毫不費力地想像那些坐在教室中「最體面之處」的小拉丁語學家，都是「出身高貴的」孩子。

同樣地，拉丁文也用於畫分專業領域的界限，防止混淆，並表明相近職業間的等級。在法國舊制度末期，醫生爲了和其他保健同業有所區別，特別在自己的章程中強調拉丁文。藥劑師因爲擔心大家把他們和食品雜貨商混爲一談，也特別提出自己具備拉丁文知識：例如，一七八九年，安傑市的藥劑師在陳情書中，要求醫生應使用拉丁文寫藥方。在帝國時期高等教育改組期間，對醫業的規定如下：有志當醫生的人必須接受的五項考試中，有兩項必須以拉丁文進行；反之，普通衛生官員的考試全以法文進行。拉丁文也凸顯工程師團體間的等級，巴黎綜合工科學校的學生（前文提過，在十九世紀期間愈來愈多人具備業士學位，也就是學過拉丁文），不但藉拉丁文和出身較低微的工藝美術學校學生有所區別，也藉此有別於他們的勁敵，即中央高等學校的學生（該校在第一次世界大戰前夕，尚有百分之六十一的學生沒有學過這個古代語言）。或許有人認爲，拉丁文對這些職業毫無實際用處，即使對可能引用「原始資料」和詞源學的醫生而言，用處也不大。在這裡，它的作用是社會地位的指標。這點從德國民營企業的工程師在一八七九年，抗議開放他們的公會給非古典中等學校畢業生的提案特別明顯可見：他們擔心一旦放棄以拉丁文爲先決條件，他們的專業地位會下降。

排斥和區別強化了伴隨拉丁文而來的聲望，以及這個語言在那些無權接觸的人身上發揮的迷惑力。在瓦萊斯的小說《童年》中，主角雅各的母親禁止兒子和鞋匠家的孩子經常往來；然而，後者不但未被這個小資產階層家庭的決心激怒，反而「爲人家給他們家小孩這種榮幸深感慚愧，彷彿覺得自己是學拉丁文的雅各最喜歡的同伴」。「被排拒的人」最後終於將拉丁文在各階級間產生的區別內化，把權威人士和菁英的保守看法變成是自己的。從十八世紀末英國工黨政治家班福特在自傳中的見證，可明顯看到這點，這也是我讀過最動人的故事。一位排名第一的傑出孩子，受邀轉到高等班，也就是拉丁班。然而，他必須服從父親（一位織布工）相反的意願，「他不希望我讀拉丁班，他要我留在原本所屬的班級（階級）」。當時，看著同學「換到拉丁文那邊，而我卻留在比他們差的班級，因而繼續處於比這些我過去常考贏的人還不如的地位」，對作者而言是一種「痛苦的恥辱」。但比起父親的決定爲作者餘生帶來還要嚴重許多的後果，現在這點根本不算什麼：如果他「跨過了古典學科的門檻」，大學和大學職位都有可能是他的。不過，他繼續說道：

> 家父有更謙遜的看法，我相信是基於嚴肅且合理的理由。他認為只有將來打算當醫生、法律界人士或牧師的人，才應學拉丁文；既然我絕不可能成為其中之一，用在學拉丁文的時間，恐怕只會白白浪費掉。

即使在二十世紀六〇年代（當時社會對拉丁文的偏愛依然很強），仍有農工家庭抱持同樣的想法：他們不讓孩子（即使表現優異）念古典組，因爲怕「在其他層面讓他們失去社會地位」。但通常以相反的反應居多，我們可以回想在舊制度時期，小資產階層、農夫和工匠如何在虛榮心或渴望社會地位提升的驅使下，送孩子去學拉丁文。這是因爲「教育不能沒有拉丁文」這個信念，很早就在這些環境中根深柢固；洛克從商人和農夫特別喜歡把孩子送去拉丁文學校，卻無意也沒有能力使他們成爲學者，注意到這點。

如果你問他們這麼做的理由何在？他們會認為這個問題很怪，就好像你問他們為什麼上教堂一樣。習俗可以充當理由，而對於拿習俗當理由的人來說，它使這個做法神聖非常，以致他們幾乎嚴格遵守；他們忠實執行，就好像如果他們的孩子沒學過利里版《文法書》，他們所受的教育就不大正統。

透過這段出自一六九三年的文字，我們理解到，即使在二十世紀中期，一個延續幾百年的偏見仍在發揮力量；我們也可以根據這個比一般認知還要早的推定年代思考，在這點上，下層階級的信念有沒有可能比菁英的信念晚形成，或至少並未在一個複雜的過程中（指前者的模仿慾望或許強化了後者區分階級的意志），發揮很大的作用。

無論如何，拉丁文顯然是超越原有社會地位、躋身上流社會的方法。對裘德（英國作家哈代的小說《無名的裘德》中的主人翁）而言，拉丁文幾乎是「魔法」工具，使他脫離鄉下，迎他進入牛津學院的夢想世界（在孤獨和極差的物質條件下學這個艱深的語言，更襯托出這個階層）。這種藉拉丁文提升社會地位的渴望，在美國表達得更具體：在十九世紀九〇年代至二十世紀初期，工人階級的孩子「大量」湧入中等學校。他們努力選修拉丁文之類的科目，而且人數與日俱增：一八八九至一八九〇年，有百分之三十五選修拉丁文；到了一九〇五年，比例攀升至百分之五十。教育工作者愈努力使這些孩子的課程適合他們的「需要」，他們愈堅持選修傳統科目；對他們來說，中等教育意指拉丁文，而不是金屬加工或針線活。教育工作者很快就在這當中，發現潛在的危險和風險：這些孩子懷有虛幻的憧憬。因此，他們努力使這些孩子放棄古典學科，把他們推向「實用」、更適合「他們可能或已注定之命運」的學科，減少選修拉丁文的名額，只推薦給有財力在中學畢業後繼續求學的人（尤其是金融家）。最後，拉丁文成了社會地位提升的榮冠。這種過程也在二十世紀六〇年代法國產生作用：「我們不能否認，」《法國教育實用百科全書》中寫道，

社會對拉丁文的強烈偏愛持續發揮作用：我們大可說，拉丁文學科是名實相副的「資產階級的保障」。當一個家庭的社會等級終於提升，它會藉由讓孩子進入中學古典組來聖化這個成就；沒有學過拉丁文的父親，會驕傲地看著自己的兒子，家中第一人，學*rosa*的詞尾變化。

當教育部長富爾於一九六八年十月取消六年級的拉丁文課程時，有些人指控他是「布爾什維克同路人」，這不是沒有道理的。前文提過，一九二〇年俄羅斯在蘇維埃政府統治下，將拉丁文從學校課程中刪除。然而，這些誹謗部長的人，他們眞正關切的並不是歷史。他們藉這個形容詞所要抨擊的是，一個無視傳統觀念的行爲，也就是說，他破壞傳統。然而，就像本章詳述的內容所凸顯的，這項傳統肯定比他們想的還要堅固。至少從十七世紀以來，拉丁文始終被當作區別社會地位的方法：用來「畫分階級」，再造並強化當代的社會結構。它在菁英手中絕非單純的博學能力，而是象徵一個名副其實的遺產，而且是用來證明他們社會地位的憑證。因此，我們可以衡

量部長這項作爲的規模和意義：取消六年級的拉丁文課程，根本不是單純的教改措施，而是一個廢除菁英獨享財富（無論就實際或象徵意義而言）的革命行爲。諷刺的是，這項措施本質上似乎與一九六八年「五月風暴」期間高喊的口號「改造社會」有關。

# 第九章 說和掩蓋的權力

前兩章或許能在岡薩雷斯於一五八二年寫的拉丁文自傳中找到結語。最初，岡薩雷斯是個野蠻人：他出生在加納利群島，那地方當時幾乎和美洲沒什麼不同，也因此，和印第安人混爲一談的加納利人，常被視爲低等人類。此外，從他的身體外觀看來，與其說他是人類，倒不如說他是獸類：全身上下毛茸茸的，而這個極其罕見的特點更讓他登上義大利博物學家亞卓凡帝的著作《怪事奇譚》。於是，這個雙重因素使岡薩雷斯成了天然珍品，可想而知，這也是爲什麼他十歲那年會被獻給法王亨利二世（這和他兒子後來被獻給樞機主教法內斯，是一樣的道理）。儘管如此，這個野蠻人卻在法國宮廷中接受開化。他穿起西方人的衣服：在亞卓凡帝的著作所出示的畫像中，他穿著十六世紀的貴族服裝，還佩帶皺領。甚至，他接受教育：根據他的自白，他已經「放棄野蠻人的生活習慣，學習文理科和拉丁文」。因此，正如他的衣著表明他歸屬西方文化的新身分，他用來描寫自己生平的拉丁文，也說明了另一種文化適應，即從野蠻人變成文明人。前文提過，拉丁文本身並不具有魔術功效；是社會把「培育人」和「畫分階級」的能力賦予拉丁文和與它並存的教育。關於這點，這位昔日的野蠻人清楚得很，也因此他用拉丁文述說自己的新身分；就算他的文章很短，而且文筆不大有西塞羅的風格，也無所謂。

因此，岡薩雷斯透過拉丁文自傳，驕傲地展現了他的能力，而借用社會學家的分析，他宣告自己擁有當代社會賦予價值的「富貴標誌」。我們不太知道他如何從這個標誌獲利，但本章接下來要解析的歷史情境將指出，過去建立在懂拉丁文的人和不懂拉丁文的人之間，勢必不對等的權力關係。前者擁有的「說的權力」與後者的沉默形成對立，甚至迫使後者非相信並服從不可，至多也只有表現出認清自己的身分地位。然而，正因爲不懂拉丁文的人無法理解談話內容，過去說這個古代語言的人，有可能同時也在隱瞞某些事。在這點上，我們首先看到的是一種權力（甚至權力本身）的表現，與控制、操縱、壓迫的策略有關，目的是對別人產生若干影響。但其他例子將使我們衡量一個複雜許多的遊戲規則：這是在社會規範禁止於某些情況、某些人面前公開談論某些事情時，以拉丁文爲中心而建立的規則。當該說的事還是得說，拉丁文是最後一招，可以用來鉅細靡遺地表達禮教不容許人用日常用語述說甚至寫下來的事實。透過這種委婉化的表達方式（源於自我檢視，因而也是權力運用的一種做法），完全由社會某一階級核定的拉丁文，不再與權勢和強制有關，而是關乎保護：對懂拉丁文的人而言，它是完全符合社會禮節（即不會冒犯他人，甚至避開這等事）的說話方式。

## 一、控制

因爲大多數人都不懂，因爲是少數人的特權，因爲這群菁英行使具有權柄的職權，拉丁文享有一種以權力表現出來的威信：這裡面結合了這個語言幾乎慣有的勢力，以及在不懂的人眼中視爲它特有的神祕意義。有一部很有名的文學作品可做爲我們的起點：義大利小說家曼佐尼的《約婚夫妻》。在這部作品中，對於像小說主人翁蘭佐這樣的紡織工來說，拉丁文是所有象徵權貴之士（米蘭大法官、貴族、神父、博學者）的語言；它是「統治世界」的人，以及把「可憐人」說的話「釘」在紙上、以備不時之需的人專用的文化工具。此外，這些文書的主人還會運用「另一種歹念……當他們想把一個沒念過書的窮小子弄糊塗，當他們察覺對方開始識破他們的詭計時，啪啦啪啦！這會兒他們又在談話中硬塞幾個拉丁詞，好叫他思路中斷、頭腦一片混亂」。蘭佐本身則被堂・安保迪神父說服，後者爲了讓他相信婚禮有一些阻礙，而利用拉丁文，操弄加了拉丁詞尾的本國語迷惑人的力量。從經驗中學乖了的蘭佐，終於察覺到除了「彌撒用的那種眞誠、神聖不可侵犯的拉丁文」外，還有「一種存在於教會外，陰險、猛烈地攻擊你的卑劣拉丁文」。因此，他猜*siés baraòs trapolorum*這幾個「拉丁」詞中，含有米蘭大法官費雷爾的威脅：在這句結合了西班牙文和義大利文的混雜話中（只有詞尾-*orum*是拉丁文），唯一可理解的字是*trapolorum*——義大利文trappole的拉丁化形式，意指「陷阱」。因此，即使是「窮人的朋友」費雷爾，就是「決定廉價出售麵包」的那位，也拐彎抹角藉一句「拉丁文」展現掌權者令人生畏的本性。不僅如此，這種用來誘騙可憐人的拉丁文，單藉它的「神祕意義」，就足以做爲無可置疑的權力工具。在第八章，當蘭佐、他的未婚妻魯齊婭和她媽媽阿涅珊，到佩斯卡雷尼柯修道院尋求庇護時，管理聖器室的法齊奧修士被這兩個女人出現在修院激怒，而向院長克里斯托弗洛神父表示抗議。但後者以下面這段話了事：

> *Omnia munda mundis*（凡潔淨者都會用純真無邪的眼光看待世上一切事物）……他突然轉身

對法齊奧修士說出這話，完全忘了對方聽不懂拉丁文。然而，這一時的疏忽正好產生效果。如果神父提出一些理由來討論這件事，法齊奧修士一定想得出其他理由反駁他；屆時只有老天知道這場辯論何時結束、如何收場。但當法齊奧修士聽了這番充滿神祕意義的話，以如此堅定的語調發出時，他似乎覺得那裡面必定含有他所有疑惑的解答。於是他冷靜下來，並說：「畢竟，您對這件事知道得比我多。」

因此，套句曼佐尼的話，拉丁文「產生效果」。雖然克里斯托弗洛神父是不假思索而說出拉丁文（也許出自教士習慣說拉丁文的自然反應），其他人卻是經過盤算，並慎重其事地使用這個古代語言。十八世紀英國最著名的雜誌「旁觀者」，在每期開頭都有題詞，通常都是拉丁文。這種做法並非出自對古典語錄的淵博興趣或對古代文化的狂熱，而是起因於主編艾迪生的想法。他很清楚「陌生」語言對不懂的人具有影響力；拉丁語錄所發揮的誘惑力，能成功激發讀者注意：「他們對拉丁文自然的愛（這個語言在我們社會最低階層如此占優勢），使我認爲，因爲有這一小段摘錄出現在他們腦海中，我的思辨總會獲得他們好評。」

這種結合了拉丁文的威信，讓懂這個語言的人享有信譽，而這也使他們「高人一等」，誠如佛羅倫斯工匠澤利在著作《桶匠的奇想》中所指。因此，這些「專家」才會急著保護他們的專屬特權，拒絕用當地方言表達己見。同時期以法文發表《著作集》（一五七五年）的法國外科醫生帕雷，強烈抨擊有些人「想把技術變得難以理解，並將它們箝在某種特殊語言的規則下」。十八世紀初，蓋謝思神父在斯瓦松學區發表演說時，譴責「古代文物的崇拜者」謀求私利的態度：

由於受不了無知者才聽得懂的通俗語言，使他們拿來自我炫耀的可敬而神祕的語言降低威信，他們和那些因傳授這些語言而有強烈興趣繼續使用它們的人，聯合起來抵制通俗語言。

具有拉丁文知識的人，不但努力維持一個能使他們表現出威望和權勢的能力，還以這種知識做爲支配別人的基礎，或像蘭佐所說的，用來「把可憐人弄糊塗」。不過，這種說法和不滿並非始於十九世紀：義大利多明我會修士康帕內拉遭起訴期間（十六世紀九〇年代），一位原告的證人告發這位修士「想要燒毀所有拉丁文書籍，因爲就是這些書把不了解事實的人搞糊塗」。那些因此「被搞糊塗」的人，頂多認清自己的身分：「我認爲，」著名的磨坊主曼諾西歐後來聲明，「『講拉丁語』這個行爲本身就是出賣窮人，因爲在對談過程中，那些可憐人往往因爲聽不懂對方的話而受騙上當，如果他們想說幾個字，他們就得請律師。」

## 權力系統

以上幾段概略的摘錄，有助於我們衡量在拉丁文創造的條件下，所建立的不平等關係。實際上，這一系列的做法與威望、權勢、操縱有關，而且會誘出仰慕、順服、屈從等反應。拉丁文就這樣加入權力結構，強化它們，甚至組織它們。一些具體的例子可用來說明這個系統如何運作。

醫學界在這方面提供了絕妙的文選，我們最好從莫里哀的作品開始談起。莫里哀在他最有名的兩部喜劇《沒病找病》和《屈打成醫》中，揭露醫生在缺乏確實可靠的專業知識下，藉衣著和

「混雜難懂的話」，在一般人身上行使權力。拉丁文、甚至具拉丁語特色的行話，造就了像斯加納萊爾這樣的「非出本意」的醫生：這個人物其實是個樵夫，他從服侍了六年的一位「名醫」那兒得到醫學知識，而他的拉丁文則來自幼時學來的「基礎知識」。儘管如此，當他在病人床邊，身穿醫師袍、頭戴「一頂尖得不得了的帽子」，並說出幾個拉丁詞時（其中有教會用的拉丁文和文法規則完全走樣的片段文字），不但在場人士——病人的父親（典型的富有且愚昧的資產者）和兩個同樣毫無學識的僕人——把他當作醫生，還對他讚賞不已：「哎！爲什麼我沒有讀過書！」「唷！多麼精明能幹的人！」「是啊，眞是優美高尚，我完全聽不懂。」他們一個接一個喊道。雖然醫業就像莫里哀所揭露的那樣，陷入咬文嚼字之中（在《沒病找病》最後一幕，用拉丁詞和加了拉丁詞尾的本國語混合進行的滑稽儀式，就是最好的證明），這些缺乏眞正醫學知識的拉丁詞，還是如魔法般在病人身上產生作用。和莫里哀一樣，一些英國劇作家也揭露，醫生利用空洞、誇大的拉丁文來控制病人，而且是可換來現金的控制：例如，在布倫的著作《瘟疫防治對話錄》（一五六四年）中，那個名叫梅迪庫斯（*Medicus*，在拉丁文意指「大夫」）的人，利用拉丁文（附帶一提，他懂的拉丁文比母語多），欺騙富有的病人並剝削他們的金錢。

就算不看戲劇，同樣利用拉丁文欺騙人的手法，有時在最擅長此道的人（也就是醫生）筆下也見得到。拉丁文或許是確保他們在別人身上享有權力的方法，是使他們獲取最大利益的詐騙工具。這就是瓦利內里的論證：「最敏銳、最聰明的醫生，」他在一七二二年的一篇論文中寫道，

> 知道自己的醫術有限，他們深知自己對疾病真正且不容置疑的內在原因認識不足……這就是

為什麼他們使盡騙人的把戲來掩蓋一切，將事實隱藏在希臘文、阿拉伯文、拉丁文和不純正語詞底下，無法容忍任何真誠的醫生用通俗語言寫作，生怕如果人人都懂醫術，它會失去威信而他們也會失去收入。

然而，不管是不是欺騙，這種拉丁文還是發揮了作用；正因爲懂的人不多，「假裝會說拉丁語的人」所施行的醫術才顯得更有效，誠如蒙田這句話所凸顯的：「我們不會輕易接受自己理解的醫學或摘來的草藥。」

事實上，拉丁文和醫學長期在一種權力關係中密切合作。即使表現出支持本地語言的醫生，也用拉丁文表明自己的身分。瓦利內里雖強烈反對拿拉丁文來騙人，卻還是用拉丁文寫診斷結果：在這些「正式的」文書中，這個被公認爲醫師威信的古代語言，使他的意見更具權威性。從英國醫生巴肯在著作《家庭醫學》（一七六九年）中，極審慎地使用拉丁文，也可看出同樣的意圖。這部非常暢銷的著作（作者生前就有十九個版本），屬於原著和譯本都以民眾衛生教育爲宗旨的作品；在提出保健原則和醫療建議同時，一些醫生希望協助民眾自行保養身體、完全避開庸醫的有害掌控。巴肯用英文寫這部作品；不過，他在扉頁放了兩句西塞羅和塞爾塔斯的拉丁語錄，這兩句摘錄不僅證明他的專業能力，也邀請讀者對這部以通俗語言寫成的作品給予完全的信任。因此，即使在想要使醫學大眾化的醫生當中，拉丁文仍保有權威作用，而單藉一段語錄，醫病關係的不對等就能再次得到肯定。

醫學發展也強化了醫病關係的不平等：醫學在「進展過程中」，逐漸使用愈來愈技術性的語言且大量運用拉丁文。這種演變在布里斯托醫院（一七三七年爲窮人創辦的醫院）的診療紀錄中完全呈現出來。早先，醫生寫病歷報告，是按照病人的敘述並引用對方的話；到了十八世紀下期，醫療紀錄完全以醫生的實際診斷爲依據。醫生不再以日常用語寫病歷報告，而是採用借來的術語，在布里斯托醫院，詞彙來源是愛丁堡醫學教授卡倫建立的疾病分類學。同一時期，拉丁文取代了本地語言：雖然在十八世紀七〇年代末期，有百分之七十的診斷紀錄採用英文；到了該世紀末，比例卻截然相反，有百分之七十九採用拉丁文。因此，病人對自己的病情再也插不上嘴，他被簡化爲臨床病例，而且是用一種他加倍無法理解的語言（由於專有詞彙和語言選擇）描述而成。在拉丁文影響下，醫生和病人之間愈來愈疏離，這種現象從任何一方都看得出來。一八〇四年，英國醫生貝多茲指出，窮人寧可找鄰居討論病情，也不願請教醫院的醫生，「因爲後者都用他們自己的語言和病人交談」。到最後，雙方差距似乎變得太大，以致醫病關係起不了作用；病人可能會急著找其他比較可理解的權威人士，也就是醫生最想防止他們接觸的人：熱心助人但無知的鄰居，甚至江湖郎中。

江湖郎中雖比眞正的醫生更容易接近，卻也深諳拉丁文賦予的權力；爲了讓自己看起來有醫生的威望，證明自己有治療和治癒病人的合法地位，並博取別人的信任，他們大量使用這個古代語言。首先，他們爲獨門偏方命名，例如：單就近代在英國銷售的一些劣藥來說，就有*Elixir magnum stomachum*（大胃糖漿）、*Pilulae in omnes morbos*（萬靈丹）、*Pilulae radiis solis extractae*（蘿蔔精華丸）、*Gremelli pulmonates*（救肺散）、*Panchimagogum febrifugum*（速效退燒藥），這還不包括很多司空見慣的藥名，如：*Elixir vitae*（生命糖漿）、*Aurum potabile*（黃金飲）或*Aqua* *coelestis*（來自天上的水）。他們也樂於在談話中插入拉丁詞，並用拉丁語錄凸顯自己的傳單，例如，一七八六年有位不列塔尼庸醫，在傳單上印著：*Nolite confidere verbis, sed factis*（事實不在於言語，在於行動）！雖然江湖郎中的談話，往往充滿拉丁文或拉丁化的行話，眼科醫生泰勒卻提供一個比較罕見的做法：他按拉丁文句法造英文句子，例如，「眼睛關於奇蹟談會我（關於奇蹟，我會談眼睛）」，藉此向聽眾保證他說的是「不折不扣的西塞羅式拉丁文，異常困難且過去從未有人用我們的語言嘗試過」。在這股拉丁語風之中，一些江湖郎中終於爭論起彼此的「拉丁語特色」，互控對方犯了詞法和句法上的錯誤。這是毀損對手威信的方式，因爲這個威信特別建立在拉丁文之上（用來表明能力，並在別人身上產生預期效果）。「爲了更使人敬服，」朗漢斯在著作《自我治療與自癒的藝術》（法文版一七八六年）中寫道，「他們（江湖郎中）只要不時地隨口說出幾個不正確的拉丁詞，就能使鄉下人相信，和他們說話的這人很有學問且精通醫術。」這正是十七世紀八〇年代，在羅馬納伏拿廣場上行醫的江湖郎中成功運用的「手段」：

我見過他們（一位法國觀光客寫道），抱了好幾冊希臘文和拉丁文書籍來到廣場，藉此證明他們對這群無知的下等人宣讀的許多段落其來有自，雖然這些文字連他們自己也不懂而且毫無意義，卻還是給聽眾留下深刻印象，以致眾人紛紛離開正牌醫生，在這些廣場大夫眼中，正牌醫生不過是江湖騙子、耍把戲的人和庸醫。

因爲具備某種知識（甚至僅止於認識古代語言），而擁有的這股權勢，也在法律界（法官和被告之間，公證人、律師和委託人之間）發揮作用。如果工匠澤利所言屬實，十六世紀佛羅倫斯的公證人和律師都是二流的拉丁語專家。但他們還是使用這個古代語言訂契約，可見這語言是他們操縱無知人民的工具，而且經濟術語用得愈多，操縱的行為也愈眞實：「人間的法律之所以無人翻譯，」澤利埋怨地說，

> 同樣與許多想把最平凡的事物賣給我們的博士和律師不誠實有關；為了更能達到目的，他們想出一個可怕的奸計，就是規定不能採用通俗語言訂契約，只能使用連他們自己都有困難理解，而其他人根本不懂的那種優美的拉丁文。

這位佛羅倫斯工匠的抗議，終於在下個世紀得到回應：一六七三年，德盧佳以極具說服力的標題《平民博士》，發表法律概論。這位作者在成爲羅馬天主教會樞機主教前，是全義大利最有名的律師。他在這九冊四開大的著作中，蒐集了有關民法、教會法、封建制度法和市政法等法學，而且他不是用拉丁文，而是用義大利文出版。猶如要證明自己這個舉動的正當性，他在第一冊開頭以十來頁詳述知識的問題，探討用通俗語言論述法律題材是否適當；他先陳述維持使用拉丁文的原因，繼而闡明採用通俗語言的理由，最後做出對大多數人都能理解的語言有利的結論。在論據中，他揭露拉丁文淪爲敵對「愚蠢者」（即無知者）的可怕權力工具；這個古代語言幾乎任憑他們被律師和司法機關的專橫擺布。拉丁文本身原本就「充滿了模稜兩可」，這使得用它撰寫的文件，也成了訴訟的資料來源。於是，擁有拉丁文這個特權的法律界人士，便利用這點求取

個人利益。轉換成通俗語言勢在必行：如此「才能大大避免」，德盧佳寫道：「這些理當被稱爲街上喧譁者的律師的惡習和詭計。他們壓迫前來求助的無知人民，爲圖利自己而給對方錯誤的建議，致使對方投入並支持不正當的訴訟、相信極其荒謬的事。」同樣地，這麼做也將終止法院中盛行的詐欺做法，也就是法官「藉拖延訴訟案，一手掌控有爭論的案件和訴訟人的意志與自由」。

澤利在譴責拉丁文騙術同時，也把箭頭指向教會中的口語。由本書第二章可得知，在十六世紀，凡渴望改革的人，都曾抗議教會採用大多數信徒無法理解的拉丁文，並抨擊該語言淪爲神職人員掌控基督教徒的工具。這裡我們不再複述天特會議在禮儀方面的決議，只重申當時的決議在採納拉丁文同時，也認同社會的一個階級觀（一方是持有知識的人，另一方是被動接受教導的人）。不過，我們要強調，拉丁文在一般人認爲只使用本地語言的新教世界中，同樣引來差距。事實上，牧師因所受的高等古典教育（尤其是拉丁文），而成了有別於大多數信徒的人，就像天主教會的神父一樣，說不定情況更嚴重：分別研究玉登堡和萊因河沿岸地區的托萊和伏格勒，都強調有學問的神職人員和無知的居民之間的畫分，是宗教改革後不久在拉丁文影響下形成的；同樣的結論（「神職人員和不識字的群眾之間的區分」），也適用於十八世紀以信義宗爲主的德國。如果可以，我們也很想知道在堂區信徒眼中，這個可能因此美化牧師的威望究竟如何發揮作用。有一則軼事或許能說明在新教世界中，拉丁文偶爾也有權力策略的性質。在十八世紀初，英國鄉下的一個小村莊，有兩位傳教士想盡辦法要爲自己吸引更多會眾。其中一位很有學問且精通教會聖師著作全集，他在「不識字的聽眾」面前，反覆引述拉丁語錄。「這些人似乎因此深受感化，於是大量湧向這位博學者。」他的對手看著自己的會眾減少，也得知了原因，便決定「給堂區全體居民一點拉丁文」：然而，由於對教會聖師的著作和學術作品一無所知，他引用利里版《文法書》，在講道中穿插 *Quae genus*、*As in praesenti* 和其他語法規則，同時附上個人的解釋。

在學術界，拉丁文長期勾勒出懂它和不懂它的人之間的界線。這個普遍的標記最早的實例出現在植物學，林奈發動改革後不久，在專家和業餘愛好者之間形成的畫分。前文提過，這項改革在專業的博物學家看來，象徵著當時面臨瓦解的一項學科極大的突破；但隨著拉丁文命名法，這項改革也促使業餘愛好者（尤其女性）放棄對植物的研究，至少讓他們更難從事這項工作。事實上，這裡面還存在著「死語言的障礙」；不僅如此，誠如肯特在十九世紀二〇年代所說：「女性普遍沒有學過的拉丁文，仍有能力使她們因爲害怕而放棄在這方面做任何嘗試，這點導致她們過度高估困難。」

概括來說，在關係不平等的環境中，只要恰如其分地運用，拉丁文就可做爲強制他人的手段。前述布倫的喜劇中，拉丁文不僅是醫生控制病人的權力工具，也是丈夫掌控妻子的手段：因此，西維斯用拉丁文談他不希望妻子烏索兒懂的事，也拒絕譯成英文。有時候，拉丁文也是制服一切反抗並奪取別人贊同的一種策略：加拿大幽默作家李科克的小說《湯林松先生的慈善事業》，即大量依據這種手段。布莫博士——普魯托利亞大學校長（此校可能暗指李科克傳授政治學的麥吉爾大學），和一位教授用拉丁文說服發了橫財的農夫湯林松行善。每當這位未來的贊助人面露猶豫，他們就猛灌他拉丁語錄，「對他灌輸拉丁文，迫使他達到確實順從的程度」。在這點上，他們運用的是平常對待實業家的策略，從經驗中他們得知：

沒有什麼比堅決而平靜地假定對方懂拉丁文，更能取悅這些人……布莫博士就是這樣藉大聲打招呼——*Terque quaterque beatus*（真是三生有幸），或站著伸出手表示——*Oh et presidium et dulce decus meum*（哦！你是我的支柱，我甜美的榮耀），來迎接商界友人。這招屢試不爽。

## 拉丁銘文絕對論

誠如前文分析的幾個典型例子所顯示，拉丁文在個體間的權力關係中，發揮了工具的作用。同樣「畫分等級」的功用也出現在政治界，這點從法王路易十四統治期間發生的「銘文論戰」明顯可見，當時的爭議是，國家古蹟上面的銘文應使用哪一種語言：拉丁文還是法文？有關這個主題的研究，都只著重在語言學和文學的層面；然而，很多由兩方支持者提出的論據，只有放在更大的背景中，才有實質的意義和充分的說服力。因此，「銘文論戰」不只是法國文學史的一刻，也是政治和社會上兩種不同觀念，甚至兩種世界觀之間，更深入對抗的時刻。一開始，我們要接續佩特律契重申：國家古蹟上面的銘文並非單純的「字母遊戲」（純粹爲裝飾之用），而是強調一些信息的「堂皇文字」（用來表彰權力遊戲）。爲達到這個效果，語言選擇和歷史編纂特別強調的作品的雕刻面、字體、內容編排同樣重要。因此，在這場著名的「論戰」中，語言就是爭論的重點，而且是一個關乎政治的重點。

最初的小爭論始於一六六九年，但如果一六七〇年在聖安托尼城門豎立凱旋門一事，沒有迫使大家對紀念路易十四成就的銘文，究竟應採用拉丁文還是法文的問題做出具體答覆，這個問題恐怕仍停留在理論的階段。在十多年間，兩方支持者不斷爭辯，把問題帶到法蘭西學院，努力爭取權貴之士、科貝爾（當時的首席財政大臣）、法王的贊同。最後是路易十四斷然支持法文，才終止敵對。論戰期間，兩邊陣營都引用各種著作，提出很多論證來支持自己的立場。雙方皆從構成一個語言崇高的特點（確切、穩定、普世性）出發，借用大量的論據做爲推論基礎。不過，這些論證都隨各人對君王和這個主題的想法，而有不同的詮釋。

拉丁文支持者的立場主要來自他們的捍衛者，也就是耶穌會士呂卡在一六七六年十一月二十五日，於克勒蒙中學發表的拉丁文演說。在敘述爭議事件的原委後，呂卡隨即表明支持拉丁文，並據此爲它辯護。首先，他駁斥對手提出的「愛國」論點。按照該論點，使用拉丁文，一個外語，是不大愛國的壞國民才有的行徑。然而，拉丁文對法國而言並不陌生，它「住在」法國已經很久了；更何況，就現狀來看，重點不在於語言，而是情操：因此，熱愛祖國並不表示一定要寫法文，而是要選用適合所定目標的語言。而眼前的目標就是，確保刻在紀念碑上的王的榮耀永存且舉世皆知。呂卡認爲無論從延續數百年來的穩定性，或從普及各地來看，唯有拉丁文能保障這點。

此外，拉丁文和這個即將置入銘文的紀念碑非常相稱。正如紀念國王功勳的凱旋門採用被視爲不會毀損的材料建造，以求保存愈久愈好，甚至永垂不朽，「在石塊上，猶如靈魂在身體上」的銘文，也應使用能提供同樣持久保證的語言寫成。法文無法滿足這些高度要求，正如過去用通俗語言刻在個人墓碑上的銘文，今日顯得難以理解且滑稽可笑所顯示。反之，持久不變的拉丁文，能永遠以最高度的莊嚴和明確來頌揚君主的榮耀。此外，它也在各地宣揚榮耀。事實上，拉丁文並非一個「私有的國內語言，而是各個不同民族共有且熟悉的語言」；因此，它能確保君王的名聲不會停留在國境，而是傳遍全世界。反之，用法文寫銘文，將把王的榮耀限制在褊狹的國界內，使享有盛名的君主，變成局限於住宅窄牆內的「無名的一家之主」。

永垂不朽、舉世皆知，這正是君主名聲的本質，用本地語言表達，恐怕會削弱、貶低它的價值，這麼一來，賤民（*vilis popellus*）、無知的人民，如：「店主」（*tabernarii*）、「挑夫」（*bajulii*）和「婦女」（*mulierculae*），都能一目了然。從君主散發出來的榮光，就像太陽發出的光；因此，首先應傳遞給博學者，給那些「比別人懂得多」的人，然後再由他們確實向人民、乃至萬國萬民解釋。所以，銘文應採用拉丁文，再由「學者」提供解釋（必須是通俗語言，而且包含世上所有的通俗語言）。這種媒介不但能確保準確理解信息，也有助於提升庶民（*plebs*）眼中君主的榮耀（呂卡認爲，庶民習慣對沒有直接認識或不是自行理解之事更喜愛、仰慕）。

這位耶穌會士還把天特會議後，在天主教會中盛行的做法拿來對照。他重申，不加區別地讓所有人都看懂《聖經》是不對的，應該只有受過教育的人、神父、負責向大多數人解經的人才可以輕易理解。正因如此，他認爲支持銘文採用法文的人，和其他將當地方言引進禮儀而造成有害結果的「革新者」沒什麼兩樣。對呂卡來說，間接認識極其重要的事，是對權柄表示最大尊重和群體緊密團結的證明。

關於這點，這位耶穌會士重述對拉丁文有利的傳統論證。他提到它的頭銜：羅馬帝國的語言、天主教會的語言、知識的語言；並重申這個語言公認的特性：簡明扼要、簡潔、表達力強。

最後，雖然提到法文已逐漸普及化，他仍以拉丁文優越且無與倫比的普世性總結，因爲本質上：這是一個沒有祖國，但對任何地方都不陌生的語言，因此，它特別適用於廣傳君王的名聲。

雖然呂卡神父在結語中，十分強調使拉丁文特別適合做爲銘文語言的文學和語言學特質，這卻不是他選擇拉丁文的主因。事實上，驅使他做此選擇的原因在於，銘文是要用在君王普世永恆的榮耀上，而他的推論基礎是社會上一個權威且強烈主張畫分等級的觀念：君主對臣民而言，猶如地上的神。在此現實的看法中，人民是否理解銘文的問題並不存在。再者，正因爲神祕，這篇文字才有意義：它激起仰慕之情，而這種反應更隨著學者菁英提供的解說而增強。

我們將不在法文支持者的論據上停留太久。這些人士除了提出法語具有豐富、簡潔、精確、穩定性等特質外，還強調銘文應具備一目了然的條件。正因如此，只有少數人理解的古代語言當然不能列入考慮，而拉丁文支持者則應被譴責爲壞國民。於是，爲銘文採用本國語的辯護詞成了一個關乎民族的理由，在這當中，語言和君王兩者的利益合爲一體且彼此強化：法文就是王的語言。從此，使用法文（在當時的文獻中，法語日益被稱爲「民族語言」）有了政治涵義，更何況即將置入銘文的凱旋門是國家紀念碑，「全法國的……代表作」。因此，閱讀人人可理解的銘文，將使臣民在王的功勳面前心生對君主的「崇敬」，並進一步使他們以王爲中心（藉紀念碑表示）融合成一個大民族。這點和耶穌會士呂卡在演說中提出的絕對論南轅北轍，呂卡談的是一個從上頭來的個人權威，強行加在被迫消極、盲目且默默服從的臣民身上。法文（路易十四最後斷然支持的語言）帶來另一種君主政體觀：君王的權威因臣民參與建造一個「現代國家」而增強。

雖然這場「銘文論戰」最後是法文支持者獲勝，但這立即的結果實在不算什麼，因爲當時爭論的凱旋門並未完工。接下來幾年中，無論在巴黎或在外省，紀念性建築物和雕像上面的銘文還是採用拉丁文：在這裡，習慣、範例和技巧都發揮了作用。儘管如此，本地語言支持者曾提出的論證並未消失。我們看到這些論據在下一個世紀多次重現；不過，重點比較不在於法語、法語固有的特質、對君王和法國的榮耀有什麼貢獻，而在於臣民與「公民」教育。十八世紀七〇至八〇年代，當同樣的問題再度引發爭論時，梅西耶提議「在城市中散播」一些用法文寫的「精選」銘文（指能夠「形成一種道德課程，並把能在生活中應用的簡短格言刻在人民的心版上」）；同樣用於人民身上的「教育課程」概念，也出現在羅朗的著作《論銘文應採用拉丁文還是法文》（一七八四年出版）。這些藉銘文提供教育的提議，和耶穌會士呂卡的觀點（銘文代表等級和權威的工具）相差甚遠。

法國大革命讓人又想起這個問題。在國民公會統治期間，國民教育委員會曾負責做一份報告，主題是可用作國家古蹟銘文語言的方言。當時撰寫這份報告的人是格雷古瓦教士。他一開始先回顧上個世紀對銘文語言的爭論，並指出這個懸而未決的問題，現在必須「在自由的支配下」解決。有兩種危險應避免：一是「不公平的輕視，有人想藉此污辱一些過去曾經強調自由，而且有助於理學和工程學之路通順無阻的語言」（在這裡，法國大革命欠希臘羅馬文化一分情是眾所周知的）。其次是「荒謬的偏見，即老是頌揚外國人和古代人，而犧牲國人和現代人，堅持只佩服兩千年前或八千公里外的東西」。接著，格雷古瓦指出拉丁文的局限：它無法表達近代的現實事物，它是絕大多數人無法理解的語言（百分之九十九的國民不懂拉丁文）；此外，考慮到歷史的發展，它顯然不利於知識和理性的進步。這一切反而讓本地語言占了便宜，更何況國家古蹟可以被定義爲「一件大事的濃縮劇本」；本質上，它必須完全明白易懂，而且是人人都看得懂才行。熱心爲法語辯護的格雷古瓦，在這份報告中詳述一切對法語有利的論點。因此，「革命第二年雪月二十二日」（一七九四年一月十一日）的法令第一條明示：「舉凡國家古蹟上面的銘文，從今以後皆須採用法語。」

然而，拉丁文仍不罷休。在法蘭西第一帝國統治下，一些拉丁銘文在拿破崙加冕禮期間被置入巴黎市政府大廈。受到古風的影響，有人將這些銘文刊登在一本標題爲《古羅馬大事記》的彙編。這是第一部爲有利於運用古典參考文獻的政體，而採用羅馬模式爲拉丁文辯解的作品。當時，有人回憶道，這些「大事記」的宗旨是「藉持久不變的銘文，把一個民族主要功績的簡短陳述傳給後代」：因此，它們訴說的對象不是現今人民，而是一個更崇高的未來記憶。更何況「銘文往往超越一般人所能理解，原因或許是文體的規則和我們常用暗示補充事實」。在這種情況下，語言的問題不再是採用立即、普遍都能理解的話語。事實上，重要的是採用一個因具備簡明、簡潔、簡易、精確等特質，而適合做碑銘體的語言。拉丁文不但符合這些標準，也具有神奇的典範力量和悠久傳統的功效。因此，皇帝的宴會廳才會選擇用二十五段拉丁銘文做爲裝飾。

然而，在王朝復辟時期，於巴黎新橋上豎立亨利四世雕像的問題（更確切地說，是指在底座置入拉丁銘文的問題）再度引發爭議。反對者重申有利於法文的經典論據：「它極其優美」、精確、簡潔；他們還提出有關語言和民族同爲一體的論證；但他們特別譴責使用拉丁文是何其荒唐的事。在巴黎，「不到五百人有能力讀拉丁銘文」。更糟的是，這段用拉丁文寫的銘文，與復辟的波旁家族極力推動以亨利四世爲中心的慈父君主制理念不符。

向巴黎人展示他們看不懂，並且似乎不是為他們而寫的銘文，簡直像在嘲弄他們。哦！慈愛的亨利，您是那麼喜歡與您視同兒女的臣民談話，對於有人為了紀念您，而向如此樂見您的雕像矗立在他們當中的法國人呈現這種語言，您做何感想呢？

一個慈父般的君主政體，一位同時是一家之主的君王，需要的是用通俗語言寫的銘文；這正是耶穌會士呂卡在另一時期，為排除這個觀點而提出的比喻。

## 二、保護

到這裡爲止，拉丁文始終被視爲控制別人的一種權力表達；在極力主張畫分階級的關係中，它強化了懂它的人的威望，也在不懂的人身上博得信任和尊敬；因此，它的作用猶如一個權威、甚至強制和操縱的工具，因爲難以理解，所以更體現出某種絕對且令人畏懼的權勢。這些評論似乎不令人訝異，因爲它們指的是近代歷史編纂就勢力、排擠和禁止而言，特別強調的一種權力觀。但如果只停留在這點上，只考慮權力不友善、殘酷、強暴的一面，我們將忽略它其實也是強者對弱者的保護，是有權行使權力，以成就他人福祉的人的義務。這層作用，拉丁文也發揮了：支配者在握有拉丁文這個特權同時，也有目的地使用它，不是爲了使人服從或強迫人，而是爲了預防和保護。

首先，當然是保護不懂拉丁文的人。醫學界提供了典型的例子；使用古代語言能掩蓋一些令人不舒服，甚至嚇人的事實。因此，為避免病人敏感，醫生喜歡拉丁文的隱晦不明，更勝於本地語言的唐突透明：於是，法國人用*lues*取代syphilis（梅毒）；提到foie（肝臟）時，以*hepar*取代；而在說英語的國家，則講*cor*而不講heart（心臟）。正如拉丁文可以保護人，它也能用來提防別人。因此，有人用拉丁文寫私人日記，好叫人不敢冒昧偷窺：樞機主教紐曼用這個古代語言寫他的一本「日記」，就是為了讓「傭人和侍從沒辦法讀」。最後，拉丁文也是一種自我保護，它可以讓使用者在關鍵時刻，與令人不悅的事保持一定的距離。一六六一年二月二十七日，紐康牧師在日記中，以拉丁文記下自己和一位傲慢無禮的女傭爭吵的事；之後，當憤怒平息下來，他用英文把同樣的事再詳述一遍，只是這次用的詞彙比第一次節制多了。更不必說，同樣的理由也說明了，德國醫院的醫生用gegangen *ad exitum*（步向終局）記錄病人死亡；這種雙重「間接」的說法（隱喻加上轉換另一種語言），不失為一種方式，讓人在閉口不談死亡的情況下講述這件事、迴避一個每天都會發生的事實，並和它保持安全距離。

在這種委婉化的作用中，拉丁文得到一個在性領域特有的用途：用來表示禮節不允許人說出口或寫下來的事（即使上下文完全不涉及誨淫、猥褻或甚至淫蕩）。雖然使用這種「禁事語言」，是一種審查的做法（因而也是一種權力運用），目的卻是為了避免其他人難為情（或許首先避免的是使用者本身的尷尬）。

醫學提供了絕佳的作品選；這些是在本地語言化的過程逐漸呈現意義時（也就是十七世紀下半葉），真正開創的例子。儘管如此，我們還是注意到先前也有一些例子。例如，一五七八年，蒙特佩利爾醫學教授儒貝爾獻一本書給納瓦爾女王馬格麗特，標題是《醫學和養生法常見的錯誤》。雖然標題是這麼寫，內容主要卻是探討產科學。這點使它遭到很多醫生強烈譴責。他們責備這位同行把一本含有「所謂下流題材」的書，獻給一位「最貞節、高貴的女王侯」。他們指出「這一切用拉丁文比用法文合適」：其中一個理由是，「這些話用外語聽起來，不像用通俗語言那麼糟，而且會對這些話甚感羞恥的婦女和少女，過去也沒有這方面的知識。」佛羅倫斯人科泰利尼出版《人體解剖學入門》（*Instituzioni dell'anatomia del corpo umano*, 1651）時，也遭到同樣指責：有人指控他淫穢，因為他用義大利文論述解剖學，而且沒有用拉丁文描述人體（至少人體的某些部位），因而使女性的端莊陷於危險境地。

在英國，基於社會因素，所謂「大眾化」的醫學作品在清教徒革命期間開始出現，這些作品雖以原著為主，但更多是拉丁文著作的譯本。它們的作者和譯者放棄拉丁文，改用被視為「粗俗的」英文詞彙描述性器官和生殖過程，對此他們不得不為自己提出辯解；他們聲明自己正大光明，沒有散布淫詞穢語的不良企圖。他們也努力向讀者（尤其女性）再三保證，讀這類著作不會對他們的「正經」構成任何威脅。

十八世紀期間，醫學著作中不但有類似的意圖聲明，而且都訴諸古代語言。一七三六年，身兼御醫和皇家中學教師的阿斯特律克，以拉丁文發表一部論及性病的著作。他並非不知道如此一來，這本書對不懂古代語言的外科醫生幾乎沒有助益；但更崇高的理由占了上風：不外乎強調「得體」，對於用法文探討某些疾病、描述身體的某些部位感到「可恥」。為了支持自己的立場，阿斯特律克引述醫學權威塞爾塔斯的話。後者在不得不論述陰部感染的疾病時，曾寫道：「陳述這類主題的適當詞彙，用希臘文較能令人接受，也較普遍得到習俗的認可……用拉丁文描述這種疾病反而顯得下流，而且冒犯了正經人士。」因此，拉丁文（可說是現代人的希臘文）在使用上有了正當性。瑞士醫生蒂索的一部有關手淫的著名論文，提供了同樣具有說服力的例子。這部作品之所以特別暢銷（最初以《手淫引發的疾病研究》為題發行拉丁版，一七五八年），和它提出的新概念有關：以病理學的解釋（視手淫為疾病），取代神學的解釋（視手淫為犯罪）。新版本、再版和譯本不計其數；第一部譯本是蒂索本人於一七六〇年發表的法譯本，標題是《手淫或手淫引發的疾病探討》。在序言中，蒂索強調指出「用活語言寫這個專題的困難」；他還明確談到：「這項工作之所以比我先前用拉丁文寫作更費力，是因為描述一些情景（所用的字眼和措詞被禮俗判為下流），使我甚感困窘……」但基於「實用性」的考量，蒂索克服了遲疑，將原著完全譯成法文並加入修訂和增補的部分：例如，在第二二九頁，他加入一位少女的「臨床」病例，這個女孩即使跪在年邁且令人反感的告解神父腳前，都「很容易排出分泌物」。一七六四年，一個以洛桑為發行地的所謂「第三版」發行了；事實上，這是巴黎的版本。有些複本中，第二二五至二二九頁以「硬紙板」裝訂，其中有關上述少女的段落改用拉丁文敘述。原來，書報審查處強制印刷業者修改已排好版的文稿，要他們重寫這個備受責難的段落；為準確回復版面，原本只有一頁的文稿被加長到四頁（加進一些有關這位不幸少女和她致命疾病的新細節，並提供其他類似的例子）。這麼一來，書報審查處很可能造成反效果：因為這些用拉丁文陳述且印在不同紙張上的段落，肯定馬上吸引讀者的目光。不過，最後這部分的確以拉丁文出版，而大家也確實看不懂。在後來的版本中，這個有爭議的段落有時遭刪除（如：一七七〇年的版本），有時以拉丁文維持原狀（像是一八〇九年的《著作全集》）。

促使醫生改用拉丁文的原因，同樣在大學提倡教改期間，被提出來爲保留古代語言辯護。西班牙在啓蒙運動時代，改革家雖表態支持大學使用卡斯提爾語，卻仍視醫學、解剖學和外科學爲例外：這些科目仍維持使用拉丁文，誠如薩冕多神父明確表示的，「基於羞恥感的緣故」。

拉丁文在醫學界的這種用法持續很久，尤其在十九世紀下半葉，探討性病理學的醫生和精神科醫師的著作中。一八五七年，法國醫生塔迪厄（後來成爲巴黎醫學院院長）透過專門出版醫學著作的出版商巴耶爾，發表一部作品，標題是：《妨害風化罪的醫學法律研究》。這部作品探討妨害風化罪、強姦、雞姦和男性間的肛交。在序言中，作者爲使用法文辯解，並以專業上的職責爲由。

> 這個主題本質上需要一些用來激發所有正經與羞愧感的細節，但我認為不應在這一切面前退縮。任何身體或精神上的痛苦，任何創傷，無論有多腐敗，都不應嚇倒獻身於人類科學的人，而醫生神聖的職務，在要求他必須什麼都看、什麼都知道的同時，也允許他什麼都說。除一點外，我甚至認為不應藉拉丁語來掩飾……

事實上，在提到「雞姦患者的某些類型」時，塔迪厄改用拉丁文陳述，他的解釋是：「如果有人不允許我用簡短而委婉的拉丁文掩蓋這一切，我很可能在這些淫邪的細節面前退縮。」醫生神聖的職務在這裡碰到了極限。幾年後，這段借助拉丁文的簡短文字（實際上足足占了半頁），原封不動出現在維也納精神科醫師克拉夫特埃賓的著作《性心理變態》中（一八八六年），這是第一部有系統地描述當時所謂的性倒錯或性疾患的作品。克拉夫特埃賓不僅引述塔迪厄的話，也在〈反常的性情感〉那章，將敘述語言由德文改爲拉丁文，根據他的自白，這麼做是「基於明顯的理由」。

藉上述例子，我們可以理解爲什麼這些醫生在論述解剖學、產科學或性疾患時，會再三強調自己心存正念。這是因爲他們知道別人會如何解讀這些著作：拿來當作性教育手冊、甚至刺激性慾的工具。一六三九年，赫爾姆斯特大學醫學教授梅邦以拉丁文出版一部作品，標題是*De flagrorum in re venerea usu*（《性事中的鞭打行爲》）。書中，他以嚴格的醫學用語檢視並解釋性無能的男女，如何在未被鞭打的情況下有性關係。一六七〇年，梅邦的兒子反對再版，並公開表示他生怕該書會引起某些人放蕩；但最後他樂觀其成，因爲一想到這個版本將以「只有博學者熟悉的語言」發行，他的顧慮就減輕了。一七一八年的英文版（明顯具有淫穢特色），證實梅邦之子的顧忌不是沒有道理。

對於提供解剖學或性方面的事實陳述，醫生爲自己辯解的另一個理由是：論道德神學的著作中也有同樣的主題。這類主題的確以拉丁文的形式存在於這些作品中，而且長久如此。過去，大家或許注意到有一部介於醫學和神學的著作：《神聖的胚胎學摘要或神父、醫生及他人的職責專著：關於母腹中胎兒的永遠得救》。這部作品從醫學和神學的角度，提出死產、和死去的母親一起埋葬、在分娩中死亡的孩子等「是否有靈魂」的問題。一七六二年於巴黎出版的這部作品，是從義大利高級教士的拉丁文原著刪節翻譯成法文。譯者迪奴瓦教士承認自己在翻譯過程中的尷尬，以及當時採取的權宜措施：刪掉一些，部分保留拉丁文。

幾個棘手的段落，我根本沒譯；我認為維持原作者的語言更恰當。我甚至想完全用拉丁文發表這個刪節版，這樣我就可以隨心所欲賦予它更大的篇幅，並詳盡闡述更多有趣的問題……因此，我不得不把原著中，所有涉及解剖學和外科學的實用內容刪去一大部分，並讓很多相關問題和細節維持原狀。法文不容我像原作者一樣，能完全闡述這所有不同的題材；就是這個原因讓我好幾處都保留原文。

迪奴瓦的爲難，從他在〈賦予生命之時機的不同見解〉那章，論述德國生物學家沃爾夫的理論（「精子既非人類，也不是人類本源」）時，所提出的自白得到證明；他放棄翻譯原文（在該處特別冗長詳盡），並明確指出：「我們避開這麼做，因爲這段討論含有一些唯獨拉丁文才能陳述得體的內容。」

專爲神職人員而寫的道德神學著作，長久以來都用拉丁文；考慮到天主教會對這個語言的使用，這點實在不令人意外。從我們的觀點來看，比較有趣的是，當十九世紀本地語言化運動戰戰兢兢地展開時，偶爾還有本地語言著作的作者，寫到一半改用拉丁文。在這方面，法國理姆斯大主教古塞（後來任樞機主教）的著作《給堂區神父和告解神父的道德神學》，是極富說服力的例子。雖然這部暢銷作品（一八四四至一八七七年間，總計發行十七版）以法文寫成，其中仍有很長的段落改用拉丁文陳述，包括：卷一，任何關於違反十誡中第六誡的內容；卷二，論及婚姻聖事、「使合法婚姻無效的障礙」（講白一點，也就是「性無能」）、有關夫妻的義務和行房的闡述。從這個觀點來看，在二十世紀二〇年代，情況幾乎沒變。只要瀏覽《天主教神學詞典》就夠了。在詞條〈配偶的義務〉中，編纂者一開始就明確指出：「這個主題很棘手。」接著，當他終於要論述「從永續人種的觀點，思考夫妻的義務」時（特別是「從配偶的行爲所發生的情況論其合法性」），他改用拉丁文陳述並解釋：「大家應該都了解爲什麼這裡用拉丁文。」在詞條「淫蕩」中（計十八列），編纂者完全以拉丁文論述這方面（*juxta*和*contra naturam*，即「相近和違反本性」）的罪。詞條「性無能」，則提供我們一個額外的趣味：長十列的詳盡描述，不但全部寫成拉丁文，而且打破印刷慣例，以活版印刷呈現（內文採用羅馬字，而非慣用的斜體字，就好像要極力避免他人注意到這部分）。由梵二大公會議促成的禮儀改革，在某些人看來，隨著當地方言引進，一些道德方面的問題也因此產生。《聖經》中〈雅歌〉（從此以通俗語言直接出版）的一些詩句，似乎可能使信徒失去對宗教應有的崇敬。這點也導致彌撒經本刪節。因此，在四旬齋第三個星期六的彌撒中，有人基於道德因素，刪去貞節婦人蘇撒納的故事（故事中，蘇撒納爲受人頌讚的純潔人物，和福音書中那位行淫的婦人，也就是蒙赦免的罪人，形成對比）；就算從此讀起來不協調也無所謂，畢竟用通俗語言大聲宣讀《達尼爾書》十三章八節起的段落，顯得有失禮節。一位擁護傳統的人士評論道：「老實說，如果用拉丁文，某些問題根本不存在。」

拿拉丁文來掩蓋某些事實的做法，並不限於醫學和神學等負有責任的傳統領域。事實上，它存在於各種各樣的學科著作和記載中。在十八世紀，英國有人用拉丁文寫私人日誌，以記錄不大能公開承認的醫療和疾病的細節。歷史故事偶爾也會改用拉丁文記述。因此，索利尼亞克在著作

《波蘭通史》中，爲了「不冒犯讀者的高尚正直」，而改用拉丁文敘述十世紀專給私通者和通姦者的性刑罰。歷史學家吉朋寫《羅馬帝國衰亡史》時，遇到需要描述性方面的事實（如：拜占庭皇后狄奧多拉的「不道德行爲」），他改用拉丁文；面對有人抨擊他的作品下流，他不得不爲自己辯解，還特別以下述論點反駁對方：「我的英文作品很純潔，所有淫穢的段落都隱蔽在一個學術語言中。」文學也有類似的例子，甚至出現在不被視爲一本正經的作家著作中。法國作家布蘭多默在著作《蕩婦》中，提到義大利作家阿雷蒂諾描繪的性愛姿勢時，放棄使用法文：他先重述以理性和基督教教義爲準則的決疑論者的說明，再以拉丁文表達接下來的部分。布勒東是自己主動在著作《尼古拉先生》中，用古代語言記述最初的性衝動：「要描述這個，」他寫道，「我會採用學術語言……」他的做法是，在正文中直接由法文轉換到拉丁文，或將無法在正文中「說明」的部分，移到拉丁文注釋。

以上粗略的研究，不能沒有考慮學校界就下結論。從十六到二十世紀期間，大量使用拉丁文的學校界，同樣賦予這個語言培育人和道德教育的作用。這點導致學校拒絕採用很可能刺激少年，甚至引發他們產生所謂有害思想的著作。儘管如此，仍有一些確實有危險的作品，基於各種因素，叫人無法完全忽略。雖然所謂的「古典」精選版本是主要的解決辦法，偶爾還是有人用拉丁文改寫一些著作。這種改寫舊作的做法，在十九世紀中葉依然盛行；一八八七年泰倫斯作品的英文版（「經審愼刪改以供學校使用的」版本），正是如此。在一篇標題爲《佛密歐》的劇作中，專門拉皮條的多力歐同時被描述成 *leno*（淫媒）和 *mercator*（商人），至於他看管年輕女人的理由則沒有任何交代；因此，某幾行必須改寫，最起碼要換掉*leno*這個字，結果爲了顧及拉丁文韻律學和格律學的規則，造成一連串的修改。同樣在學校界，拉丁文也用來翻譯希臘文學中被視爲猥褻、淫穢或有失禮節的段落。例如，阿爾托在一八四一年以法文翻譯《阿哈奈人》（希臘最傑出的喜劇作家阿里斯托芬的劇作）時，不得不在第一一二〇行插入：「至於我，我想要上床睡覺；我受不了了，我需要放鬆一下。」後面的注解是：「這些粗俗的詞語……無法譯成法文。」接著，他用毫無忌諱的拉丁文譯出：*Tentigine rumpor, et in tenebris futuere gestio*。

在二十世紀中葉，古典作品的發行仍非常保守，就連不是給學童看的出版物也如此。例如，一九六三年洛耶叢書出版的《希臘名詩選》，收錄了《諷刺短詩》和希臘詩人史塔東的《繆思男孩》中好幾首詩，但不是譯成英文，而是譯成拉丁文，有的整篇譯，有的只譯一、兩行。適用於古希臘羅馬著作的做法，有時也適用於從其他傳統作品摹仿來的著作。一九五三年安塞出版的德文版《一千零一夜》（*Erzählungen aus den Tausendundein Nächten*）中，有一段寫成拉丁文，前面附上的解釋是：「以下九行極爲淫穢，無法譯成德文。」甚至不久前，在一九七六年發行的維吾爾—德語雙語刊物中（談論東方土耳其斯坦的人種誌文獻），與性病或戀動物癖的行爲有關的段落，仍譯爲拉丁文。

從這幾個例子可得知，在十分可敬的情況下如此使用拉丁文，是一種廣泛而持久的現象。現在是我們問明原因的時候。單就法國的例子而言，接下來要引證的解釋，是在十七世紀期間（說得更確切些，在該世紀下半葉）提出來的。在那之後，當代人士幾乎不再對這種做法提出辯解，就好像它已完全深植人心，不再需要任何正當理由。

在前面引述的許多著作中，作者使用拉丁文是爲了「正經」人士著想，講白一點，即不能失去「端莊」的女性。用她們不懂的語言描寫一些事情，或許就能避免冒犯她們。在這裡，我們有必要回想一下，女性接觸拉丁文是直到很後期才有的現象。在十七世紀，懂拉丁文的女性是少之又少；況且，大家舉的例子都大同小異。而懂這個語言的女人，也會把這個事實「當作一種罪過」加以隱瞞，因爲她們很清楚這種知識會讓她們在道德上遭受質疑。事實上，拉丁文過去被視爲使女人墮落的根源。布蘭多默指出，讓女性學拉丁文，閱讀如奧維德的《變形記》這類作品是有危險的。當然，法國、義大利或西班牙作家的作品，也會有「色情故事」和「淫詞穢語」；但那些都是個人私下的讀物，和研讀拉丁文大相逕庭。後者通常由家庭教師指導，而且一定是男性；當時這必然也是特殊課程，在「密室和小房間裡，閒著沒事的時候」進行。除了這種一對一教學具有潛在危險外，作品本身也有危險。當出現不拘禮節的段落時，家庭教師不是跳過這一頁（當下反而引起最後總是得勝的好奇心），就是立即提出評注（這種意譯實際上比直譯爲害更大）。布蘭多默還提到因此由拉丁文造成的致命影響，和正等著「女大學生」的墮落。一個世紀後，一位始終隱姓埋名的作家也表達同樣的觀點，但他是爲女性有得到知識的理由和權利辯護。這位作家一開始就對「知識會帶給女性道德上的危險」這種說法表示反對，他還說：「人家常說學語言是一種惡兆，尤其是學拉丁文。俗話說：『女人講拉丁語，準沒好下場。』」他先以幾位貞風亮節但博學多聞的貴婦爲依據，對這種「眞理」加以駁斥，接著又質疑支持該論點的理由：「或許有人說，我們在這些學術語言中，發現無人敢用活語言寫出來的淫詞穢語，而這會讓女孩子學到我們想要隱瞞她們的事情。」

然而，拉丁文也出現在被當作「學者的語言」（也就是男性文化菁英的語言）引用的例子中。在這裡，我們的問題是：如果信息都一樣，當領受者是懂拉丁文的男性時，究竟是哪方面沒有冒犯人的特性？當時的教學法提供了答案。雖然拉丁文肯定會讓女性墮落，但對男性而言，學這個語言卻反而對他們有益：拉丁文被視爲男性的一種補品，能訓練他們的判斷力，不僅防止他們犯錯，也提防他們落入第一印象（這裡指的是超越字面意義的印象）。這種看法在十七世紀末得到採納，法國哲學家培爾在爲自己的著作《歷史與評論詞典》辯護時，也曾在文中探討「懂拉丁文的男性，比其他男性更能抵抗淫穢之事的有害影響」這個論點。

雖然使用拉丁文是爲了保護正經人士，但當時的語言學發展也導致拉丁文專事某項職務，特別是陳述「禁事」。十七世紀五〇年代展開的法語辯護，在這裡發揮了主要作用。以下從法國文學評論家波瓦洛的著作《詩藝》（一六七四年）摘錄的句子，可做爲我們談論的中心主題：

拉丁文藐視言詞應有的分寸；
但是法文讀者希望得到尊重；
稍含淫穢意味的自由都會侮辱他，
除非言詞婉轉減輕了負面的印象。

和波瓦洛一樣，十七世紀下半葉主要的法語辯護者，如：法國語法學家沃熱拉、法國劇作家布爾索、法國作家聖索林、耶穌會神父布烏爾等，都要求法語應有純正、得體和不令人感到羞恥的特權。因此，相對於法文建造文學語言的崇高地位，拉丁文自然而然被推到放蕩甚至淫穢的一邊。

當拉丁文終於和所有不「得體」之事畫上等號，語言學方面的省思針對這點提供了解釋與證實。波爾羅亞爾社團的邏輯學家因此對詞義下了一些評注，其中包括他們視爲基礎的以下這點：「……一個詞除了被視爲該詞本義的主要概念外，還會產生好幾個不同的概念（我們可稱之爲次要概念），儘管後者已在我們腦海中留下印象，我們卻沒有注意到它們。」其次，他們提出「不得體」的字眼和措詞的問題，以便知道它們是否表達了「不得體」之事；在這點上，一些原本沒有這種涵義的字眼和措詞之所以變成那樣，同樣完全取決於人賦予它們的次要概念。一六八五年，當培爾不得不對耶穌會士曼布爾的著作《加爾文教義史》做出回應時，也重申同樣的論據。關於某些作者大膽說出侮辱的話，培爾表示「想要激動，用拉丁文比用通俗語言較不易受責備」。和法文比較起來，用拉丁文說侮辱的話較不會冒犯人。他以對照的方式繼續說道：

我們的語言已變得如此高尚，就連用法文發表解剖學演說的醫生，面對全場的男士聽眾，也會改用拉丁文表達很多事。這些醫生從學者的語言借來的詞彙，與他們不敢使用的法文詞彙意思相同，只是前者冒犯人的程度還是小於後者。

接著，他重申上述波爾羅亞爾的論文「邏輯或思考的藝術」，並從中引出結論：

……我們應有理由相信，用法文和用拉丁文講同一件事的兩人，後者比前者正經，因為他雖喚起自己避免用法文表示的事物概念，卻未喚起這些法文話被賦予的放肆無禮和缺乏尊重的概念。

因此，雖然「民族對高尚正經的重視已用於本世紀」，且阻止我們使用某些法語詞彙，我們還是可以用拉丁文述說同樣的事，而「不會顯示出我們藐視這個新禮節。我們並未賦予這個語言新的概念：社交禮節並未使這些措詞變得比昔日更不堪入耳、更粗俗」。只要使用拉丁文，作者就不會冒犯讀者或使對方產生不良企圖，而讀者也不會把作者想成放肆無恥的傢伙，反而會認爲他是完全合乎當代社會標準的人；爲此，眾人心照不宣的一個中立規約被拿來使用。

上述許多著作說明了以「合乎禮節」之名使用拉丁文的理由。當布勒東在《尼古拉先生》中，改用拉丁文描述最初的性衝動時，他明確指出自己用了「一個將迫使男性恰如其分爲女性翻譯的學術語言」。這裡的禮節與某種先後被稱爲羞恥、羞怯或難爲情的感覺有關，是一種複雜的感覺，然而其中的一面，即本文最關注的一點，反映了面對性慾之類的事情時所感到的困窘。法國哲學家傅柯指出，與支配近代西方社會的「壓抑的假設」相反的是，在性方面，曾有眞正的「推論爆炸」、強烈的「推論沸騰」甚至「普及化的推論狂熱」，而這一切都在完全合法、被容許、公認的情況下發生。教會（儘管有決疑論和耳語告解）、法律，還有醫學、教育學甚至經濟學，都曾有過性方面的論述，並且匯聚成一套名實相副的 *scientia sexualis*（性學）。這位哲學家還寫道：「前三個世紀最引人注目的，與其說是一致對掩蓋性事表示關注或普遍假裝害羞，倒不如說是各式各樣談論該主題的方式……」關於這點，同樣按照傅柯的見解，重點在於區分語言和論述。雖然這種現象的確是所謂的「推論爆炸」，卻仍與「陳述和陳述方式的管理」、「有關語言的限制性結構」共存。再回到我們談的拉丁文。當關係到說出來、全部都說和已經說出很多時，當某些字眼被禁、某些措詞遭刪除時，拉丁文提供了最後一招：別忘了「性學」的偉大創作者也使用拉丁文。當達到某種極限時（塔迪厄寫道：「我很可能在這些淫邪的細節面前退縮。」），拉丁文讓人能繼續談論下去，並使性方面的論述，對當代社會而言在道德上可接受，在技術上也有實用性。此外，拉丁文透過它的「學術語言」內涵，自然而然把信息置於本身具有學術價值的文章脈絡中，同時排除語言中所有富於表達和用來產生某種效果的功能，更確切地說，就是用完全屬於純理語言（用來講述或描述另一語言的語言或一套符號）的功能超越它們：因此，拉丁文變成只是一套代碼，一個傳達一些專業資訊的工具。

因此，拉丁文使論述符合當代主要的社會和道德規範。它讓人能說（更確切地說是「寫」）應該說出來（我們不可能總是留下空白或藉暗示表達），但現行準則禁止我們用日常用語陳述的事。因此，它保護了當代社會基於特殊理由，而視爲應避免接觸到某些現實事物的少數族群：女性和中學生（後者如教科書版本所示）。而對於使用拉丁文的人來說，它完全中立、毫無毒素。至少，他們是這麼希望，也相信是如此。

## 三、誘惑

事實上，危險是存在的：拉丁文還是有可能脫離被指定的角色，而它被簡化的功能也可能遭到破壞。前文提過，青少年習慣直接跳到有拉丁文的段落，因爲他們急於知道成人想要隱瞞他們的事。不僅如此，透過這種公認的用法，拉丁文終於照其事實表示「禁事」，與它合而爲一。這正是福樓拜在著作《公認概念詞典》中提到的。在詞條〈拉丁文〉中，他寫道：「當心拉丁語錄：其中多少都藏有猥褻之事。」媒介從此變成信息。只要屬於純理語言的用法持續存在，一個「富有詩意」的用法就會成爲拉丁文的風格，在文學作品中暗含就準則而言的偏離，並斷然產生某種意義。於是，掩蓋變成述說，甚至成了誘惑。關於這點，我們只舉三個例子。

第一個例子是十七、八世紀期間，歐洲最暢銷的色情文學作品《貴婦學院》。據說原著是一位女性以西班牙文寫成，再由當代最偉大的一位語文學家譯成拉丁文；但實際上是法國格勒諾勃的一位律師蕭里耶，直接用拉丁文寫成。這部作品於一六五八至一六六〇年間出版後，便出現許多拉丁版和各種當地方言譯本。一八八一年，當熱潮似乎已過，巴黎出版商力瑟推出號稱「混合法文和拉丁文」的版本，共計四卷。此版本交替使用法文和拉丁文，後者主要用在放肆猥褻的段落，長短不一：從句子的一部分到一整段都有。在這裡，拉丁文的面紗再也遮掩不住任何東西。書中採用的拉丁文文法很簡單，要理解並不難；再者，前後有法文加以闡明；最後，書末的「拉丁文難詞彙編」消除了其餘意思含糊之處。因此，拉丁文反倒成了放蕩的附加因素，這點更因書中極下流的話題，都是懂得使用拉丁文，且用得恰如其分的女性角色在討論而增強。

第二個例子取自十九世紀末法國作家佩拉當的作品，此人甚至把拉丁文描繪成「禁事語言」。佩拉當屬於一個號稱「頹廢派」的作家團體，他曾在好幾部作品中，把拉丁文當作語言衰落和道德墮落的象徵。在《至極的罪惡》（一八八四年）中，有一人物在「每周二的決疑論」時間中，對著一群主要由教士和美女組成的聽眾，閱讀由一部道德神學的著作（更確切地說，是書中論及淫蕩的章節）節錄的文選。遇到不該用當地方言說出的字句時，他改用拉丁文，一種特定的拉丁文。

他讀印在頁邊空白處的拉丁文，王侯夫人為引發別人好奇而笑了起來。

「您懂拉丁文，真是幸運。」

「我想學這個語言，它是禁事的語言。」

因此，拉丁文同時成了禁事語言，和雙重（語言和道德上）違抗的工具（女性藉此爭取自己應得的權益）。

在第三個例子中，作者蓄意呈現並使用拉丁文，猶如它本身能產生某種色情效果。這裡指的是波特萊爾的一首詩：〈給弗朗索瓦茲的頌詩〉，詩中他頌揚一位大概很有學問的情婦。在這首詩下面，波特萊爾放了一個注釋，解釋爲什麼他使用的拉丁文屬於頹廢期，而非古典時期。這位詩人將頹廢期與愛情「耽於肉慾的極端」（相對於它的另一個極端，即「神祕性」）結合在一起。他還說：「在這個神奇的語言中，句法錯誤和不純正語詞在我看來，似乎迫使粗心大意帶有一種忘我和嘲弄規則的熱情。」這首詩的拉丁文並非用來掩飾淫穢的暗示（在這裡影響不大），而是透過語言錯誤的形象化比喻，來表達與當代社會的道德準則決裂的一種愛情形式。

道德規範的改變和隨之而來的「頁邊」模糊不清，大大縮減了前文引證的拉丁文的使用範圍。「經認可的」論述幾乎不再採用拉丁文；在文學方面，現在很少有作家改用拉丁文，有也只是很簡短地爲了一個標題或一個詞，而且往往選自「正式的」性愛詞典。正如道德解放，對拉丁文愈來愈不認識也已產生結果。一九七六年，英國導演詹文在拍攝拉丁文影片「薩巴斯津的誘惑」期間（片中的拉丁文和作品的中心主題「頹廢」密切相關），因面臨某些演員記不住冗長的台詞，而被迫節略劇本。因此，結局是「和拉丁文書籍上床」（套用法國作家龔古爾兄弟粗魯的說法），以及西方文化和這個古典語言維持了幾百年的豐富交流告終。今天，拉丁文不再述說，也不再掩蓋。

# 第十章　萬國的懷古幽情

阿根廷作家波赫士在短篇小說《會議》中，敘述二十世紀初，有十五個人為了「創設一個代表萬族萬民的世界會議」，而在布宜諾斯艾利斯聚會的故事。一開始，他們就面臨「與會者應使用哪一種語言」的問題。爲此，兩位發起人被送到海外蒐集資料。其中一位（即敘事者）去到倫敦，在大英博物館「尋找一個適合用在世界會議的語言」；在考慮世界語（波蘭醫生柴門霍夫於一八八七年創始的世界語、約一八七九年由施萊耶創始的沃拉普克語、英國牧師威爾金斯的「分析式語言」）以外的選擇時，他不得不權衡「贊成或反對恢復使用拉丁文——幾百年來令人懷念的語言——的論據」。在現實生活中，屢次有人想用拉丁文解決全人類的溝通問題、補救「近代語言混雜」的情況。事實上，有人提議恢復使用拉丁文，也有人藉它創立國際輔助語言。在這些努力和計畫背後，存在著一股信念，就是相信一些與拉丁文聯結的價值，而這些價值的共同點在於這個語言具有公認的普世性。

## 一、普世性的條件

拉丁文有它的歷史地位。在幾個世紀期間，它做爲政治、宗教、知識等三大權勢的語言（分別用在極大的領域：羅馬帝國、教會、文學界），而取得普世性的頭銜。因此，它有充分理由被稱爲「最有教養的民族的共同譯者」。此外，有項傳統很少被忽略，就是賦予這個古代語言一個「永存的特權」（有別於近代本地語言長期變化無常）。儘管如此，這些恐怕還不足以使拉丁文成爲世界語言，有人甚至拿這幾點來反對它。在十七世紀，英國有狂熱的清教徒抨擊拉丁文是羅馬、天主教會、《聖經．啓示錄》中「獸」的語言。同一時期，學術界在考慮擁有一個既明白易懂、恆常、精確、簡潔，又能配合新知發展與傳遞的世界語言時，也對大家在理智上不覺滿意的拉丁文持保留的態度。庫美紐斯認爲，除了學起來很困難之外，拉丁文本身就有好幾個缺點：「格」千變萬化，詞尾變化、動詞變位和語法沒有一定的規則，缺乏複合詞，常見模稜兩可。類似評論也出現在威爾金斯的著作《實質與哲學語言》（一六六八年），以及十七至十八世紀初哲學語言創造者口中。無論設計出什麼系統，這些創作者都有意爲人與人之間（尤其文人）的書面語和口語交流，建立一個合理、完全合乎邏輯的語言。然而，拉丁文並不具備這種特性：這點充分說明了爲什麼很多人批判它，從更廣泛的角度說，有學者強烈懷疑它能否勝任國際語言的角色。例如，在德國哲學家萊布尼茲看來，拉丁文（而且是經過改良和調整的拉丁文）不過是活語言和他渴望建立的哲學語言之間的臨時媒介。

儘管如此，拉丁文仍握有眞正的王牌，首先是起源的普遍性：它是羅馬帝國的語言。近代之初，就有人特別強調這點，尤其在義大利，政治分裂、內外交戰讓某些人回顧過去，在緬懷昔日的強盛中尋找安慰。現今，語言是唯一留下來統治世界的。中世紀人文學者瓦拉（一四〇七～一四五七年）認爲，羅馬及其遺產眞正偉大之處不在於政治，而在於文化。「我們已經失去羅馬，」

他在著作《典雅》的序言中寫道，

我們已失去統治地位和政治權勢（雖然不是出於我們的錯，而是時代的錯）；但憑著語言這股更卓越的權勢，我們仍統治這世界的一大部分。義大利屬於我們，法國屬於我們，西班牙屬於我們，德國、潘諾尼亞、達爾馬提亞、伊利里亞和其他許多民族都屬於我們。事實上，羅馬的語言在哪裡盛行，哪裡就是羅馬帝國。

伴隨這個古老語言的統治而來的，是與全世界相提並論的信念。這是整個十六世紀期間，反對通俗語言的人用來爲拉丁文辯護的論點。一五五六年，義大利歷史學家西戈尼歐在威尼斯大學，以〈繼續學拉丁文〉爲題發表的演說當中，重述瓦拉的論調。他表示：「事實上，除了過去曾支配全世界的這個語言可敬的文化資產外，義大利舊時的自由、古代的光彩、昔日的尊貴都不復存。」因此，他勸在場的年輕聽眾培養拉丁語能力，如此當偉大羅馬的權勢擴展到全世界時，他們才不至於將這分榮耀拱手讓給外國人，而自己也能置身於延續偉大羅馬的理念中。

這種附屬於拉丁文的普世價值，說明了爲什麼它似乎是把一個特殊團體併到另一更大團體的工具。波蘭在組織第一共和政體期間，將拉丁文（波蘭和拜占庭世界之間的「界線」標記）視爲因此合併的各斯拉夫民族和非斯拉夫民族合一的要素；同時，拉丁文也象徵與西方國家、與當時普及全世界的一種文化形式的聯結。直到二十世紀五〇年代，仍有人抱持這種信念，當時華沙有句歷時上百年的諺語仍很流行：「歐洲的盡頭，就是拉丁文的盡頭。」在沙皇統治下的俄羅斯也有同樣的情形。前文提過，過去俄羅斯並沒有任何拉丁文傳統，因此引進這個語言，純粹是一種進口現象。拉丁文在十九世紀中等學校課程中的地位，被解釋爲「喪失民族特徵」的現象，使學童漠視祖國的具體問題；只要知道當時拉丁文是被當作工具使用，就會了解這是一個不容置疑的看法。然而，從彼得大帝到托爾斯泰伯爵，都有意推動俄羅斯進入文學界，他們希望藉由吸收古典理想，使國家歸入更廣大的文明世界。

拉丁文固有的普遍性，最後被解釋爲眞正的中立。它是所有人的語言，因此不爲任何一個民族獨享：它不會在使用者當中製造任何階級，也不會觸及任何敏感問題。怪不得拉丁文奠定的這種根本的平等主義，爲它贏得許多贊同（最早是在外交方面）。一六五三年，瑞典大臣歐森斯提納向英國大使白絡克說明自己使用古代語言的理由（以下是當時的談話情形與內容）：

他講得一口清楚、流利且表達力十足的拉丁文；雖然他懂法文，卻不肯說這個語言。他說他想不通為什麼必須讓外國人使用法語，藉此推崇這個民族更勝於其他民族。他認為拉丁文更豐富多采、更有價值也更適合，因為羅馬人曾統治世界的一大部分，而且拉丁文從未專屬於任何民族。

十九世紀初，當法語盛行於外交界時，英國出現一些抗議聲，認爲使用法語無非「承認低人一等」，也有人聲明贊成恢復使用拉丁文：「如果外交文件和談判桌上重新使用這個語言……就能除去一個占優勢的工具；這麼一來，歐洲各族將在『密室』中，以更平等的用語會談。」到了二十世紀，國際聯盟收到一些要求採用國際輔助語言的請願書；「一些美國團體」提出拉丁文中立地位的優勢，並建議恢復使用這個語言。

比其他語言更早存在，是大家承認拉丁文具普世性的主因。接下來，我們的重點不在於眾多西歐語言起源於拉丁文，而是它在近代方言的語言學省思中，所發揮的規範作用。直到十八世紀中葉爲止，有一套古典範型論占主導地位。在任何使語言範疇更趨合理的嘗試中，拉丁文始終是參考語言，其他語言則依其本身與拉丁文相符的情況而定。拉丁文的敘述方式被提升爲一般文法，並在其他語言制定文法的過程中發揮權威作用。因此，按照法國哲學家古斯朵夫的見解，

> 最早的法文文法是根據兩條趨於一致的路線組成。第一條出現在拉丁文教學法內：為使學童更理解上課內容，教師完全或部分譯出須講解的文章、範例、例詞；拉丁文的結構、語法分析，幾乎呈現出酷似法文的東西。第二條路線針對拉丁文本身，力圖在拉丁文和法文的文化中尋找共通點，以確立新方言的價值。

更驚人的是，這個公認爲拉丁文文法特有的規範作用，也適用於非羅曼語族語言，如英語。一六二三年，英國作家強森以拉丁文的模式，編寫出一部英文文法書；一六二四年，赫韋斯出版一部英文文法書，從標題（《完美英語概論：以拉丁文的用法和類比爲依據》）便可概略看出作者竭力透過使英文符合拉丁文，來賦予英文條理。這種試圖把英文簡化爲某些規則（如利里版拉丁文文法書中的規則）的做法並不獨特。事實上，對於想用音調和諧的詞尾再造英文、以語法明確

的「性別：陽性、陰性和中性」改良英文，甚至希望再見到拉丁文動詞變格的改革家而言，拉丁文是他們的典範。雖然這些想法大都停留在空想階段，「拉丁文引導我們的語言」這種觀念，卻成了英文文法教育的基礎。一些教科書的作者認爲英文缺乏拉丁文中「格」的形式系統，而將它引進英文。此舉引來美國語法學家默里的抗議，他在著作《英文文法》中（一七九五年，這本教科書在至少一個世紀期間，對英、美兩國影響極深），批評其他語法學家製造太多區別，並抨擊「英文的『格』和拉丁文的一樣多」這種想法。不過，他自己也用和英文對應的詞（包括單複數），列舉了拉丁文的六個「格」：「主格：a Lord, Lords；所有格：Lord's, of a Lord, of Lords；與格：to Lord, to Lords；賓格：A Lord, Lords；呼格：o Lord, o Lords；奪格：by a Lord, by Lords。」拉丁文的這種權威作用（指促使語法學家在缺乏詞尾變化的語言中，研究並找出這套系統）持續很久。二十世紀初，丹麥語言學家耶斯佩森以拉丁文「束衣」，譴責這種藉語法分析束縛近代方言的做法；因此，他嚴厲斥責伯明罕大學的一位古典文學教授，在自編的英文文法書中，列出五個名詞的「格」：「主格：rat；呼格：o rat；賓格：rat；所有格：rat's；與格：rat，複數形依序爲：rats、o rats、rats、rats'和rats。」

拉丁文不僅長期被視爲文法規範，也是可以吸收詞彙的大寶庫。前文提過，科學詞彙大量使用拉丁文，但其實文學語言和日常用語也一樣。這裡我們只談一個例子。在十八世紀，法國所有慣用新詞的人，都是「深信不疑、甚至狂熱的拉丁文愛用者」。布勒東提醒同胞：「大體而言，法文源自拉丁文，因此我們可從它吸收任何詞彙；所有取自拉丁文（無論直接引用或透過類比）的詞都明白易懂，尤其是法文。」梅西耶曾聲明反對「大眾化」的拉丁文，但他在著作《新詞》

中，爲了一些有所保留、甚至自創的詞，還是引用了這個古代語言：agreux（*agrosus*，肥沃的）、ascendre（*ascendere*，上升）、attédier（*ad taedium*，厭煩）、calcable（*calcare*，用馬刺刺馬）、cathédrant（*ex cathedra*，權威人士講的話）等等。

從更廣泛的角度來說，即使是贊成大幅削減拉丁文在教育中所占分量的人（如狄德羅），都認爲拉丁文是一個不可或缺的「標準」。一七四一至一七四二年，狄德羅翻譯了斯坦揚的英文著作《希臘史》。這項確保他得到優渥報酬和文學地位提升的工作，使他有機會應用自己的英文知識（似乎主要從一本英文・拉丁文詞典自修學來的）。無論如何，他曾在與書名同名的詞條「百科全書」中說：

> 沒有什麼比想像一個懂拉丁文的法國人，不用英文・拉丁文詞典，而用英法詞典學英文來得更糟。英法詞典究竟是按照不變且共同的標準，還是按照這兩種語言主要的慣用法編纂或修訂而成，我們不得而知，但我們可能得字字仰賴導讀者或譯者的忠實和闡述；然而，使用希臘文或拉丁文詞典時，我們透過應用而感到有所啓發、滿足、放心；我們用足以和外族（指我們正學他們方言的那個民族）直接交流的唯一方法（如果有的話），蒐集自己的詞彙。更何況，我是根據親身經歷說的：我很滿意這個方法；我認為它一定能讓人在短時間內，學到非常接近確切有力的概念。

在我們看來，即使照這個方法完成的譯文「難免犯語言上的錯誤」（誠如「學報」的分析所指），也不打緊；在這裡，重點是對近代語言來說，拉丁文是大家公認的「不變且共同的標準」。一七六七年，當狄德羅構思俄語百科全書的計畫時（由「其他人」將他主編的法文原著譯成俄文），他又想起這種把拉丁文當作可靠媒介的做法；「完成原著後，」他說道，「我將親自到聖彼得堡和我的譯者群（指科學研究院的成員）商議。有拉丁文做為我們共同的媒介，我們將使譯文盡可能忠於原著。」

這種公認為拉丁文特有的規範作用，更因為有永恆性做為前提，而讓人不得不信服。這正是法國文學評論家布倫蒂埃的看法。關於語言的特性，他寫道：「有唱歌的語言，也有素描或繪畫的語言。拉丁文是雕刻的語言，它刻下的內容不可磨滅。我們可以說，不是放諸四海皆準或永恆的事，都不是拉丁文。」除了歷史上有參考價值的評價外，使用拉丁文做為銘文語言，也使它成了大理石或青銅的語言：一個和刻上它的雕刻面一樣不朽的語言。前文提過，近代支持銘文採用拉丁文的人，曾用這個論點支持他們的立場。義大利在法西斯時代仍採用拉丁銘文，當時對古羅馬文化風俗的讚揚，促使碑銘學的傳統復興：在古蹟和教堂的石塊或大理石上面，刻下皇帝和教皇「統治、權力和永存不朽之願望」的拉丁銘文，被指定重新成為「法西斯政體建築物的基本要素」。

這種指定拉丁文為銘文語言的做法，不但在西方世界通行很久，也給了這個古代語言一種內在的力量。一八九四年，曾於義大利不同政體下擔任教育部長的巴瑟力，在參議院發表演說時，藉拉丁文和羅馬人的德行，讚揚「這個偉大民族所說的話帶有塑造（scultoria，『雕刻』）力。」可想而知，這也是某些作者選擇賦予著作（尤其是短篇作品，特別是詩）拉丁文標題的原因（這裡我們特別想到雨果）。這種簡明扼要的能力、*brevitas*（簡潔）和永不改變的特性，或許使這個古代語言成爲講重點且讓人永誌不忘的方法。對所謂「頹廢派」作家而言，只有深刻的信念能解釋這點。例如，法國作家里什潘筆下的羅馬人認爲，一個名副其實的作家，必須使用「精選的拉丁文，有如同鑽石般明晰耐久的詞彙，鏗鏘有力且內容充實的句子，並且承受得住它們本身猶如銅碑般的分量」；也要嚮往「像銅碑一樣堅固且鏗鏘有力的拉丁文……我將把這顆獨一無二的寶石，嵌入如青銅般不朽的散文中」（摘自《羅馬衰落的故事》）。法國詩人埃雷迪亞的著作《碑銘學的十四行詩》，就是建基於這個願望（模擬這種簡明扼要的形式，因而賦予文學作品永存性和普世性）：在這一系列的詩當中（這些詩以羅馬字大寫字母寫成的拉丁題詞爲標題，藉每一行詩詳述這句題詞），誠如大衛所強調，「頁面成了詩人以手雕刻的還願大理石」，而且具有這塊石頭所賦予的耐久性和堅固性。

因此，拉丁文不但因它的歷史條件，而成爲世界語言（在這裡，我們不應忘記它在天主教會中的作用），也因世人使用它的方式，成了負有述說一般概念之使命的語言。

## 二、拉丁文：約定俗成的世界語言

在近代歐洲，本地語言興盛前，拉丁文似乎是唯一的語言媒介。前文提過，很多起初用通俗語言寫的著作，後來爲確保合理的發行、開啓更廣大的市場，而譯成拉丁文。這是因爲本地語言增加，很早就對學者造成困擾。一六四〇年，法國學者梅爾森在一封信中感嘆說：「無論神或所有學科都沒有特別看重某種語言，事實上，每一種語言都能解釋任何事物；不幸的是，我們必須精通所有語言，才能分享那些用我們不懂的語言寫作的人辛勤耕耘的結果。」這位小兄弟會的修士希望有人創立

某種高等學院，由十五到二十位來自各族的文人雅士組成，而且每一個國家都這麼做，這樣他們就會留意有哪些著作配得上基督教歐洲的共同語言（即拉丁文），並將它們譯成該語言，好叫人人都能分享。

一個世紀後，達朗伯在《百科全書》的〈引言〉中，也以同樣的事實爲出發點，表達類似的期望。他贊成完全以通俗語言寫作的做法廣泛流傳，但也指出各國都用自己的語言寫作所造成的「不便」。「因此，」他說道，

在十八世紀結束前，一個想要徹底了解前人研究成果的哲學家，將被迫死記硬背七、八種不同語言；把生命中最寶貴的時光全耗在語言後，他可能什麼都還沒開始學就死了。用拉丁文寫作（我們已指出風格上的滑稽可笑），或許只對哲學作品很有幫助，因為這類作品最大的優點就是條理分明又簡潔，而且只需要一個約定俗成的世界語言。所以，我們大可期待恢復使用拉丁文，但別指望這事會成功。

關於這點，他錯了。

事實上，知識界很多人為拉丁文復興辯護，有的甚至為此擬定計畫。這些辯護和嘗試在十九世紀末至二十世紀初達到巔峰：當時，近代語言混雜的情形，很可能對知識造成致命影響。雖然在一八〇〇年，歐洲用來出版學術書籍的語言有十來種，一百年後，卻有二十種以上不同的語言。這個問題在新的知性社交場合中（即十九世紀中期開始出現，且迅速倍增的國際會議），顯得更尖銳。學者對外文認識不足，加上會中使用的語言增加（從十九世紀八〇年代初期的兩、三個，到一九一四年的六、七個），在在阻礙了真實的討論，使會議變成只是閱讀報告，況且有些人還聽不懂。當時面對學科分支，有人將國際會議視為進行必要學術整合的首要場合，所以語言上的障礙格外令人憂心。因此，找一個語言做為國際間思想交流的工具，成了當務之急；從此，重點不再是創立一種哲學語言（像威爾金斯和萊布尼茲的時代一樣），而是有一個約定俗成，且適合一般學術交流（尤其是它的新形態）的工具可供使用。在所有納入考慮的解決辦法中，有人提議採用某一民族語言，不管它是歐洲大多數人的語言，或是基於歷史、政治、語言學、文化等因素，最有權做為國際輔助語言。然而，在世紀的轉折點，民族主義的緊張局勢特別強烈的情況下，一方面法語和英語的競爭，另一方面來自德語的競爭，導致無論採用哪一個民族語言，都會有難以清除的障礙。

這點充分說明了為什麼有些人鼓吹恢復使用拉丁文；在這裡，人造語言（例如沃拉普克語）的成功與後來的衰落，發揮了有利於拉丁文的影響：國際語言確實有存在的可能性，而對拉丁文支持者來說，這個語言的傳統、文學和簡潔明瞭，使它比其他語言更有權勝任這個角色。在這些積極的辯護人中，義大利教育部長巴瑟力是最早期的代表人物：他多次提議以拉丁文爲國際會議的語言；此外，他自己也以醫學教授的身分，在一八六七年舉辦的巴黎國際醫學會議中用拉丁語發表言論。不過，最受矚目且令人敬服的嘗試，是英國人亨德森建議創立一個近代拉丁文國際協會。這項提議獲得傑出學者的贊同，例如：在法國有埃格、科利尼翁、哈維、雷納克、普魯、馬瑟，還有經濟學家勒魯瓦博留；這位法蘭西學院的教授在一八八八年聲明：「我不是以文人的身分，而是以經濟學者的身分寫作。我相信拉丁文是給未來文明世界備用的一種力量；因爲，仔細想想，我喜歡拉丁文勝於沃拉普克語。」然而，純正古典拉丁文和中世紀拉丁文（指因應現實和近代需要而改變的拉丁文）雙方的支持者，彼此很快就出現歧見；一九〇一年，在提出計畫大約十年後，亨德森放棄了，他確信即使是學術界，都不可能採用拉丁文做爲國際語言。儘管如此，其他人卻不就此罷手，像是德國的笛爾斯教授（他也是柏林科學研究院的成員）。這位著名的語文學家，基於任何有教養的德國人都必須認識拉丁文，以及拉丁文是「中立的溝通工具」等雙重理由，自願成爲推廣拉丁文教育的促進者。因此，他藉自己的權威，支持一九〇〇年於柏林創辦的大眾拉丁文課程（這種課程專爲想要迅速學會一點夠用的知識，以便閱讀、理解幾行拉丁文的成人而設計）。一九一二年，他依然確信拉丁文有機會成爲國際語言，只要必要時，把它變簡單一點即可。同一時期，拉丁文也力圖在國際會議中爭一席之地。因此，在第二、三屆歷史科學國際會議中（巴黎，一九〇〇年；羅馬，一九〇三年），有些人表達了諸如此類的願望。在第一屆古希臘拉丁語協會會議上（羅馬，一九〇三年），有人爭論以拉丁文爲「國際通用語」的問題，也有人提議在羅馬創辦一所「國際拉丁文學院」：前述對拉丁文有利的論據，在會中全被拿來引用，也有人特別指出拉丁文符合「在今日民族語言競爭中，做一個保持中立的方言」這項條件。一九一九年在布魯塞爾舉行的國際研討會上，當與會者討論國際輔助語言的問題時，拉丁文的中立地位再度成爲對它最有利的辯護詞；面對人造語言的缺陷和英語難免招來「妒忌」，有人爲具備獨特優勢的拉丁文辯護：它不但有無與倫比的文史條件，也不會引起任何民族偏見。幾年後，義大利也有人用同樣的論據，指定拉丁文爲「國際交流語言」，但卻是出自強烈的民族主義觀點。在法西斯政體統治下，有好幾個決策機關提議同等對待拉丁文與近代五大語言，做爲國際會議的語言使用。此外，一九三三年四月二十六日，羅馬城會計師文化界寄了一封信給首相，表示完全贊同第三屆羅馬研究全國大會中的提案，也就是使用拉丁文來促進國際間的學術交流：在以浮誇的文筆重申拉丁文的普遍性與永恆性之後，作者特別指出這個「學術語言」，如何對「法西斯精神傳遍世界」有莫大助益。

雖然拉丁文支持者認爲，這個語言具備一些條件，使它格外有資格成爲國際輔助語言（知識界特別有這個需要），但針對它很難學、句法結構不規則、模稜兩可和缺乏新詞的批評仍少不了。另外，也有人指出關於語言選擇，不論做任何取捨都可能帶來不利的後果。採用語言純正癖人士嚴守古風的拉丁文，將阻礙完全表達出當前的現實事物（尤其是學術領域的事），除非用過分細膩的迂迴說法，但這可能變得晦澀難懂；選擇近代簡化的拉丁文，則可能製造出一種新的拉丁文，不但和古典語毫無共通處，而且歸根究柢，和以拉丁文爲依據創立的人造語言幾乎沒什麼兩樣。這麼一來，最後可能出現兩種國際輔助語言，而不是一種：固定的古典拉丁文和變化無常的新拉丁文，除非後者像僞幣一樣取代前者；無論如何，肯定達不到預設的目標（指人與人之間的溝通）。

儘管有這些批評，實際成就也不多（除了多少有點如曇花一現的少數期刊、學術刊物，例如「人類」裡不多的文章、會議中的幾篇演說外），二十世紀五〇年代仍有人再次提議恢復拉丁文做爲思想交流的語言。朝這個方向努力的「現代拉丁文」協會，形容這個古代語言是「近代語言混雜」唯一的解決之道。一九五二年，卡佩爾校長（這項運動的關鍵人物）在一篇文章中提到，「溝通技巧的威力，和人類對理解講外語的同類欠缺靈敏度」兩者間的「對比」。他特別指出人造語言（如世界語）成效不大，以及欲取而代之的近代語言所面臨的困難；「事實上，這就意味著萬族中有一族終於統治其他民族，並把自己的律法強加於世界」。因此，他鼓吹恢復使用拉丁文，不是因爲它的文學長處，而是基於實際理由。這麼做不但能解決學術界的混亂，也會特別加強學術交流並普遍強化人類的團結。該文以對拉丁文的信念宣言總結：拉丁文是「最適用於交流事物與思想的絕妙工具，也因此，它是人類進步、友愛與和平最強有力的要素」。在贏得以大學教授爲首（其中包括語法學家巴耶）的許多教師支持後，卡佩爾校長發起第一屆現代拉丁文國際會議（亞維儂，一九五六年）。大多數與會者（至少就提出學術報告的人而言）是拉丁文或文科教授；至於卡佩爾（他本身受過科學訓練）特別鎖定的對象——「學者和技術專家」，則寥寥無幾。在這次會議中，大家對於「創造使拉丁文活化的永續方法」、使它成爲「實用」或「實際可行」的語言，達成四點共識：簡化文法、統一發音（復古式發音）、近代教學法、造新詞的原則。在大會結束前，有人邀請與會者「開始與從事科學工作的同事聯繫，以促進他們對拉丁文做爲國際學術語言的進展感興趣」。此外，也有人建議：「首先，在涉及國際利益的學術叢書中

（像是古代文獻的評注版、古典語的用語彙編等），應使用拉丁文而非民族語言；其次，在學術期刊中，涉及國際利益的文章應以拉丁文寫成，或附上拉丁文摘要。」

以「拉丁文：聯繫的方法」爲題的第二屆會議（里昂，一九五九年），同樣把焦點放在實際應用。卡佩爾校長對於力求達到的這個目標明示：「拉丁文不只是用來爲文化的風雅增添特色而已。」他還用一種肯定得罪在場人士的語氣說道：「這點用其他語言或學科大概也辦得到。」他極力強調「在人與人之間口語和書面語的思想傳遞上」，「現代拉丁文」可能發揮的「積極作用」。大會並重申第一屆會議中提出的願望和建議；此外，有人請求聯合國教科文組織和其他國際組織，催促國際期刊和會議爲拉丁文留一席之地（至少摘要的部分），也有人表示希望聯合國教科文組織以拉丁文發表學術著作的簡介。最後，大家同意創辦一份拉丁文期刊（「拉丁文生活」），以做爲所有「現代拉丁文」支持者之間的聯繫。和第一屆大會一樣，這次會議還是聚集了絕大多數的拉丁文或文科教授；不過，在大會會刊上表達關切的人當中，我們注意到油暨含油物質研究中心主任蓋因的證詞：他表示完全支持「現代拉丁文」，並重申有利於使用這個語言的條件（包括它的「中立性」），最後並強調這是「使我們彼此了解，特別是了解學術角色與日俱增的亞洲人」唯一的解決之道。

其他的現代拉丁文會議，分別於一九六三年、一九六九年和一九七六年，在斯特拉斯堡、亞維儂和坡市舉行。此時，最初的衝勁已大大減弱。六年級拉丁文課程的廢除，改變了已知條件。此外，實際成就寥寥可數，雖是國際間關注的事，卻幾乎不離拉丁文或文科教師的圈子，也因此這些會議（至少大會會刊）大都屬於同業聚會的範疇。曾經懷抱的夢想（將「現代拉丁文」視爲

「近代語言混雜」的補救辦法），終於黯然消失了。關於爭取拉丁文做爲國際輔助語言的計畫，我們恐怕只能在針對歐洲共同體各組織發出的呼籲中（指請求他們在以近代語言公布的會刊上，也留一點空間給拉丁文），看到最後黯淡的痕跡；到目前爲止，諸如此類的請求依然毫無下文。

## 三、人造國際語言的基礎

雖然拉丁文未能被當作「約定俗成的世界語言」（套用達朗伯的話）恢復使用，在一八八〇至一九一四年間，它仍是許多人造國際語言計畫的參考（更確切地說，是它們的根源）。這些語言（計有一百一十六個）大都是所謂的後天語言，也就是建基於現有語言的語法結構和語義的詞根上，有時單單或部分以拉丁文爲依據。雖然這些計畫在一八八〇至一九一四年間特別多，發明人造語的運動卻從未間斷：單就專以拉丁文爲基礎建立的後天語言來說，在第一次世界大戰結束到一九四八年間，就有十五個以上，包括Latin simplifié（「簡易拉丁文」，紐沙特，瑞士，一九二五年）、Latino viventi（「活拉丁文」，杜林，一九二五年）、Latinesco（伯肯赫德，大不列顛，一九二五年）、Neo-latinus（「新拉丁文」，布宜諾斯艾利斯，一九三九年）、Latini（奧巴尼，美國，一九四一年）、Universal Latein（「世界拉丁文」，維也納，一九四七年）、Europa latine（「歐洲拉丁文」，阿姆斯特丹，一九四八年）等。

這些語言的發明者大量借用拉丁文，並對此提出解釋。一八八七年，德國語文學家馮格林發現，拉丁文是最適合用來引導原始詞根形成的語言，因爲它具備三重優勢：它是死語言，它和所有印歐語族關係密切，而且至少爲各族學者所熟知。此觀點獲得其他人贊同。德國人勞達，人造語Kosmos（柏林，一八八八年）的創始人，也以同樣的理由說明自己爲何大量借用拉丁文來創造詞彙。他還說：「學過拉丁文的有識之士，會比別人早懂世界語言。」沃克和富克斯以拉丁文詞彙爲依據，創立人造語Weltsprache（柏林，一九〇五年），「不只因爲所有有識之士都認識這個語言，也因爲它是羅曼語族語言的基礎」。

因此，這些藉拉丁文產生的後天語系不是沒有相似點。它們皆源自國際詞彙學基礎知識的原則，差別就在於如何運用這個原則：有的以拉丁文爲基礎，再加入從非羅曼語的近代語言借來的新詞；有的以這個國際原則爲起點，賦予拉丁文基礎知識主導地位。怪不得這些人造語言的發明者在命名時，都很喜歡強調拉丁文或普世性的要素，但歸根究柢還是同一回事。以下是其中幾個例子：Nov Latin（杜林，一八九〇年）、Universalia（司圖加，一八九三年）、Latino sine flessione（一九〇三年）、Lingua internacional（華沙，一九〇五年）、Novilatin（萊比錫，一九〇七年）。另一種結果是，有些名稱往往太相近，以致使用者得留意，免得混淆Latisnesce(倫敦，一九〇一年）和上述的Latinesco，Latino sine flexione（一九〇三年）和Latin sin flexion（一九二九年），Novilatin（萊比錫，一八九五年）和Novilatin（萊比錫，一九〇七年），Neo-latin（匈牙利，一九二〇年）、Neo-latina（荷蘭，一九二〇年）、Neolatine（波隆納，一九二二年）、Neolatino（瑞典，一九二七年）和Neo-latinus（布宜諾斯艾利斯，一九三九年）。

除了各自採用不同的解決辦法外，這所有的語言都遵循同一個原則：簡化。此外，很多都以批評前一個人造語計畫爲出發點，力求改善前者，使它更容易學習和使用。爲了證明這個抱負，有人引用人造語Neo-latinus的幾個字說明如下：*Lingua neolatina est fachilissima, nam constat verbis latinis et modernis et insuper ábeat solum duas declinasionas, unam pro verbis másculis et álteram pro verbis femineis*（Neo-latinus非常簡單，因爲它包含拉丁文和近代詞彙，而且只有兩組詞尾變化，一組給陽性詞，另一組給陰性詞）。然而，不管創始人再怎麼努力，這些自許在詞法和句法上，比充滿規則、例外和模稜兩可的自然語言更簡單的人造語，始終停留在計畫階段：就我們所知，從來沒有人講過這種「非常簡單」的Neo-latinus。有人嘲笑某些人造語言很怪，甚至笑稱「發明者」有語言狂熱；但仍有人對他們熱中於尋找一個能促進思想交流的理想語言印象深刻，甚至感動。事實上，這些多少有點奇怪的句法結構，呈現出一個想像出來的語言；其中，在希望與幻想之間，拉丁文以它普世性的一面，成爲對未來的一項保證：世人將再次完全彼此了解，而巴別塔的詛咒終將解除。

現在很適合回過頭來談波赫士的小說。前面提到敘事者在大英博物館研究語言；然而，他對世界語言的探究卻顯得徒勞無益。事實上，該世界會議的主席宣稱，這個會議「從世界存在的第一刻就已開始，而且會一直持續到將來我們都歸於塵土。它是無所不在的」。換句話說，這個世界會議（也就是全人類），現在和將來始終講多種語言。這則「寓言」如此樂觀的詮釋，讓人抱著一股希望，就是：即使有各種各樣的語言，人與人之間還是可以有眞正的溝通。這點酷似義大利小說家埃科在有關尋找一個完美語言的研究總結中所強調的：「因負有使用多種語言的使命，而在一個大洲共生的可能性。」他寫道：

今後歐洲文化的問題，肯定不在於完全使用多種語言的勝利……而在於人類共同體能否領會不同語言的精神、韻味和氣氛。一個有通曉多種語言者的歐洲，並非指有人能流利講很多種語言，而是在最佳情況下，人與人見面時能各講各的語言，也能聽懂對方所說的話，就算不能很流利講對方的語言，甚至有理解上的困難，還是能領會各人用祖先和傳統的語言表達的「特性」（即文化世界）。

如此，當世界語言的問題不復存在，拉丁文就再也沒有用處，甚至沒有人會再懷念它了。

# 結論

富爾在一九六八年取消六年級拉丁文課程時，教育國務部長對這項措施給予以下評論：「我們正在進行的，是名副其實的揭穿騙局。」這讓人不由得回想起格拉頓和賈汀在有關人文主義學校的研究中，對於古典教學法的理想持續到二十世紀，所做的總結：有一個「博雅教育的騙局」。依照這個觀點，我們應以樂觀其成的態度，將拉丁文在中學課程中遭刪除，進而在西方世界中消失，視爲有益於身心解放、眞正地擺脫束縛。在此，我們以憐憫的心情，想到歷代兒童在拉丁文重擔下（重到他們柔弱的肩膀不勝負荷）勞累呻吟，而老師卻從損益的角度，看待學生平庸的成績：「我們無須爲古典教育負債表上明顯的巨大虧損憂慮，」巴黎大學教授格里馬於一九五九年寫道，「這種虧損無關緊要，因爲歸根究柢，唯一的種子已經萌芽。」拉丁文「必修」課的廢除，象徵著許多無益的痛苦和往往無結果的努力告終，但我們不能因此就說它也結束了一場騙局。

事實上，在本研究的結尾，談「騙局」只能說是誇大其詞。在教學界，從來就沒有人蓄意欺騙人、愚弄人、歪曲事實；相反地，只有眞誠的信仰（除學校界外，也廣泛得到贊同）：相信拉丁文的能力，並因著這些能力，相信各地都公認爲這個語言特有的一些價值。因此，也許是幻想，但絕不是騙局，更不像威爾斯所暗示的，是一場空（他把人文學科教師比喻爲永遠拿鑰匙開一個空房間的人）。事實上，從本研究開始到現在，我們所發現的絕非一片空白，而是多過本書所能容納。前面的章節明確指出，拉丁文在當代社會中的諸多用途：教育並訓練學童、向上主禱告、傳遞知識、將人「畫分階級」、表達說不出口的事、與全世界交流。拉丁文不但有多重用途，而且以它爲主題的談話既多又各有不同，甚至彼此對立：這種驚人的可塑性，使它適合一切事物、能述說任何事、使一切變得合情合理。當然，用法和論述不會總是有完全的效能；但大體上已足以使人信服：因此，它們彼此增強，在協同作用中生根，更因以人類生活中的主要團體（各地學校和天主教會）爲依據而長遠存在。

藉這些評論，我們可以明確地說，稱英文爲「二十一世紀的拉丁文」是言過其實。雖然英文現今在國際交流中扮演重要角色，而我們也沒有理由認爲這個角色今後不會加重，但對使用者而言，基本上它純粹是傳遞思想的工具，是有效的輔助語言。按照這種特別實用的功能來看，英文並未帶給使用者（當然，以它爲第一語言的人例外）文化的參考語料庫；英文和它的「前輩」拉丁文最大的差異在於，英文缺乏全歐洲共有的象徵性資產，這資產不僅由著作（世俗和宗教作品皆有）組成，也由共享的價值、信仰和經驗累積而成。

這點使我們不得不問拉丁文消失的原因（值得注意的是，在二十世紀六〇年代左右，西方世界到處都出現這種趨勢）。首先應排除純粹語言方面的理由。當時，本地語言早在幾世紀前就已決定這個古代語言的命運，除了教會界外，拉丁文的使用（無論書面語或口語）早已大幅縮減。無可否認地，教會、學校等監護機構採取的措施，也是嚴厲甚至致命的打擊。但別忘了當時拉丁文已經沒落，而且這些殘酷的措施雖然很決斷，卻是隨著情況演變而發生的。事實上，我們或許可以說，拉丁文死於枯竭，但並非語言本身的枯竭（它至少從十八世紀起便成了死語言）。關於這點，歷史學家和研究現代拉丁文學的專家都認同；即使雙方的解釋有很大的分歧。前者認為：「拉丁文的沒落，並非起因於反對古典遺產的人，而是起因於它本身的倡導者，也就是人文學者。這些人對古典規範的堅持，導致拉丁文最後成了死語言。」拉丁文（指中世紀拉丁文）的生命力，或許是無可救藥地被人文學者的復興運動摧毀；而「在個人工作室重建」的現代拉丁文，從此可能只過著一種人為的、矯揉造作的生活；拉丁文的消失可以說也是它重生的一部分。研究現代拉丁文的專家持相反看法，他們特別提出十五、六世紀的作品和文學類著作：拉丁文的沒落和滅亡，與人文學者毫不相關；相反地，這些人賦予它新生命，至少延長了它的壽命，直到中小學和大學減少它的分量而帶來致命的結果。這和我們要談的無關。拉丁文在二十世紀六〇年代死於枯竭，並非語言本身枯竭。拉丁文消亡，是因為它對現代世界再也不具任何意義。所有它曾體現的意義（人類的某種觀念、一種區別的形式、權力系統、普世性的目的，和潛藏的社會概念、社會秩序與規範等），都不再時興或者被賦予了其他意義，而它所屬的霸權文化模式，從此也成了競爭者的戰利品。

在這種情況下，拉丁文顯然不再扮演過去專屬它的角色，它也不能再扮演這個角色。不過，在本研究結束前，思考它的未來是很合理的。從目前的情況來看，有幾種可能性。首先，被當作「一個破舊不堪且過時的器具」丟掉，這是法國詩人博斯凱在一九六八年「五月風暴」後不久的激進說法。他並以驚人的口號歡迎富爾的措施：「打倒拉丁文！」在「原子時代」，他寫道，我們有別的需求；當應該跟上時代的時刻來到，拉丁文就再也沒有立足之地了：做為過去（混合榮耀與痛苦的過去）的象徵，它不再被活人的社會所採納，自然而然地，它成了「逝者紀念碑」上的一部分。博斯凱還說：「我們應在路過時，向逝者的紀念碑點頭致意，但勿將此事當作一心追求的目標。」不帶諷刺的意味，或許是最多人採取的立場：如今被棄置在骨董店的拉丁文，幾乎不再引人熱愛，取而代之的是一種帶著敬意的冷漠，甚至在「過去使用它」的人心中勾起「作戰夥伴」的回憶。相對地，也有恢復同一性的做法，如聖彼得堡的情形。一九八九年，有人在沙皇的這個舊首都創立一所人文主義中學，該校提供以拉丁文爲主的學習課程共分兩部分：書面拉丁文和口語拉丁文。這所學校（在很多方面的確很特殊）不但屬於一項教育計畫，而且和一個願望有關，那就是，藉拉丁文和古典文化，將俄羅斯和西方世界聯結，可說是重拾彼得大帝和托爾斯泰伯爵的措施。在學校外，拉丁文對於仍在使用它的人而言，是詞彙和聲音的寶庫。無論是英國導演格林納威用一篇拉丁文做爲圖畫布景，法國導演高達在「自畫像」中，安排演員單調地朗誦拉丁詩，還是法國水務總公司改名爲「維凡迪」（Vivendi），這種向一個從此陌生的（我們不敢講「外來的」）世界借詞的做法，顯示出一個願望，就是藉詞彙、聲音的奇特本身來製造意義。因此，拉丁文的功能就像用書法完美呈現的中文表意文字（十八世紀流行於貴族住宅的壁飾）：眞正的內容不大重要（何況往往沒什麼內容），這點讓觀賞者能隨意加進自己的意思。因此，水務總公司的執行長說明選擇「維凡迪」這個拉丁文名稱的理由（事實上，該名稱本身不過是一個動詞形式，更確切地說，即動詞變格中的所有格）：「這是一個熱情、充滿生命力和動態的名稱，很像我們從事的工作……」

既然我們不能完全滿意拉丁文淪爲裝飾的素材，而放棄以拉丁文學科做爲恢復同一性的方式，在我們看來同樣反應過度，或許我們應提出與教學傳統的主張背道而馳的第四種可能性：視拉丁文爲語言，把學拉丁文當作專業。拉丁文已死，而且徹底死亡。這點反而讓事情變得比較簡單。我們可以避開十八世紀的人所面對的困窘：對一個「既沒活著，也沒死去」的語言的教學法猶豫不決。不過，學這個語言（死語言）的方式，也不應再彷彿在屍體上進行解剖工作一樣（指過去一直沿用至二十世紀六〇年代的拉丁文教學法），更不能像今日在選修的環境下只學到皮毛。針對這點，我們完全贊同義大利大學的教科書提供的說明：「要挽救拉丁文，並不是讓很多人學這個語言但卻學得很糟，而是讓少數人學得專精。換句話說，我們應把學拉丁文一事，留給具有人文主義文學修養的專業人士。」而這些未來的專家必不可少的長期培訓，將優先「以具備純拉丁語特色，且與中世紀和人文主義時代有所區別的文選爲基礎」。提供能夠粗略閱讀的方法，應是這種拉丁文教學法的首要目標。因此，不是爲了能夠閱讀古典作品而已（套句狄德羅的話，這些作品已經「譯了又譯，不下上百次」），也爲了能夠接觸我們文化的原始資料（指教父的著作和法典），以及那些在中世紀和近代，見證先祖思想與生活的大量手稿和印刷文件。我們只能期望拉丁文變成一項名實相副的專業知識。這是它的機會，也是我們的期望，如果我們希望記憶和歐洲一詞在文化範疇中具有眞正的意義。

# 中外文對照表

## 文獻

### 篇名

〈大學計畫〉 "Plan d'une université"
〈反常的性情感〉 "Conträre Sexualempfindung"
〈天主經〉 "Pater noster"
〈天主經〉 "Notre Père"
〈引言〉(《百科全書》) "Discours préliminaire" de l'*Encyclopédie*
〈主的平安〉 "Pax Domini"
〈我心深處〉 "De profundis"
〈求主垂憐〉 "Miserere"
〈使徒信經〉 "Credo"
〈來自宗座〉 "Super cathedram"
〈垂憐經〉 "Kyrie Eleïsson"
〈英國圖書館十七世紀義大利圖書目錄〉 "Catalogue of Seventeenth Century Italian Books in the British Library"
〈悔罪經〉 "Confiteor"
〈羔羊頌〉 "Agnus Dei"
〈訓令〉 "Instructions"
〈造物主降臨〉 "Veni Creator"
〈教育論〉(洛克) " Of Education" (by Locke)
〈給弗朗索瓦茲的頌詩〉 "Franciscae meae laudes"
〈評註〉 "Commento"
〈會議〉 "Le congrès"
〈萬福馬利亞〉 "Ave Maria"
〈聖水缸裡的風暴〉 "Tempête dans un bénitier"
〈聖母拯救頌〉 "Salve Regina"
〈聖母悼歌〉 "Stabat Mater"
〈聖母頌歌〉 "Magnificat"
〈憐恤你們〉 "Misereatur vestri"
〈論學究氣〉 "Du pédantisme"
〈震怒之日〉(天主憤怒的日子) "Dies irae"
〈獨生子〉 "Unigenitus"

〈繼續學拉丁文〉 "De latinae linguae usu retinendo"
〈邏輯或思考的藝術〉 "Logique" de Port-Royal ("La logique ou l'art de penser")
〈讚美天主曲〉 "Te Deum"

## 書名

《二行詩》 *Distiques*
《人體解剖圖》 *Icones anatomicae*
《人體解剖學入門》 *Instituzioni dell'anatomia del corpo umano*
《三部曲》 *Trilogja*
《大百科全書》 *Grande Encyclopédie*
《女傭之子》 *Le fils de la servante*
《女學究》 *Les femmes savantes*
《文法書》（利里版） *Grammar* (de Lily) *grammaire* de Lilly
《內在的音符》 *Notes intimes*
《公認概念辭典》 *Dictionnaire des idées reçues*
《公學拉丁文入門書》 *Le Public School Latin Primer*
《化學術語分類法》 *Méthode de nomenclature chimique*
《反呂克里修斯 》 *l'Anti-Lucretius*
《反蠻夷小詞典》 *antibarbari*
《天主教神學辭典》 *Dictionnaire de théologie catholique*
《太陽之城》 *Cité du soleil*
《巴黎浮世繪》 *Tableau de Paris*
《手淫引發的疾病研究》 *Tentamen de morbis ex manusturpratione*
《手淫或手淫引發的疾病探討》 *L'Onanisme ou dissertation physique sur les maladies produites par la masturbation*
《文壇朝聖者葛羅諾維斯：對十七世紀學術之旅的探討》 *Johannes Fredericus Gronovius pèlerin de la République des Lettres: recherches sur le voyage savant au XVIIe siècle*
《文學界》 *La République des Lettres*
《方法論》 *Discours de la méthode*
《日耳曼》 *Germanie*
《木偶奇遇記》 *Pinocchio*

《王朝復辟時期或舊制再現的皇室節慶》 *Les fêtes royales sous la Restauration ou l'Ancien Régime retrouvé*

《世界兩大體系對話錄》 *Dialogue des deux grands systèmes du monde*

《世界兩大體系對話錄》 *Dialogo dei due massimi sistemi*

《以法國君主政體的文物為題的著作計畫》 *Plan d'un ouvrage qui aura pour titre les monuments de la monarchie française*

《加爾文教義史》 *Histoire du calvinisme*

《卡提利納》 *Catilinaires*

《卡提利納的陰謀》 *Conjuration de Catilina*

《古羅馬大事記》 *Fastes. Fasti.*

《尼古拉先生》 *Monsieur Nicolas*

《平民博士》 *Il Dottor volgare*

《斥異端》 *Adversus omnes hereses*

《玉樓春劫》 *Bonjour tristesse*

《伙伴》 *Les copains*

《伊尼德記》 *Enéide*

《伊里亞德》 *Iliade*

《伊索寓言》 *Fables d'* Esope

《年鑑》（巴羅紐斯） *Annales* de Baronius

《全集》 *Corpus*

《吉爾・布拉斯傳》 *Gil Blas*

《名人傳記》 *Vies* (*De viris illustribus*; *Vies des hommes illustres*)

《回憶錄》 *Mémoires*

《回憶錄》（貝尼斯） *Mémoires* (de Cardinal de Bernis)

《回憶錄》（拉維斯） *Souvenirs* (de Lavisse)

《回憶錄》（聖西門） *Mémoires* (de Saint-Simon)

《宇宙自然劇場》 *Universae naturae theatrum*

《宇宙真正的知識體系》 *True Intellectual System of the Universe*

《百科全書》 *Encyclopédie (ou Dictionnaire raisonné des sciences, des arts et des métiers)*

《百科全書》（伊佛敦出版） *Encyclopédie (ou Dictionnaire raisonné des connaissances humaines)*, Yverdon

《自我治療和自癒的藝術》 *Art de se traiter et de se guérir soi-même*
《自虐狂》 *Héautontimorouménos*
《自然系統》 *Systema naturae*
《至極的罪惡》 *Vice suprême*
《佛洛斯河上的磨坊》 *The Mill on the Floss*
《佛密歐》 *Phormio*
《妨害風化罪的醫學法律研究》 *Etude médico-légale sur les attentats aux mœurs*
《完美英語概論：以拉丁文的用法和類比為依據》 *A Perfect Survey of the English Tongue Taken According to the Use and Analogies of the Latine*
《希臘史》 *Histoire de Grèce*
《希臘名詩選》 *Anthologie grecque*
《改善心志：給年輕小姐的信》 *Letters on the Improvement of the Mind Addressed to a Young Lady*
《沉思錄》 *Meditationes*
《沒病找病》 *Le malade imaginaire*
《邪惡的告解》 *Confessions mal faites*
《亞歷山卓》 *Alexandre*

---

《侍臣論》 *Libro del Cortegiano*
《典雅》 *Elegantiae*
《屈打成醫》 *Le médecin malgré lui*
《帕納森拉丁詩韻辭典》 *Gradus ad Parnassum / Gradus*
《怪事奇譚》 *Monstrorum historia*
《性心理變態》 *Psychopathia sexualis*
《性事中的鞭打行為》 *De flagrorum in re venerea usu*
《拉丁文入門書》 *Latin Primer*
《拉丁文作文》 *Latin Composition*
《拉丁文快易學的新方法》 *Nouvelle méthode pour apprendre facilement et en peu de temps le latin*
《拉丁文法基礎知識》 *Eléments de grammaire latine*
《拉丁文通俗版聖經》 *Vulgate*
《拉丁文詩律學》 *Prosodie latine*
《拉丁史家》 *Cornelius Nepos*
《拉丁法文辭典》 *Dictionnaire latin-français*
《拉丁法文辭典》（加菲歐版） *Dictionnaire (Latin-français)* de Gaffiot
《昆蟲史》 *Histoire des insectes*
《波蘭通史》 *Histoire générale de Pologne*

《法文・拉丁文聖禮書論文集》 *Essai de sacramentaire français-latin*

《法朗西榮滑稽史》 *Histoire comique de Francion*

《法國教育實用百科全書》 *Encyclopédie pratique de l'éducation en France*

《法國模式與學識淵博的義大利。一六六〇至一七五〇年文壇中的自我意識和對他人的感知》 *Le modèle français et l'Italie savante. Conscience de soi et perception de l'autre dans la* **République** *des Lettres*

《法薩盧斯之役》 *La bataille de Pharsale*

《治人者》 *Governor*

《牧歌》 *Bucoliques / Eglogues*

《牧歌》 *Eglogues*

《花田記事——字母真實比例的藝術與學問》 *Champ Fleury*

《近代拉丁文用語彙編》 *Lexicon recentis latinitatis*

《近代社會的隱痛》 *Le ver rongeur des société modernes*

《金壺》 *Aulularia*

《金驢》 *Ane d'or*

《阿哈奈人》 *Acharniens*

《阿斯得依斯高盧探險記》 *Astérix le Gaulois*

《威尼斯湖沼疏水計劃》 *Progetto per la bonifica della laguna di Venezia*

《孩子的教育》 *Paedologia*

《政治著作目錄》 *Bibliographia politica*

《是至聖所拒絕教外人士，亦或聖經禁止通俗話》 *Le sanctuaire fermé aux profanes ou la Bible défendue au vulgaire*

《柏修斯》光碟片 CD-ROM *Perseus*

《為女性辯護》 *Essay in the Defence of the Female Sex*

《科內麗雅或沒有眼淚的拉丁文》 *Cornélie ou le latin sans pleurs*

《紅與黑》 *Le rouge et le noir*

《約婚夫妻》 *Promessi sposi (I Promessi sposi)* = *Les fiancés* (Chap 9-1)

《約婚夫妻》 *Les fiancés*

《英文文法》 *Grammar of the English Language*

《重體運動論》 *De motu proiectorum*

《家庭醫學》 *Domestic Medicine*

《書信集》 *Epistolae*

《書信精選集》 *Epîtres choisie*

《校長》 *Schoolmaster*

《桌上談》 *Propos de table*

《神聖的胚胎學摘要或神父、醫生及他人的職責專著・關於母腹中胎兒的永遠得救》 *Abrégé de l'embryologie sacrée ou Du Traité du devoir des prêtres, des médecins et autres, sur le salut éternel des enfants qui sont dans le ventre de leur mère*

《神學概要》 *Compendium*

《純文學教學方法論》 *Traité des études / Traité de la manière d'enseigner et d'étudier les belles-lettres*

《純文學教學方法論》〈補篇〉 *Traité de la manière d'enseigner et d'étudier les belles-lettres (Supplément)*

《羔羊的毛》 *A Fleece of Lambs*

《耕作的藝術》 *Géorgiques*

《討論集》 *Colloques / Colloquia*

《馬拉泰斯塔》 *Malatesta*

《高盧戰紀》 *Guerre des Gaules*

《假學究》 *Le pédant joué*

《國民教育論》 *Essai d'éducation nationale*

《基督教要義》 *Institutio religionis christianae*

《基督教真諦》 *Génie du christianisme*

《從羅慕路斯到奧古斯都的名人生活》 *De viris (De Viris Illustribus Urbis Romae a Romulo ad Augustum)*

《接受與償還》 *Accipe ut reddas*

《教育論》（密爾頓） *Of Education*（by Milton）

《教育計畫》 *Plan d'éducation*

《教育與訓練百科辭典》 *Dictionnaire encyclopédique de l'éducation et de la formation*

《教宗論》 *Du pape*

《教會史學術辭典》 *Dizionario di erudizione storico-ecclesiatica*

《桶匠的奇想》 *Capricci del bottaio*

《猜度術》 *Ars conjectandi*

《現代學校》 *A Modern School*

《章程》 *Statutes*

《鳥、動物、蛇等的畫像》 *Portraits d'oyseaux, animaux, serpents, etc.*

《凱撒紀事》 *Commentaires* de César
《博學者》 *Polyhistor*
《寓言集》 *Fables*
《斯卡利杰談話實錄二》 *Secunda scaligerana*
《植物園》 *Viridarium*
《植物學劇場板》 *Pinax theatri botanici*
《渡船書信》 *Pontiques*
《湯姆・布朗的學生時代》 *Tom Brown's Schooldays*
《湯林松先生的慈善事業》 *The Arrested Philantropy of Mr. Tomlinson*
《無名的裘德》 *Jude the Obscure*
《無量數分析引論》 *Introductio in analysin infinitorum*
《程度》 *Degrés*
《童年》 *L'Enfant*
《筆記》 *Cahiers*
《給上流人士的拉丁文備忘錄》 *Flore latine des dames et des gens du monde*
《給父母的信》 *Lettres aux parents*
《給外省人信札》 *Lettres provinciales*
《給至友的信》 *Lettres familières*
《給拉丁文新手——押韻版》 *Latiniste commençant, mis en rimes*
《給初學者的基督教教義節略本》 *L'Abrégé de la doctrine chrétienne pour ceux qui commencent*
《給堂區神父和告解神父的道德神學》 *Théologie morale à l'usage des curés et des confesseurs*
《著作集》（帕雷） *Œuvres* (de Ambroise Paré )
《著作全集》 *Œuvres complètes*
《貴婦學院》 *Académie des dames*
《雅歌》 *Cantique des cantiques*
《雄辯術》 *De copia verborum*
《圓規、直尺測量法》 *Underweysung der Messung mit dem Zirckel und Richtscheyt*
《塞巴的豪華收藏櫥中主要天然珍品的精確描述》 *Description exacte des principales curiosités naturelles du magnifique cabinet d'Albert Seba*
《新拉丁・高盧・希臘文辭典》 *Dictionarium novum latino-gallico-graecum*
《新約全書》 *Nouveau Testament*
《新骨學》 *Osteologia nova*

《新詞》 *Néologie*

《業士》 *Le bachelier*

《業士學位與社會主義》 *Baccalauréat et socialisme*

《瑞瑟》 *Anton Reiser*

《碑銘學的十四行詩》 *Sonnets épigraphiques*

《義大利作家紀事》 *Rerum italicarum scriptores*

《詩的藝術》 *l'Art poétique*

《詩篇》 *Psaumes*

《詩藝》 *Art poétique*

《農夫的生活》 *Vie d'Agricola*

《頌歌集》 *Odes*

《鳩古達戰爭》 *Guerre de Jugurtha*

《圖解古代文物》 *Antiquité expliquée*

《圖解古代文物》〈補篇〉 *Antiquité expliquée (Supplément)*

《實質與哲學語言》 *Essay Towards a Real Character and a Philosophical Language*

《對話語錄》 *Dialogues*

《演說家對話錄》 *Dialogues des orateurs*

《演講論叢》 *Colloquia Scholastica*

---

《獄中筆記》 *Quaderni del carcere (Prison Notebooks)*

《與帝王談判的方法》 *Manière de négocier avec les souverains*

《製燭商》 *Il Candelaio*

《語言入門》 *Janua linguarum*

《輓歌》 *Tristes*

《障礙與階級》 *La barrière et le niveau*

《瘟疫防治對話錄》 *Dialogue Against the Fever Pestilence*

《箴言集》 *Adages*

《編年史》 *Annales*

《論公民》 *De cive*

《論友誼》 *De Amicitia*

《論友誼》 *De l'amitié*

《論正統拉丁希臘語發音》 *De recta latini graecique sermonis pronunciatione*

《論正統拉丁語發音》 *De recta latini sermonis pronunciatione*

《論老年》 *De la vieilesse*

《論希臘拉丁語發音手冊》 *De pronunciatione graecae et latinae linguae...libellus*

《論拉丁字母正確發音》 *De orthopeia seu recta litterarum latinarum pronunciatione*
《論物理學》 *Traité de physique*
《論國民教育》 *De l'éducation publique*
《論基督徒崇拜儀式的規則》 *Della regolata divozione de'cristiani*
《論責任》 *Des devoirs*
《論電在肌肉運動上的影響》 *De viribus electricitatis in motu musculari*
《論銘文應採用拉丁文還是法文》 *Dissertation sur la question de savoir si les inscriptions doivent être rédigées en latin ou en français*
《學究》 *Il pedante*
《學術的進展》 *Advancement of Learning*
《學術演講集》 *Lezioni accademiche*
《機械論》 *Mechanica*
《歷史》 *Histoire*
《歷史與評論辭典》 *Dictionnaire (Dictionnaire historique et critique, 1695-1697)*
《蕩婦》 *Dames galantes*
《諷刺短詩》 *Epigrammes satiriques*
《選集》 *Selecta*
《隨筆集》 *Essais*（by Montaigne）
《繆思男孩》 *Musa puerilis*
《禮儀制度》 *Institutions liturgiques*
《簡明拉丁文入門書》 *Shorter Latin Primer*
《簡明醫學與博物學歷史辭典》 *Saggio alfabetico d'istoria medica e naturale*
《舊約全書》 *Ancien Testament*
《醫學和養生法常見的錯誤》 *Les erreurs populaires au fait de la médecine et du régime de santé*
《羅馬人的海爾梅斯或拉丁人的墨丘利》 *Hermes romanus ou Mercure latin*
《羅馬史》 *Histoires*
《羅馬史摘抄》 *Epitome*
《羅馬帝國衰亡史》 *Decline and Fall of the Roman Empire*
《羅馬衰落的故事》 *Contes de la décadence romaine*
《羅馬蜜蜂／文學報》 *Apis romana, journal de littérature*

《關於藝術科學的古今看法對照》 *Parallèle des Anciens et des Modernes (en ce qui regarde les arts et les sciences)*
《變形記》 *Métamorphoses*
《靈魂的熱情》 *Passions de l'âme*

## 報刊名

「人類」 *Anthropos*
「天主的家」 *La Maison-Dieu*
「文獻」 *Acta literaria*
「世界報」 *Le Monde*
「古老的智慧」 *Veterum sapientia*
「古典學報」 *Classical Journal*
「好牧人」 *Pastor bonus*
「宗座公報」 *Acta Apostolicae Sedis*
「拉丁文生活」 *Vita latina*
「波希米與摩拉維亞文獻」 *Acta litteraria Bohemiae et Moraviae*
「波蘭國與立陶宛侯國文獻」 *Acta litteraria Regni Poloniae et Magni Ducatus Lithuaniae*
「知識報」 *Acta eruditorum*
「風雅信使」 *Mercure Galant*
「哲學會刊」 *Philosophical Transactions*
「哲學會刊」 *Acta philosophica*
「旁觀者」 *Spectator*
「泰晤士報」 *Times*
「基督徒的見證」 *Témoignage chrétien*
「淑女雜誌」 *The Lady's Magazine*
「紳士雜誌」 *Gentleman's Magazine*
「歐洲學者著作論叢」 *Bibliothèque raisonnée des ouvrages des savants de l'Europe*
「論禮儀書的語言」 *De la langue des livres liturgiques*
「學報」 *Journal des savants*
「彌撒程序」 *ordo missae*
「禮儀憲章」 *Sacrosanctum Concilium*
「薩巴斯津的誘惑」 *Sébastiane*
「醫學・物理學雜記」 *Miscellanea curiosa medico-physica*

## 人名

### 二至五畫

力瑟 Liseux, Isidore
于埃 Huet, Pierre-Daniel
土爾納福爾 Tournefort, Joseph Pitton de
大衛 David, Marie-France
小斯卡利杰 Scaliger, Joseph-Juste
小普里尼 Pline le Jeune
小奧古斯都 Auguste le Jeune, duc de Brunswick
內布里加 Nebrija, Antonio
內弗 Neveu, Bruno
內克 Necker, Jacques
切斯特菲爾德 Chesterfield, Philip Dormer Stanhope, lord
孔佩爾 Compère, Marie-Madeleine
孔蒂 Conti, Antonio
尤拉 Euler, Leonhard
尤特羅匹斯 Eutrope
尤維納 Juvénal
巴比 Batbie, Anselme Polycarpe
巴貝拉 Barbeyrac, Jean
巴肯 Buchan, William
巴契 Bacci, Antonio
巴耶 Bayet, Jean
巴師夏 Bastiat, Frédéric
巴紐 Pagnol, Marcel
巴斯卡 Pascal, Blaise
巴斯夏 Bastiat, Frédéric
巴斯德 Pasteur, Louis
巴塞 Basset, Jean
巴瑟力 Baccelli, Guido
巴爾札克 Balzac, Jean-Louis Guez de
戈布洛 Goblot, Edmond
戈斯 Gosse (libraire de Genève)
戈斯蘭 Gosselin, M.
戈齊 Gozzi, Gasparo
文邱里 Venturi, Gianfranco
方丹 Fontaine, Jacques
比托爾 Butor, Michel
比雅吉 Altieri Biagi, Maria Luisa

比葛里歐　Buglio, Luigi
比爾克　Burke, Peter
牛頓　Newton, Isaac
代達羅斯　Dédale
冉森　Jansénius, Cornelius
加林　Garin, Eugenio
加納皮　Galeani Napione, Giovanni Francesco
加爾文　Calvin, John
包特利　Philippe Boutry
卡佐邦　Casaubon, Isaac
卡佐維厄　Carpzovius, M.
卡克斯頓　Caxton, William
卡利耶　Callières, François de
卡杜其　Carducci, Giosuè
卡佩爾　Capelle, Jean
卡拉卡拉　Caracalla
卡洛哲羅　Calogero, Guido
卡科皮諾　Carcopino, Jérôme
卡倫　Cullen, William
卡提利納　Catilina

卡斯楚　Castro, Alonzo de
卡斯蒂利奧內　Castiglione, Baldassar
卡塞留　Casellius, Johannes
卡達尼　Caldani, Leopoldo
卡達林　Catharin, Ambrogio
卡圖盧斯　Catulle
卡爾提斯　Quinte-Curce
卡德沃思　Cudworth, Ralph
卡羅　Caro, Miguel Antonio
古柏　Cuper, Gisbert
古斯朵夫　Gusdorf, Georges
古塞　Gousset, Thomas Marie Joseph
古爾東　Gourdin, Dom
史旺默丹　Swammerdam, Johannes
史都佛　Struever, Nancy
史塔東　Straton
史瑞德　Schrader, Christoph
尼克森　Nixon, William
尼克森總統　Nixon, Richard
尼波斯　Cornelius Nepos

尼科爾（筆名溫卓克） Nicole, Pierre
尼祿 Néron
左拉 Zola, Emile
左撇子穆裘斯 Mucius Scaevola
布丹 Bodin, Jean
布央塞 Boyancé, Pierre
布里索內 Briçonnet, Guillaume
布拉瓦 Bravard, Jean-Pierre
布拉松 Brassens, Georges
布倫 Bullein, William
布倫蒂埃 Brunetière, Ferdinand
布烏爾 Bouhours, Dominique
布勒東 Rétif de la Bretonne, Nicolas
布雷東 Breton, Stanislas
布爾迪厄 Bourdieu, Pierre
布爾索 Boursault, Edme
布魯西歐利 Brucioli, Antonio
布諾夫 Burnouf, Jean-Louis
布豐 Buron, Georges Louis Leclerc, comte de
布羅斯 Brosses, Charles de
布蘭多默 Brantôme, Pierre de Bourdeille, seigneur de
弗拉卡斯特 Fracastor, Girolamo
弗拉利耶 Flacelière, Robert
弗拉禮 Frary, Raoul
弗洛魯斯 Florus
弗約 Veuillot, Louis
弗朗索瓦 François, Etienne
弗勒里 Fleury, Claude
弗萊斯納 Flexner, Abraham
弗雷 Frey, Jean Cécile
本博 Bembo, Pietro
瓦利內里 Vallisneri, Antonio
瓦拉 Valla, Lorenzo
瓦倫 Varennes, Raymond de
瓦得格拉夫 Waldegrave, John
瓦萊斯 Vallès, Jules
瓦隆 Wallon, Henri
瓦盧瓦 Valois, Adrien de
甘迺迪 Kennedy, Benjamin
（參議員）甘迺迪 Kennedy, Edward

白絡克　Whitelocke, Bulstrode
皮凱恩　Pitcairn, Archibald

## 六至十畫

伊夫林　Evelyn, John
伊克曼　Hilckman, Anton
伊拉斯謨斯　Erasme
伊索　Esope
伊瑟文　Ijsewijn, Jozef
伍德沃德　Woodward, John
休泰紐斯　Schottenius, Hermann
休斯　Hughes, Thomas
伏格勒　Vogler, Bernard
伏爾泰　Voltaire
吉朋　Gibbon, Edward
吉林斯基　Zilinski, M.
吉翁二世　Guillaume II, empereur d'Allemagne
吉斯提尼亞尼　Giustiniani, Paolo
多納圖斯　Donat (Aelius Donatus)
多諾　Daunou, Pierre Claude François
安托西塔　Intorcetta, Prospero
安德森　Anderson, Perry
托卡塔斯　Torquatus
托里　Tory, Geoffroy
托里切利　Torricelli, Evangelista
托馬修　Thomasius, Christian
托馬塞歐　Tommaseo, Niccolò
托萊　Tolley, Bruce
托爾西　Torcy, Jean-Baptiste Colbert, marquis de
托爾斯泰　Tolstoï, Dimitri Andreïvitch
朱西厄　Jussieu, Antoine Laurent
朱利亞　Julia, Dominique
米雷　Muret, Marc-Antoine
米蓋爾　Miguel, Raimundo de
老加圖　Caton, Dionysius
艾利亞　Hélias, Pierre Jakez
艾迪生　Addison, Joseph
艾倫　Allen, W. Sidney
艾略特　Eliot, George
西戈尼歐　Sigonio, Carlo

西卡爾 Sicard, Augustin
西里爾 Cyrille, saint, dit le Philosophe
西昂波利 Ciampoli, Giovanni
西哈諾 Cyrano de Bergerac, Savinien
西塞羅 Cicéron
（教育部長）西蒙 Simon, Jules
西蒙 Simon, Claude
西歐皮尤斯 Scioppius, Gaspar
亨利二世 Henri II, roi de France
亨利四世 Henri IV, roi de France
亨利八世 Henri VIII, roi d'Angleterre
亨德森 Henderson, George
佛斯特 Foster, Reginald
佛萊明威 Fleming West, Andrew
佛爾夫 Wolf, Christian
伽瓦尼 Galvani, Luigi
伽利略 Galilée
但丁 Dante
伯內斯 Berners, Gerald Hugh Tyrwhitt-Wilson, lord
伯努利一世 Bernoulli, Jacob I

伯里克利斯 Périclès
克利夫蘭 Cleveland, Stephen Grover
克里斯朵夫 Clichtove, Josse
克拉夫特埃賓 Krafft-Ebing, Richard von
克拉克 Clarke, Samuel
克洛代爾 Claudel, Paul
克莉絲丁 Christin, Olivier
克魯瓦澤 Croiset, Maurice
克魯森 Cruysen, Vander (Crucius, Livinus)
克魯澤 Crouzet, Paul
克魯薩 Crousaz, Jean-Pierre
利里 Lily, William
利契 Ricci, Scipione de'
利普斯 Lipse, Juste
利奧波德 Pierre Léopold de Toscane
呂卡 Lucas, Jean
呂克里修斯 Lucrèce
呂須 Rush, Benjamin
希金森 Higginson, Thomas
希爾雪 Hirscher, J. B.

李　Li, André
李希留　Richelieu, cardinal de
李科克　Leacock, Stephen
李維　Tite-Live
杜威　Dewey, John
杜馬塞　Du Marsais, César
杜勒　Dürer, Albrecht
杜康　Du Camp, Maxime
杜普萊西　Du Plessis, Brigitte
杜菲　Duffy, Eamon
沃克　Volk, A.
沃波爾　Walpole, Robert
沃爾芬　Wülfing, Peter
沃熱拉　Vaugelas, Claude Favre de
狄奧多拉　Théodora, impératrice
狄德羅　Diderot, Denis
貝加利亞　Beccaria, Giambattista
貝尼斯　Bernis, François Joachim Pierre, cardinal de
貝多茲　Beddoes, Thomas
貝克曼　Beeckmann, Isaac

貝哈　Bérard, Léon
貝耶　Baillet, Adrien
貝烏特　Béhourt, Jean
貝特洛　Berthelot, Marcelin
貝隆　Belon, Pierre
貝爾特　Berthet, G.
貝魯　Bayrou, François
貝羅　Belo, Francesco
邦迪拉　Bandiera, Alessandro Maria
里什潘　Richepin, Jean
里戈　Rigaut, Nicolas
里帕　Ripa, Matteo, pape
里博　Ribot, Alexandre
里維納斯　Rivinus, Augustus Quirinus
亞力哥尼　Arrigoni, Giulio
亞沃　Avaux, Claude de Mesmes, comte d'
亞卓凡帝　Aldrovandi, Ulisse
亞拉戈　Arago, François
亞當斯　Adams, John
佩拉當　Péladan, Joséphin

佩庫 Pécout, Gilles
佩特拉克 Pétrarque
佩特律契 Petrucci, Armando
佩婁 Peleau, François
佩爾蒂埃 Peletier du Mans
佩羅 Perrault, Charles
刻耳柏洛斯 Cerbère / Cerberus
岡薩雷斯 Gonzalez, Pedro
帕坦 Patin, Guy
帕耶 Paillet, P.
帕若 Pajot, Charles
帕斯科里 Pascoli, Giovanni
帕瑟隆 Passeron, Jean-Claude
帕雷 Paré, Ambroise
帕德拉羅 Padellaro, Nazzareno
帕撒瓦利 Puecher Passavalli, Joseph
彼拉多 Pilate (Pontio Pilato)
彼得大帝 Pierre Ier le Grand
拉孔達明 La Condamine, Charles Marie de
拉克魯瓦 Lacroix, Maurice
拉克羅茲 Veyssière de La Croze, Mathurin
拉芒帝 Larmandie, Léonce de
拉阿普 La Harpe, Jean-François
拉夏洛泰 La Chalotais, Louis-René de Caradeuc de
拉馬丁 Lamartine, Alphonse de
拉農 Ranum, Orest et Patricia
拉爾博 Larbaud, Valery
拉維斯 Lavisse, Ernest
拉穆斯 Ramus (Pierre de La Ramée)
拉諾 Lagneau
拉薩勒 Jean-Baptiste de La Salle, saint
昆帝連 Quintilien
林奈 Linné, Carl von
林格 Ringer, Fritz
林塞 Lindsay, John
波瓦洛 Boileau-Despréaux, Nicolas
波利天 Politien
波利尼亞克 Polignac, Melchior de
波阿勒 Aler, Paul
波特萊爾 Baudelaire, Chales

波梅　Pomey, François-Antoine
波舒哀　Bossuet, Jacque Bénigne
波雷利　Borelli, Giovanni Alfonso
波赫士　Borges, Jorge Luis
法內斯　Farnèse, Odoardo
法布里提　Fabretti, Raffaele
法西歐拉堤　Facciolati, Jacopo
法拉利　Ferrari, le père
法拉爾　Farral, Edmond
法朗士　France, Anatole
肯特　Kent, Elizabeth
邱吉爾　Churchill, Winston S.
阿比塞提　Albisetti, James C.
阿里斯托芬　Aristophane
阿梅巴赫　Amerbach, Johannes
阿梅洛特　Amelote, Denis
阿莫思　Amos, Andrew
阿莉阿德尼　Ariane
阿斯特律克　Astruc, Jean
阿普列烏斯　Apulée

阿萊　Allais, Alphonse
阿葛妮絲女修院院長　Mère Agnès
阿達米　Adami, Pietro Antonio
阿雷蒂諾　Arétin (Pietro Aretino)
阿爾瓦雷茨　Alvarez, Emmanuel
阿爾托　Artaud, Nicolas
阿爾諾　Arnauld, Antoine
阿諾德　Arnold, Thomas
阿謝姆　Ascham, Roger
雨果　Hugo, Victor
南特　Nantes, Georges de
哈代　Hardy, Thomas
哈奇森　Hutcheson, Frances
哈特　Hutter, Leonhard
哈維　Havet, Julien
（英國作家）哈維　Harvey, Gabriel
哈維斯　Havers, Clopton
哈德生　Hudson, Liam
契克　Cheke, John
奎里尼　Quirini, Pietro

威廉斯 Williams, Issac
威爾金斯 Wilkins, John
威爾金森 Wilkinson, Charles Allix
威爾斯 Wells, Herbert George
威爾遜 Wilson, Thomas Woodrow
拜倫 Byron, George, Lord
施萊耶 Schleyer, Johan Martin
柯皮諾 Coppino, Michele
柯迪耶 Cordier, Mathurin
查理十二世 Charles XII, roi de Suède
查理五世 Charles Quint
查理六世皇帝 Charles VI, empereur
查斯丁 Justin
柏帝 Petit, Pierre
柏根胡 Berkenhout, John
柏格森 Bergson, Henri
柏濟留斯 Berzelius, Jöns Jacobs
洛克 Locke, John
洛克菲勒 Rockefeller, Nelson
洛蒙 Lhomond, Charles François

---

洛裴茲 López, Jerónimo
玻意耳 Boyle, Robert
科利尼翁 Collignon, Albert
科利特 Colet, John
科貝爾 Colbert, Jean-Baptiste
科耶 Coyer, Gabriel François
科泰利尼 Coltellini, Agostino
科萊帝 Coletti, Vittorio
約瑟夫二世 Joseph II, empereur
約翰遜 Johnson, Samuel
美多迪烏斯 Méthode, saint
耶斯佩森 Jespersen, Otto
胡佛 Hoover, Edgar
迪奴瓦 Dinouart, abbé
迪克斯 Dirckx, John D.
迪邦 Dibon, Paul
迪邦路 Dupanloup, Félix
迪律伊 Duruy, Victor
迪律伊 Duruy, Albert
迪科 Ducos, Hippolyte

迪埃茲　Dietz, H.
迪泰特　Du Tertre
韋拉　Verlac, abbé
韋勃倫　Veblen, Thorstein
韋羅　Vérot, Augustin
倍貝爾　Bebel, Heinrich
埃利　Elie, Mathurin
埃利奧特　Elyot, Thomas
埃科　Eco, Umberto
埃格　Egger, Victor
埃蒂安納　Estienne, Chales
埃雷迪亞　Hérédia, José Maria de
埃羅亞德　Héroard, Jean
夏多布里昂　Chateaubriand, François Remé de
夏帝翁　Chastillon, le père (auteur supposé)
夏博恩夫人　Chapone, Hester
夏普蘭　Chapelain, Jean
夏穆　Rousseau de Chamoy, Louis
庫辛　Cousin, Victor
庫里阿提烏斯　Curiace(s) / Curiatii

庫柏　Cuper, Gisbert
庫美紐斯　Comenius (Jan Amos Komensky)
庫蒂拉　Couturat, Louis
庫爾諾　Cournot, Antoine Augustin
庫贊　Cousin, Jean
拿破崙一世　Napoléon Ier
朗松　Lanson, Gustave
朗芝萬　Langevin, Paul
朗漢斯　Langhans, Daniel
桑內里　Thornely, Thomas
桑戈爾　Senghor, Léopold Sédar
桑納扎　Sannazar, Jacopo
桑德　Santeul, Jean-Baptiste
柴門霍夫　Zamenhof, Lazarus Ludwig
格列高利七世　Grégoire VII, saint, pape
格里馬　Grimal, Pierre
格拉頓　Grafton, Anthony
格林納威　Greenaway, Peter
格勞秀斯　Grotius (Hugo de Groot)
格雷古瓦　Grégoire, Henri

格蘭 Grant, W. Leonard
泰西塔斯 Tacite
泰倫斯 Térence
泰勒 Taylor, John
泰勒修斯 Thylesius, Antonius
泰登 Thadden, Rudolf von
海涅 Heine, Heinrich
烏納穆諾 Unamuno, Miguel de
特米斯托克洛斯 Thémistocle
特拉弗斯 Travers, Jean
特羅洛普 Trollope, Anthony
班福特 Bamford, Samuel
索比耶 Sorbière, Samuel
索利尼亞克 Solignac, chevalier de
索梅斯 Saumaise, Claude
索萊爾 Sorel, Charles
紐曼 Newman, John Henry
紐康 Newcome, Henry
納瓦雷特 Fernandez de Navarette
馬丁 Martin, Henri-Jean

---

馬西斯 Massis, Henri
馬西摩斯 Maximos IV Saigh, patriarche des Melkites
馬克西米連一世 Maximilien $I^{er}$, empereur
馬里翁 Marion, Henri
馬拉泰斯塔 Malatesta
馬林葛雷 Malingrey, Anne-Marie
馬修阿諾德 Arnold, Matthew
馬格麗特 Marguerite, reine de Navarre
馬提雅爾 Martial
馬瑟 Macé, Alcide
馬蒂莫 Martimort, Aimé-Georges
馬爾凱斯 Marchese, Virginio
馬爾辟奇 Malpighi, Marcello
馬蒙泰 Marmontel, Jean-François
馬魯佐 Marouzeau, Jules
馬謝蒂 Marchetti, Pietro de
高斯 Gauss, Carl Friedrich
高達 Godard, Jean-Luc

## 十一至十五畫

勒托　Leto, Pomponio
勒南　Renan, Ernest
勒韋丁　Reverdin, Olivier
勒梅爾　Le Maire, Nicolas
勒博　Le Beau, Charles
勒菲弗　Lefebvre, Marcel
勒塞德拉維　Le Cerf de La Viéville, Jean Laurent
勒魯瓦　Le Roy, Chrétien
勒魯瓦博留　Leroy-Beaulieu, Paul
勒謝瓦利埃　Le Chevalier, abbé A.
曼布爾　Maimbourg, Louis
曼佐尼　Manzoni, Alessandro
曼寧　Manning, cardinal
曼諾西歐　Menocchio
基什拉　Quicherat, Louis
基佐　Guizot, François
培根　Bacon, Francis
培爾　Bayle, Pierre
密爾頓　Milton, John
康帕內拉　Campanella, Tommaso
康德藍　Condren, Charles de
強森　Johnson, Ben
教宗本篤十五世　Benoît XV, pape
教宗伯努瓦十四世　Benoît XIV, pape
教宗利奧十三世　Léon XIII, pape
教宗利奧十世　Léon X, pape
教宗庇護十一世　Pie XI, pape
教宗庇護十二世　Pie XII, pape
教宗亞歷山大七世　Alexandre VII, pape
教宗保祿五世　Paul V, saint
教宗若望廿三世　Jean XXIII, pape
教皇艾蒂安二世　Etienne II pape
梵樂希　Valéry, Paul
梅西耶　Mercier, Louis Sébastien
梅邦　Meibom, Johannes Heinrich
梅邦之子　Meibom, Heinrich
梅耶爾　Mayeur, Françoise
梅納吉　Ménage, Gilles
梅塞施米　Messerschmid, Felix

富克斯　Fuchs, R.
富耶　Fouillée, Alfred
富爾　Faure, Edgar
富蘭克林　Franklin, Benjamin
惠更斯　Huygens, Christiaan
惠洛克　Whitelocke, John
提布盧斯　Tibulle
斐迪南一世　Ferdinand Ier de Médicis
斐迪南六世　Ferdinand VI, roi d'Espagne
斯巴蘭札尼　Spallanzani, Lazzaro
斯坦尼斯勞斯　Stanislas Ier Leszczynski, roi de Pologne
斯坦揚　Stanyan, Temple
斯威夫特　Swift, Janathan
斯特林堡　Strindberg, August
斯班罕　Spanheim, Ezechiel
斯湯達爾　Stendhal
普拉朱利亞　Pralon-Julia, Dolorès
普芬道夫　Pufendorf, Samuel
普朗卡　Plancus
普勞圖斯　Plaute

---

普萊費爾　Playfere, Thomas
普魯　Prou, Maurice
普魯契　Pluche, Antoine
普魯雅特　Proyart, abbé
普羅斯特　Prost, Antoine
湯姆斯　Thomas, Keith
絮皮歐　Supiot, Alain
腓力二世　Philippe II, roi d'Espagne
腓力四世　Philippe IV, roi d'Espagne
腓特列二世（腓特烈大帝）　Frédéric II de Prusse
舒隆邦　Jürgen Schlumbohm
華萊士　Wallace, George
華爾波　Walpole, Horace
萊布尼茲　Leibniz, Wilhelm Gottfried
萊利　Lilly, William
萊奧　Léau, Léopold
萊維　Levi, Primo
費拉里　Ferrari, Ottavio
費納爾　Fernel, Jean
費馬　Fermat, Pierre de

費德魯斯 Phèdre
賀拉提烏斯 Horace(s) / horatii
馮格林 Grimm, August Theodor van
塞內加 Sénèque
塞內夏 Sénéchal, Philippe
塞卡米耶 Sée, Camille
塞可 Seckel, Raymond-Josué
塞拉留斯 Cellarius, Jacobus
塞爾塔斯 Celse
塔夫脫 Taft, William Howard
塔迪厄 Tardieu, Ambroise
塔爾德 Tarde, Alfred de
奧凡 Hoven, René
奧古斯都 Augustus, Gaius Julius Caesar Octavianus
奧立西歐 Aulisio, Domenico
奧克蘭 Ocland, Christopher
奧莫 Olmo, Miguel Maria
奧菲瑞 Alfieri, Vittorio
奧維德 Ovide
愛爾維修 Helvétius, Claude Adrien
愛德蒙 St Edmond, Bury
溫特 Winter, Karl Anton
聖卜尼法斯 Boniface, saint
聖西門 Saint-Simon, Louis de Rouvroy, duc de
聖伯夫 Sainte-Beuve, Charles Augustin
聖庇護五世 Pie V, saint, pape
聖索林 Desmarets de Saint-Sorlin, Jean
聖奧古斯丁 Augustin, saint
聖維多 Aurelius Victor
聖德尼 Saint-Denis, Eugène de
蒂札尼 Tizzani, Vincenzo
蒂索 Tissot, Simon André
葛利尼 Guarini, Elena Fasano
葛威里 Grandville, Jean Ignace Isidore Gérard
葛雷維厄 Graevius, Johann Georg
葛羅諾維斯 Gronovius, Johannes Fredericus
葛蘭西 Gramsci, Antonio
該猶 Caius, John
詹文 Jarman, Derek
賈汀 Jardine, Lisa

德費利思 De Felice, Bartolomeo
德瑞克 Drake, Judith
德圖 Thou, Jacques Auguste de
德維 D'Ewes, Simonds
德盧佳 De Luca, Giovanni Battista
撒路斯烏斯 Salluste
歐森斯提納 Oxenstierna, Axel
潘恩 Paine, Thomas
蓬希尼翁 Ponsignon, abbé F.-L.
褒曼 Bergman, Torbern

## 十六畫以上

儒貝爾 Joubert, Laurent
澤西努斯 Jersinus, Janus Dionysius
澤利 Gelli, Giambattista
盧梭 Rousseau, Jean-Jacques
穆拉托里 Muratori, Ludovico Antonio
蕭里耶 Chorier, Nicolas
諾里斯 Noris, Enrico
諾埃爾 Noël, Marie
諾泰紐斯 Noltenius, Johannes
諾德 Naudé, Gabriel
賴伐爾 Laval, Antoine de
霍夫曼 Hoffmann, Christian Gottfried
霍比 Hornby, Edward
霍布斯 Hobbes, Thomas
霍克 Foulke, Robert
鮑內克 Bornecque, Henri
鮑茲 Bots, Hans
默里 Murray, Lindley
彌爾 Mill, John Stuart
戴凡波希爾 Davenport Hill, Matthew
戴達波 Lefèvre d'Etaples, Jacques
戴爾 Dell, William
戴維爾 Deville, les frères (imprimeurs lyonnais)
繆塞 Musset, Alfred de
薛德 Schade, Peter
謝韋 Chervel, André
韓德勒 Händler, Joh. Christoph
薩西 Lemaistre de Sacy, Isaac-Louis

## 特殊地名與機構

### 三至十畫

伊科尼歐 Iconio
伊頓 Eton
老鷹之家 Eagle House
艾非特中學 Collège d'Effiat
亨利四世中學 lycée Henri IV
但澤 Dantzig
杜亞 Douai
宗座拉丁文高等研究院 Institut pontifical supérieur de latin
宗座塞爾斯大學 Université pontificale salésienne
拉馬什（中學） La March (Collège)
波德勒齊 Pouldreuzic
法史使命館 Mission historique française
法語文化協會 Ligue de la culture français
油暨含油物質研究中心 Institut de recherches pour les huiles et oléagineux
近代拉丁文國際協會 Societas Internationalis Latinitatis Modernae
阿帕提斯學院 académie des Apatisti
阿提歐里斯拉丁語言學院 Institutum Altioris Latinitatis
阿歇特 Hachette (édition)
哈絡 Harrow
威斯敏斯特 Westminster
柏林－勃蘭登堡科學研究院 Académie des sciences de Berlin-Brandebourg
皇家中學 Collège Royal
科技學院 Wissenschaftskolleg
紀堯姆－比代協會 Association Guillaume-Budé
英國皇家學會 Royal Society
倫巴底 Lombardie de Marie-Thérèse
哥羅德 Gorrod (paroisse)
桑赫斯特 Sandhurst
格列高利大學 Grégorienne
神聖議會 Sacro Reale Consiglio
索邦神學院（巴黎大學前身） La Sorbonne
索雷茲中學 Collège de Sorèze
納伏拿 Navone

馬克斯・浦朗克歷史研究所　Max-Planck-Institut für Geschichte
馬波羅　Malborough

## 十一畫以上

勒曼人　Manceaux
陶頓委員會　Commission Taunton
普魯托利亞大學　Plutoria (université de ~)
萊茵地　outre-Rhin / Rhineland
菲尼帝坎　Phatniticum
奧斯威茲集中營　Auschwitz
愛爾蘭人　Hibernais
聖吉蘭中學　collège Saint-Kyran
聖艾提恩蒙　Saint-Etienne-du Mont (paroisses)
聖帕特里克中學　Saint-Patrick (collège)
聖美達爾　Saint-Médard (paroisses)
路易大帝中學　Collège Louis-le-Grand
達爾馬提亞　Dalmatie
維萊科特雷　Villers-Cotterêts
赫奧古斯都圖書館　Herzog August Bibliothek
潘諾尼亞　Pannonie
魯格比（公學）　Rugby
颶風高級中學　Gymnase Sturm
禮儀教牧中心　Centre de pastorale liturgique
羅曼語研究學院　Istituto di studi romani
艦隊街高中　Fleet Street Senior School
屬奧拉托利會的特洛瓦中學　Collège de l'Oratoire de Troyes
屬奧拉托利會的聖奧麥中學　Collège oratorien deSaint-Omer
龔蓋學院　Gonville et Caius College

# 特殊名詞

## 二至十畫

七月王朝　monarchie de Juillet
十五世紀（義大利的）　Quattrocento
十月革命　révolution d'Octobre
土耳其　Porte
小兄弟會修士　minime
中央機構（教廷的）　dicastères

中學畢業會考（德國的）　Abitur
公學　public school
公證人　escribano
天特會議　Trente
文法學校　grammar school
文集；彙編；語料庫　corpus
文實中學　Realgymnasium
文學界　Respublica literaria / République des Lettres
世界語　espéranto
卡斯提爾語（純正西班牙語）　castillan
卡瑪篤修會的修士　camaldule
古典中學　Gymnasium (Gymnasien)
另一個我　alter ego
布爾什維克　les bolcheviks / Bolshevik
平等條件　par condicio
本篤會修士　bénédictin
伊比利亞人　ibérique
共生會　Frères de la vie commune
匈牙利　Hongrie
合乎身分　standemässig

多明我會　Dominicains
托缽修會　ordres mendiants
有識之士　Epistémon
更加；更有理由；更不必說　a fortiori
沃拉普克語　volapük
狂熱份子　zelanti
赤腳加爾默羅會　Carmes déchaux
里歇派人士　richériste
亞美尼亞語　arménien
亞蘭文　araméen (aramaic)
使役的　factitive
宗教改革　Réforme
延畢生　fuori corso
拉丁姆　lazio / latium
拉斯塔特條約　traité de Rastadt
波爾羅亞爾社團　Port-Royal
法典　Corpus Juris
法國教會自主論　gallicanisme
泛拉丁語風　panlatinisme
玫瑰　rosa

門得列夫週期表　table de Mendeleïev
阿茲特克帝國　empire aztèque
哈布斯堡王朝　Habsbourg
帝國議會　Diète
政治經濟學家　caméraliste
科普特語　copte
約瑟夫措施　joséphism
韋爾多派　vaudois
埃塞俄比亞語　éthiopien
格　cas
格列高利聖詠　chant grégorien
特許市　ville impériale
神聖羅馬帝國皇帝的軍隊　Impériaux
納瓦特爾語　nahuatl
虔信派教徒／虔信派　piétiste / piétisme
馬扎爾語　magyar

## 十一畫以上

執政府　Consulat
啟蒙運動（德國）　Aufklärung
梵一大公會議　Vatican (Vatican I)
梵二大公會議　Vatican II
梵文　sanscredane
清教徒　puritain
第七年級　settima
終結點　terminus ad quem
莫爾會　mauristes
陳情書　les cahiers de doléances
博雅教育　éducation libérale
提議引進新稅制的政治空想家　arbitristas
揚森派（揚森主義）　jansénisme
無可避免的改變已經發生　Mutatis mutandis
奧古斯丁修道會的修士　Augustins
奧拉托利會　Oratoire
極端份子　bolcho
照其事實（根據事實本身）；正因為這個緣故（正因如此）　ipso facto / par le fait même, by the very fact
聖烏爾蘇拉會修女　ursuline
補助敘述的　prolative

實科中學 Oberrealschule
監察官 Landräte
語言 Lingua / Langue
摩拉維亞修士 Moraves
撒克遜人 Saxons
範型論 exemplarisme
複調音樂 polyphony
學校課程 cursus
學校課程 curriculum
學校諮詢委員會 School Inquiry Commission
頹廢派作家 Décadents
聯合國教科文組織 UNESCO
舊制度 Ancien Régime
轉置 trajectiva / trajicere
額外作業；罰抄或罰做的作業（懲罰學生的） pensum
羅拉德派 lollards
譯文小抄 crib
蠻族 barbares

貓頭鷹書房 35

**神與科學家的語言：拉丁文與其建構的帝國**

（初版書名：拉丁文帝國）
（二版書名：拉丁文帝國（經典復刻版））

作　　者　方索娃斯・瓦克（Françoise Waquet）
譯　　者　陳綺文
責任編輯　劉偉嘉（初版）、張瑞芳（二版）、李季鴻（三版）
特約編輯　陳慧靜、林婉華
文字構成　李鳳珠
版面構成　謝宜欣、張靜怡
封面設計　高偉哲

行銷統籌　張瑞芳
行銷專員　段人涵
總 編 輯　謝宜英
出 版 者　貓頭鷹出版

發 行 人　涂玉雲
發　　行　英屬蓋曼群島商家庭傳媒股份有限公司城邦分公司
　　　　　104 台北市中山區民生東路二段 141 號 11 樓
　　　　　劃撥帳號：19863813；戶名：書虫股份有限公司
城邦讀書花園：www.cite.com.tw　購書服務信箱：service@readingclub.com.tw
購書服務專線：02-2500-7718~9（週一至週五 09:30-12:30；13:30-18:00）
24 小時傳真專線：02-2500-1990~1
香港發行所　城邦（香港）出版集團／電話：852-2508-6231 ／傳真：852-2578-9337
馬新發行所　城邦（馬新）出版集團／電話：603-9056-3833 ／傳真：603-9057-6622
印 製 廠　中原造像股份有限公司
初　　版　2007 年 10 月
二　　版　2015 年 1 月
三　　版　2021 年 7 月／二刷 2024 年 1 月
定　　價　新台幣 550 元／港幣 183 元（紙本平裝）
　　　　　新台幣 385 元（電子書）
I S B N　978-986-262-494-4（紙本平裝）／ 978-986-262-495-1（電子書 EPUB）



讀者意見信箱　owl@cph.com.tw
投稿信箱　owl.book@gmail.com
貓頭鷹臉書　facebook.com/owlpublishing



**國家圖書館出版品預行編目資料**

神與科學家的語言：拉丁文與其建構的帝國／方索娃斯・瓦克（Françoise Waquet）作；陳綺文譯. -- 三版. -- 臺北市：貓頭鷹出版：英屬蓋曼群島商家庭傳媒股份有限公司城邦分公司發行, 2021.07
面；　公分. --（貓頭鷹書房；35）
譯自：Le latin ou l' empire d' un signe: XVI$^{e}$-XX$^{e}$ siècle.
ISBN 978-986-262-494-4（平裝）

1. 羅曼語族　2. 文化史　3. 歐洲

804.2　　110010014